李白 書劍明時

一段浩氣磅礴的史詩故事，
再現詩仙狂傲不羈的一生

王慧清 著

他執著地裸露著他的靈魂，
驕傲地把他的才思展示給這個世界。
他好像帶著與生俱來的使命，
那樣的聰慧靈透，那樣超拔不群。

他是「詩仙」、「酒仙」、「謫仙人」——李白！

目錄

李白

李白對世界的影響

第一章

第二章

目錄

酒中月影
愛恨情仇
仙風俠骨
狂傲不羈
浩氣磅礴
柔情細緻
家國天下
傳世名篇

兩岸猿聲啼不住輕舟已過萬重山
一部史詩般的歷史小說
展現李白有血有肉的千古情懷

李白

這部長篇歷史小說用21世紀當代人的目光，穿越1,300年歷史的時空，重新解構並濃彩重墨地塑造大詩人李白鮮明的形象，展現了李白浩氣磅礴的一生。全書視角新穎，筆調華麗流暢，情節跌宕起伏大開大合，給予人全新的閱讀感受。

作者描繪了李白輝煌的文學成就、驚濤狂浪般的感情世界、傲視權貴並為崇高理想奮鬥不止的精神，揭示了李白鮮為人知的家世和綺麗浪漫的愛情之謎，同時刻劃了杜甫、王維、高適、陳子昂、鄭虔、張旭、吳道子等燦若群星的大詩人和大藝術家的生動形象，再現了他們的理想與社會的矛盾、封建專制與自由精神的鬥爭，以及他們與大唐興衰成敗緊密相連的個人命運。上至帝王將相、後宮佳麗，下至漁樵農商、婦孺老少，他們的個性和生活層面在作者筆下都活靈活現、色彩斑斕。

李白對世界的影響

唐詩是中國文學，乃至中國文化的頂峰，李白是站在這個頂峰之上的巨人。在中國乃至全世界，凡是認識漢字的人，無不知曉李白的詩句。他是世界文壇上最受崇敬的中國詩人，他的詩歌，在世界上有巨大的影響力，可以說在世界各地無論哪一個國家的人，知道中國就知道李白。

早在盛唐時期，李白的詩歌就開始傳入西方，傳遍世界。至今為止李白的詩歌已經翻譯成數十種文字，流傳於世界兩百多個國家和地區。德國著名漢學家阿克倫大學教授呂福克在 1999 年舉辦的國際李白學術會議上說：李白不僅是屬於中國的詩人，同時也是屬於全世界的詩人，他是世界文學的一部分。李白不僅僅是一個人的名字，而是世界文學史上，一份來自古老中國的文化寶貴遺產。

德國著名作曲家馬勒譜寫的最重要的、如今已被公認為整個二十世紀西方音樂史上里程碑式的作品——《大地之歌》大型聲樂交響樂，就是根據中國的唐詩創作的，其中五首是李白的詩作。

1946 年諾貝爾文學獎得主德國著名作家赫門．黑塞，在評論 1907 年出版的漢斯．貝格特的中國詩歌德譯本《中國笛子》時說：「這是一部中國各世紀的優秀抒情詩選，構成其頂峰的是李白，他的豪放氣質，使我們想起希臘人，義大利人和戀歌詩人。」

李白對世界的影響

1992年諾貝爾文學獎得主聖露西亞島作家德里克·沃爾科特在談到中國時說：讓他印象最深刻的，就是李白。

近年來，西方有不少人釋出有關中國故事的材料，讓人們深深感到當西方人像伏爾泰所說的那樣，從中國文學中了解中國精神時，他們意識到中國詩歌以至中國文學最權威的代表，就是李白。在西方，對中國稍有認識的人，言及中國詩歌，也往往首推李白。

1735年，法國著名學者杜哈德出版了他極有影響力的《中華帝國全志》，該書述及中國詩歌書時說：「在唐代，詩人李白和杜甫不讓於阿拉克利翁和荷拉斯……」

美國唐學會學者秦寰明經長期研究後，在其〈中國文化的西傳與李白詩——以英、美、法國為中心〉的文章中表述了一個不爭的史實：「1780年，法國來華傳教士錢德明等人著《北京耶穌會士雜記》在法國陸續出版，該書中，李白和杜甫得到了專門的大篇幅的介紹，李白杜甫主要生平，均沿用中國史學傳聞。在這部對中國文化西傳和歐洲漢學影響巨大的著作中，錢德明說：『李白與杜甫的詩，與其他有名的詩人相比，就像光焰萬丈的火炬與一般的火把相比。』」

唐朝詩歌一直是美英現代主義無法擺脫的元素，受到廣大讀者的歡迎。二十世紀初，在英語國家流行最廣的中國詩譯本是美國現代詩歌的奠基人和意象派的首倡人之一——代表作家艾茲拉·龐德的《神州集》，其中有19首漢詩，12首是李白的詩。龐德從《神州集》開始，似乎與中國詩歌結下了不解之緣。《神州集》出版後，西方的評論家用「最美的詩」、「至美的境地」、「新的氣息」等詞來讚揚李白。

諾貝爾文學獎得主英國詩人艾略特，有一個非常有名的論斷，他說現代主義詩歌巨匠龐德對英語詩歌革命最持久、最具決定性的貢獻，就是他翻譯的唐詩中，主要是李白的詩歌。龐德研究了唐詩，研究了李白，受了李白優美詩句的感染。他藉助翻譯，完成了二十世紀現代英語詩歌最為深刻的語言革命。詩人李白透過龐德的翻譯，開始為英美國家的人們所熟悉，凡是受過教育的英美人，都知道李白的名字。龐德是美國現代詩歌奠基人和代表作家。換言之，李白的詩歌是英美現代主義的引路人。20世紀，不少歐美詩人都以李白為載體，寄託他們的詩思，繼承和創新李白這人類文化的寶貴遺產。

法國前總統希拉克也痴迷於李白詩歌，她曾經要為李白寫一部電影，是李白的忠實粉絲。

第一章

1. 我們不是鮮卑人，要恢復祖先的姓氏——李

那輪血紅滾圓的太陽從遙遠的地平線上沉下去的時候，一陣凜冽的北風夾著沙礫飛旋著、嚎哮著占領了傍晚的世界。西域沙漠的氣候就是這樣變化莫測，在路上奔波的行人、駱駝為了躲避突然降臨的災難，紛紛向西州城堡湧來。突厥可汗默啜站在土城上，像一隻餓狼面對唾手可得的食物，濃長雜亂的眉毛之下，鷹隼般的兩眼放出飢渴的光，望著在昏黃的夜色中，如同秋風中飄落的枯葉般的商旅、駱駝、馬隊，心裡湧起一股難以名狀的快感。

不管唐帝國是多麼強大，都無法徹底征服西域這片廣袤的沙漠。從英明武勇的唐太宗到智慧強悍的武則天女皇與默啜和他的祖先，為了爭奪長城以北的廣闊地區，進行了反覆的較量。長城以北成了爭鬥的舞臺，也成了忠臣名將的建功立業之地。唐朝戍邊的辦法是「守」，而上天賜給默啜的辦法是「遊」。無論多麼聰明或愚蠢的漢人將領，都絕不會在漫無邊際的風沙中去追擊行蹤莫測的突厥人。經過不斷血腥的戰爭，凶狠橫暴的默啜成了風沙的君王，他就像大漠的風沙一樣，夾著沙礫和冰錐，夾著死在沙漠中的人畜的骨骸和枯黃的芨芨草，飛旋著浪蕩著，發出尖利的嘯聲或沉悶的嗚哮，一次又一次地把絲綢

之路上的客商、貨物、錢財、珠寶、駱駝、馬匹、婦女席捲而去。他在兄長死後自立為可汗，從河西走廊闖蕩到天山腳下。前一個月他帶領嘍囉占領了絲綢之路上的重鎮西州，緊接著又得到探子報告的好消息：大周女皇帝為了穩定西域，保護絲綢之路的暢通，派特使祕密地把一顆銘刻著「盡忠事主」的可汗金印帶給駐守碎葉的西突厥可汗瑟羅。女皇的特使一定會從西州經過，這正是默啜夢寐以求的——只要有了金印，他就會成為西域正式的主人！這一夜，他夢見自己變成了一隻碩大的蒼狼，拚命追逐一群肥羊。默啜認為這是不尋常的好兆頭！他命令手下，嚴加盤查經過西州的每一個人，在城頭看見他的手下把逃避風暴的駱駝和馬隊帶進城門的時候，立刻想到自己企盼的寶貝可能就在那些人的行囊中，不由得用激動得發顫的聲音叫道：「把葡萄酒拿出來！」

城堡大廳兩旁，排列著高高的銅製的燈架，每個燈架上都頂著一個精緻的銅盆，盆裡盛著獸油，女奴們魚貫而入，逐個點燃盆裡的松明子，巨大的燈燃燒起來，冒著濃濃的黑煙，如同魔鬼的長髮在風中飄揚。燈光照亮了大廳的四壁，正面的牆壁上，繪著奇形怪狀的圖騰，獸面人身的和人面鳥身的圖案扭結在一起，在閃爍的火光下蠢蠢欲動，顯得特別猙獰可怖。

默啜通常會用美酒和女人款待湧進城的人。他們大部分是從中原內地來的商人，帶著茶葉、絲綢、陶瓷到西域或更遠的中亞、西亞、歐洲；從大食、波斯、大秦帶著香料、珠寶、藥材到長安，會賣到驚人的好價錢。

商人們喝了默啜的葡萄酒，都會給予豐厚的回報，這是一條不成文的法律，否則，明天一上路就會遇到麻煩，別想走出十里路。

沉悶的號角吹出默啜對客商的召喚。人們匆匆安頓了馬匹和貨物，帶著空空的肚子湧進大廳，迫不及待地席地而坐，把手伸向那些劣質葡萄酒和半生不熟的烤羊肉。默啜坐在虎皮靠椅上，高舉斟滿酒的金碗從左邊繞弧形到右邊，用生硬的漢話請客商喝酒。犀利的眼光隨著酒碗的移動從客商臉上一一掃過。

突然，他下意識地覺得後面的幾個人有些異樣。他一邊裝著喝酒一邊從酒碗上方斜瞟過去：後邊的角落裡坐著三個人，一個中年的波斯人，接近五十歲，另外兩個是三十歲左右的年輕胡人。一樣的在絲綢之路上行走的人所特有的焦黃的臉，一樣穿著髒兮兮的羊皮袍子，一般客商打扮，沒有什麼特別的地方。默啜一貫相信自己的直覺，再仔細看，波斯人眉目較為清秀，他喝酒的時候，不像在座的那些飢渴的人那樣，端起酒碗仰面朝天一咕嚕喝下，使得紅色的酒液順著臉頰流到脖子和前襟；他把酒碗端起剛到嘴唇，從容地喝一口，隨即文雅地放到面前的地上。默啜不由怦然心動：他不是普通商人！起碼不是常年在艱險的旅途上奔波的人，那他們是誰？默啜定了定神，好像在哪裡見過。默啜的心情很好，他將碗中的酒一仰脖子喝下，向身後的嘍囉喊道：「把我的長鞭拿出來！」

默啜的話音剛落，大廳裡瘋狂地歡呼起來。默啜的鞭子以他獨特的玩法灑脫而精彩聞名於西域，傳說他在與東突厥作戰的時候，眼看敵人就要逃走，默啜收起刀矛改用鞭子，他揮動長鞭，那鞭梢竟像鋒利的刀子一般，齊刷刷割斷了兩丈之外敵人的脖子。他可以在遠處用鞭梢劃分展開的絲綢，如同剪刀裁剪的那樣準確；他可以在兩丈之外一鞭就擊熄燭光，而絲毫無損蠟燭的完好。當他心情很好的時候，他就會拿出他的長鞭來露一手。此時大廳的側門開了，人們眼睛一亮。側門裡走出一個突厥女奴，拿突厥人的話來說，她美麗得像十五的月亮，高高的髮髻上插著一朵紅玉琢成的罌粟花，在飽滿的前額下，明澈的雙眸像澄藍的夜空。她作天竺人打扮，沒有穿長袍，只穿一條短裙，胸前戴著鑲嵌著珠寶的抹胸，上面綴的瓔珞閃爍發光，映襯出瑩白光潔的肌膚。在眾多被風沙染成一片骯髒灰黃的旅人中，無疑她就像黑夜中的一道強烈的閃電。她身材頎長，手中托著一個精美的胡桃木雕花圓盤，那根有名的長鞭像冬眠的蛇靜靜地蜷曲著躺在盤子裡。按照默啜的習慣，這個女奴的身體今夜就屬於他。

大廳裡所有的灰黃色的雄性動物立即發出陣陣粗野的讚嘆，豔羨默啜今夜的享受；又如沙漠裡飢渴的人看見了一汪清泉，從內心發出虔誠的禮讚。

女奴走向默啜，將盤子頂在頭上向他跪下，默啜看也不看女奴拿起盤中的鞭子，望空一揚，「啪」的一聲響亮，大廳裡立刻靜了下來。默啜正對著的中門裡，兩個突厥武士，帶著兩個奴隸來大廳中間。這兩個奴隸一個是二十歲左右的青年，一個是四十多歲的男子，赤裸著身體，腰間拴著一塊獸皮，身上被粗糙的鐵鏈緊緊拴著。古銅色的皮膚說明烈日和風沙磨礪，全身塊面分明的古銅色肌肉令人想起他們在馬背上縱橫草原的敏捷和矯健。突厥武士解下這兩個人身上的鐵鏈，兩個奴隸面無表情默然站立，像兩尊冰冷的崖石。默啜舉起鞭子喊道：「朋友們，兄弟們，這兩個人，我今天要用鞭子給他們一個畫上月亮，一個畫上太陽！」

說著，默啜高高地舉起鞭子，一揮手間那鞭子像一條毒蛇吐著信子向年長的男子胸前竄去，隨著鞭子的舞動，像用刀子在雕刻似的，那人胸膛上很快出現了一道血紅的弧線，又出現了一條弧線與先前的一條連線，不一會，一彎滴血的新月就在那人的胸膛上升起。大廳裡響起一片叫好聲，夾雜著尖銳的口哨和粗魯的髒話。而默啜卻並不高興，令他失望的是這個奴隸對他精湛的技藝沒有一點反應。往日，當他的鞭子一響，那些奴隸就在他腳下輾轉悲號哀哀求饒，於是他情緒更加高漲，他會興高采烈地蹦跳起來不斷揮舞長鞭，一直到把對方撕成一堆血肉模糊的碎片為止。那時他得到極大的滿足，覺得自己就像一個真正的君王。而眼前的這個奴隸一直像石頭一樣沉默無言，一股無名火從他心中升起。默啜乾笑一聲，又揮動長鞭對準了年輕的奴隸，鞭子跳起更加精彩的舞蹈，在年輕奴隸的胸膛上製作了一個血淋淋的太陽，太陽光焰升騰，在年輕人的胸前跳躍。與那年長的奴隸一樣，年輕人既不出聲也不退讓，默啜仍然沒有在他身上的任何一部分搜尋到求饒的跡象。默啜的臉色開始變得鐵青，他咬牙切齒，兩腮的肌肉鼓出，他使勁捏著鞭柄，骨節咯咯作響，整個大廳裡的人在這一時刻肅靜下來。因為，據說默啜以前也遇到像這樣一個不肯屈服的奴隸，那是一個被俘虜的吐蕃士兵，默啜毫不猶豫一下子揮鞭就劈開了那吐蕃人的胸膛，當場就讓女奴用盤子盛著突突跳的心臟讓眾人觀賞。

所有的人都瞪大了眼睛盯著默啜拿鞭子的手，只見默啜兩眼放出凶光，猛地舉起握鞭子的右手，那女奴發出一聲慘叫，昏暈過去。坐在前面的男人驚呆了，默啜的鞭子卻並沒有甩出去，默啜的目光落在「波斯人」身上，那「波斯人」正在若無其事地咀嚼著羊肉！默啜驚訝得張大了嘴，一個念頭在他的心頭一閃：只有文明優裕的中原人才會那樣文雅的飲酒，他對如此刺激的遊戲無動於衷，一定是他心中有更重要的事情，才使他對鮮血和生命漠不關心。他為什麼裝成波斯人？他們到西域來幹什麼？他們是不是女皇的密使？他們的行囊中有沒有……突然間默啜覺得「波斯人」身邊的那個年輕胡人好像在哪裡見過！默啜握著鞭子的手興奮得微微發抖，他是一個有經驗的獵人，懂得怎樣小心地靠近獵物，然後出其不意地撲上去，卡住牠的脖子使牠絕無逃走的可能。他獰笑著轉向女奴，那女奴掙扎著爬起來端起盤子，迎向默啜的鞭子。這時鞭子在空中繞了個彎，重重地落在胡桃木雕花盤子上，那精美的盤子整整齊齊地裂成了兩半。

人們再次歡呼起來，將酒碗拋向空中。默啜扔掉鞭子，接過嘍囉遞過來的酒碗一飲而盡，然後張開雙臂，向眾人喊道：「凡是有不服從我的，就像這個盤子一樣！我是西域真正的可汗，你看這兩個鮮卑人，昨天還是西州的主人，今天在我面前，馴服得像兩匹焉耆的騸馬！」默啜的話剛說完，幾個嘍囉端著大木盤進來，為首的嘍囉叫道：「眾位快用你們的行動，表達你們對可汗的敬重！」於是，那些常年在西域行走的老於世故的商人紛紛站起來，掏出早已準備好的禮品，比如一段絲綢、一塊寶石、一包香料等等放到盤子裡。初次到西域的人們，見到這種場面也早已明白其中的意思，也尋找一些隨身貴重物品放到盤子裡。嘍囉們讓獻出禮品的人從側門出去，以便一個不漏地收到所有人的財物。

輪到「波斯人」面前的時候，默啜從臺上走了下來，「波斯人」身旁的年輕胡人沒等嘍囉開口，捧出一匹硃紅底金黃寶相提花軟緞，躬身放到木盤裡。然後護著「波斯人」就要離開。

「等等，你們初次和我打交道，不想送給我點兒更好的東西嗎？」默啜說。

年輕胡人微笑著從懷裡掏出一包茶葉，放在盤子裡。

「我要的不是這個。你們心中明白，我要的是什麼，假如你們把那件東西交給我，你們就是西域最尊貴的客人。假如你們不拿出來，就別想活著離開這裡！」沒等默啜說完，一群黑壓壓的突厥武士已經站在「波斯人」身後。

「尊敬的可汗。我們是普通商人，不明白您要的是什麼。」「波斯人」心平氣和地說。

「我沒有弄錯，你文縐縐的樣子根本不像波斯人，而你，就是涼州都督許欽明！」

「好的，我這就交給你！」被默啜叫做「許欽明」的年輕人從懷裡掏出匕首向默啜撲去，默啜急忙躲閃，還是被刺中肩膀。其餘兩個人也拔出腰刀，奮勇迎敵，突厥武士將三人團團圍困，眼看萬分危急，只聽默啜的後面一聲大吼，兩個血淋淋的鮮卑奴隸舉著銅製的燈架橫掃過來，猶如農夫揮鐮刀收稻穀一般，剎那間只見突厥武士一片又一片地倒下。那年輕奴隸殺開突厥人，拖了那女奴與「波斯人」會合一道，奔出大廳，殺出一條血路，跳上馬背衝出重圍，逃出西州城。

默啜此時已經從美夢中驚醒，立即率部下追擊。當默啜和他的嘍囉們馳出西州城，只見一片茫茫黑夜中飛砂走石狂風呼嘯。

過了些年，大唐劍南道綿州昌明縣竇圌山下走來一對風塵僕僕的年輕男女，男的拉著女人面對波濤滾滾的涪江跪下說：「我們回來了，我們不是鮮卑人，從此恢復祖先的姓氏，我們姓李。」

2. 李客的妻子夢見長庚星放著異彩直撲向她的懷中

「陳子昂你一介書生，有什麼資格領兵作前鋒，還不與我滾出去！」武攸宜叫道。兩邊的將士不由分說把他推出了牙帳。燕山的雪好大啊，像鵝毛、像破絮一片片、一塊塊在空中亂飛亂舞，鋪天蓋地的落下來。那一片望不到邊際的汙白的地和滯黑的天混淆在一起，壅塞了整個乾坤。嚴寒像鋒利的刀劍一直刺入骨髓裡，叫人窒息、叫人絕望。他站在幽州臺上，將雙手伸向蒼穹，聲嘶力竭地發出一聲長嚎：「前不見古人，後不見來者，念天地之悠悠，獨愴然而涕下！」

這一聲呼喚使那些鵝毛和破絮從空中紛紛跌落，天地頓時變色、開裂。他驚駭到極點，大叫一聲從幽州臺上跌了下來。

陳子昂從夢中醒來，那些雪花、汙白的天和滯黑的地都全消失了，眼前只有濃重的黑暗和寂靜，緊裹著他的軀體，身體下的稻草又冷又潮溼，散發著惡臭。他蜷著身子翻了個身，使變得僵硬的身體稍稍有點活動。好幾個晚上他都作這個夢，他冥思苦想，不明白這夢到底預兆什麼，但他知道，他不該回到家鄉來，幾個月的囚禁已經徹底摧毀了他的健康。他後悔為什麼沒有死在戰場上，而掉進了段簡這個骯髒小人的陷阱。

他想起了朝廷，他向則天女皇上的《諫刑書》、《諫政理書》、《上軍國厲害事》、《上西蕃邊州安危事》……，女皇看了，讚賞說他的朝諫和奏章文理清晰、見解非凡而且切實可行。武則天沒有說錯，這些卓越的見解後來由宋代翰林學士上柱國司馬光摘錄了三十七條陳列在他的鉅著《資治通鑑》裡，供歷代統治者借鑑。

最後一次見到女皇是在大明宮麟德殿，他奉詔匆匆前去時，年邁的女皇正在看他寫的〈修竹篇〉，她的目光一動不動地停在下面這一段文字上：「……文章道弊五百年矣，漢魏風骨，晉宋莫傳，……僕嘗暇時觀齊梁間詩，彩麗競繁，而興寄都絕……」

女皇帝用混濁遲鈍的眼光望著他：「卿所謂文風——」

他從容地對答道：「假如天朝是一條大江，文風就是波瀾的氣勢；假如天朝是一棵奇花，文風就是花的華彩與芬芳；假如天朝是一座山，文風就是山的靈氣，文風吹拂之處，生智慧、更風俗、變氣質……」

侍立在一旁的武攸宜說：「皇上威加四海，何必還要費心要求這些不實際的事呢？」

女皇沒有看武攸宜，表情鄭重地說：「朕創立的朝代，要賽過以前任何一個朝代，天地之間人乃萬之靈，難道我朝的臣民只會吃飯穿衣，連漢魏都不如嗎？」

武攸宜不敢吱聲。

女皇的眼神突然嚴厲起來，向侍立在身旁的上官婉兒問道：「武周革命並沒有革掉文章的弊病，是嗎？」

「是……是的，陛下……」上官婉兒惶恐地回答，她平時的圓滑和狡黠在這一瞬間消失得乾乾淨淨。然而武則天並沒有像她揣測的那樣動怒，而是問：「那麼，我朝的文風，也是平庸萎靡之風麼？」

「……這……，但大唐的詩風從來綺麗婉媚，刻意講求對仗工穩，太宗時就這樣的，臣服侍陛下二十四年矣，從不敢有非份之想，更不敢引涉平庸萎靡。」婉兒說。

老女皇嘆了氣。

「那麼你認為呢？」武則天問陳子昂。「臣堅持在〈修竹篇〉裡的看法。」

武則天想：陳子昂的評價是正確的，覆蓋了整個武周時代的「上官體」，是那樣的謹慎、平穩地歌唱著她的時代，平庸而無傷大雅，溫和而沒有激情。就像婉兒本人在她面前，從來就沒有說錯一句話，從來就沒有走錯一步路一樣，令她無可指責而又不能忍耐。正如陳子昂所說，在那些「彩麗競繁」的俗套之下，沒有真切情感，沒有靈魂。為了天下文人的馴服，女皇以上官婉兒的馴服為天下文人的典範，因此這個時代的文學成就與沒落的齊梁時期沒有兩樣。

後來陳子昂被派遣到建安王武攸宜的帳下隨軍出征。

陳子昂今年三十七歲，正是文人意氣風發的年華……而地獄般的此時此地，絕沒有活著出去的希望，他再也不能回到他熱愛的書卷典籍之中，甚至於光天化日之下。想到這裡，一陣揪心的痛楚湧上心頭。

忽然，牢房的甬道裡響起腳步聲，隨著鑰匙打開鐵鎖的聲音一道亮光照射進來，接著射洪縣令段簡帶著武攸宜的特使走進來。

「陳子昂接旨！」

陳子昂的心一陣狂跳，一瞬眼就看見了使者手中亮潔的黃敕，皇上終於想起他了！吉凶禍福就在於此。這裡的一切就要永遠結束，如果不是墜入黑暗的地獄便是走進燦爛陽光！他來不及站起來整衣，馬上從亂草堆中爬出，匍匐在地。

「右拾遺陳子昂，執雄筆而著文，持正論以直諫。朕特賜——」唸到這裡，特使不再往下讀，把手中的錦盒打開說：「這是皇上給你的寶貝，快磕頭謝恩吧！」

陳子昂叩謝之後，接過錦盒，看著盒中那塊美玉驚呆了：那是一塊玉玦——絕！自絕？處決？這是怎麼回事？他一抬頭，一個捧著御酒的衙役已經站在他面前。

「喝了這酒，上路吧！」射洪縣令段簡說。

「……不！為什麼要害我？」陳子昂叫道。沒等他叫第二聲，兩個衙役惡狼般撲上去，把他按在地下將毒酒灌進口中。

「老實告訴你，皇上給你的是這個！」段簡獰笑著說：陳子昂一眼看見段簡手拿的黃綢巾中，竟是一塊玉圭！

玉圭是帝王封爵賜官的憑據！「圭」與「歸」同音，不言而喻，女皇帝賞賜玉圭的意思就是要陳子昂回到朝廷。

「你們欺君犯上！」陳子昂叫道。一切都晚了，劇毒已經發作。他掙扎著從地下爬起來，扶著牆壁站住，發出一陣令人毛骨悚然的慘笑，鮮血從口鼻流出。他聲嘶力竭叫道：「前不見古人，後不見來者，念天地之悠悠……獨愴然……而涕下！……天哪！」

他抱起那錦盒，奮力將它摔到地上，那玉珏摔得粉碎，陳子昂再也忍受不了胸腹中刀絞般的巨痛，撲倒在地。

一陣慘不忍睹的抽搐之後，生命從大唐文壇巨星身上消逝，一代文宗陳子昂，留下他未完成的歷史使命抱恨終天，一具青白扭曲的屍體橫在汙穢黑暗的射洪縣衙牢房裡。

迫害和摧殘都阻止不了陳子昂打開唐代詩歌革新的先河，繼他之後大唐的詩壇上走出了李白、杜甫、王維、孟浩然、高適、岑參、韓愈、白居易等燦若群星的偉大詩人，陳子昂為唐代詩歌的繁榮和發展作出了卓越的貢獻。

據傳說，在西蜀的這天夜裡，一顆巨星隕落，呼啦啦地把黑沉沉的夜空撕開一個明亮的口子，燃燒著消逝在天邊。

經過四天四夜的奔逃，趙蕤確實已經感到精疲力盡，懷中的嬰兒不時啼哭，射洪縣衙的差役在後面窮追不捨。三天以來他啃著乾糧，為懷中的孩子討到兩次奶吃。他是陳子昂死去的當夜得到消息的，他立即來到陳子昂的家中，通知他的家人逃難，他不加思索抱起了襁褓中陳子昂的骨血，一直往北走，想逃到遠離射洪的大山中找到藏身之地。這天晚上就在涪江邊迷了路。他高一腳低一腳地在蘆葦和灌木之間穿行，不敢靠近村子，一靠近村子，狗就咬起來，追趕他的差役聽見狗叫就會追上來。二更天，星月漸漸明亮起來，依稀看得見灰白的小路。趙蕤仰望星空，不由得虛汗大顆大顆地冒出來，原來用盡吃奶的力氣走了一夜，竟在回頭向南走！不知為什麼村子裡的狗也叫起來了，月特別明亮，他回頭一望，月光之下，遠遠地幾個黑影向他跑過來，不是追趕他的差役還有誰？被狗叫驚醒的嬰兒，在他懷中哇哇大哭，他連忙鑽進樹林，拚命往前跑，不一會已經到了樹林的盡頭，眼前是一片明亮得要命的月光！樹林那邊有人喊：「抓住他！」

他被包圍了！一生著述王霸大業縱橫之道，以他的機變和智慧為蜀中士子傾慕的趙蕤，自認已經身臨絕境，他不再走進月光下的道路。悲憤、屈辱、絕望一齊湧上心頭。

突然，他看見了一個人影！

那是一個青年男子，在離他一丈遠的地方停了下來，掉頭向後面的人喊叫：「張媽，快點！您老要走不動，讓我揹您！」

這男子不是別人，正是李客。在那個大漠的風暴之夜他從西州跟傳送密詔的涼州都督許欽明一起逃出，到了碎葉。父親在那次逃亡中受傷死去，他和與他一起逃出的女奴成了婚，在許欽明帳下效力。連續的戰亂使他們不得安寧。李客想起父親生前常常提起的西蜀，那裡山川秀美豐饒富庶，那裡是氐人、羌人和漢人雜居的地方，民風純樸善良，遠離中原而又非邊陲。李客和他的妻子離開西域萬里迢迢來到蜀中劍南道綿州昌明縣，在青蓮鄉安了家。安定的生活剛開始，妻子就懷孕了。即將當父親的李客，生怕有什麼閃失，妻子剛發作，忙著請來接生的張媽。

「誤不了事，生頭一胎，時候早著呢，我保你當爹還不成？」遠處的張媽說。幾句話清楚地傳到趙蕤耳中，是請產婆接生的！趙蕤一下子回過神來，幾乎是連爬帶滾撲到路上，攔住了那男子和老媽子，一邊使勁磕頭一邊哭喊道：「二位行行好，有人要殺我們，收養這個孩子吧！仇人馬上追來了，老天保佑好心人！求您收下這個孩子，我不會連累你們的，我立刻就走，我死不足惜，可憐這孩子剛來到人世就要遭到殺害了！」

看著地上跪著的這個淚流滿面聲嘶力竭的男子，即將成為父親的李客深深地感動了，一下子從趙蕤手中接過了嬰兒。趙蕤一頭磕在地上嗚咽道：「客官恩重如山，我就是肝腦塗地也要報答！」說完鑽進樹林子向西北跑了。

張媽從李客手中接過嬰兒，那孩子剛才還在嗚嗚哭叫，一到了張媽懷裡，居然不哭了。

這時幾個射洪縣的衙役跑得氣喘吁吁地過來，惡狠狠的問道：「看見有人從這裡逃跑沒有？還抱個孩子。」

「看見了，是有個人過去了。」李客回答。「快說，他往哪兒跑了？」一個差役問。

「他抱著孩子，混蛋！快說，他走的那條路？哪邊？」另一個差役心急火爆地吼叫。

李客已經有很久沒有被人斥罵過了，眼前這個惡劣的差役使他想起西州的突厥盜匪，於是李客慢吞吞地說：「好像有人往那邊走了——不知是不是你說的那人。」李客故意含糊拖延：「順著這條小路，鑽近苞谷地，好一陣子了。」

差役們像一群追逐食物的野狗，一齊撲向東南的苞谷地。

李客回到自家的院子，妻子告訴他剛才做了一個夢，夢見天上的長庚星特別明亮，放著五彩向他懷裡撲來。李客推開窗戶，果然看見下半夜東方的天上長庚星特別亮麗，發出奇異的光彩。天亮之前，一個男嬰呱呱墜地。李客望著窗外美麗的長庚星，給男孩取名長庚。給在路上收養的女孩取名月圓，讓自己的兒子作她的哥哥照顧這女孩一生，祝福這個剛到人世就慘遭離亂的不幸女孩，從此一生圓滿如月。

張媽在為女孩換洗的時候，發現她的襁褓中有一張書頁，是從書本上撕下來的。張媽交給李客，李客見上面字跡遒勁奔放，寫著：「前不見古人，後不見來者，念天地之悠悠，獨愴然而涕下！」

3. 宇之表無極，宙之端無窮，傻孩子怎能逮住太陽呢？

紫雲山橫亙在昌明青蓮鄉的小平原上，盤江和涪江在這裡浩浩蕩蕩地匯合，豐饒的平原上除了茂盛的莊稼更多的是樹林和草坪。春天，梨花、李花、杏花、桃花一茬一茬的開，牛羊星星點點地灑在河邊綠氈似的草坪上，顯得分外美麗。

「看啦，太陽就在樹林子那邊！」紫雲山下的草坪上，羊群中衝出一個男孩一個女孩，騎著馬，後面跟著一隻小狗，羊群被馬驚得四散奔逃，小狗歡跳著緊緊追趕。

「快追，快趕上！」騎馬的女孩子也跟上去大聲喊著。

直追到紫雲山下，兩個孩子才發現太陽並不在樹林子那邊，而是在小山頂上，閃著誘人的光芒。在孩子的眼裡，太陽在對他們微笑，溫煦而祥和，通紅透亮。處在夢不知天的年齡，又活潑又頑皮，小小的青蓮鄉已經被他們翻來覆去地玩了個遍，哪裡還有更好玩的東西？小長庚抬頭瞧見了掛在樹梢上的太陽！月圓立即響應，同意在今天太陽落坡之前非要抱著太陽玩個痛快不可，於是兩個孩子躍上馬背一陣急馳。

到了小山腳下跳下馬，喊叫著奔上山坡，太陽又像開玩笑似的在遠遠的青灰色的大山頂上遙遙相望，夕陽鮮紅鮮紅。桔紅鑲金的晚霞變成了華麗的玫瑰雲，染紅了半個天空，大山好遠好遠，聽媽媽說要走整整兩天才能到達那裡，小狗望著遠處的太陽「汪汪」地叫。

「太陽，等等我們！我們要和你玩！」

長庚失望地回到家，把當天晚上要背誦的功課推到一旁，悶聲不響地去睡了，李客以為兒子白天玩過了頭，也不叫他，任他去睡。

長庚臉朝裡睡著，今天的經歷實在使他掃興，太陽居然離他越來越遠，實在沒有辦法把神奇的太陽看個明白。正想著忽然出不了氣，原來鼻子被悄悄進來的月圓捏住了。

「好你個鬼丫頭，偷著算計我！」長庚從床上一躍而起，一下子抓住了月圓的小辮。

「你鬆開，我有一個趕上太陽的好辦法。」月圓說。

「不！」

「你不鬆開我就不說！」長庚鬆開了手。

月圓說：「每天早晨，太陽在哪裡？」

「在河對岸的小山坡上。」

「我倆天沒亮就去等著，等到太陽一出來，我們就逮住它！」

「太好了！這麼好的主意，我怎麼沒想到？」

於是，半夜三更的時候，長庚和月圓偷偷從屋子裡溜出來，輕腳輕手推開院子的柴門，聽得腳下咻咻的聲音。

「不許叫！」長庚說。

小狗向他們直搖尾巴，兩人帶著一條狗，穿過田間小道，兩旁的田裡，油菜花、胡豆花在夜裡散發著濃香。

他們爬上東山山頂，星星在又高又遠的天空向他們眨眼，月亮像銀色的盤子在淡淡的雲朵裡穿行。兩個小孩目不轉睛地望著東方，夜風吹過小樹林，發出沙沙的響聲。

等了好久好久，月亮鑽到濃雲裡去了，山上一片黑沉沉的，兩個小孩有些害怕，緊緊地靠在一起。

「等好久了，太陽為什麼還不出來？」月圓問。「太陽不是每天都出來嗎？」長庚說。

孩子怎麼也想不出太陽不出來的原因。

「不好，我們昨天騎著馬追太陽，太陽肯定知道了，他怕我們逮住他，今天他就不出來了。」長庚說。

「沒有太陽，那不全變成黑夜了嗎？」

「啊！全變成黑夜？」

「我怕……」

「別怕……有我呢！」長庚嘴上說不怕，心裡可是怕極了，抓住月圓的小手在發抖。可爸爸在媽媽犯難的時候總說「有我呢」，後來那些難事也就過去了。他一把摟住月圓，學爸爸的樣子說：「別怕，有我呢……」月圓哭起來：「媽媽……」

「別怕。」一個男子的聲音。孩子們一齊回頭，一個瘦削的中年男子站在他們身後。他不是別人，正是趙蕤。那一夜他直往北邊的山裡走，遇上了從青城山到戴天山太乙觀去修煉的太玄道長。趙蕤說自己名叫「東嶽子」，被人陷害有家難回。道長見他文質彬彬，便把他帶到戴天山下的大匡山，那裡有座破廟，趙蕤在這裡幫太玄抄寫經文。太玄有時從戴天山下來，與他品茗飲酒聊天。

太玄道長驚異他的博學，再三追問他的名字，當他說明他就是蔞縣趙蕤時，從此他們成了肝膽相照的朋友。太玄幫趙蕤將破廟修復改成了「匡山書院」，託人暗中把他所有典籍搬到匡山。然而日夜讓趙蕤揪心的是，陳子昂的女兒如今到底在哪兒？他後悔他慌亂之中沒有弄清那村子的名字。他暗中一次又一次地到過江邊檢視包谷地，每次都落空而回，這一夜遇見了這一對異想天開的孩子。

「你是誰？你到這裡來幹什麼？」長庚問。

「我是過路的伯伯，我可以幫你們把太陽喚出來。」孩子們一下子歡跳起來：「真的？」

「那太好了！」長庚如釋重負。

「真的。」趙蕤懷中掏出一把竹管，竹管上鑽了好多圓圓的孔。

「這是什麼？」月圓看著這個有很多小孔的東西問。

「這是篳篥，是西域的樂器，吹起來很好聽的。就是用它來喚醒太陽。現在太陽在很遠很遠的地方睡覺。」

「你怎麼知道？」長庚問。

「東方的大海裡有一個島，島上有一棵扶桑樹，太陽就住在扶桑樹後面，我給太陽吹奏一支歌，呼喚他醒來。這支呼喚太陽的曲子叫〈扶桑曲〉。」

原來太陽不出來並不是他們的過錯，兩個小傢伙這才鬆了一口氣。

趙蕤坐下來輕輕的吹起篳篥，柔美的音樂在薄薄的夜色中迴盪。長庚從未聽過這樣美妙的音樂，完全沉醉了。

「伯伯，你吹的時候，那扶桑樹就輕輕的搖動，太陽就醒來了，是這樣的嗎？」長庚說。

趙蕤點點頭。孩子想像著太陽從綠如翡翠般的海上升起。

不知什麼時候月亮已經下去，東方漸漸變白，天邊出現了第一抹染紅的朝霞。

「太陽要出來了！」月圓驚喜地叫道。

「伯伯，你能幫我們攔住太陽嗎？」長庚說。

趙蕤情不自禁地笑了：「攔住太陽？」這孩子的想法太奇特了，趙蕤搖搖頭。

「為什麼？」

「昨天下午，我們請太陽和我們玩，太陽聽了我們的話，他不和我們玩，就從山頂上藏到山背後去了。」月圓說。

「伯伯也沒有辦法幫你們攔住太陽。因為太陽本來就不在山頂上，而是在天上。」

「啊？為什麼？」兩個孩子大失所望。

趙蕤決定給他們講清楚。他說：「因為我們住的地是個大圓球，」趙蕤用樹枝在地上畫了個圓，「我們住的地像雞蛋黃一樣，包括在宇宙中間，而天就像雞蛋殼一樣，」趙蕤又在圓圈上畫上太陽、月亮、星星，「太陽、月亮、星星都掛在雞蛋殼上，而『宇之表無極，宙之端無窮』，傻孩子，你永遠逮不著太陽的。」

長庚很失望：「你騙人，難道沒有人追上過太陽？」

趙蕤忽然對這個打破砂鍋問到底的小孩產生了好感：「我不騙你，老人們傳說，倒是有人追上過。」

「誰？」長庚問。

趙蕤激動的說：「古時候，有一個叫夸父的人，他仰慕太陽的光輝，不分晝夜，追趕太陽，終於有一天，他進入了太陽的光輪。太陽的火焰把他烤得十分焦渴，他一口氣喝乾了黃河的水，又喝乾了渭河的水，還不夠，他又去喝大海的水，但後來還是把他渴死了，他的手杖丟在路旁，變成了一片桃林……」

長庚的眼淚撲簌簌地掉下來，喃喃地：「變成了一片桃林……」

就在大人和孩子交談的時候，東方的雲變紅了，遠處起伏的峰巒像一片凝固的波浪，托起一輪鮮紅的太陽。天地間一片光明，滿天的朝霞像金色的怒潮洶湧澎湃，流光溢彩的太陽，迎著兩個孩子和一隻狗升起來了。

涪江之濱，東山下的桃林像鋪在地上的一片片朝霞，山頂上的人和狗融在一片光明之中。

長庚回頭，那個過路的伯伯已經遠去。

「伯伯！你去哪兒？」長庚叫道。「我還有許多許多事情不明白，你能告訴我嗎？」

「能，有什麼不明白的，到匡山書院來找我！」趙蕤下意識地回答。

4. 讓趙蕤吃驚的是這孩子乳臭未乾而自命不凡

兩個孩子回到家中，也不敢把半夜悄悄出去追太陽的事告訴父母。長庚照樣上他的私塾，月圓照樣跟媽媽到江邊擺渡。而他們追趕太陽的事傳遍了青蓮鎮。

私塾裡的日子很無聊，年邁的塾師慢吞吞地講課，長聲吆吆地教學生們唱書，懶洋洋的誦書聲好像催眠曲聽著聽著就打起瞌睡來。但自從那一夜之後，奇怪的事發生了，長庚在讀書的時候不再打瞌睡，明亮的大眼睛全神貫注，小長庚很快就背熟了諸子百家。小長庚常常想著，老遠老遠的地方有一個匡山書院，書院裡那位伯伯知道很多很多道理。他要很快學完這些功課，到匡山去尋找那位什麼都知道的伯伯。匡山書院在離家六十里以外的山林中，太遠了，於是小長庚約了幾個同學要離開青蓮鄉的私塾，到匡山去拜那位什麼都知道的伯伯為師。

「什麼？他們要到匡山去？」老塾師氣得花白鬍子一抖一抖的。

小小的青蓮鄉只有寥寥的幾個學生，小長庚和同學們這一走，私塾就會倒閉，老塾師不知從哪裡知道了長庚追太陽的大笑話，找到里正說李客這孩子膽大妄為，如此這般加油添醋形容了一番，里正一聽這還了得！立刻責令李客第二天帶了他兒子到私塾去候著。當眾宣布這小子是一個不折不扣的傻瓜，並叫他們父子倆當著所有鄉親的面給老塾師賠禮道歉。並宣稱如果這小子要求再回私塾讀書的話，除非他把鐵棒磨成繡花針！

為什麼大人就可以信口雌黃地誣衊一個小孩子呢？長庚不服氣。心想：「這塾師如此欺負我，得找個地方與他評理去！」既然里正管著鄉人，縣令管著里正，我找縣裡的大老爺去！撒腿跑到縣衙門口。正想著進去忽然聽得一個婦人的聲音高叫道：「評理！我就是理！磉磴娃，今天不給我擔水，休想過去！」

長庚抬頭一看，見一個穿紅著綠的婦人正一手叉腰，一手指著一個騎牛的愣小子，叫得山響。那騎在牛背上的小孩子有十一、二歲，黑胖胖的，長得十分憨厚篤實。牽牛的小子，有十歲，瘦得猴精一樣，大嘴巴招風耳，正是私塾的同學殺子客沈丁，他爸是賣草藥的野郎中，他好久沒來上學了。黑胖小子像是有些害怕的樣子。

瘦猴卻不怕，咧著大嘴巴叫道：「擔水？擔水給水錢！」

「小鬼頭，你嘴巴兩道皮，說得輕巧，從來沒人敢問我要錢，我堂堂七品官的太太，難道管不了你？」

「原來這女人就是縣大老爺的太太，如此不講道理！看來我要討個公道也難。」長庚想。

「走！大路朝天，一家半邊！」沈丁說著牽牛就要走。

太太更是氣急敗壞，對門裡叫道：「張四，還不出來給我攔住！」

立即門裡跑出來一個差役模樣的人，一跳跳到街當中，攔住那牛，殼子客牽了牛左旋右旋沒有過得去。

殼子客說：「張四叔，你是老爺的公幹人，還是太太的公幹人？」張四笑道：「我這會兒當然是太太的公幹人。」殼子客嬉皮笑臉說：「太太喊你喝洗腳水喝不喝？」

張四聽了看看縣令夫人，面有難色，殼子客牽了牛就要過去。太太氣得跳腳說：「喲，氣死我了，還不把那王八蛋給我抓下來！」

張四一把揪住殼子客的大耳朵就要往街邊上拉。

長庚看著有趣，忽然靈機一動，喊道：「等等，我來給你們調解。」

官太太一見長庚小不丁點個人說：「小孩子家，沒你說的話，一邊玩去。」

長庚說：「我是河那邊的學生，專程來見縣太爺，你們為什麼吵架？」

殼子客說：「我們每天早晨從這裡路過，她都要我們從城外兩裡路的甜水井裡給她挑水，不然就不讓我們過路，今天大忙，麥收插秧，東家等著耙田犁地呢……」

「不挑水不行！」官太太說。

長庚笑了：「幾挑水算什麼！你放他過去，我送給你……」

「什麼？」

「一首詩。」

「詩？給我有什麼用處？」官太太說。

「你家老爺不是憑詩寫得好，才做了縣官，是不？」

對！丈夫常常在她面前搖頭擺尾地唱什麼詩，並且說那是天下最尊貴、最文雅、婦道人家絕無可能通曉的。太太想一首詩總比一挑水貴重，如今有人白送給我，從此以後叫丈夫不敢在我面前擺架子。於是喜孜孜地說：「我曉得，就是那個黑個黑個的字，寫成一行一行的那個，我家老爺也做得來，你一個小孩子家，做得來不？」

「夫人，你快拿紙筆來，只是有一件，我寫好了送你，你得放他們走。」長庚說。

「一言為定。」太太說。

太太馬上叫李四在老爺書房裡拿了紙筆，放在階簷下。長庚提筆一揮而就。太太接過詩依稀只認得後面兩句，便叫長庚唸給她聽。

長庚說：「這第一句：『素面倚欄鉤』……就是說有個大美人，太太您靠欄桿站著！」

「哪裡，哪裡，您過獎啦。」太太被恭維得不好意思。

「第二句是：『嬌聲出外頭』。說的是您吵架的時候又精神，又氣派……」

「看不出這小孩子還真會說話，後面這兩句我認得，這麼好的詩！我拿去給老爺看看！」太太急不可待地從長庚手裡奪過詩稿，就往後院飛奔而去。

太太跑進內院，一貫睡懶覺的老爺還沒起床，太太提著耳朵把縣令從床上拉起來。大老爺十分不情願地揉著一雙睡眼，問道：「幹什麼呀？」

「哼！你往日說我不通文墨，只會河東獅吼，你瞧，有人給我寫了一首詩！」

縣令伸了個懶腰，鼻子裡哼哼地說：「詩？豈是輕易做得成的麼？」

「不信你看！」太太將詩稿遞給縣令。

縣令見紙上果然清清秀秀寫著一首詩，接過詩稿看了起來，看著看著，縣令皺起了眉頭。

「你和誰吵架了？」縣令問。

「這上面還寫我吵架的事？」太太心下奇怪。

「豈止呢！」縣令臉色越來越難看，「你聽著，『素面倚欄鉤』，說的是有個女人靠欄桿。」

「靠欄桿又怎麼啦？」太太說。

「『嬌聲出外頭』，妳嗓門不小哇！」縣令向太太一瞪眼。太太一聽上火了：「哼！我罵那王八蛋不讓他聽見還行？好啦！下面『織女牽牛』的事我明白，不用你再說啦！」

「妳婦道人家懂啥？嘖嘖，人家罵了妳，妳還不知道？」縣令將詩稿拋向一邊，不屑地樣子使太太更加惱火。

「不行，你非得給我講清楚不可，他怎麼著罵我？」

「『若非是織女，何必問牽牛』，」縣令只穿著內衣內褲從床上一躍而起，大聲說道：「這兩句說的是：妳又不是人家老婆，妳找看牛娃胡纏些什麼呀，誰寫的？」

「原來這樣，壞小子！」太太氣急敗壞地趕出來，小孩已經跑得無影無蹤了。

「張四，快把那壞小子給抓起來！」

長庚見張四追來，立即沒命的奔逃。張四追出縣城，不見小孩的蹤影，只有一群看牛娃在河邊玩。一塊石子飛來，張四屁股上著了一下，回頭看看七八個看牛娃在對著他笑，張四找不出是哪個扔的石子，氣得亂罵，待要去追時，看牛娃早已一哄而散，張四知道這些鬼精靈是攆不上的，站在田埂上遠遠地叫罵了一通，回去了。

這幫看牛娃正是殼子客他們一夥。殼子客把長庚從樹叢中叫出來，長庚正要謝他們，殼子客說：「你幫我們治了那潑婦，我們幫你是應該的。」又從懷中掏出一塊燒熟了的芋頭遞給長庚說：「你跑了這一趟，餓了吧？這是我媽給我的午飯，給你吃！」長庚從大清早到這時還沒吃過東西，也不客氣，接過來狼吞虎嚥地吃了。

殼子客的話多，加油添醋地把剛才如何戲耍官太太的事講了一遍。看牛娃們聽了哪一個不佩服？長庚高興極了，對他們說青蓮鄉是回不去了，此去到匡山書院拜一位高人為師。殼子客十分講義氣，當晚讓長庚在自家的茅屋裡住了一夜，第二天一早讓他娘燒了幾個芋頭讓長庚帶著，約了磙磴娃把長庚送到匡山。

戴天山高聳入雲，山脈的形狀呈很彎的弧形，中間環抱著另一山峰，這就是大匡山。大匡山古木參天，有奇異的鳥兒和遍地杜鵑花，飛泉流瀑裝點其間，風光宜人，十分幽靜。聽著遠處太乙觀的晨鐘暮鼓，趙蕤在這裡一住就是七八年。俗話說：「桃李不言而下自成蹊」，幾年之後，方圓百里都知道匡山書院有一個極有學問的老師「東嶽子」，遠近的學子都來此求學。依趙蕤看來，大匡山倒是一個做學問的好地方。

這些年豈能荒廢？一邊教學一邊將平生所學整理出來，編成一部《反經》，又名《長短經》。趙蕤認為古聖賢諸經多數是順著君王的意思說，君王倒是以為不錯，但不一定對百姓有利，取悅於一人的東西，怎能治理好一個國家？況千百年來，依古訓一成不變又怎能與滄桑變化的世事相適應？這世間永恆不變的，便是「變化」。於是傾盡平生所學，窮王霸之道，陳君臣之分，闡變通之理，著成一部囊括諸子言凌百家的《反經》。《反經》共計十卷，63個篇目。這本博大精深的典籍為歷代的統治者所應用，自唐以來宋朝明朝皆有刻本，及至清朝的鼎盛時期，大學士紀曉嵐將其收入《四庫全書》。《反經》付印後，乾隆皇帝親自為之題詩。

自從武則天死後，朝廷的情況更加混亂，昏庸無能的中宗即位，皇后韋氏與武則天的姪兒德靜王武三思私通，干擾朝政，武三思在懷著狼子野心的同時，與一班奸黨又慫恿韋氏效法武則天，將中宗變成傀儡，安樂公主向父母提出廢黜太子，要當「皇太女」。對奪權陰謀毫無察覺的中宗被韋后和自己的親生女兒所毒死，宮廷變成了殺場。此後睿宗即位，立第三個兒子臨淄王李隆基為太子。太子與太平公主聯手殺死韋后及其黨羽，太平公主仗恃自己有功，更加專橫跋扈，一手遮天與太子李隆基對抗。公主和貴戚明目張膽地賣官，將國家的權柄直接或批發或零售變成自己的私有財產。掌握選秩的官員更是以貨取人，官場變成了商場。俗話說近水樓臺先得月，宦官和宮女的數量猛增到幾千人，他們用自己諂媚迎合的伎倆打進交易場中，居中斡旋，勾結外官，從這場白熱化的錢權交易中牟利。員外官如同牛毛增長起來，侈糜無度，賄賂公行，混亂顛倒，反正不分；大批忠直的官員的後果比陳子昂更悲慘。朝廷的陰謀仇殺演了一年又一年，各州縣的官吏也競相仿效朝廷的作法，越來越貪鄙橫暴，百姓也越來越沒有生路。

一日太玄帶來了新製的「獸目茶」與趙蕤共品。趙蕤煮了山泉沏茶，幽幽的茶香散發沁人心脾。趙蕤嘆息道：「匡時濟世本來是大丈夫所追求的，我遇上亂世，又遭官府追捕像野獸一樣躲在山林裡，真是不得已啊！也不知到哪一天，才有出頭的日子！」

太玄知他為《反經》而嘆，身為逃犯而著這種離經叛道的書，亂世中隨時都有身首異處的危險，便說：「亂世之中，才華只有給你帶來災禍，莫如跟我優遊於群山，留連於逝水，與青松白雲為伴……」

趙蕤聽了，知太玄有意為他排解，暗笑自己乃帝王之師的資材，因世道晦暗竟落到這一步，如何肯嚥下這口氣，曠然一笑道：「道長，月滿則虧，物極必反本是萬事萬物發展變化的規律，我就不信就沒有變化的一天！再則得人則興，失士則崩，乃千真萬確的道理，我這部《反經》公諸於世之時，便是我趙蕤飛黃騰達之時！」。太玄知他心願難改也不再勸，只連連讚賞「好茶」，提起銅壺，一個勁地給趙蕤續水，如此兩人對酌山花開，一杯一杯復一杯。兩人正品茗時，突然看見山坡一個形如乞丐的人氣喘吁吁地上來。

「那不是我師弟子虛嗎？」太玄說著站起身來迎上去。

「師兄，師父他——」子虛快步走到太玄面前跪下，將一個包袱頂在頭頂。

「師父不是在長安麼？有什麼事？」太玄連忙扶起子虛。

子虛哭著說：「今春太子李重俊起兵誅殺武三思，太子兵敗，被武三思殺害，武三思說太子曾請過師父講道，命人包圍了我們住的道觀……殺害了師父和師兄，……」

「師父……」太玄萬沒想到，師父一個出家人會遭此橫禍。子虛把那個包袱交給太玄：「師父臨危時叫我到戴天山來找你……」又是泣不成聲。

太玄接過包袱，眼裡飽含淚水。

趙蕤送走太玄和他的師弟，回到自己的書房。想起下午發生的一切，心情十分沮喪。時局竟會落到這一步……想起自己的著作，更是無法入睡。在床上翻來覆去不覺已是半夜以後。忽然不知哪裡噼啪一聲響，把他驚醒了，趙蕤坐起來，仔細聽又並沒有什麼動靜，只有微弱的星光透過窗戶照著書桌上黑黢黢的一堆什麼東西，趙蕤披衣下床，點燃蠟燭，看書桌上不是別的，正是自己的《反經》手稿，不覺黯然神傷。又想起白天到太乙觀的路上，山坡上開滿了黃燦燦的杜鵑花，明天便是清明節，年年在清明節照例是要祭奠陳子昂的。想到此再也沒有睡意，點了一炷香步出戶外。但見繁星滿天，夜霧茫茫，匡山的山峰像浸在霧海之中的孤島。

趙蕤將香插在山石上，取出那本珍藏的《陳子昂文集》，放在那炷香前，拜了幾拜。約摸端坐了半個時辰，掏出懷中的篳篥吹了起來，吹的正是那支〈扶桑曲〉，聲音沉痛而悲涼，如咽如訴，穿過匡山的夜霧傳得很遠很遠……吹著吹著，聲音變得悲壯激越，他緊緊地握著篳篥，全身心地投入，突然撕裂人心的一聲後，曲子戛然而止，趙蕤手中的篳篥的竹管已被他握裂。

趙蕤再也忍不住，積年的憂鬱與悲痛一齊爆發出來。趙蕤喟然長嘆道：「子昂兄，你嘲笑我沒有勇氣面對險惡的塵世？你嘲笑我沒有力量涉身艱難的仕途？武后死了有中宗，中宗又變成睿宗，王侯將相走馬燈似的轉來轉去，哪一個以社稷黎民為重？」

「我天天向蒼天呼號，都得不到為你洗雪沉冤的機會……你不回答我，你已經死在深重的冤恨裡了麼？你已經消散在罪惡的黑暗裡了麼？子昂，難道你就這樣被世間的惡風暴雨磨滅了，難道我也就這樣被磨滅了？」

趙蕤說著悲從中來，四顧茫茫黑霧沉沉的一片，他張開雙臂仰天長嘯：「前不見古人，後不見來者，念天地之悠悠，獨愴然而涕下！」

那寂無聲息的山林和著趙蕤的嘯吟，輕輕呼嘯起來，天上的星月也似乎在抖動。

黑暗中山石背後傳來一陣抽泣。

「誰在那裡？」趙蕤問。

「伯伯！」從裡暗中奔跑出來三個孩子，其中一個一下子跪倒在趙蕤的腳下，嗬嗬地哭了。趙蕤扶起他，雙手扶起那張淚痕斑斑的臉，認出了正是那夜在涪江畔遇到的追太陽的男孩。

「你怎麼到這裡來了？」

小長庚告訴了他一切。是磙磴和殼子客陪他到匡山來的，那時候已是深夜。他們一直在外面守著，半夜過後趙蕤出來祭奠陳子昂，當那一曲奪人心魄的〈扶桑〉吹奏完畢的時候，長庚再也忍不住洶湧的淚水奪眶而出。

「老師，你也在呼喚太陽出來？」

趙蕤下意識地點點頭，不知為什麼，他的眼睛裡已飽含了淚水。

「太陽出來，黑暗就會消退，有才能的好人出來，惡勢力就會消退，天下就會太平，就像大禹治理洪水，夸父逐日一樣，對嗎？」

「對！」趙蕤想不到長庚會這樣說話，想起兩年前那個追趕太陽的孩子，心裡暗想士別三日當刮目相看了。

趙蕤又驚又喜，驚的是他小小年紀就有如此大志向，乳臭未乾而自命不凡；喜的是他在這深山野嶺中竟遇到了這樣一位學生！

此後，每月十三日到十七日晚，皓月當空，長庚在松下燃起一堆晾乾的艾蒿，艾蒿的煙發出一股濃濃的藥香，匡山的月亮照著中國唐代最偉大的思想家趙蕤，他搖著一把蒲扇，站在萬物反正相生的這一哲學的角度，以開拓靈變的思路，為未來的大詩人李白，以謀略為經，歷史為緯，圍繞權謀政變和知人善任這兩個重心，講授了上至堯舜，下至隋唐歷史的全貌。從君臣之道講到量才用人、治亂興衰，從謀略戰爭講到王圖霸業，從道德規範講到民俗世風，融孔孟之道、陰陽縱橫、諸子百家為一爐。那些學識和哲理像滔滔不絕的泉水一樣湧出來，澆灌著未來的參天大樹。

涪江那個追尋太陽的孩子成了他的學生，趙蕤心中自是特別高興。他不僅喜歡這孩子聰慧靈透，更喜歡他誠實天真。趙蕤幾次暗中到青蓮尋訪陳子昂的女兒都沒有結果。便囑長庚請託他父母祕密代為尋訪。

長庚回到家，給父親一說，李客驚訝得合不上嘴。次日李客備了豐厚的禮品，帶了一雙兒女，來到匡山書院。趙蕤接過李客一家人送來的禮物，眼睛卻只在月圓身上打轉。趙蕤請李客坐下，已有學生奉上清茶，趙蕤請李客審視李白近來的功課，李客走近幾案，卻看見一部陳舊手跡，不經意地放在一摞書籍旁邊，首頁被撕去了，只有紙頁的殘存。李客激動地拉過趙蕤說：「先生可認得這件東西？」說著從自家懷裡抖抖索索掏出一張麻布小包裹，打開麻布包，是一張從書上扯下來的麻紙，李客小心翼翼地將那張發黃的麻紙拼接在首頁的殘留上，竟嚴絲合縫完好如初！首頁上正是：「前不見古人，後不見來者，念天地之悠悠，獨愴然而涕下！」趙蕤已然熱淚盈眶，振衣屈膝，拜倒在李客面前！

「恩公！」

「老師！這是從何說起？」李客一下子明白了，眼前這位儒雅的先生便是十年前涪江邊那個蓬頭垢面跪地哀求他的人！

5.　烈焰騰騰的房子呼啦啦地倒下來

段簡奉命毒死陳子昂後，又派丁參軍帶著差役追殺趙蕤，那一夜在青蓮鄉涪江邊趙蕤消失得無影無蹤，丁參軍等無法向段簡交代，謊稱趙蕤被追逼投江而死。

不知是建安王武攸宜把他忘了，還是益州的上司覺得他過於陰險狠毒，段簡並沒升官，去年從京城傳來了對他極為不利的消息，中宗被安樂公主毒死了，新皇帝李旦登了位，李旦雖性格溫和拘謹優柔寡斷，也明白武氏黨羽是國亂的禍根，下令對武氏黨羽進行清除。段簡聽到傳說：「皇上下令把武攸宜的屍體從墳墓裡掏出來，剁成肉泥餵狗，武三思、武攸宜的全家老小都被誅殺，皇上已經降下密詔，要殺盡朝廷和各州縣的武氏黨羽……」要是大都督府要查辦武氏黨羽，他怎能免於遭殃？

段簡嚇得魂不守舍。

「那件事除了你和兩個辦差的，還有誰知道？」段簡問丁參軍。

「沒有。」

陳子昂死後不久，武攸宜原來的信使不久就在京城去世。看守陳子昂的老獄卒在四年前也已經病故。他和丁參軍等自然不會把事情說出去招來麻煩。

段簡定了定神，冷不防冒出一句：「趙蕤他真的跳江死了嗎？」

「這……」丁參軍臉色大變，他只好將趙蕤當年如何投江再說了一遍，只說自己不會水，眼巴巴見趙蕤被江水沖走了。

要是趙蕤活著，知道了皇上誅殺武氏黨羽的消息，他段簡一定會像武三思等一樣被剁成肉泥餵狗。他立即派人去綿州昌明縣打探。不到半個月時間派去的那人回來說：趙蕤還活著，化名為東嶽子，在大匡山隱居。

一條毒計像蛇一樣爬上段簡心頭。

不久，太玄帶來朝廷清除武氏黨羽的消息，趙蕤高興無比，等待多年的機會終於來了！立即寫奏章，陳述陳子昂冤情，揭露武攸宜的罪行，找尋陳子昂的友人，透過他們把奏章呈給皇上。月圓的出現，趙蕤心中的一塊石頭落了地，有李客這樣的人作她的父親，那是太好了。他決定把書稿和典籍託給太玄，義無反顧地奔赴長安。李客得知，便從青蓮遠遠地趕過來，為趙蕤餞行。太玄也從太乙觀過來了。

太玄道：「趙兄，陳拾遺的女兒與趙兄俱能保全，乃不幸中之大幸。世事變化難以逆料，趙兄此去多加小心。」

李客給趙蕤滿滿斟了一盞，道：「趙兄義薄雲天令小弟敬佩！為陳子昂昭雪，也是小弟心願，趙兄儘管放心前去，李客盼你早早歸來，今夜喝個痛快！」

長庚和月圓見大人喝酒，就到一邊玩去。「我帶你去一個好玩的去處。」他把月圓拉到往日趙蕤給他講《反經》的古松下。長庚說：「這幾天老師讓我練武，我可以一口氣翻二十四個筋斗，你笑一笑，我翻二十四個筋斗給你看。」月圓一聽，咧開嘴笑了笑。長庚見月圓笑了，便翻起筋斗來，一連翻了二十四個，月圓突然說：「你是我的親哥哥，我們才能在一起玩，你如今不是我的親哥哥了，我們還能在一起嗎？」長庚立即答道：「怎麼不能？那妳就嫁給我！」月圓說：「真的？」長庚不假思索答道：「騙妳是小狗！」

「你發誓。」月圓說。

「發誓就發誓。」

「我不信。」

「我這就發誓。」長庚為了讓月圓不傷心，做出正經八百的樣子說：「等等，大人發誓是要喝酒的，我去弄酒來，妳在這裡等著，好像我出了遠門，我當了大將軍，就要騎著大馬回來。」

「好的，我等著你。小心大人看見！」

長庚說著到了書院，偷偷進了廚房，倒了滿滿一碗酒，見屋角有一把掃帚，正好做大將軍的坐騎，便夾在胯下試了試，感覺還可以。於是端一碗酒，輕手輕腳往外走。忽然聞見一股濃濃煙味，只見拐角處一個黑影一閃，長庚心中一驚，大聲呼叫：「有賊！」

李客趙蕤聽見叫喊連忙趕過去，只見書院起火烈焰騰空，幾個蒙面人提著刀正向趙蕤撲來，好在李客是從西域來的，出門帶刀已成習慣，李客抽出腰間番刀，向賊人砍去。

這些賊人本是段簡的親信，平時在射洪縣仗著有幾分武藝，無惡不作，本以為趙蕤是一介書生，幾人殺一人易如反掌，誰知半路殺出個程咬金來，不僅沒能殺了趙蕤，反被李客殺死二人，其餘的抱頭鼠竄。李客殺退了賊人正要去救火，見書屋裡鑽出一個人，鬼鬼祟祟抱著一包東西，李客劈頭一刀，那人頭上立即冒出鮮血來，手中那包東西散落在地，原來李客想留一個活口看他們到底是什麼人，故爾一刀斜劃下去，從右額鼻梁到右臉，拉了一個貫穿全盤的口子，權當給他留作紀念。李客追上一步，撕下那人臉上的黑布，一張驚駭的鼠臉露出來，李客叫道：「大膽蟊賊，我這就殺了你！」這時長庚在身邊叫道：「爸爸，快躲！」

說時遲那時快，李客身後燃燒的一排椽子向李客倒過來，李客縱身一跳，躲過熊熊燒著倒下的椽子。段簡趁著這當兒，拾起地上的包袱，捂著臉逃跑了。李客再要追時，燃燒的房子一椿一椿地倒下來。趙蕤以為月圓還在房裡，一邊叫著「月圓」一邊飛跑進廂房，眼看房子就要倒塌，長庚急得大叫，長庚正要往裡衝時，李客一個箭步衝上去抓住長庚往後拖，這時那烈焰騰騰的房子已經呼啦啦的倒了下來。那賊子趁著李客救人的時候，捂著臉逃跑了。

煙霞子見匡山書院著火也急忙趕來，一齊把火救滅。匡山書院多半變成焦土廢墟。長庚領著父親跑到古松下一看，月圓不知在哪裡去了！李客把匡山書院的廢墟翻了個遍，都不見月圓的半點蹤跡。李客漫山遍野吆喝，只有松風陣陣，空谷迴響，哪裡有月圓的影子？

太玄和弟子煙霞子把燒得焦炭一般的趙蕤從廢墟裡刨出來，趙蕤微微睜開眼，示意長庚過來。長庚在師父面前跪下，趙蕤望著太玄，將長庚的手放在太玄手中，溘然長逝。

李客順著賊人流淌的血跡一路追去，到了山下，再往前一直尋到涪江邊，見路邊掉了一隻繡鞋，正是月圓穿的。長庚再也忍不住心中的悲痛，望著江水哇哇痛哭。所有的人出動找遍了各個路口，一連找了好幾天，周圍百里都找了個遍，都沒有一點線索。

李客把趙蕤埋葬在講經的古松之下。太玄帶眾弟子和長庚回到青城山。李客說：「深謝道長收我兒子為徒，我們即將分別，請道長給我兒子取個名字吧！」太玄問了當時孩子出生的情況，想了想說：「孩子生在長庚星高照的凌晨，出生之後東方既白，就取名叫李白可好？」李客道：「白為上色，乾淨明白，先生說的正好。」太玄又說：「這白字還另有一層意思，這孩子靈慧天成，只可惜沒有出生在名門，日後進入仕途全沒有一點倚仗，這裡的『白』也就是『無有』的意思。孩子，你將來的前程全靠你自己的力量去創造，明白嗎？」長庚瞪著雙明亮的眼睛仰望著老師說：「趙蕤老師曾經教過我說，三國中蜀國的宰相諸葛亮本是躬耕隆中的隱士，漢代的淮陰侯韓信原來是一個乞丐，太宗皇帝的大臣張良馬周等都出身百姓之家：我當然要靠我自己的力量去輔佐君王，開創大唐的未來。」

太玄心想，這孩子小小年紀竟有如此志向，日後定能成大器，又道：「這『白』也有清清白白一塵不染的意思，長庚星也叫太白金星，我再為他取一個表字：太白，可好？」李白聽了倒頭便拜道：「多謝道長伯伯。」

太玄帶了李白，命徒弟們收拾好行裝，連夜回青城山去了。李客一直送到青城山朝陽洞，才與兒子依依作別返回青蓮鄉。

丁參軍僥倖沒死，把重傷的段簡祕密抬回射洪。哪知禍不單行，當天晚上就得到成都方面的確切消息：皇上清洗武氏黨羽的密旨已經到了益州大都督府！段簡嚇得半死，夫人束手無策，請來一個算命的「半仙」來，請他指點迷津，半仙點起香燭，閉目掐算了半天，雙眉緊鎖對段簡說：「祖上無德，罪孽深重，今生結怨，厲鬼纏身。」嚇得那婦人跪在地上連連叩頭，求「半仙」禳解。「半仙」穩起好一陣都不開口，及至段簡叫夫人端了一盤金銀獻上，半仙才慢悠悠說道：「請段大人另改一個名字，然後走出射洪西去百里之外，冤鬼才不會來纏。」說完將金銀裝入口袋，揚長而去。

6. 美麗的仙女們簇擁著一位騎著青鳥的女仙

《仙經》上說青城山是道家第五洞天福地，天下人說「青城天下幽」，千萬重蜀山中，青城山三十六峰，峰峰疊翠，翠峰如屏，宛然如一幅幅天然圖畫，真正是道家修煉的好地方。

春夏之交的青城山沉醉在滿山遍野的綠色中，呈現出一衍生機盎然的景象。去冬的枯葉已經落盡，此時常綠的松柏是一片濃得化不開的墨綠，落葉的高大喬木全部換上了新裝，所有的樹木和野草藤蔓都爭先恐後的在這個時候長出新葉，千百種綠在青城山的各個山頭各條溝壑爭奇鬥豔，有黛綠、翠綠、淡綠、青綠、嫩綠……新鮮得沒有一點雜色，乾淨得沒有一點塵埃。映著明媚的陽光像堆了滿山的翡翠，晶瑩剔透光輝閃爍，山風過處，掀起排排綠色波浪。溪谷裡的像岷江衝出都江堰的大浪，山峰上的像錢塘江的潮汐。風平浪靜的時候，一聲清脆黃鸝的鳴囀，驅趕盡塵世囂煩。人到此間物我兩忘，在天然圖畫中沉醉。

前年春天，玄宗的妹妹玉真公主上了青城山。她發現這是一個充滿神奇幻想的地方，每一座山峰都有得道的修行者在這裡探知長生不老的祕訣，在神仙世界裡自由地翱翔。玉真公主領略了人間第五福地的超逸清幽，考量了大唐王室半個多世紀殘酷血腥的爭鬥，決定在青城山正式出家成為道士，以自己的一生為兄長的江山社稷祈福，請太玄道長為她授籙，道號持盈法師。並在這裡建造一座宮觀，以便在這裡潛心修道，這座宮觀取名儲福宮。

玉真公主此舉，使太玄喜出望外。這不僅是為道門增設了一處有皇家氣派的觀宇，更重要的是為道門青年才俊提供了一處上升的階梯。

武則天時選官雜、濫，甚至屠夫和小販、奴婢、浪人也混雜其中，只要私下裡把那些錢往權貴們的手裡一送，不幾天便批下一個「斜封官」來。何謂「斜封官」？就是在唐中宗、武則天執政時期，不透過中書省、門下省考察和審定，直接得到由皇帝親筆敕書的任命，由於這種敕書是斜封著交付中書省，所以這種官又叫斜封官。俗話說「近水樓臺先得月」，那些在皇帝面前盡心竭力討好皇帝的權貴們，比如安樂公主、長寧公主、鄭國夫人、上官婕妤（上官婉兒）和她的母親沛國夫人鄭氏等等，甚至還有女巫，大肆受賄，只要向這些人送上三十萬緡錢，就可以得到皇帝親自簽署的官員任命書。這種「斜封官」成百上千地充斥朝堂，人品齷齪，見識汙陋，更談不上安邦定國的學問。

得到寵幸的小人們沾沾自喜，都為正人君子所不齒。朝堂無道可言，朝綱是一天比一天混亂了。

太玄看來，這次玉真公主的到來，是李白走向長安的好機會。

李白背著行囊，沿著後山石板鋪成的小路拾級而上。眨眼間

隨太玄道長到了青城山已經十年了。太玄道行高深，知李白天資極高，難以羈縶，索性順其自然，李白喜歡什麼，太玄就為他選擇老師，讓他學什麼。太玄自己原本是書法家，一手草書寫得如雲在天捲舒自如，李白向太玄學習自然也寫得龍騰虎躍、飛揚跋扈。太玄的得意弟子元丹丘道號煙霞子，從小跟隨太玄學習，太玄便讓李白與煙霞子一起學道，幾年之後李白講道竟然勝過煙霞子；李白常常和道觀的師兄們對練刀劍，看到李白一身好武藝雄糾糾的樣子，太玄心裡有說不出的高興。李白愛下棋，連上清宮年高德劭的靜虛真人也愛叫李白來與他對弈，誰知道過了不久，靜虛真人連連敗北。此後李白隻身到蜀中各地遊學，到過峥嶸崔嵬的劍閣，山川彙集的渝州，足跡遍布巴蜀大地。

一天，他來到天開青冥彩錯畫出的峨嵋，峨嵋山的睿法師彈得一手好琴，李白聽得入了迷，對佛門中有如此美妙的音樂感到驚奇，睿法師一眼就看中了太玄道長的愛徒，一留就是一年。

這次太玄道長派人帶信來說有要事讓李白回青城山，臨別峨嵋山的時候，睿法師捨不得他走，說他

這一年長高了，眉宇間有了英氣，他最動聽的琴曲還沒有教給他呢。

李白從青城後山爬上丈人峰，繞道過擲筆槽。一隻仙鶴從山谷飛過，與李白似曾相識似的，在李白頭上盤旋了一圈，長唳一聲，沖霄而去。李白打了一個口哨，擲筆槽裡立即響起響亮的回聲，山谷中的鳥兒撲喇喇地飛起，有仙鶴、鷺鷥、黃鸝、八哥、畫眉……紛紛飛到李白面前。早先李白小時候跟隨趙蕤在匡山讀書時，就養了千百種珍禽奇鳥，每天早晨，李白就帶了雜糧，迎風一呼，鳥兒都飛來啄食。後來李白到了青城山，也愛餵鳥，本來山中的道士常年與鳥為鄰，也著意愛護，那些鳥兒見了李白便歡喜跳躍，爭著來親近。李白想到自己離開此山一年多，這些鳥兒居然還認得，便將乾糧攤在手中引鳥兒來啄食。這時有幾隻膽大的畫眉，飛到李白面前，跳在李白手心，啄食他手中的乾糧。

忽聽有人叫道：「好個李白，我們等你好半天了，你居然在這裡餵鳥！師父在等你呢。」李白回頭看原來是煙霞子，便問：「師父找我有什麼急事不成？」煙霞子道：「你跟我去了就知道了。」

李白隨煙霞子進了儲福宮，果然金碧輝煌一派皇家氣象，青城山的年輕道士都忙著操演將要表演的隆重儀式。一個個嚴肅認真，絲毫不敢怠慢。李白從大殿側穿過迴廊來到一面照壁前，看那照壁上畫著眾多美麗的仙女簇擁著一位騎著青鳥的女仙，地上長滿奇花異草，仙女們一個個栩栩如生，美麗非凡。畫家的技藝非常精湛，仙女們身上穿的輕紗袍好像在風中微微飄動。那位騎青鳥的女仙身後侍立著一位綠衣仙女，低眉淺笑，李白左看右看都覺得仙女在望著他。綠衣仙女身後，站著數不清的仙女和仙童。李白看得出神，不由伸出手來去摸那綠衣仙女的裙裾。煙霞子笑著說：「這是內教博士吳道子畫的，長安寺觀的壁畫大都是由他畫的，他畫人物十分傳神，行筆磊落揮灑自如。他畫亭臺樓閣不需要用直尺。這幅壁畫是他的力作，凡見過這畫的人都讚不絕口。啊，師父就在那邊。」李白回頭見太玄道長正站在大殿門口望他，忙迎上去見過。太玄一臉笑容，拉著李白的手說：「這裡還有一件稀世寶物，你來了正好。」

太玄帶李白來到丹房，見和幾個年輕道士正對著一件碩大的銅器議論什麼。見太玄帶李白進來，一齊向李白叫道：「盼到救星了！」李白道：「我怎會成為你們的救星？」煙霞子道：「師父命我等為這件神器取名字，我等苦思苦想兩三天了，正在為取不出名字發愁呢。」李白上前看那銅器，乃是一個碩大的鼎，錚亮的紫金色，鼎身盤著三條龍，昂首望空，張牙舞爪，似欲騰空飛去，鑄造得精緻非凡。李白見案上一張黃麻紙上，已寫了不少的名稱，盡是一些「祈福」、「得道」、「煉丹」、「證果」之類，李白微微笑道：「如此一件稀世之寶，倒是應該有一個好名字！」太玄順口說道：「你何不用心為它取一個？不過，名字要取得貼切響亮，不能太深奧晦澀，但不可俗氣，又要人一聽名字便覺得一定是這件物事，一見物事就覺得這名稱取得好，再沒有別的名字可取。」

李白聽了師父這一大堆條件，只是連連點頭，也不謙讓，心中只想：「吳道子才華出眾，在此留下勝績，我也不可落後。」略一思索，便答道：「叫做『飛龍鼎』如何？」還沒等太玄開口，煙霞子拍手叫道：「好名字！再沒有第二個名，能配這鼎。」太玄卻說：「好倒是好，只是僅就鼎的外表而言，不免太淺顯了些。」李白卻笑道：「師父怎麼忘了黃帝煉丹騎龍飛昇的典故？我再為此鼎寫詩一首，讓見到鼎的人更覺此鼎不凡。」太玄立即大喜道：「這再好不過。」馬上命小道士奉上紙筆。

李白提起筆，一揮而就，然後高吟道：「黃帝鑄鼎於荊山，煉丹砂，丹砂成黃金，騎龍飛上太清家。雲愁海思令人嗟，宮中綵女顏如花，飄然揮手凌紫霞，從風縱體登鸞車。登鸞車，侍軒轅，遨遊青天中，其樂不可言。鼎湖流水清且閒，軒轅去時有弓箭，古人傳道留其間。後宮嬋娟多花顏，乘鸞飛煙亦不遠，騎龍攀天造天關。造天關，聞天語，屯雲河車載玉女。載玉女，過紫皇，紫皇乃賜白兔所搗之藥方。極天而老凋三光，下視瑤池見王母，娥眉瀟颯如秋霜。」

眾人讀罷，覺得把以鼎煉丹，騎龍飛昇的情形寫得十分生動有趣，太玄命煙霞子連夜安排人裝裱好懸掛在丹房裡，到了開光大典那天，由李白為玉真公主詠讀。

煙霞子和眾道士聽了，羨慕得鼓掌歡呼說：「你為公主誦詩，一定會站在公主面前，我們只是遠遠地站在後面，連公主什麼樣兒也看不清楚，要是公主賞識，你就一步登天了！」

李白笑道：「今日方知道士也愛榮耀。」說得眾人大笑。太玄拍著飛龍鼎笑了。

太玄把李白帶到雲房，取出一個青色雲鶴紋的錦盒來。對李白說：「十年前的今天——」

太玄一邊說一邊打量李白，少年飽滿的額頭下，明亮的眼睛炯炯有神，輪廓分明的嘴唇上面已長出淺淺的絨毛，他身材挺拔，彬彬有禮地站在他對面，氣宇軒昂中蘊含著幾分瀟灑倜儻。十年來李白薰染了諸葛武侯忠誠淳厚的儒風，司馬相如和楊雄在漢大賦中鋪張揚厲的文風，趙蕤縱橫變通奇偉數術都被李白融會貫通在他的胸懷之中。李白的靜虛悠遠的琴聲裡蘊含著峨嵋山月的空靈，如天馬行空的詩歌表現出的神逸超脫當然是青城山道家的神韻。

要是趙蕤看到今天會多麼高興，可是他已經再也不會看到……

「十年前的今天，我的好友你的老師趙蕤，讓我把這個包袱妥善儲存，日後交給他心中願意交付的人。你帶回去，等儲福宮竣工落成大典完畢，你慢慢研習吧。」

太玄把錦囊遞給李白。李白雙手接過只覺得沉甸甸的，打開一看裡面有兩本書。一本是趙蕤老師著的《反經》，一本青色錦緞封面泥金小篆題《陳子昂文集》，李白翻開扉頁，上面赫然是當年撕成兩半拼接而成的陳子昂的行書：「前不見古人，後不見來者，念天地之悠悠，獨愴然而涕下！」。

趙蕤老師竟把陳子昂的著作留給了他！李白覺得渾身熱血奔湧，納頭便拜道：「謝謝師父。」李白將兩本書抱在胸前，不覺熱淚湧出。

李白抬起一雙淚眼望著太玄說：「師父你放心，我一定不會辜負趙蕤老師對我的期望的。」

太玄又說：「太白，雖然你的老師趙蕤和陳子昂都才華蓋世學識非凡，可惜從未得到施展的機會。再說人的生命是有窮盡的，而願望沒有止境，用有限的生命去追求無限的願望，是很危險的。我希望你一生成就輝煌，但更希望你一生平安順利。」

李白聽了師父這些出自肺腑的話語十分感動，連忙跪下道：「謝謝師父教誨。」小心翼翼地把趙蕤老師的遺物包好。

「你好好準備一下，為持盈法師吟誦你的詩文。」太玄又道。

太玄目送李白走出房門，他想，在儲福宮落成的大典上，李白肯定會受到玉真公主賞識的。玉真公主到青城山來是李白與道門的緣分。李白有了這次機遇，便可以一步登天到長安去深造，老友趙蕤在九泉之下看到今天的情景也應含笑欣慰了。

7. 太白星君下凡，在人間作詩、飲酒、漂泊四方……

太玄說李白趕了幾天路，讓他早早歇著。李白照例住在天師洞煙霞子的雲房。煙霞子對李白說：「師父命我明天一早去接金吾長史張旭大人為儲福宮題寫匾額，你可願與我同去？」李白好久沒同師兄玩，巴不得同他去成都。

第二天早上，李白與煙霞子各騎一匹快馬，往成都專程去接金吾長史張旭，二人來到張旭下榻的南郊諸葛丞相祠，向當家道士說明來意，那道士卻說近來祠中並沒有長安的大官來過，或許金吾長史大人正在途中也未可知。煙霞子弄不清這是怎麼回事，師父說的上個月約好了的，為何偏偏不見人？那當家道士見煙霞子犯難，便道：「你二人可回去向太玄大師說明，金吾長史沒在我這裡，長安來的大官，也許是蜀中的頭面人物請去了。萬一來到這裡，在下立即派人到青城山來告知，你二位再來迎接可好？」煙霞子說：「也好，只是有勞您老。」二人於是打馬迴轉。

剛走了一段路，只見街口圍了好大一堆人。李白好奇，說：「過去看看。」二人走過去，見一個三十來歲的絡腮鬍子指著牆上貼的告示與幾個讀書人在爭辯什麼。李白上前看那告示上寫道：「……大唐開元神武大皇帝，撥亂反正勵精圖治，廣召天下有識之士……」，然後下面說：「益州大都督府長史，下月在錦城散花樓舉行詩會，各州縣士子皆可參加。優勝者賞相如寶硯，並薦送京師授予官職……」參賽的士子必須有州縣官吏的引薦及自備行卷、詩賦文章皆可參賽等等……李白一看覺得很新鮮，以往街頭張貼的告示，無非是徵兵納糧這類，因為朝綱敗亂，想做官的人都透過賄賂權貴或公開出錢買官，朝中開科以德才取士形同虛設，故爾李白從來就沒有見過這種告示。

李白心中一熱，正想間見那身著錦袍的年輕的士子說：「這上面都是胡說八道！在京城要做官拿二十萬緡錢便可買一個縣令，三十萬緡錢就可買一個知府來噹噹；這是多年的老規矩，從沒見過什麼以詩文取士！荒唐，荒唐！」

那絡腮鬍子聽了，癟癟嘴笑道：「當今皇上，是古往今來第一個聖明天子。拔亂反正勵精圖治，現在是李家天下，買官賣官是犯法，誰敢買官賣官，是要進大獄的咧！開詩會就是選人才。哪有無才無德就能治國平天下的？想必你作不出詩來，才指望著拿錢買官。」圍觀的人們聽了一陣哄笑。其中一個商人模樣的說：「各位不必爭論，作詩是為了當官，當了官是為了更好的賺錢，當官也是為了當官，其實只要有錢便萬事大吉，又何必費腦筋去作什麼詩。」那錦袍公子急紅了臉道：「我說的都是實情，不信你們自己去打聽。我也是讀書人，焉能與你這跑江湖的漢子一般見識？」

李白看那絡腮鬍子披散著頭髮，穿一件玄色寬袍，腳下穿一雙麻鞋，看裝束果然是個跑江湖的。其他的士子們聽錦袍公子說絡腮鬍子是跑江湖的，自然都站到錦袍公子一邊。其中有個老年士子道：「想必是那些大官們要找樂子消遣消遣，貼出告示來叫沒有功名的士子們給他們捧捧場罷了。哪裡是成心推薦誰做官呢！各位小心別上當。」那絡腮鬍子聽了氣得暴跳如雷，叫道：「這上面蓋的有益州大都督府的大印，哪裡會有假？你這不懂事的老殺才，滿嘴胡說八道！」煙霞子見這些人扯個沒完，便拉著李白說：「天色不早，快回去吧。」哪知李白還要看下去。這時那商人見絡腮鬍子越說越上火，上前說道：「你們鬧了這半天，我倒沒搞清楚這詩當不得飯吃，抵不了錢用，為什麼就憑幾句詩，便有官做？」絡腮鬍子不屑地白了商人一眼道：「這還用我說嗎？」那些士子們你看看我，我看看你；雖然個個心裡都明白這個道理，只礙著絡腮鬍子像跑江湖的，一個也不吱聲。

李白心想，這絡腮鬍子是個熱心的人，說話在理，路見不平拔刀相助，上前一步說道：「眾位，孔子云：『詩言志，歌永言。』『詩言志』，就是說詩歌中展現的是人的志向；而志向是人為之奮鬥的目標，因此，志向又是修身齊家治國平天下的根本。從詩中可以看出一個人的志向；所以以詩文取士是很有道理的。」那絡腮鬍子聽了歡喜的直拍手叫好，叫道：「這位小兄弟說得好，你聽我的，下個月去參加大都督府詩會，準沒錯！」哪知煙霞子在一旁說：「我們是青城山的，怎與俗人廝混？」說著就要拉李白走出人群。

那絡腮鬍子哈哈笑道：「又是一個寫不出詩的，我看這蜀中無人！」一句話觸到李白的痛處，他掙脫煙霞子的手，返身叫道：「誰說蜀中無人？依我看你也未必是大手筆！」那絡腮鬍拉著李白叫道：「你自稱會作詩，今日在此與我較量一番如何？」煙霞子看看天色將晚，又沒接到金吾長史師父定會責怪，急得使勁將李白拉出人圈。「山人要回去了，不與你計較！」哪知絡腮鬍拉住李白的衣袖不放道：「有學識不濟世安民，不是太自私了嗎？正因為天下多了像你這樣明哲保身只顧自己的士子，所以朝綱不振，百姓遭難。你這等無情無義，不是跟草木和烏龜一樣嗎？」

真好笑，哪有把人一起比著草木和烏龜的？這人真是喝醉酒了，煙霞子強拉著李白擠出人群，一邊叫道：「你才是草木和烏龜呢，濟世安民也不急著這會兒呀，我有事要趕路，後會有期！」說著與李白上馬揚長而去。

回到青城山已是深夜，太玄說：「既如此明日另外派人專門在諸葛丞相祠等他，你二人勞累了一天，去歇息吧。」

煙霞子與李白回到雲房睡下，煙霞子倒頭便打起呼嚕來，李白卻怎麼也睡不著，想起那絡腮鬍子說清修的道士是草木和烏龜的事來，那絡腮鬍是什麼人，為了招人蔘加詩會的事竟和士子們爭吵？他倒是喜歡他那風風火火的性格。看來那詩會確實是真的，去參加詩會，然後到長安去！這正是趙蕤老師一生求之不得的機會呀！輔弼這位撥亂反正勵精圖治的君王，為大唐轟轟烈烈建立一番豐功偉業。李白想到這裡心裡已經拿定了主意，眼睛再也不想睜開。

忽聽得有輕輕的敲門聲，李白起身開了門，見門外站著一個垂髫小道童，手中提著燈籠輕輕推門進來，問道：「您就是李白嗎？」

李白見那道童唇紅齒白好稚氣，答道：「我就是。」「我家主人有請。」道童笑吟吟地望著李白。

「你家主人是誰？」李白問，心想我在青城山許多年，怎麼沒見過這個乖巧可愛的小道童？想必是去年我走之後新來的。

那道童嘻嘻笑了：「你來到青城山，連我家主人是誰都不知道？跟隨我來吧，去了就知道了。」李白也不再問，跟隨他出去了。

出了天師洞，李白跟著小道童的燈籠在濃濃的夜霧裡穿行，不一會到了儲福宮，穿過迴廊，來到照壁前。照壁上群仙薈萃的壁畫，似乎比白天更鮮豔了些。道童來到壁畫跟前，拍著綠衣仙女的裙子說：「客人來了，請讓一讓！」李白見仙女們徐徐向兩邊讓開，環珮叮噹。道童燈籠照亮的地方，鮮花發出瑰麗的光彩，讓李白驚異不已。道童拉著李白走在芳草和鮮花中，空中瀰漫著一層薄霧。虛無縹緲間有亭臺樓閣，十分雅緻。

「是李白來了嗎，是東方那顆美麗的星星來了嗎？」一個溫柔悅耳的聲音透過薄霧在說。一會兒薄霧消散，李白發現自己正站在白天所見的飛龍鼎旁，對面是一位雍容華貴的婦人，身後侍立著一位穿淡綠紗裙的美麗女子，正看著他微笑。

李白正想問，那婦人說：「我是這裡的主人青城神女，感謝你為這鼎寫的詩，我已命人譜了曲，請你來聽一聽。」

神女說完，空中響起陣陣悅耳的仙樂。神女命仙女們為李白奉上瓊漿，李白飲了一口，只覺甘甜醇美無可比擬。此時，隱隱約約傳來仙女們歌唱：……登鸞車，侍軒轅，遨遊青天中，其樂不可言……李白仰望空中，卻不見奏樂歌唱的仙人，細聽那仙樂好像從自己心中發出，十分奇妙。李白聽著仙樂，正想著遨遊青天中是什麼情景時，侍立在神女身後的綠衣女走過來拉著李白的手，李白覺得身體已經隨著仙樂冉冉上升。李白回頭俯視，神女一揮拂塵，天邊鼓樂齊鳴，過來浩浩蕩蕩一支隊伍，旌旗飄飄儀仗莊嚴。

李白想拉著綠衣女讓到一旁，綠衣女說：「別走開，這是軒轅皇帝出行，你不想見識見識嗎？」說著拉著李白迎上去。正說間只見軒轅皇帝出行的隊伍越來越近。李白見虯龍在前面開道，鸞鳳在駕車，軒轅皇帝乘著鸞車從空中駛過。鸞車過處，澄藺的夜空中星星月亮大放異彩交相輝映。李白驚喜地在空中盤旋，綠衣女摘下一顆黃色的星星，放到李白手心裡，李白仔細看時，但見星星晶瑩剔透，十分可愛。

李白正要學著綠衣女去摘另一顆紫色的星星時，忽然隱隱約約聽到一陣低沉雄渾的歌聲，那聲音好熟悉，隱隱約約像是趙蕤在吟誦〈登幽州臺歌〉。李白感到一陣狂喜，對綠衣女說：「這是趙蕤老師在唱，快帶我去！」綠衣女說：「你弄錯了，這不是趙蕤的聲音，是陳子昂在唱！」

「陳子昂！原來我尋了多年的陳子昂在這裡！」李白驚奇地叫道，「快帶我前去！」

「他在另一個世界裡，我們不能到那裡去，神女會怪罪的。」綠衣女說。

「我不是你們請來的客人嗎？就當帶我去玩好了。」李白拽著綠衣女的衣袖說：「神仙姐姐，求求您了！」

綠衣女被他糾纏不過，只好答應。想了想說：「好吧，只是你一定要聽我的話，不要亂來。」說著就拉著李白的手，向東方的夜空中飄去。

綠衣女和李白來到一片曠野，只見雲遮霧障，天色晦暗，遠遠地有一處宮殿。綠衣女告訴李白：「這就是陳子昂走過的地方，你走到宮殿前就回頭，我在這裡等你。」

李白聽了，立即向宮殿走去。那〈登幽州臺歌〉一會兒高亢，一會兒低沉，彷彿在前面引路，李白不由自主地跟著那歌聲走。走著走著天氣變了，但見狂風勁吹，飛沙走石，李白用衣袖捂著頭拚命往前奔跑，他身後影影憧憧好像是逃難的人群；轉眼間烈日當空驕陽似火，腳下土地龜裂草樹枯黃，路邊餓殍倒斃慘不忍睹。忽然天空彤雲密布電閃雷鳴，李白發現自己已經來到宮殿門前，有很多官員在丹墀下亂成一團，有老的也有年輕的，有紅袍的青袍的綠袍的還有不少紫袍的，有春風得意趾高氣揚的，有倨傲威嚴驕橫跋扈的；有涕淚縱橫大叫冤枉、奔走呼號的；有惶惶然若喪家之犬的。突然霹靂從天而降，驚天動地一聲巨響，那些奔走呼喚的官員的腦袋都不見了，一個個赤身裸體，直挺挺的躺在地上，冠帶衣服都不見了，轉眼間那些屍體迅速腐朽。李白驚駭不已，宮殿裡一個神祕的聲音說：「有人來了，快把衣冠給他們，再來一次！」

李白仰望前方，宮殿巍然屹立高大莊嚴，李白走進宮殿，只見金碧輝煌空無一人，仍不見陳子昂的蹤影，只見兩廊掛著綴紋縟錦各色古怪衣冠。這時候，綠衣女神色慌張來到李白面前說：「神女已經發現你誤入歧途，快跟我回去！」

李白叫道：「陳子昂在哪裡？快告訴我！」忽然，空中有人說話，「……太白，人生若白駒過隙，一切都歸虛空，一切都會寂滅，何不追求性靈的永恆，而墜入渾濁的塵世呢……」綠衣女對李白叫道：「是神女在說話，快跟我回去！再不回去，就來不及了！」

李白正不知如何是好，忽然〈登幽州臺歌〉歌聲又起，而且越來越近越來越響亮。李白對綠衣女說：「陳子昂就在那邊！那是幽州臺！」說完就轉身向歌聲的方向跑去。綠衣女來拉他時，李白已經奔入了幽州的風雪之中。

李白面前是遍布屍骨的戰場，雪片像敗絮像破席，陰藍陰藍的，從壅塞著烏雲的天空降下來。成群的野狗，爭奪撕咬著死屍，紅著眼睛對他悻悻而吠。到此時李白感到寒風刺骨身心交瘁，再看自己衣如飛鶉，攬髮自顧宛如秋霜。李白不由害怕，大聲叫道：「陳子昂你在哪裡？快告訴我，我該往哪去？」話剛落音，漫天風雪好像讓開一條道路，他看見一個中年男子，迎著風雪。一邊吟唱著那蒼涼悲壯的〈登幽州臺歌〉，在崎嶇的道路上踽踽獨行。他一定就是陳子昂！李白飛奔過去，不知什麼時候綠衣女拉住了他。

「你不能去！那邊沒有路！」綠衣女叫道。

「我要開一條路，他在那裡等我！」李白話一落音，那中年男子前面的風雪漸漸消退，竟然露出明淨緋紅的曙色來，李白掙脫綠衣女的手，不顧一切向前奔去，一面大喊：「陳子昂先生，等等我！」

「李白，你醒醒！醒醒！」煙霞子使勁搖著李白的肩膀，他才從夢中醒過來。煙霞子從儲福宮那邊過來已經是下半夜了，進門就看見李白伏在書案上，嘴裡含含糊糊喊著什麼。

煙霞子把李白弄醒，問道：「你在做夢吧？」

「陳子昂……他在哪裡？」

「什麼？你說誰？」煙霞子問。

李白揉揉眼睛，四下一看，風雪、陳子昂、綠衣女……都不見了，面對他的只有煙霞子和空空的雲房。李白側耳細聽，卻聽見吟詠〈登幽州臺歌〉的餘音不斷。李白猛地推開房門，奔到銀杏樹下，煙霞子也跟了出來。

「你聽，陳子昂的聲音！前不見古人，後不見來者……」李白對煙霞子說。

煙霞子屏住氣，認真聽著，隱隱約約聽見有人在唱著什麼，再用心聽時，那歌聲又聽不見了。面對他們二人，只有青城山的茫茫夜色，黑沉沉的一片。

李白回到自己的雲房裡，迫不及待地打開那個紫色的錦囊，取出那兩本書來。趙蕤老師的《反經》小時候在大匡山月夜的老松樹下大部分已經聽過；他翻開厚厚的《陳子昂文集》，一部分是詩歌，一部分是奏章，還有散文。陳子昂的詩果然與眾不同，寄情言志風骨嶙拔，毫不描繪色相，沒有本朝詩壇流行的綺羅香粉之氣，沒有時下風靡的逶迤纏綿之音。他的散文樸實無華內容豐富，那些奏章條理清楚切中時弊，為國為民慷慨陳詞的情形躍然紙上。總之，這本書洋溢著令李白心動的江海之志。李白一口氣讀下去似覺醍醐灌頂，已是點燈時分，李白還不想放下書卷，「……文章道弊五百年矣，漢魏風骨，晉宋莫傳，……僕嘗暇時觀齊梁間詩，彩麗競繁，而興寄都絕……」想到陳子昂的這些話，李白激動不已。

大唐需要有識之士去振興，戰國時期，齊國有管仲、樂毅，齊桓公才得以稱霸六國；漢有張良、韓信的雄才大略，才打下漢高祖的一統江山；蜀中有諸葛孔明鞠躬盡瘁輔佐劉備，三分天下鼎足之勢，方有蜀漢。我在青城山隱居，於蒼生社稷有什麼好處？到山下去，到陳子昂為之奮鬥過的世界去，那絡腮鬍子說得對：有學識不濟世安民，不是太自私了嗎？

到山下去，尋求機會，建功立業為天下輔弼。

到山下去，揮一把大掃帚，掃蕩當世萎靡不振的文風。

這一晚深夜，太玄在雲房打坐的時候，聽得有人在吟誦什麼，聲音特別蒼涼。太玄推窗細聽，正是他白天交給李白的陳子昂的詩句。太玄無言關了窗戶睡下了。

第二天早晨，煙霞子一覺醒來，不見了李白，立即向太玄稟告了李白出走的事。玄想起昨天把趙蕤的遺物交給李白時說的話，太玄有些後悔，當下命道徒設了砂盤扶了一乩，乩語批道：……上界神仙貶謫太白星君下凡，讓他在人間作詩、飲酒、漂泊四方……

太玄嘆了一口氣，昨天他對李白的意思已經表達得很明白，李白絕不會沒有領略到他的良苦用心無端離他而去，大道自然，是道使其然，是天意，是他一個凡人所不能改變的。

8. 那絡腮鬍子趿著麻鞋，沙噠、沙噠向李白走過來

曾經是三國蜀都的成都熱鬧非凡，四時開不敗的鮮花，上不完的蔬果。秦時蜀太守李冰父子修造成都江堰，幾百年來一直灌溉著肥沃的川西平原，給蜀人以豐厚的餽贈；蜀中的錦緞、茶葉、藥材、金銀、鐵器、瓷器應有盡有；美麗的青城山、峨嵋山、竇圌山都朝著盆地中央的成都展示它們的風采。這裡山川秀麗物產豐富氣候宜人，自古以來，人們把它叫做「天府之國」。然而最美的要數錦江了，她清波蕩漾，蜿蜒穿城而過，江邊飄來陣陣浣紗女的歌聲，更給這方人間仙境增添了魅力。

李白背著行囊穿過熙熙攘攘的人群，來到駟馬橋畔的文君酒樓，明日一早就去投刺拜謁益州長史蘇頲大人。據說文君酒樓是漢代大文豪司馬相如與妻子卓文君當壚賣酒的地方，後來有人慕名修造了這座雕梁畫棟的酒樓，這當然與文君當年賣酒的簡陋小屋全不一樣，前來喝酒的人多，十分熱鬧。後面的相如客棧，清靜整潔，來往的學子和赴考的士子都愛在那裡住宿，希望將來也會有漢中郎將司馬相如的光輝前程。

李白來到酒樓前，一抬頭猛看見門前懸掛著幾張書法，每幅上面竟都寫的是陳子昂的〈登幽州臺歌〉，行筆如空中擲下，俊逸流暢瀟灑磊落，變幻莫測。內蘊無窮，古趣盎然獨特狂放。雖未經裝裱，沒有落款，那書法卻有一種勾魂攝魄的力量，令李白挪不開步。

「公子，可要買一幅？」

一個伶俐的小夥計，滿臉堆笑地迎上來。

李白一邊看一邊向小夥計說：「好書法啊，不知是那位高人的大作。」

李白正看得出神。不料背後傳出一聲冷笑。李白回頭看，身後站著三個人，居中的那人二十出頭，唇紅齒白面目姣好，頭戴烏紗幞頭身穿寶相團花圓領窄袖錦袍，足登盤錦靴，服飾講究；在文雅漂亮中露出一點紈褲子弟的神氣。他身邊的兩人一胖一瘦衣著豪華，都倒背著手瞇縫著眼觀賞書法，儼然一副鑑賞行家的樣子。連在一旁侍候的家丁也瞪大了眼睛裝著在看。聽了堂官的話，中間的那位答道：「這書法不錯！若寫上別的我倒想收藏，這人卻只會寫陳子昂的舊詩，這在長安早就不時興了。」說著不無遺憾地搖搖頭，表達「城裡人」對「鄉下人」的鄙視。這位闊公子說著的當兒，酒樓上有一個三十來歲的男子，絡腮鬍，披散著頭髮，趿著一雙麻鞋，蹺著二郎腿坐在一根長凳上，靠著牆自斟自飲；聽了樓下那公子哥兒的話，把頭探出來瞧了瞧，又自顧自喝酒去了。

李白聽他這番話，心裡頗有些不自在，便在一旁朗聲說道：「公子此言差矣，陳拾遺這首詩，卓立千古橫制頹波，風骨駿拔，始振風雅，六朝和當今那些『委瑣頹靡』之作，怎可與陳拾遺相比？依我看這首〈登幽州臺歌〉乃千古絕唱，再說您看這書法，氣勢宏大學養深厚，如風雷相激英姿怒振，本朝有何人能出其右？請閣下不吝賜教！」

樓上那位喝酒的人聽了李白說話，放下酒壺伸出腦袋來看著樓下。闊公子斜了一眼，見跟他說話的竟是一個穿灰布袍的黃毛小子，心想這小子可能就是賣字畫的人，這種人根本沒有與他說話的資格，偏偏此時口出狂言，怎能不親自教訓教訓他。便說：「陳子昂不過是一個小小的諫官，能有多大能耐？依你看他就能好上天了？你又是誰？竟敢在此臧否人物？」

李白一聽此言不由氣憤，於是哂笑道：「倘若閣下你也寫得出這等詩文，在下定然拜服。」闊公子身旁的兩位見這毛頭小子居然不服，雄糾糾地從闊公子身後鑽出來，其中一個說：「這個陳什麼傢伙都算詩壇人物，那當朝宰相張說大人又稱什麼？真是豈有此理！」

原來這位闊公子正是當朝宰相張說的二公子張垍，張垍身邊說話的是華陽縣尉的公子姓陳，另一個是錦城綢緞莊掌櫃的兒子姓錢。宰相張說喜歡這個二兒子生得聰明乖巧一表人才，經張說悉心傳授，張二公子雖年齡才二十出頭，在長安也小有名氣。益州長史這次借詩會為朝廷選拔人才，宰相早已接到稟報，雖然張垍已是衛尉寺的官員，但益州詩會的驕子定會受到皇上的特別恩寵。摘取蜀中詩會上的桂冠，對於長安才子不過是舉手之勞，所以張垍這次奉父命專程來到蜀中。張垍此次來蜀中還有一個他父親不知道的原因：他的女友——玉真公主的乾女兒唐市舶使楊垓的千金楊珞薇也隨玉真公主到了蜀中。

與長安相比成都顯然是偏僻多了，很會揣度主人心事的家丁趕緊譏笑眼前這個冒失鬼道：「你們這些川耗子，見過世面沒有？你們只會在洞裡爬！」

李白有生以來卻從未遇見過這等不講道理的人，加之少年氣盛，便叫道：「不知張說哪篇文章可以流芳百代？也讓人給抬出來誇讚？我勸你們還是多讀幾天書，再來蜀中論文！」

張垍哪裡聽得這種言語，頓時氣得臉皮發青，說不出話來。家丁一看，拳頭湊到李白鼻子底下：「你可知道這位公子是誰麼？他就是當朝張宰相的二公子！」說著指著那字畫又說：「這是什麼破玩意兒，也敢在我們公子面前賣弄？給他扯了！」這錢公子和陳公子都是「為朋友兩肋插刀的」的好漢，此時仗著宰相公子的勢力，怎能不露一手？三人一齊惡狠狠撲上去，要扯那字畫。看守字畫的小夥計見了，又急又怕。小夥計叫阿丹，本是平時提籃賣瓜子花生的小孩，字畫的主人將他僱來看守字畫，幫著賣賣，哪知遇上這幫惡人。阿丹衝上前去護住，大叫道：「不准扯我的字畫！」

三人見對方是一小孩，更不把他放在眼裡，一腳將阿丹踢得遠遠地，阿丹急得大哭起來。

李白見三人行凶，一下子躍到字畫前張開雙臂護住。李白卻不是膽小怕事之徒，刀劍拳足樣樣嫻熟，只是在山上久練不用常感技癢，今日正好派上用場一試身手。未等那三個傢伙的手捱到字畫，大喝一聲：「你敢！」一掌一個，將錢、陳二人推倒在地。那家丁從來都是跟著主人耀武揚威，哪有什麼真實功夫？才兩個回合就被李白一頓拳腳打倒在地，鼓起瘦勁從地上爬起來叫道：「宰相家奴七品官，你敢打我！」張珀見家丁被推倒在地，氣得大叫：「大膽狂徒，給我打！」

張珀「打」字剛出口，只見一隻破麻鞋呼呼地朝他飛了過來，張珀連忙閃開，差點打個正著。李白定神看時，正是那天與煙霞子一起看到的那個絡腮鬍，披散著頭髮敞著胸懷，腰間胡亂拴一根絲絳，光著一隻腳另一隻腳趿著麻鞋，沙噠、沙噠……走了過來。

張珀此時已經氣得不知如何是好，只是叫道：「把這瘋子給我抓起來！」家丁一聽立即捨了李白撲向絡腮鬍。絡腮鬍卻一點也不著急，說聲「慢著」隔開家丁，不慌不忙從地上拾起麻鞋，斜乜著醉眼拎著草鞋指著張珀說：「我不是瘋子，我看你倒有點不正常。」

張珀聽了這話正要發作，猛然記起這人好像在哪裡見過，一時語塞。那人又對著張珀陰陽怪氣地說：「你想把你老子抬來作招牌，既不問他願不願意，又不問他忙不忙得過來，不是腦子有毛病是什麼。」

「你是——」張垍被絡腮鬍一頓搶白，竟一時想不起他究竟是何人。那絡腮鬍倒也不動氣，揮舞著草鞋指著那些字畫說：「再想想。」張垍定了定神看那些龍飛鳳舞的草書，猛然想起這人正是父親十分欽佩十分推崇的，人稱「草聖張癲」的金吾長史張旭！在家中看到的張旭衣冠整齊，開懷暢飲放聲大笑，喝酒喝到酣處，脫下帽子和鞋，執一支大筆蘸了濃墨在素絹上揮舞。每當送走客人，父親就命人把那素絹高高掛起，一連好幾天一邊觀賞一邊讚嘆不已。萬沒想到他竟狂放不羈到如此地步，居然脫了官服披頭散髮在此賣字畫，不由極為尷尬，忙說：「癲叔，小姪不知你到蜀中來了，多有得罪，萬望包涵。」

原來是大唐天下第一草書奇人張旭！正是前天他與煙霞子要找的金吾長史。萬萬沒想到長史大人如此放蕩形骸，李白心中暗暗稱奇，便在一旁觀看。張垍是個極為乖巧的人，立刻裝出十分恭敬的樣子望著字畫說：「我猜您一定是想用書法來結交幾個有見識的朋友吧，其實您老的書法出神入化氣勢非凡，百步之外把小姪引到這裡來的。如果不是您精妙的書法，小姪也不至於和這位公子發生爭論，您看小姪算不算您老的知音？」張癲聽了醉意闌珊地笑道：「這事你別管，我自有我的意思。」張癲本來是個豁達人，年齡也才三十出頭，只因一臉絡腮鬍顯得有如四十來歲一般老氣，張垍左一個「您老」、右一個「您老」恭維得怪不好意思。張垍忙說：「小姪對癲叔仰慕已久，往日在家中有家父在旁不敢開口，今日與癲叔在此相遇，正是天賜良機，癲叔定要賞臉賜我一幅墨寶。」張癲被他糾纏不過，只得叫酒店的堂官取了一幅給他。張垍又說：「癲叔，您老這上面還沒有印鑑。」張癲哈哈大笑道：「這好辦。」說罷脫下腳上的麻鞋，在就近一個算命攤上向算命先生拱手說聲：「借光，借光！」就用草鞋在算命的朱硯裡蘸了蘸，往那張書法上一拍，好好的一張書品上印了一個紅鞋底，交給張垍完事，張垍哭笑不得，只好裝著畢恭畢敬地收了。

這會兒文君酒樓下面已經擠滿了看熱鬧的人。張珀心想再往後不知這個瘋子還要玩出什麼花樣來，弄不好還要拿他開涮。正在這時一個小廝從人群中擠進來在他耳邊說了些什麼，張珀像得了救星似的，忙向張旭說：「多謝癲叔惠賜墨寶，小姪今日還有要事在身先走一步，改日陪癲叔玩個痛快。」不等張旭回答，與隨從人等擠出人群。張珀一邊道歉一邊帶了隨從溜之乎也。

張旭掏出一大把銅錢來，看都沒看就塞到阿丹衣袋裡說：「小弟弟這是你的工錢。」這時人叢中擠進來一個年輕的窮家女子，背上背了一簍錦紗，拉著阿丹去了。

「我們找個地方說話。」張旭拉了李白上了一輛車走了。

阿丹突然覺得那一把錢裡還有一塊東西，掏出來一看，是一個小小的印章。姐弟倆追上去，張旭的車已經去遠了。

張旭把李白帶到諸葛丞相祠。

「小兄弟，你可知道我為何只寫陳子昂的〈登幽州臺歌〉？」

張旭問。李白答道：「我以為陳子昂去世已久，先生為大唐求賢呼喚後繼者而作。」絡腮鬍聽了李白的回答，有些激動地說：「說得不錯！偌大一個大唐文壇——」沒等絡腮鬍說李白接著說：「你真的以為『前不見古人，後不見來者』？」

「陳子昂集文韜武略為一身，既有匡時濟世之策，又有開宗樹幟之文，不料竟抱恨終天。這條路坎坷艱辛，如果來者易來，他豈會『念天地之悠悠，獨愴然而涕下』？」張旭道。

李白覺得張旭這番話慷慨深沉，不由脫口而出說道：「孔子曰『天行健，君子當自強不息』，我不信就沒有來者！」

「那麼——你是誰？」張旭抓住李白的手說。

「峨嵋山月半輪秋，影入平羌江水流，夜發清溪向三峽，思君不見下渝州。」李白隨口吟出。

張旭一聽這首七絕非同凡響，這正是前些日子在長安流行的〈峨嵋山月歌〉。

「原來你就是綿州李白！沒想到你這樣年輕！」

李白見張旭認出他來，便深施一禮道：「敢問先生是大唐第一草書金吾長史張旭大人吧？」絡腮鬍見李白對他如此恭敬不由樂了，張旭高興得孩子似的拍手跳躍：「對了對了，我就是張旭張癲，小兄弟，可別叫我什麼大人大人的，叫我癲哥！」

「癲哥！」

「前天我要與你較量詩文，為何你與那小道士匆匆而去？」張旭問道。

「前天我與師兄煙霞子奉了師父之命，專程到諸葛丞相祠來迎接長安來的金吾長史大人，哪知我等有眼不識泰山，竟與癲哥當面錯過。」

張旭聽了，笑得直不起腰來。又說：「我一到蜀中，蘇頲老兒便叫我幫他張羅詩會，倒忘了給儲福宮題寫匾額的事了。這樣我們兩個在一起玩一定很有趣，我們好不容易相遇，就在一起玩兩天，大後天我就到青城山去寫匾額。」李白聽了連連點頭。

李白與張癲在成都轉遊了一天，成了莫逆之交。張癲說他在京城住得久了書風易染俗氣，此次不遠萬里來到蜀中，就是想在蜀川的奇山秀水中體會一番，將山川的空靈秀逸之氣融入書法。李白天生是個不受拘束的人，峨嵋山的睿法師和青城山的太玄道長各守著自己的清規戒律不能與他盡情玩耍，見了張癲自然一拍即合。李白告訴張癲自己從青城山下來的經過，張癲大喜，對李白說他見了太玄道長定為他呈詞開脫，李白連忙感謝。

第三天張旭便要離開成都到青城山去，李白送到城西，臨別，張旭說：「你知道益州長史蘇頲大人要在散花樓開一個詩會，我本想帶你到詩會上去，但為太玄道長寫匾額的事情不容耽誤，這是蘇大人給我的請柬，萬一都督府的人擋駕，你拿出此柬就行了。李白笑道：「詩會不就是作詩麼，看你為我操心的！」張旭說：「傻小子，我等你的好消息！」說完騎上馬揮手道別。

李白站在垂楊之下，目送張旭乘船遠去，想起與張旭相處才兩日，就受到他如兄長般的愛護，惜別之情油然而生。此時清風習習，野花照人，一派明媚的風光；正想吟詩一首以為紀念，突然從野花叢中跑出一個約摸五、六歲的小女孩來，揮舞著一把野花拉著李白的衣襟叫道：「你在看花，還是在看我姑姑？」李白順著小女孩所指望去，只見遠遠的野地裡長滿了黃一叢紫一叢的杜鵑花，花叢中一個朱衣佳麗向他走來。原來那麗人不是別人，正是廣州市舶使楊垓的千金、玉真公主的乾女兒楊珞薇。珞薇少年喪母，父親一直把她帶在身邊。廣州市舶使的職責是為朝廷管理廣州方面的外國通商和進貢的事務，以及為皇家置辦外國珍稀物品。楊垓精明幹練，又加之善於應酬奉承，深得上司信任。珞薇沒有兄弟，從小看著父親與外國人和商賈交道，學得大方開朗無拘無束。及至長到十二歲，已出落得姿容出眾，楊垓見女兒聰穎慧黠，索性為她請了西席，讓她在家讀書寫字，免得她在外走動。誰知珞薇一拿起書本竟認真讀起書來，教他的老先生常感嘆不已，說若是在武后當政時珞薇定可得到一官半職。一年前楊玹帶了女兒到京城，玉真公主見珞薇討人喜歡，一點也不像別的女孩子那樣見了大場面藏頭縮尾，就收了珞薇作乾女兒。這次帶了珞薇到青城山參加儲福宮落成大典。

珞薇隨玉真公主到青城山住了幾天，便回成都探親。珞薇見自己家鄉這般風物宜人，竟有些留連忘返的意思。蜀州司戶楊玄璬體諒堂妹自幼喪母少小離家一再挽留。珞薇決定在成都玩些日子，於是，帶了小姪女玉環滿成都遊覽。這天到西郊，見遠遠的西嶺白皚皚的積雪在晴明的藍天下十分耀眼，與眼前五彩繽紛的初夏景色相映成趣。珞薇和丫頭星兒給玉環採了一大把野杜鵑，猛抬頭看見遠處一個年輕人在柳樹下，那人豐神瀟灑如臨風玉樹，英俊中透著初入世界的純樸，好像在向她張望。珞薇在廣州向來大方，正要前去時那聰明伶俐的小玉環已經先跑過去了。

「喂，喂！」小玉環高舉著一大把色彩斑斕的杜鵑花在李白眼前揮舞。「你在看誰？」

李白從離情別緒中清醒過來，聽見小女孩問他看誰，又見花叢中一個女子在看著他便問道：「小妹妹，妳在問我？」對於被眾多長安少年追逐的珞薇來說，李白的回答令她大失所望，小玉環沒有看見姑姑的尷尬，只是繼續揮舞手中的杜鵑花向這個呆頭呆腦的人叫道：「我問你在看花還是在看我姑姑？」，李白連年在青城山峨嵋山寺觀逗留，從來沒有與女子交往，一時不知如何回答，見花叢中的女子臉色有些不高興，只有老老實實說：「我……沒有看妳，我送一個友人……他走了。」

珞薇頓時覺得十分掃興，如燃的山花好像在嘲笑她，她快步上前拉了小玉環轉身就走，只聽見「嗤」的一聲，丫鬟星兒跑過來時，野花的刺已經把珞薇的那條硃紅灑金薄紗長裙撕破了一道大口子。珞薇慌忙中俯身伸手去摘野花掛住的長裙，一下子又被野花的尖刺劃破了手，鮮紅的血順著手背流下來。李白頓時心中感到過意不去，完全明白了眼前這位美麗女子的心情，想上前幫她又覺不便，只有尷尬地解釋道：「實在對不起，我不是有意要冒犯……，其實妳在花叢中，我沒有分別出哪個是花哪個是人。」

這種拙劣的恭維當然無法使珞薇滿意，珞薇的粉臉臊得通紅，拿過小玉環手中的那束野花使勁往地下一扔：「快走開！」李白只得向珞薇深施一禮道：「多有得罪，我這就走。」說完便如逃跑般匆匆離去。

星兒還沒有完全把裙子從刺裡解開，從樹從中跳出兩個人來，珞薇認得一個是華陽縣尉的兒子陳公子，一個是蜀州綢緞莊掌櫃的兒子錢公子，曾經在她堂兄蜀州司戶楊玄璬那裡見過。錢公子滿面笑容地對珞薇說：「一定是那小子欺負妳了吧？妳正眼兒瞧瞧我們倆，我們一起上去揍扁了他！」珞薇卻頂瞧不起這兩個酒囊飯袋，先前的情景他倆肯定是看見了，不覺心中羞惱，狠狠瞪了他二人一眼。陳公子又接著說：「其實，那小子也沒什麼學問，昨天我看見他跟一個絡腮鬍瘋子滿街跑。聽說不過是個舞文弄墨的罷了。」錢公子見珞薇不與他們搭言，便又說：「聽說也是個瘋子。」珞薇白了他倆一眼說：「你們才是瘋子！」說著拉著小玉環就拂袖走開。這兩個人偏偏攔住珞薇，擠眉弄眼地說：「請小姐留步，有一個妙人兒千里迢迢從長安來看妳，您不見見就走了，怎對得起人？您看那邊誰來了！」

珞薇回眸一看，眼中流露出驚訝：竟是張垍，打扮得特別精神，深情地微笑著向她走來。

9. 張珀對李白說：「看你到底是大鵬還是野雞？」

散花樓坐落在美麗的錦江邊，雕梁畫棟高聳入雲，更兼樓下鮮花盛開樹木繁茂，又增添了幾多秀麗。大都督府的大小官吏們深知長史對今天的詩會非常重視，早早地在此恭候。來得更早的是各州縣的士子們，在一個月之前，地方長官就非常慎重地按大都督府的意思進行了推薦選拔。對遠離京都的蜀中士子們來說，這次詩會無疑是一次進入仕途的良機。詩會雖然較為鬆弛自由地進行，但卻是朝廷博學鴻詞科學考察試的另一種方式。換句話說，詩會就是龍門，一登龍門則身價百倍，只要在詩會上被長史大人看中，就會像鳳凰一樣從邊遠閉塞的巴山蜀水飛到長安，飛到皇上身邊。

錢公子和陳公子，早在幾天前他們就秉承張珀的意思，將張珀的得意之作《陽春賦》交人謄寫了整整齊齊的一百多份，今天一早帶到詩會上來分發給各位官員和參加詩會的著名文士。這兩人還沒發完，張珀已風度翩翩地到來。

錢公子見張珀來了，索性敞開喉嚨大喊：「這是長安才子京華名士張珀張公子的《陽春賦》，贈給各位開開眼界啊！機不可失，失不再來，諸位文友，你們看他已經來了！」正在往樓上走的賓客們聽到他的喊叫聲，都紛紛來到錢公子這裡來求取《陽春賦》，陳公子一邊把張珀介紹給來賓，一邊手持一份《陽春賦》高聲朗誦：「『星迴日運，鳳舉龍驤……』這兩句寫得高瞻遠矚，有大家風範。」面對把長安才子包圍起來的文人群，張珀彬彬有禮地點頭微笑。「陽和布於九野，春氣遍於八方。」一位老詩客看著整潔清晰的詞句，議論道：「寫得蘊藉動人，不愧是長安才子，有家學淵源……」張珀聽了，不好意思地微微躬了上半身。前來赴會的詩客見他這樣謙虛謹慎，不禁對長安才子肅然起敬，私下感嘆道：「真正是大手筆的傳人，寫得如此好文章而無半點驕矜之色，氣度不凡、氣度不凡！」陳公子見有人稱讚唸得更起勁了：「南遊兮赤野，北陟兮幽鄉，西經崑崙，東極扶桑……」寫得太好了，這正是繼承了漢大賦的鋪張揚厲之風！已經有人抑制不住內心的激動拍欄興嘆：「了不起！雖司馬相如再世，也不過如此呀！」陳公子此時自己也陶醉在張垍《陽春賦》所描繪的景象中，不由閉了雙目吟道：「賞芍藥之繽紛兮，欣蘭蕙之馨香……此文竟有三閭大夫屈原之風範！真個令人絕倒也！」

張垍聽了這些讚賞心中十分得意，果然不出所料，蜀中的士子孤陋寡聞，他這種文章在長安只能算二三流，在他之前不僅有賀知章、張九齡等聲名遠播的前輩，還有王維、王昌齡等等一大批超拔挺出的新秀。他暗暗告誡自己不可輕狂，他再次笑容可掬地向稱讚他的士子們鞠躬，又贏得了一陣巴蜀詩客純樸的掌聲。陳公子聽了掌聲，興奮得面泛桃花，提高了嗓門一口氣把下面的一段唸下去：「……平步兮青雲，遊目兮穹蒼，沐天恩兮永遠，乃效命兮聖皇……」，照錢公子的說法他今天是專程為張垍「匝起」的，來不及聽陳公子唸完，便大聲恭維道：「張公子光臨詩會，真是蜀中詩壇一大盛事，張公子是相門虎子名滿長安，今日詩會之魁首，非張公子莫屬！」

張垍心中為錢公子的恭維和暗示感到滿意時，一眼瞅見樓下走來一人，豐神清淑，素衣布袍，一邊觀賞樓下的正悠哉遊哉往樓上走，好像他並不是來此參加一場功名的角逐，而是來觀山望景的一般，樓下的知客更正微笑著延請他上樓。

陳公子和錢公子眼明腳快，在散花樓的樓梯中段攔住了李白，形成「一夫當關，萬夫莫開」的局面。

「這位很面生，從未在什麼詩會上見過你，請教尊姓大名。」錢公子故意說。

李白早已認出了這兩人就是那日文君酒樓前張珀的幫閒，他並不屑與這等小人計較，便淡淡一笑：「在下綿州青蓮李白。」看也不看錢公子便往樓上走。

陳公子連忙從樓上下來，與錢公子並排站著，把樓道堵死，陳公子從鼻子裡發出一聲陰笑：「原來是偏僻地方來的。這是什麼地方你知道嗎？這地方是你來的嗎？」

「為什麼不是？」

李白信口答道，也不看他二人，只管邁步往樓上走。陳公子見他目空一切的樣子，不知為什麼不自覺地退讓到一邊。

「你會作詩嗎？嘖嘖。」錢公子鄙夷地說。

李白聽罷知道錢公子有意為難，靈機一動大聲笑道：「二位相府的家奴，不勞遠迎！」樓上樓下的人聽李白這麼大聲一呼，一下子明白了：原來這兩個人，是張公子的奴僕，難怪對張珀的詩文吹捧得如此起勁。

「忘了捱打的事嗎？沒記性！」李白低聲說。

這時候陳公子和錢公子臊得滿面通紅，直紅到脖子根，才後悔自己拍馬屁拍昏了頭居然忘記了前幾天才領教過李白的拳腳，稀裡糊塗來到樓梯中段，弄得此時刻上不得上下不得下，搞不好被這毛頭小子扔到樓下，那吃虧就大了。萬般無奈只得悻悻地一步一步退了回去。

散花樓的大廳裡賓客滿堂，益州長史蘇頲今天穿一件香色灑花紗衫，戴烏紗幞頭坐在中央，顯得特別自在灑脫；大廳兩邊右邊坐著長史邀請的貴賓，那都是蜀中頗有名望的詩客，左邊坐著從各州縣遠道而來的參加詩會的士子們，桌上擺著詩會準備的文房四寶，身旁坐著他們各自的父母官。

對於久在山林的李白，這個地方既陌生又熱鬧，沒有一個熟識的人，揀了個末坐一個人坐了下來。

李白剛坐下，錄事宣布大唐劍南道詩會開始，由益州大都督府長史大人出題。立時整個大廳裡鴉雀無聲，蘇頲微笑著呷了一口茶，緩緩說道：「老夫十分感謝諸位光臨，益州乃天府之國，江山英秀，人傑地靈。今日會聚散花樓吟詩作賦，乃一大美事。今日詩會，以三篇詩文決勝負，一是本府命題定體，二是自定一題，自選體裁；三是諸位舊日的得意之作，諸位想必早已準備好了。三天之後閱卷完畢，由老夫擇其優勝者當眾賦詩，決出詩會魁首，老夫自當向朝廷薦賢。為嘉獎詩會魁首，特意預備了——」說著錄事捧出一個紫紅金紋方緞盒來，打開盒子，裡面有一方八寸來長五寸來寬的黛色寶硯，硯的四周借石頭本身材質，赤色的刻成雲霞黑色的雕成蒼龍。那蒼龍好似在雲霞中游動的一般。此時堂下響起一片讚嘆之聲。蘇頲接著說：「這方寶硯名曰相如寶硯，昔日漢武帝在未央宮賞賜給中郎將司馬相如。三國時流落民間，貞觀中褚遂良將軍又從民間覓回，獻給太宗。五年前老夫為皇上作〈龍池賦〉，皇上就將寶硯賜給老夫，今天有意將此寶硯賞賜給詩會的魁首，旨在從我蜀中選拔出像司馬相如那樣，能為我大唐潤色鴻業的才俊。至於詩賦的題目麼，我看這散花樓就是蜀中一大勝蹟，以此為題作詩一首，諸位覺得怎麼樣？」在座的人無不點頭稱是。

蘇頲又說：「各位詩友既無異議，那老夫就請諸位一展才華！寫好之後，可當場吟誦，以便切磋。」

士子們見長史大人竟然如此隨和，因此也鬆了一口氣，一個個提起筆來用心做自己的詩文。

張垍聽了這個題目，心中卻不甚瞭然，為何？張垍想：這蘇頲大人也真是的，小小的散花樓算個什麼，居然說成是什麼勝蹟，也值得吟詠一番？長安的朱雀大街何其宏偉，三秦樓、玉京樓、花萼樓數不清的高樓，這散花樓與長安的高樓比起來，簡直如同茅庵草舍一般！就憑這個題目，也寫不出什麼好文章來，只好草草應付作罷。提起筆來，滿腦子盡是陳詞濫調，連一句好言語也想不出來。

蘇頲見張垍一個人坐在那裡發呆，便給身旁一個錄事使了個眼色，錄事立刻走到張垍面前輕聲問道：「張公子可寫好了？」哪知張垍並不回答，反而把頭掉向一邊。蘇頲看在眼裡，正要說話，只見末座上那位年輕人已將寫好的詩稿高高揚起，錄事急忙過去收了李白的詩稿轉呈給蘇頲。

蘇頲萬沒想到竟有如此敏捷的人，立即接過，只見那散發著墨香的黃麻紙上俊逸的字型寫著一首五言：「日照錦城頭，朝光散花樓。金窗夾繡戶，朱箔懸銀鉤。飛梯綠雲中，極目散我憂。暮雨向三峽，春江繞雙流。今來一登望，如上九天遊。」落款是「綿州李白」。

蜀中果然地靈人傑！短短的詩中描繪了散花樓清晨迎著朝陽的美麗景色，情景交融新穎別緻，真是一首佳作。正想讚賞幾句忽聽見窗外一個清脆的聲音叫道：「蘇伯父，躲在這樣好地方吟詩作賦，怎不邀我？」隨著一陣佩環叮噹作響，一個麗人走了進來，不是別人正是楊珞薇。

珞薇一進門，瞧見大廳裡黑壓壓坐滿了人鴉雀無聲的樣子，不由一愣就想轉身往回走，蘇頲卻對眾人介紹說：「楊小姐是玉真公主座上的詩客，來到蜀中理應作幾首好詩才對，快請入座吧！」

原來唐代自武則天執政以來，女人與男子在一起吟詩作賦並不足為奇；而且楊珞薇知書識禮落落大方，她的詩文在長安也小有名氣。長史大人的話音像一塊小小的石子，在本來一片安靜的大廳裡激起了一陣騷動。

珞薇見長史大人當著眾多的士子邀請她，不由滿心歡喜。舉目望去，年輕的士子都向她透來期盼的目光，希望美麗的女詩人坐在自己的身邊。珞薇款款地往前走，她看見張垍坐在前排正向她殷勤微笑，她向他走過去，猛然瞧見後面那人，風神清朗布衣灰袍如鶴立雞群般坐在後排末座。珞薇把目光投向他時，他的臉刷一下子紅了。是他！那天在錦江邊遇到的那人。因為他沒有說出她要想聽的恭維話，她毫不客氣地喝斥他，他也是這樣臉一下子紅到脖子。她當時就後悔了，他是那樣純樸清新，沒有一點浮華氣息，她不該弄得他那樣尷尬。她心中一動，不由自主向那人走過去。

那人起身為珞薇空出位置，輕聲說道：「青蓮李白，請小姐入座。」李白！在長安她已經拜讀過他幾首詩作了，流暢而清新雋永，珞薇心中一陣驚喜：「你就是李白？〈登峨嵋山〉是你寫的吧？『青冥倚天開，彩錯疑畫出。』真正出神入化！」珞薇臉上泛起桃花看著李白。「雕蟲小技，不足掛齒。」李白說。珞薇緊挨著李白坐下，心中蕩起一陣漣漪。

張垍此時好像有千萬隻毒蟲在咬齧他的心肝，為什麼珞薇竟會對一個普通布衣如此用情？此時當著濟濟一堂詩人卻無從發作。雖然時置初夏，攜帶扇子只是以備不時之需，張垍「唰」的一聲打開手中的寶相花捶金扇，呼呼地扇了起來。

坐在張垍近旁的陳公子看在眼裡，立即捱過去將嘴湊到張垍耳邊說：「張公子，不要生氣，我馬上誦詩一首，讓那小子見識見識！」說完從書囊中掏出幾張極其講究的描金杏花箋來，向滿堂的人拱拱手，乾咳兩聲清清嗓子說道：「諸位詩友，學生欣逢錦城盛會，斯文薈萃，聚乎一堂，獻此拙作，以為引玉之磚。今大唐盛世，裝點昇平之最佳物事首選美女，在下這篇《思美人賦》正是有感而發。」於是乎長聲吆吆唱了起來：「美人來自紅樓宇，美人相歡鴛帳裡，美人纖足兮著繡履，美容倩腰兮舞楊柳……」一邊吟唱一邊左顧右盼，極其投入。看得出陳公子是常出入花街柳巷的人，即使不用絲竹伴奏也唱得十二分在行。陳公子津津有味地吟唱最後一句「美人之心不可得，美人之履留遺澤！」隨即用一個婉轉悠揚的長音結束全篇，然後滿面春光地向眾人鞠躬，嘴裡說著：「獻醜！獻醜！」

陳公子剛吟完，渝州文學博士站起來稟道：「依下官陋見，剛才這位公子的詩好像是青樓女子賣唱一般，此等濫調，怎能登大雅之堂！」坐在正中的蘇頲聽了，微微點了點頭。此時整個大廳如同開了鍋的水一般，沸沸揚揚議論不休。陳公子羞得滿面通紅，急急忙忙將那幾張描金杏花箋揉成一團塞進懷裡低下頭去。

張珀見陳公子被奚落，再也忍不下去，「倏」地站起來直接向末坐的李白走去，陰陽怪氣地說：「這位公子，到此有何貴幹哪？」李白見他來意不善，正要與他針鋒相對，猛然轉念一想：既上得這散花樓，何不從容施展？不由站起身來坦誠地對張珀說：「在下當然是來赴長史大人的詩會。」

張珀見李白不惱，以為李白膽怯，得寸進尺說道：「聽說你自恃才高，也會吟詩作賦？」

李白輕輕一笑：「在下雖有鯤鵬之志，不敢自恃才高，吟詩作賦麼，略知一二。」

張珀見李白淡然對他，哪肯善罷甘休，又說：「今天的詩會，有蘇大人首領風騷，蜀中英華盡聚於此，李公子若不展露才華，甚為遺憾。」

李白卻好似對張珀的機心全不覺察，不以為然地取出厚厚的一本詩文來，隨隨便便說：「在下帶得一些舊作，不知張公子想賜教哪一首？」

大廳裡顯得很安靜，誰都看得出張垍有意發難，老於世故的且看宰相公子如何戲弄布衣百姓，心慈面軟的不覺為李白捏著一把汗。珞薇見張垍想要李白當眾出醜，恨恨地瞪了他一眼。蘇頲正要發話干涉，但見李白厚道坦誠，面對咄咄逼人的張垍應對裕如，並不一定是張垍這種浮躁文人的手下敗將。且作壁上觀看以後事態如何發展。

張垍靠近桌子，雙手撐在桌上，俯身看著李白，好像沒看見珞薇投來恨恨的目光，惡聲惡氣地說：「你剛才不是口出狂言，說你有鯤鵬之志，自比大鵬嗎？我看你不過是大山裡飛出來的一隻野雞罷了！你就以大鵬為題，作賦一篇，我看你到底是大鵬還是野雞？」

蘇頲見張垍有意刁難，正要說話，卻見那布衣李白不慌不忙地說：「座中詩客人人皆為相如寶硯而來，張公子乃相門之後，是長安有名的才子，李白乃一介草民，怎能占先呢？」

張垍不知李白激他，答道：「我量你也無法得到相如寶硯，你又何必客氣！請李公子作賦吧。」

不料李白一下子站起來，目光如炬看著張垍說：「既然張公子請我作賦，我請張公子為我作一件小事，張公子答應，我便當場獻醜，如果不答應——」

「你儘管講。」

「我一邊吟誦一邊寫，斷斷續續不相連貫，恐掃諸公雅興，在下想請張公子為我代筆，一來我也好吟出個抑揚頓挫，二來吟完之後，此文即可供方家評點。這第三……」

「何必多言！」張垍早已不耐煩再與李白兜圈子，不等李白把話說完一個響亮的「行！」字脫口而出。

錢公子急忙挽起袖子為張珀磨墨。

蘇頲心中暗暗揣度，〈大鵬賦〉可是一個大題材，是晉代大名士阮修作過的。大凡名人作過的題目，後人再作就非要有新意不可，否則落了俗套。若稍有差池，張珀肯定要評頭品足竭盡挖苦諷刺之能事，讓這毛頭小子下不了臺。再則，七步成詩千古以來僅曹子建一人，曹子建作的不過一首七絕，在這種場合立刻完成一篇大賦難道他竟有勝過子建之才？不過年輕人自不量力使氣鬥狠也屬尋常……

蘇頲正想著，李白從容向眾人拱手行禮，朗聲說道：「眾位大人，眾位詩友，我乃綿州昌明李白，有幸參加益州大都督府舉辦的詩會，此刻在下獻上〈大鵬賦〉一篇，就教於各位方家，誠望各位不吝賜教！」

李白一番話說完，頓時整個大廳裡鴉雀無聲。但見李白緩緩吟道：「南華老仙，發天機於漆園……」

張珀寫完冷冷一笑，抬頭看著李白，心想：起得平常。

錢公子取過張珀的捶金扇，緊挨著張珀身後侍立，很體貼地為他輕輕扇起來。

李白看也不看張珀，微微昂起頭顱，瀟脫地接著念出：「吐崢嶸之高論，開浩蕩之奇言。徵至怪於齊諧，談北溟之有魚。語不知其千里，其名曰鯤，化成大鵬……」

張珀又繼續往下寫，嘴裡冷冷說道：「不過如此。」

李白乘興走到大廳中央，情感激越地吟唱道：「爾得蹶厚地，揭太清，亙層霄，突重溟，激三千以崛起，向九萬而迅徵，背負泰山之崔嵬，翼舉長雲之縱橫，左回右旋，倏忽突明。歷汗漫以夭矯，闖閶闔之崢嶸。簸鴻蒙，煽雷霆。斗轉而天動，山搖而海傾。怒無所搏，雄無所爭……」

滿堂詩客特別專注地聆聽李白的吟誦，李白的謀篇布局如大山巍峨，峰巒起伏；李白的才情像江河奔湧；其格調如鷹擊長空，彌高彌遠；其文采如朝霞噴薄，燦爛光華；彷彿那隻壯志凌雲氣衝霄漢的大鵬正在眼前搏擊風雲翱翔萬里，那種自由恣縱的境界是每一個詩人乃至大丈夫所嚮往的呀！聽了這樣迴腸蕩氣的文章，猶如親睹一次石破天驚的奇觀，自己的精神正像在飽受一次壯美的洗禮，即使此次得不到長史大人的賞識，也不虛此行了！

陣陣冷汗從張垍的額上滲出，他的書寫根本無法趕上李白吟誦的速度，幾滴汗水啪啪地掉在黃麻紙上，將他寫好的字跡弄汙，他心煩意亂用手去擦，反而汙染了一大片墨跡。他不知所措地坐在那裡，腦子裡一片空白，只看見李白在大廳當中揮舞著雙手嘴裡吐出抑揚頓挫的音節，而他已經沒有能力理解那些音節是什麼含義了。為他打扇的錢公子見情況不妙，悄悄放下扇子偷偷地溜了。

珞薇一邊聽李白吟誦一邊觀看蘇頲的臉色，蘇頲臉上露出的欣賞像蜜汁一樣流到她內心深處，她暗暗問自己為什麼會對一個素昧平生的普通布衣如此關切，不由臉上泛起桃花。

蘇頲想，莊子的恣睢汪洋宏麗誇張，屈原的俊邁飄逸，司馬相如的鋪陳渲染，水乳交融地呈現在〈大鵬賦〉中，且以豪壯之氣生發出來，真乃見所未見，聞所未聞。天資英特的青年人，你會像一隻大鵬從巴山蜀水扶搖萬里沖霄而上！

當李白朗聲誦到「俄而希有鳥見之曰：偉哉鵬乎，此之樂也。吾右翼掩乎西極，左翼蔽乎東荒。跨躡地絡，周旋天綱。以恍惚為巢，以虛無為場，我呼爾遊，爾跟我翔。於是乎大鵬許之，欣然相隨。此二禽已登於寥郭，而斥鷃之輩空見笑於藩籬。」

「好！」蘇頲重重的一掌擊在書案上，隨即站起來向李白點頭致意。大廳裡爆發出一陣經久不息的掌聲。誰也沒有注意到張垍在什麼時候從大廳中消失了。

蘇頲心中有說不出的高興，站起來說道：「綿州李白才華出眾，〈大鵬賦〉是一篇難得的好文章，按照詩會的慣例，請綿州的父母官將李白的家世行狀速交本府。」蘇頲說著把目光投向側座一位鬚髮花白的老者說：「袁司馬，祝賀綿州出了這樣優秀的年輕人，李白，快來拜見袁章袁司馬大人。」

李白快步走來向「袁司馬」躬身下拜，老人滿面笑容扶起李白，李白抬頭望見司馬大人的一瞬間，猛然發現「袁司馬」的臉上橫著一條可怕的刀疤！

10. 段簡從陰溝裡爬出來，還魂的鬼魅更猙獰

袁章俯身讓李白起來的時候，見對方那雙明澈清亮的大眼睛正對著他，眼前的這個後生，絲毫沒有以往常見的那些青年士子靦腆局促的神情，炯炯有神的眼光灼燒著他臉上的傷疤，好像要透過那些刀疤刺入他的內心。他不由得哆嗦了一下。

就是他！大匡山放火的賊子！

此時，袁章轉過身來對蘇頲稟道：「長史大人，這位年輕人的確才華出眾，但不是綿州推舉的。綿州推舉的士子在下都認識。」

蘇頲見袁章並不認識眼前這位士子，便說：「那麼，你是哪位大人推薦的？」

「他是混進詩會的野小子！」錢公子此時躲在後面角落裡叫道：「在下提議，來歷不明的人不能授予相如寶硯！」一些與錢公子相熟的士子也跟著起鬨。

李白不理睬錢公子等人的哄笑，向蘇頲道：「長史大人，邀請我到詩會來的人現在不在這裡。」說著從懷中掏出請柬，呈給蘇頲，蘇頲一見心裡暗中笑道：「這個癲子，到青城山去，也不給老夫說一聲。」心想金吾長史張旭既然肯將請柬交給他，這人定非等閒。又問：「你的業師，可是金吾長史張旭大人？」

李白於是毫不猶豫朗聲答道：「張旭大人乃在下的朋友，李白乃綿州昌明縣青蓮鄉人氏，在下的業師乃是趙蕤和太玄道長！」

「趙蕤！」袁章聽了這兩個字，只覺得腦子裡「嗡」的一聲，猶如當頭捱了一棒。二十年的冤結，還是轉到了自己面前！

蘇頲又說：「在場的士子中，若有比李白更勝一籌的，請誦讀自己的詩作。」

士子們個個佩服李白的文才，哪個肯不自量力強出頭？都表示不再唸了。蘇頲又叫錄事收了士子們帶來的所有行。宣布待閱過所有文卷，三天之後在大都督府門前，給優勝者當眾頒發相如寶硯。蘇頲吩咐袁章三天之內將李白家世行狀呈大都督府，以便向朝廷推舉。

珞薇覺得自己是飛下散花樓的，無法言喻的輕鬆愉快就像蜀川春日晴好的天空一樣。當李白走到大廳中央，高聲朗誦〈大鵬賦〉的時候，她想應該感謝上蒼，讓她在城西杜鵑坪見到了他，今天在散花樓的相遇，更是天意，他洋溢著生氣的雙眸，他飄然不群的神情，他張開雙臂昂首向天吟誦的姿態，以至於灰布衣衫的褶縫裡都散發著青春的氣息，令她心醉神迷。

當李白被眾士子們簇擁著從樓上下來，與眾人一一作別之後，忽然聽到一個溫柔的聲音在叫他。

「李公子！」李白回眸一望，那人正在大槐樹的綠蔭之下，向他「巧笑倩兮」，李白含笑走過去問道：「妳怎麼在這裡？」

「我等你好半天了。」珞薇微笑著說，隨即紅著臉垂下了眼簾。

李白這時才仔細打量眼前這個女子，頭髮像發亮的烏雲，盤成百合髻，插著工藝精湛的雙頭菊花金簪和赤金嵌紅玉飛蝶金步搖。正中還插著三朵白玉蘭花，她面目姣好，圓潤寬廣的額頭上精細地描著黛色的柳葉眉，端正的鼻子之下，嘴唇像熟透的紅櫻桃。身著白色雲錦衫裙，上罩一件淡青低領薄紗衫，充分勾畫出豐腴的體態，裸露的肩頭和胸前的肌膚白裡泛紅，項上戴著一串松石綠珠嵌金項鍊。李白竟看得呆了。只見她櫻唇微啟，曼聲說道：「我是廣州市舶使楊珞薇，我堂兄是蜀州司戶楊玄璬。久仰公子詩名，竟有幸與公子相遇。我此次還鄉小住，改日將邀公子論文，請公子不要推辭。」說罷抬頭向李白嫣然一笑。逕自上車去了。李白目送珞薇的香車遠去，自己騎上馬回到客棧。

張垍記不清自己是怎樣倉惶逃出散花樓回到寓所的。兩個在散花樓下伺候的家丁見張垍神情十分難看，臉上竟有斑斑汗跡合著墨跡灶神爺似的，急忙喚過馬車來，將張垍扶上車，急急忙忙回到寓所。張垍倒頭往床上一躺用被子捂住頭。兩個家奴百思不得其解，卻再也不敢問什麼。

張垍在被窩裡氣惱得咬牙，在長安，那是他真正榮耀的地方，詩友們，士子們，小姐們都有為他的文才和儒雅的外表傾倒，就連公主們偶爾也送過來愛慕的秋波，而在這裡，李白的才思像大雨傾盆而下，轉眼間把他的榮耀沖刷得一乾二淨！

今天在散花樓上，如果有地洞，他早就鑽進去了。千里迢迢為了相如寶硯和珞薇而來，而現在這人和硯都被李白獲去，李白像一個「不戰而屈人之兵」的將軍，不露痕跡而又致命地傷害了他！明天，在巴蜀在長安及至在整個大唐，自己將會被作為怎樣一個跳梁小丑而傳說出去！他絕望地回憶起李白那篇〈大鵬賦〉，想找一點裂痕攀登上去，騎在李白頭上。苦思的結果認識到那是一座可望而不可即的險絕奇峰，一向好勝的張垍體驗到從未有過的無可奈何、屈辱和羞恥。

袁司馬是最後一個走出散花樓的，他記不起長史大人在詩會結束時說了些什麼。他像木偶一樣在樓梯口失神地站了一會兒，然後步履沉重地下了樓梯。

段簡在十年前被李客在臉上劃了一刀險些喪命，為了躲過皇上清除武氏黨羽，他更名「袁章」逃到千里之外的雅州，「袁章」在剿滅生羌的軍中當了一名書辦，蓄起長長的鬍鬚。一年後因剿滅有功他升了官。十年後，袁章做了綿州司馬。他以為射洪的事早已過去，連他自己也幾乎忘記了他本名叫「段簡」。誰知山不轉水轉，趙蕤的學生今天竟來到自己的面前！

十年前舉刀砍向自己的那個漢子也長著一雙像李白一樣「眵眵然如餓虎」的眼睛。想到此袁司馬不由得背上發涼，他昏憒憒地回府，來到書房。半晌，想起長史大人要他寫的李白家世行狀，展開一張白麻紙，提筆寫道：「李白，字太白，生於劍南道昌明縣青蓮鄉……」便再也寫不下去了。一旦仇人的兒子有了出頭之日，豈不要了他的老命？怎麼能用自己的筆將趙蕤的學生送到朝廷去掌握大權？有朝一日李白會把陳子昂、趙蕤的血仇一一捅出來，那時他將死無葬身之地！他區區司馬怎麼能敵得過大都督府長史大人的門生呢……他不願再往下想，他心緒煩亂地使勁將筆往桌案上一擱，不料用力過猛，點點墨汁濺在行狀上，將一張潔白的白麻紙弄得汙黑。猛然抬頭看見白紙上的墨點，心中陡然生出一個念頭：弄汙他！

要是和張垍緊密結合在一起，任他李白有天大的本事，也逃不出他的羅網。想到此他提筆在紙上打了一個大叉，隨後狠狠地亂塗幾下，揉成團，踏了幾腳，方去睡了，第二天上午叫了家奴，備轎出門。

11. 司馬相如不過是把好聽的話賣給帝王家罷了

當天下午，一個軍士來相如客棧找到李白，令李白驚喜交加：益州大都督府長史蘇頲大人，要在書房接見他！

李白立刻換衣整容，裝好行卷，隨軍士來到大都督府。

蘇頲是大唐有名的文章大家，他思維敏捷，過目成誦出口成章，與宰相張說合稱「燕許大手筆」，玄宗平定太平公主之亂，蘇頲著文有功聲名鵲起，竟在當時文章大家李嶠、蘇味道之上，得到玄宗皇帝的青睞，晉升為中書侍郎，不久又由中書侍郎晉升為中書令，與宰相宋璟一起執掌朝政。有權貴暗中違禁制惡錢，宋璟和蘇頲採取了堅決的取締措施，得罪了豪門權貴。結果宋璟和蘇頲都被罷免，蘇頲謫為益州大都督府長史。他勤於政務，從此益州諸業興旺四境平安。

李白隨著軍士的指引來到書房門前。眼前的情景大大出乎他的意料之外，平常的書架，整潔地陳列著很多很多典籍，書案很寬大，放著書籍和公文案卷。青瓷筆筒裡大大小小插著十來支筆，旁邊一方沒有紋飾的石硯，書案的一側放著一個舊塌，塌上鋪著棉褥和一個遊仙枕，以備睏倦時臨時休息。蘇頲便衣素服，正提筆在批閱一大堆公文案卷。

大唐的股肱之臣如此簡樸，使李白心中一陣感慨，激動地叫了一聲「長史大人！」快步走過去納頭便拜！

「太白，何必行此大禮！」蘇頲走過去扶起李白，說話的語氣不像是一位高官對布衣百姓，而是一位詩人對知心的文友。

「長史大人，這是學生的行卷。」李白從懷中取出謄寫得整整齊齊的行卷，上面有他的〈大獵賦〉、〈擬恨賦〉和一些詩作。

蘇頲問：「上午聽你的〈大鵬賦〉，頗得漢大賦的精髓，你的文筆不錯，你很喜歡司馬相如的文章嗎？」

李白見長史大人直截了當問他文章方面的事，便如實答道：「在下小的時候，老師讓我唸誦司馬相如的〈子虛賦〉，這篇文章寫得很動人，我內心很羨慕司馬相如的文才，因此，也學著寫了一些類似漢賦的文章。」

蘇頲又進一步問道：「你寫賦這種體裁的文章顯示出你的造詣，你很可能成為這方面的專門人材，那麼你對司馬相如的詞賦有什麼看法，可以對我講嗎？」

李白想，長史分明是在考我的學問，不過司馬相如雖是一代文豪，而我李白並不想將來做司馬相如這樣的文人，也不想寫司馬相如那樣的文章。於是坦誠答道：「司馬相如為了迎合梁孝王寫了〈子虛賦〉，為了幫襯漢武帝寫了〈上林賦〉，文采風流，不同凡響。不過這樣的文人，不過是把好聽的話賣給帝王家罷了。對社稷和黎民有什麼好處呢？它既無針砭時弊的見解，也沒有濟世安民的對策，這樣的誇誇其談，於時政於百姓，卻沒有什麼實際的裨益。」

這幾句話卻大大出乎蘇頲的意料之外，不過如果換了別人，一是認為這黃口小子膽大妄為，竟敢詆毀一代文豪！蘇頲聽了李白毫無掩飾的告白，倒覺得這年輕人頗有見地。

蘇頲從書案後走出來，到便榻上坐下，這樣與李白只有一步之隔，面對面地談話更為方便。「浮華誇飾固然不好，那麼，你以為……」蘇頲問。

李白見長史大人說了「固然不好」，已經同意了他對司馬相如的貶抑，心中大喜，蘇頲的「你以為……」還未說完，他就一下接過話頭說：「在下以為大丈夫就像弓箭，要有射向四方的志向，比如姜尚，他隱居在渭水之濱研究伐紂的謀略，一旦為周文王發現，滅商而建國。齊國有管仲，齊便富甲天下，促成齊桓公的霸業。諸葛亮躬耕於南陽，崛起隆中，運籌三國鼎立的局面。如此英雄，為帝王師而輔弼天下，濟世安民，使國家長治久安。如謝安、桓玄，滿腹韜略，英才蓋世，瀟灑自如地處理軍國大事，談笑風生地扭轉危局。大唐應該是英雄輩出的時代，李白一介布衣，若能受到長史大人的賞識，願以畢生的智慧和努力，為大唐的繁榮和強盛而奮鬥！」李白本來炯炯有神的眸子放出光來，情感激越地向蘇頲傾訴著。

李白的這些話在京城到蜀中由官場到官場的蘇頲看來，有些幼稚，但眼前這個年輕人的豪情壯志確實撥動了他沉默已久的心弦。

蘇頲感到渾身血液流動的速度在加快，在心中暗暗感謝張旭，這癲子辨識人才真正獨具慧眼，眼前的這個風華正茂才思敏捷，目光銳利，以治國安民為己任的年輕人，不正像當年年輕的自己麼。又回頭想到自己，因禁惡錢得罪權貴而被貶謫到益州，恐怕這一輩子也回不了長安了！不由向李白說道：「年輕人，要是你得不到帝王的重用，你將怎麼辦呢？」

李白微微一笑道：「人言道：『良禽擇木而棲，良臣擇主而事。』你看漢光武帝與嚴子陵，雖為君臣，卻像朋友那樣親密。

假如此生得不到君王的重用，江山如畫，人生如夢，我會留得閒情逸致去享受高山流水，明月清風。」

蘇頲見李白說得這樣輕鬆自如，暗想自己過慮了。這個少年不知道他自己有多麼天真！不過那個少年不天真呢？這個年齡的人多麼值得人羨慕，在這個年齡，才覺得朝廷和山野是一樣美好的。推薦他，把他送到朝廷，思索思索，這塊璞玉就會放出奇異的光彩！於是他對李白說：「我會向朝廷推薦你的，兩天之後，在頒發寶硯的儀式上，你要當著大家陳述你的志向。」

「深謝長史大人栽培。」李白向蘇頲深一揖。

「老夫把這些行卷審閱完畢，待張癲從青城山回來，我們好好聚一聚，我有好久沒作詩了，也要作幾首練練筆！」

蘇頲送走李白後，回到書案前，取過一張白麻紙來，提筆寫下「薦西蜀人才表」幾個大字，然後寫道：「……綿州李白，此子天才英特，下筆不凡……」寫到此他停下筆猶豫了一下，想到李的狂放不羈的情態。又恐自己對他的偏愛和過譽太引人注目，反而妨礙他在仕途上的進展，於是又寫道：「雖風力未成，且見專車之骨，若廣之以學，可與相如比肩……」表中既肯定了李白的才華，措詞又較為謹慎而無可挑剔，等袁司馬把家世行狀呈來，便可著人送往長安。

張垍昏昏沉沉睡到下午酉時，聽見一個家奴在床前輕輕喊道：「公子快起來，有人給你送寶硯來了！」

張垍心裡一怔，隨即又暗笑道，想是蘇頲老兒到底還是要顧全我的面子，李白那山野村夫怎能與我相比！他不由從內心深處感激父親張說，因為有了當朝宰相的父親，使他免去了許多尷尬。他坐起身來吩咐家奴為他盥洗，梳洗完畢，來見等候已久的袁章。

袁司馬見張垍臉色黃黃的有些浮腫，沒精打采地從內室走出來，連忙趕上去行禮道：「卑職是綿州司馬袁章，久仰公子文名，特地到府上前來拜望，卑職帶來一方寶硯，略表卑職的一點心意。」袁司馬自稱「卑職」，好像張垍是他的上司似的，張垍心中略略平和，聽到「寶硯」，張垍緊鎖的眉稍稍舒展開了。袁司馬叫家奴打開朱漆描金禮盒，端出一個沉重的紫地黃花錦盒，打開錦盒，裡面是一方金蟾戲水離淵石硯，那金蟾口裡含著一顆黑寶石，半沒雲紋之中，硯呈玄青色，那雲紋卻是黃色，工匠將就硯石本色的色質紋理雕就，顯得十分流暢自然，栩栩如生，當然比蘇頲那方漢硯精美。張垍見了喜得臉上放出光來，黃黃的臉也有些紅潤了，忙問道：「這是哪裡來的如此好硯？」袁章見張垍笑逐顏開，喜孜孜答道：「公子有所不知，這硯乃是北周明帝宇文充的御用之物，距今已有一百多年歷史，是卑職祖上花了二十畝良田從一個巨賈手中買來的。今日特地贈給公子。願公子筆下生花，文運吉昌。」張垍聽了驚訝道：「如此貴重的東西，叫我如何經受得起？」袁章聽了一本正經地說道：「賢姪細聽老朽言說，公子乃金枝玉葉，降貴紓尊來到蜀川邊遠荒僻之地，僅僅為了一方漢硯，以錦繡文章比李白下愚村言，實實有些不妥，故爾老朽將祖傳寶硯贈與公子，願公子珍視身分，免與村夫蠢佬爭一日之短長。」張堉見他稱自己為「金枝玉葉、錦繡文章」，又稱李白為「村夫下愚」，這兩天來心中的惡氣稍為平了一點。想這袁司馬與自己素昧平生，用心良苦，便叫家奴沏上茶進屋與他長談。

張堉與袁章關在房裡談了好久，家奴們只聽清一句「皎皎者易汙，撓撓者易折」，最後袁司馬大聲笑道：「公子放心，卑職定為公子把這事辦得妥妥貼貼！讓蘇頲老兒打不出噴嚏！」

12. 〈綿州巴歌〉的靈髓注定要流傳千古

珞薇住在堂兄楊玄璬的後院，花園中的小樓暫做她的閨房，後院門通到榴花巷。傍晚的時候，一個小廝敲開門將一封書信交給珞薇的侍女星兒，說是李白李公子給小姐的。星兒飛也似的跑進珞薇的閨房，把信交給珞薇，珞薇拆開信，露出一張粉紅色的花箋，珞薇芳心砰砰跳著，取出花箋，見上面用娟秀的字寫著：「一日不見，如隔三秋，此當濃春嘉美之季，約請小姐明日下午到駟馬橋相如亭品詩……」看著看著兩朵紅雲飛上雙靨。

「小姐，那花箋上寫的什麼？」星兒見珞薇歡喜成這樣，瞅著花箋問道。

「明天下午……」珞薇不好意思地答道。

「相如亭？那是司馬相如為卓文君彈琴的地方呀！」星兒弦外有音地說：「是不是那位李公子為小姐準備了琴曲呢？」

「死丫頭，胡說！」

珞薇此時已經心旌飄搖了，她讓星兒點起燈來，磨好墨仔細檢看了一回她用娟麗的字跡記憶抄錄的〈大鵬賦〉，明天下午請李白將她抄漏的章句為她補上。

李白從長史府回到客棧，第二天就興致勃勃地到諸葛丞相祠去找癲哥張旭，告知他昨天上午在散花樓詩會一舉奪魁的好消息。諸葛丞相祠的小道士說張癲還未回來，他這人是走到哪玩到哪兒，有興致一住就是十天半月，無興致掉頭便打轉身，什麼時候回來是說不清的。李白回到客棧，已是掌燈時分。客棧的小夥計說下午有一個小廝託他交一封信給他。李白回到客房拆開信，取出一張粉紅色的花箋來，原來是珞薇約他明日上午到駟馬橋相如亭品詩，想到那天詩會上的情景，李白不由耳熱心跳，那雙鳳眼垂下眼簾時的曼聲低語，那雍容優雅的步態，那襯著松綠項鍊的白裡透紅的肌膚，那嬌豔欲滴的櫻唇，都在他眼前清晰地展現出來，磁石一般吸引著他。他微微一笑，將那信揣到貼身的袋裡。

次日一早，李白來到了駟馬橋。這是一座石拱橋，司馬相如當年辭別卓文君到京城長安去的時候，曾對卓文君說，他到長安一定要獲得功名「大丈夫不乘高車駟馬不過此橋」，後來果然得官，乘了駟馬高車回到成都，因此後人將此橋取名為「駟馬橋」。李白信步來到綠樹雜花掩映的相如亭，早晨的空氣中散發著野花的清香。相如亭裡沒有一個人，只有高高矗立的兩座灰黑色大石碑，銘刻著司馬相如所作〈子虛〉、〈上林〉二賦，還有幾座小石碑，都是後人附庸風雅作的題跋。

李白暗笑自己動情，為赴約來得太早。只好離開相如亭來到橋頭。朝珞薇的來路望去，初夏的朝暉映照著河水，翻起鱗鱗金波，顯得特別清新。李白正想著，橋下飄來一陣清亮的歌聲把他從沉思中喚醒，他俯身去看橋下，一群浣女光著腳站在一河清亮的流水裡浣洗絲紗，絲紗在小河中飄蕩，像天上的雲彩。李白正聽著，一個浣女飛也似的從河邊跑到他面前叫一聲：「恩人，叫我好找！」就「撲通」一聲跪在他腳下。李白驚愕不已，李白扶起浣女忙說：「姑娘快起來，千萬別這樣！妳一定是認錯人了吧？」那女子圓睜杏眼說：「公子，你真的記不得我了麼？你可記得你那日在文君酒樓救下的小孩？」

李白點點頭，那浣女道：「我就是她的姐姐。」那女子從懷中掏出一方田黃印章來說「與你同行的那位大人，把這個和錢混在一起了，我怕你們找不到著急，特來尋你，送還寶貝。」浣女把那日張旭把印章混在錢裡給小弟的事說明。李白收了印章，與那浣女交談，方知那浣女名叫婉娘，也是綿州鄉下人，母親早逝，父親是一位琴師。帶著姐弟二人到成都謀生。不料前年父親病逝。自己找了個織錦坊漂洗蜀錦的活計，小弟阿丹提籃叫賣一些瓜子、水果、鮮花之類，也算是有了生計。剛才看見橋上一人站著多時，認出正是為弟弟抱打不平的李公子，喜出望外，便跑來還印章。

此時，駟馬橋上已是人來人往，李白望望相如亭仍是空空如也，不由悵然。

婉娘久離家鄉，舉目無親，此時見了李白，好比見了親人，婉娘說：「好久沒有回家鄉，聽公子說說家鄉的話語也是好的。」李白忽然問道：「剛才在河邊唱歌的可是妳？」婉娘害羞回答說：「是的，小女子和浣錦的姑娘們都會唱的，說是卓文君的〈白頭吟〉，幹活時隨便哼哼，唱得不好，公子見笑了。」李白說：「這〈白頭吟〉本是卓文君寫給司馬相如的，卓文君好文才，我先前只是見過這首詩，還沒有聽人唱過，妳再為我唱一遍好不好？」婉娘心中歡喜，便道：「李公子愛聽，婉娘給你唱一遍。」婉娘清了清嗓子，唱道：「皚如山上雪，皎若雲間月，聞君有兩意，故來相決絕。今日鬥酒會，明日溝水頭，躞蹀御溝上，溝水東西流。悽悽復悽悽，嫁娶不須啼，願得一心人，白頭不相離……」

婉娘本來嗓音極好，又兼她從小跟父親學習，也能識文斷字，此時心想卓文君雖被司馬相如遺棄，但總與司馬相如成了一段姻緣，我已年方二八，舉目無親，不覺動情，將一首〈白頭吟〉唱得珠圓玉潤，哀婉悽切。李白聽了心中暗暗稱奇。從前也曾聽人唱過此曲，皆為有聲無情之歌，今日聽這一曲〈白頭吟〉，聲情並茂引人入勝，但見婉娘淚眼迷離，便逗笑道：「我讓妳唱，何必唱得如此認真，自己把自己都唱哭了，我也會唱，讓我來給你唱一曲，定要把妳逗笑。」於是故意直著嗓門做出粗俚的樣子唱道：「豆子山，打瓦鼓，陽坪壩，撒白雨，下白雨……下白雨……」唱著唱著，唱不出下句了，原來這隻歌是小時候聽看牛娃「殼子客」唱的，「殼子客」只唱得這兩句，李白也只撿得這兩句，沒有後半段，往後自然就唱不出來了！

婉娘見李白裝做笨頭笨腦的樣子，把她當小妹妹逗，一下子破涕為笑。笑道：「下白雨，下白雨，下的白雨把川西壩子都淹沒了！還在下……」李白見婉娘笑得像晴空下的一朵鮮花，也樂了，說：「後面的我沒學過，只跟兒時的朋友撿了這頭兩句……好聽吧？」婉娘天真地把頭偏向一邊，望著李白說：「好聽！這首歌我能唱完，你想聽嗎？」李白看看相如亭仍然沒有人，便說：「想聽，煩勞小姑娘唱一遍。」婉娘見李白像一個大哥哥那樣逗樂，便頑皮地說：「那你洗耳恭聽吧！」說著從木盆裡拿出搗絲的木棍在橋欄上敲著節拍唱起來：「豆子山，打瓦鼓，陽平壩，撒白雨，下白雨，娶龍女，織得絹，二丈五，一半屬羅江，一半屬玄武。」這一次唱得悠揚宏亮，如行雲流水，又別有一番情致。李白一邊聽著一邊品味，只覺得這首民間俚曲甚是動人，總共四五句歌詞天上人間的事都說到了，也算是神思飛揚吧，再仔細咀嚼，卻悟出這首歌不僅構思奇特，流暢自然，雖斷若續，氣韻貫通，給予人精騖八極，視通萬仞之感，實實的非同凡響！婉娘見他聽得發呆，居然不覺得自己唱完了，便從腳下扯了一根狗尾巴草，撓了撓李白的臉說：「唱完了——你還在想什麼？」

李白「卟哧」一聲笑出來說：「唱得好！要是早些年聽到這首歌有多好！」婉娘說：「這首歌叫〈綿州巴歌〉，鄉下人的歌，有什麼好的？竟有相見恨晚的意思。」婉娘故意掉文說，「相見恨晚」，讓李白覺得她不是一般的鄉下女子。李白見婉娘說得不俗，便認真對她說：「這首歌很奇特，妳想，天上下著雨，電閃雷鳴，龍王的女兒要出嫁了，龍女織的絹好長好長，一半分給羅江，一半分給玄武，其實織的就是我們的家鄉涪江。」婉娘見他說得認真不由故意取笑道：「哪有剛打雷下雨媳婦就進門的？」李白不假思索地笑道：「那有什麼不行，日後嫁妳的時候，還更快呢！」李白本是開玩笑的一句話把婉娘躁了個大紅臉，婉娘想，自己雖淪為幹粗活的人，但千萬不能讓李公子認為自己下賤，便佯裝生氣說：「你說這話可不像個好人！我去幹活去了！」說著向河邊走去。李白在後面急了說：「婉娘，我可不是存心說壞話，原諒我——！」婉娘聽了站住，心想再回去也無話跟他說，又直接向河邊去了。

〈綿州巴歌〉這種跳躍奔放以神韻貫通的風格，和以情感為主線的旋律在李白的詩歌中得到了長足的發展，推動和形成了李白自由恣縱、風神瀟灑的獨特風格。後來的〈蜀道難〉、〈將進酒〉、〈遠別離〉、〈宣州謝朓樓餞別校書叔雲〉等名篇，都貫穿著這種風格。

在〈宣州謝朓樓餞別校書叔雲〉中李白寫道：棄我去者昨日之日不可留，亂我心者今日之日多煩憂，長空萬里送秋雁，對此可以酣高樓。蓬萊文章建安骨，中間小謝又清發。俱懷逸興壯思飛，欲上青天攬明月。抽刀斷水水更流，舉杯消愁愁更愁。人生在世不稱意，明朝散發弄扁舟。

千百年來，不知多少人為這首詩中跳躍奔放的神韻傾倒。在這首詩中李白的詩句從自己的情懷到送別，從送別寫到前代詩人；之後忽而神思飛向天外，忽而飄落人間，最後回到自己的人生取向，跌宕起伏而意脈連貫。「俱懷逸興壯思飛，欲上青天攬明月」成為人世間多少人的嚮往！

13. 駟馬橋一場惡鬥打破了珞薇的良辰美景

李白見婉娘走下河坎，後悔不該對她說些沒高沒低的話，她既常在這裡浣紗，只好日後尋個機會向她賠不是。此時已日上三竿，駟馬橋上仍不見珞薇的影子。

李白剛走上橋頭，見兩個漢子氣勢洶洶地向他跑來，為首的一個身材高大，掀鼻獨眼，虎背熊腰，穿一件褐色缺胯衫腳登牛皮長皂靴，直衝他過來，一把揪住李白前襟叫道：「姓李的，你欠我賭債，快拿錢來！」李白弄得丈二和尚摸不著頭緒，一掌推開說：「客官，想必是認錯人了！」那大漢萬萬沒想到被他推了個趔趄，示意另外兩個潑皮來糾纏，那兩個潑皮破口大罵，滿口髒話。李白見來者不善返身想朝回走時，已經被一個潑皮攔住，那潑皮也叫道：「還賭債來，欠帳還錢，你休想走脫！」李白叫道：「我從來也不認識你們，為什麼攔我！」那幾個潑皮無賴乾脆什麼也不說，拉拉扯扯就要與李白動手，李白怒上心頭大吼一聲：「混帳東西，還不滾開！」李白將靠近身旁的兩人一推，抽身要走、那四個潑皮毫不放鬆，揮舞著拳腳要打李白。李白本來是膽大包天的人，眼下見幾個潑皮無賴撲上來，索性脫了灰布長袍與他們對幹。那幾個潑皮仗著人多，一哄而上，李白將他們一一擊退。幾個潑皮急了，拼了命一再向李白發起攻擊，不到幾個回合便被李白打得喊爹叫娘，有兩個實在不敢再上前，抱著頭逃了。

婉娘在河邊見李白被一群流氓圍住，丟下浣洗的絲紗，飛奔上岸，大叫道：「不得了，潑皮打人了！」街上的行人紛紛跑來圍觀，附近街道上的人都認得肇事的「獨眼龍」和「三頭蛇」是出名的惡棍，仗著幾分蠻力，平時無惡不作，心狠手毒，一貫殘害鄉鄰，不由替李白捏著一把汗。

「獨眼龍」見勝不了李白，心中著急，又見「三頭蛇」只是圍著李白轉來轉去，並無法與李白交手，便大吼一聲，一頭向李白撞去，李白機靈地一躲閃，「獨眼龍」一頭把李白身後的「三頭蛇」撞了個正著，撞得「三頭蛇」仰面朝天，慘叫一聲重重跌在地上，死豬一般一動也不動，李白趁勢攔腰一腳，「獨眼龍」跌了個狗吃屎，跌掉兩顆門牙，鮮血順著下巴淌下來。「獨眼龍」自從十年前與人鬥毆，弄瞎了一隻眼外，從未吃過這樣的大虧，從地上爬起來，嗷嗷叫著眼睛紅得像吃過死人的野狗，「嗖」地從靴腰裡抽出一把雪亮的匕首，刺向李白的胸膛。

為了李白與她下午的約會，今天清晨珞薇一大早地起來梳洗打扮。星兒是個善解人意的姑娘，早早地就上前街為珞薇買了鮮花。星兒為珞薇梳頭，先梳成驚鴻髻，珞薇嫌臉顯得太胖，又梳成雙刀半翻髻，皆不如意；最後星兒從櫥中取出一個假髮來，梳成雲山重疊的義髻別在珞薇頭上，又用珞薇自己的頭髮，梳成小辮挽了六個環，盤在義髻周圍，渾然一體，珞薇方才高興了。星兒在髮髻上給貼上蝶花金鈿，又插上兩支嵌綠寶石的金步搖，那是波斯國的貢品，玉真公主賞賜給她的。星兒又給她頭上插了早開的硃紅石榴花配著一枝綠葉，煞是好看。臉上淡淡地勻了些粉，少少的擦了些胭脂，畫上新月眉。珞薇吩咐星兒把所有的新衣都找出來一件件的試穿，最後挑了一套粉紅雲錦衣裙，一件白色蟬翼紗的披肩，讓星兒給她披上，珞薇輕盈地轉了幾個圈，顯得又飄逸又美豔。梳妝完畢，離中午還早著呢，珞薇望著天上的太陽，只盼著它早一點升到頭頂上。到那時，她便一個人乘了香車到駟馬橋與李白約會。

橋頭的酒樓上，張垍、袁章正一邊飲酒，一邊看駟馬橋上發生的一切。那四個潑皮是袁章受張垍之託在賭場收買的，賭場的掌櫃介紹說，這幾個人武藝超群都是亡命之徒，定能把二位大人所託之事辦妥，儘管放心。袁章向四人面授機宜，讓他們在橋上纏住李白，拖到僻靜處結果他性命。哪知四個潑皮都不經打。袁章急中生智，叫張垍的家奴立即到華陽府去報案說李白打傷四人，並命華陽縣令到酒樓來見。

李白側身閃過「獨眼龍」刺來的匕首，一把抓住「獨眼龍」的手腕，掣住穴道，獨眼龍頓時肩臂發麻動彈不得，手一鬆，匕首掉在地，李白飛起一腳，將匕首踢入河中。李白將「獨眼龍」按在地上，正要痛打，忽然空中飛來一鐵鏈，一下子套在李白頭上，李白抬頭看原來是華陽縣的差役！

那幾個潑皮無賴見李白被差役的鐵鏈鎖住，來了勁，一轟而上把李白打了個鼻青眼腫。李白氣急，使勁扭著鐵鍊叫道：「放開我，你們還講不講理！」

袁章在酒樓上看著他親自製造的這一切甚為滿意，剛才張垍告訴他，因為此次的效勞，他將向他父親推薦他，讓他在長安獲得一個肥缺……看著李白像一頭困獸一樣的被人拳打腳踢，他從心底裡感到快意，他回頭想請張垍與他一起觀賞這齣好戲的時候，發現張垍的位子空著。已經不知在什麼時候不見了。

張垍看著在詩會上不可一世的李白像一隻老鼠一樣被打，心中十分解氣。他現在是一隻貓，貓可不必生老鼠的氣，那個骨子裡十分驕矜的李白，不過是他貓爪下的一隻可憐的老鼠罷了。如果李白不明不白地死於華陽縣衙，那他永遠不知道是他張珀的手下敗將！他要像貓吃掉老鼠一樣，羞辱他蹂躪他，盡情地玩弄他到奄奄一息，讓他充分享受夠了勝利者的愉悅之後，才把他一口一口地吃掉。於是他奔跑下樓，分開圍觀的人群，來到正在扭打的人叢之中。

「住手！」張珀叫道。

兩個家奴衝上去，格開「獨眼龍」和差役。其中一個家奴裝模作樣的高聲叫道：「各位肅靜！各位肅靜！我家主人有話要說！」

「啊，那不是綿州昌明縣的李白嗎？你怎麼跑到這裡來逞能哪？」張珀陰陽怪氣地笑著。

「這呆鳥欠我們的賭債不還，討打！」「獨眼龍」掉了兩隻門牙，吐字不清地說。

「我親眼看見他按住一個小娘子強行非禮呀！」另一個地痞格格怪笑著說。

「放開我！你們這些不要臉的東西！」李白大吼著說。

「事情到了這一步，我看你也不要再喊了，看不出你骨子裡是一個賭徒淫棍呀！在這些事情上居然還有一手，二位，我是京城衛尉寺的張珀。」

「當朝張宰相的二公子。」家丁立即補上一句。

「看在我的薄面上，你就饒他一回。不過，這位文友，你要弄清楚，人最要緊是臉面，日後千萬不要作這種有辱斯文的事情。」張珀一本正經地說。差役聽了鬆開鐵鏈。

圍觀的人議論紛紛，有的說早早教訓這渾小子也就不會落到這種田地了，人家宰相公子到底是出自名門說得有道理。也有人說這幾個本來就是出名的無賴，不知道今天打什麼壞主意。

「後天，你恐怕是沒有臉面去領相如寶硯了吧。」張咟說。李白哪受得了這種羞辱，氣得一下子又要發作，婉娘一把拉住李白道：「還不快走！」李白抬頭一看，張咟身後七八個差役正跑過來。原來袁章見張咟下了樓，生怕有什麼閃失，忙吩咐家奴再叫了幾個差役來。婉娘拉著李白鑽出人群，向自己的小茅屋奔去。

珞薇好不容易捱到吃過中飯，也不讓星兒陪同，早早地到相如亭來會李白。珞薇穿花拂柳，來到相如亭前，相如亭竟空無一人。珞薇有些悵然，轉念一想又覺可能是自己多情性急，說不定李白還在寓所沒有出門，也說不定躲在哪個角落裡和她鬧著玩呢！

珞薇久等不見李白到來，便姍姍步出白石鋪成的甬道，來到河邊，記起那日初見李白佇立在江邊的情景，她想說不定河上飄來一隻小船，李白從船上下來，一下子出現在她面前。遠遠地江上果然有一隻客船，那客船緩緩地從她面前駛過，並沒有停留，直接向前駛去了。河邊浣女唱著小曲，用木槌捶打錦絲。這時天上的雲慢慢聚攏，河上冷風颯颯。珞薇回首望望相如亭，仍不見人影，珞薇聽那浣女唱的是：「皚如山上雪，皎如雲中月，聞君有兩意，故來相訣絕……」正是卓文君的〈白頭吟〉，唱得珞薇心煩意亂。她在河邊徘徊了好一陣，不時向相如亭方向張望，卻只有風吹樹動，哪裡有李白的影子？

珞薇不禁心中疑惑起來：莫非他見了別的美麗女子，將我忘了？莫非他並不想與我交往，故意取笑於我？我如此真情對他，他卻這樣薄情寡義！珞薇自幼隨父南來北往，認定李白便是天下第一可意之人，不料今天受到如此冷遇。此時天上淅淅瀝瀝下起雨來，河邊浣紗的女子紛紛端了木盆，爬上河岸，跑到附近人家躲雨。珞薇望著江水茫然不知所往，不覺淚珠和著雨水順著雙頰淌下來，早上精心擦過粉的俏臉流出一道道溝渠。不一會，雨水打溼了她高高的髮髻，髮髻上插的硃紅石榴花也有些萎頓了，雨水且很容易就溼透了雪白的蟬翼紗披肩，將披肩緊緊地貼在珞薇軟玉般渾圓的肩背上，珞薇木然地站在那裡，不覺得冷，只覺心痛……

忽然雨停了，她抬頭望，原來是一把雨傘撐在她頭上方。

珞薇回過頭來，身後為她撐傘的張垍，正含情默默地向他微笑。

「是你……」

「是我，細雨迷濛，煙波浩渺，楊柳岸，白頭吟，更有絕代佳人，懷著丁香一樣的愁怨，在煙雨中流連徘徊……這不是一首很美的詩，一幅很美的畫麼？」

他一直在看我！絕不能讓他知道李白失約的事。

「她竟這樣痴心地等他！」張垍壓抑不住滿臉妒火，他想立即向她說明，那個鄉巴佬李白，不過是他掌中的玩物罷了，但這種話玉真公主的乾女兒是不會接受的。他靜了靜心神，輕輕扶著她的肩，溫情地低聲叫道：「珞薇……」

她感到他手的溫暖，要是這時候是李白而不是張垍……她下意識地走出傘外，張垍上前一步，摟住了珞薇的肩。

「珞薇，你要是能在這裡等我一回，我為你去死也是心甘情願的。」張垍的聲音帶著哭腔而且發顫。

珞薇想起了在長安，與張垍那些花前月下的日子，她感覺到他胸部的熱氣直透過薄薄的蟬翼紗透過她的後背直透到她心裡，她沒有再走出傘蓋去。

「你等的那人，他不過是一個浪子，一個無賴，一個沒有功名的布衣……」張垍繼續說。

「你說誰？」珞薇一下子掙脫了張垍的懷抱。

「就是那位詩會的魁首李白呀，今天上午在這橋頭和地痞為了賭債和女人打群架，差一點被人打得半死……」張垍終於按捺不住，竟連珠炮似的把心中的積怨和妒火，摻合著汙黑的誹謗，一起噴了出來。

「這不可能！」珞薇驀地回過頭來，瞪大眼睛望著張垍。

「信不信由妳，我怕妳上當受騙，我對妳是真心的。」張垍仍然溫和地說。

「你怎麼知道？」

「今天上午我就在對面的酒樓上吃酒，還有長史府的官員們一起，橋頭還留著血跡呢！」

「我不信！」

珞薇提起裙子往橋頭跑，張垍踏著泥濘追了上去。橋頭有一灘血水混著泥汙，雨點濺起噁心的水花。

「我什麼時候騙過妳？」張垍說。

珞薇呆呆地看著那灘血水，頭上戴的石榴花已經在奔跑中掉在泥淖裡，雨水順著髮髻上的金步搖往臉上流，臉上的脂粉已經被沖得乾乾淨淨，一陣冷風吹來，她覺得一陣眩暈搖搖欲墜。

張垍立即立前，抱住了珞薇冷冰冰、軟綿綿、搖搖欲倒的身子……

李白被婉娘拉著，跌跌撞撞地向東走了一段路，來到一個村落，村落旁邊有一個小院，婉娘推開柴門把李白拉進茅屋裡。李白問：「這是哪裡？」婉娘答道：「這是我家。」婉娘叫小弟燒水讓李白洗了臉，找出兩件父親生前的衣服讓李白換上。小弟阿丹找來一個跑江湖的郎中，抓了些治跌打損傷的草藥。

婉娘煮了些粥，端來一碟鹹菜，讓李白吃了，又將草藥熬上，叫李白喝了躺下歇息。下午天上下起了小雨，看見血跡斑斑的衣服，婉娘不由心中發怵，不知李白為何得罪了當地的地痞無賴，竟連官府也不分青紅皂白胡亂害人。

她汲了一桶井水，倒進木盆裡，搓洗的時候突然發現衣袋裡的東西，一掏衣袋，裡面有一些銀錢一張粉紅色的花箋，已經被水打溼了，婉娘將花箋小心攤開理好平整地放在簷下的石頭上。她認出這是一個叫珞薇的貴族女子邀請他到相如亭約會的信柬，看了這華麗工整的字跡，想起上午李白在河邊與她開的玩笑，心中鬱悶。是了，李白在駟馬橋等的客人一定就是這個女子。她想起有時候從駟馬橋上坐車乘轎過往的豪門貴族，她們穿著非常美麗的錦緞衣服，打扮得十分精緻講究，有時翹著兩根蘭花指，輕輕地撩開車幃，往外面看。有時也有穿著胡人男子的服裝，頭戴冪籬遮著臉的上半部，只露出鮮紅的嘴唇來，神氣地騎著馬握著鞭子後面跟著奴婢，有的奴婢路過浣女身旁時，看都不看她們一眼，好像浣女跟路邊的草木沒什麼兩樣。

她洗著那件血衣，想著父母早亡、破漏的茅屋家徒四壁，姐弟倆這些年有一頓沒一頓、飽一頓餓一頓的日子。突然她盯著花箋打住了紛紜的思緒。馬上送他離開這個地方，永遠也不要把他與這裡的窮人、破屋、悲苦和艱辛連在一起！她擦乾眼淚，將洗好的衣裳晾在簷下的竹竿上，又收拾了屋子。已經接近黃昏，天下起小雨來。

李白一覺醒來，江湖郎中的藥居然有效，疼痛已經大大減輕，他想起與獨眼龍鬥毆，想起差役的鐵鏈，想起婉娘拉著他奔跑，想起那突如其來的這場惡劇，為什麼偏偏會遇見張珀？李白一下子坐起身來，屋子裡光線很暗，他想起這是婉娘的屋子，他披衣起來，輕輕地走到門口。看見婉娘倚在簷下，一隻手托著腮，呆呆地望著屋簷滴下的雨水出神。細看這個小院，簡陋的柴門，矮矮的竹籬笆上面開著淡紫、淡藍的牽牛花，李白向遠處望去，路上沒有行人，天上沒有飛鳥，川西平原沉浸在一片迷濛的煙雨中。沒有人聲，只有細雨淅淅瀝瀝地下。這細雨完全把外面的世界和這個小院隔離了。

假若不是傷處還有些隱隱作痛的話，今天上午的一幕就算是遺忘在夢裡了。事情糟糕到了這種地步，定然無法去見珞薇小姐了。就是珞薇出現在這裡，他唯一的選擇就是躲避。

「婉娘，謝謝妳。」李白說。

看見簷下晾的衣服，李白心裡很感激這個小姑娘為自己所做的一切。他突然想起了月圓妹妹，但眼前的這個姑娘幾乎還是一個孩子。

「不用謝，我本來該謝謝你的，你是我們家的恩人。」

「你想家了吧？」

「想……不，在綿州已經沒有家了，還想什麼？現在，這裡就是我的家。」

「我有一個妹妹，十多年前不在了，我家在昌明縣青蓮鄉，一個很美麗的地方。日後我帶妳回家，作我的小妹妹，可好？」婉娘太想有個家了！從來也沒有人向她說過這些話，強忍著快要溢位的淚水不說話。立刻她想到那張花箋，定了定神說：「以後再說吧，天快黑了，我再給你煎一次藥，你吃了就回客棧去吧，再晚，路不好走了。你的衣裳，晒乾了我會讓小弟給你送來的。」

李白眼裡，她如同一枝帶雨的梨花。

小弟阿丹回來了，下雨生意不好，什麼也沒賣出去。婉娘讓阿丹帶李白抄近路去到客棧。望著李白和阿丹的身影走出柴門，消失在迷濛的煙雨中，婉娘的淚水嘩嘩的淌下來。

14. 益州長史在燭焰上點燃了〈薦西蜀人才表〉

珞薇從昨天下午回到寓所就沒有起床。星兒給她換了衣裳擰乾頭髮，熬了紫蘇湯讓她喝了，捂著被子發汗。到了下午半夜，聽見珞薇呻吟，星兒起來掌燈一看，枕頭被淚水和汗水溼了一大片。星兒給她換了枕頭，又熱了粥讓她喝下。星兒說：「小姐別生氣了，再大的事也犯不著傷身子呀！妳不是說到蜀中就是為了來玩麼?玩夠了改日回到長安，說不定又有什麼新鮮好玩的在等著我們呢！」珞薇聽了，覺得她說的也對，嘆了口氣不再流淚，又昏昏睡去。

張珀過來看望，對珞薇說因為李白的劣跡，頒發相如寶硯的儀式已經被長史大人取消。珞薇背過身去什麼話也沒說。

過了幾天，雨已經停了，天氣放晴，珞薇聽見清脆的鳥叫聲，珞薇讓星兒撩起紗帳。小軒窗外一枝石榴跳進她的眼簾，大紅的花蕾鮮綠的枝葉帶著昨夜的春雨嬌豔欲滴，一隻畫眉在綠葉與紅花間跳來跳去地唱。珞薇心情一下子好起來，星兒便扶她起來為她梳洗。

珞薇叫星兒為她梳一個椎髻，頭髮鬆鬆的垂在背心，用一串珊瑚珠勒好，只在額上眉間畫上月黃。星兒慢慢梳理著，小玉環和楊釗在外面嬉鬧。這楊釗是蜀州司戶楊玄璬的姪兒，比楊玉環大幾歲，從小不愛讀書就愛玩賭博呀鬥雞呀這些玩意兒，珞薇一聽到他的聲音就煩。

隔著窗子聽小玉環央求說：「給我玩一會嘛！」楊釗說：「不行，只能給妳看看。」玉環說：「你不給我，我以後不跟你玩了！」楊釗說：「我給妳玩，妳要是打碎了怎麼辦？我也是借人家的。」

「借人家的，好稀奇！那麼個紅牌牌還借人家的？借人家的還好意思拿到我這裡來顯擺？騙人！」

「真的是借人家的，借高升巷那個獨眼龍的。」

「我要玩玩嘛！給我玩玩嘛！」

「不給！」楊釗說。「不給就是不給，妳抓住我也不給！」

接著就是小玉環被「撲通」一下子推倒的聲音。

小玉環「哇」的一聲大哭起來。

珞薇聽得不耐煩。一下子披上衣服走出來，喊道：「誰在哪裡，把玉環弄哭啦！」

楊釗嚇得不敢出聲，怯生生地站在珞薇面前。

星兒跑過來扶起玉環問：「怎麼回事？壞小子！」

楊釗吞吞吐吐地說：「昨天我在獨眼龍哪裡借了這個玉珮來玩，小妹看見了硬要玩，我怕她打碎了，沒給她，她要搶，我只推她一下……」

「拿來我看看。」珞薇說。

楊釗滿腹委屈地把紅牌牌遞過去。

這個玉珮，是一塊上好的胭脂玉製成，別具匠心地雕琢成大秦的常春藤圖案，繞著圈兒，玲瓏剔透，十分好看，難怪小玉環嚷著要玩。珞薇想，這玉珮好像是哪兒見過的，對了，這是張垍的玉珮！有一次在長安，張垍到玉真公主花園裡玩，穿著一件鵝黃色薄紗羅衫，腰間繫著暗綠色的絳子，絳子下垂的部分打著方勝連環結，下面就是系的這個胭脂玉珮，襯著鵝黃色的羅衫，十分醒目。

「這是從哪裡來的？」珞薇問。

「是獨眼龍那裡借的。」楊釗說。

「獨眼龍是什麼人，他為何有這個玉珮？」珞薇從來就不喜歡這個和外面不三不四的人鬼混的姪兒，厲聲追問道。

楊釗慌了，結結巴巴地回答說：「獨眼龍……是……賭場裡的……」原來楊釗雖然小小年紀，賭場裡的門道卻樣樣精通。前幾天獨眼龍與楊釗賭了幾個回合，輸了個一乾二淨不說，尚欠楊釗一百二十個緡錢。獨眼龍見楊釗年紀小，便想賴帳，哪知前幾天晚上，獨眼龍拿出這隻胭脂玉珮來對一夥潑皮誇示，被楊釗瞧見，楊釗二話沒說一把奪過，才說要將這玉珮來抵賭債。獨眼龍哪裡肯拿這寶貝抵債？當下與眾人說好，借給楊釗玩幾天，十日之內便拿一百二十緡錢來換這玉珮。

「我問的是獨眼龍從哪裡弄來的這玉珮，你要與我講清楚！」珞薇眼瞪著楊釗又問。

楊釗見姑媽窮追不捨，只好一五一十地抖出來。原來獨眼龍說，前天夜裡一個公差帶宰相府的家奴找到他們幾個，要他們去駟馬橋將一個叫李白的讀書人拖到荒僻之地打死，哪知不但沒把李白拖走打死，自己反而掉了兩顆門牙。後來幸虧華陽縣的公差趕來，他們才把李白飽打了一頓。昨天傍晚宰相公子把他們叫去，給他們每人發了一百錢賞錢，獨眼龍一眼瞅見公子戴的胭脂玉珮，又對宰相公子說，我為公子辦事門牙都掉了兩顆，請公子把那個好看的玉牌牌賞給我吧，宰相公子二話沒說，就解下玉牌牌賞給了獨眼龍，還誇他辦事忠心耿耿。

原來張垍為了加害李白竟使出了這樣卑鄙下流的手段！珞薇立即叫星兒備車，自己披上披風上了車，讓車伕快速穿過街市駛向客棧。

兩天前，一個差役將李白家世行狀呈送到蘇頲面前，蘇頲打開一看，不禁大吃一驚，只見那上面寫道：「李白，字太白，劍南道綿州昌明縣人，出身於工商賤民之家，養成桀驁頑劣之性，不遵師訓，目無官府，嗜賭成癖……」翻過家世行狀這一頁，後面是一個附件，附件上寫著駟馬橋發生的一幕，後面蓋著獨眼龍等四個人手印華陽縣證詞。

蘇頲絕不相信能寫出〈大鵬賦〉的李白，會做出那樣的事，張旭絕不會將一個品行低劣的人推薦給他。他盯著後面這四個紅紅的手印，問道「你家大人為何不親自前來？」

差役答道：「我家大人正準備為宰相的二公子餞行，明日張公子要啟程回到長安去。」

蘇頲什麼都明白了，那張垍小兒和那皮笑肉不笑的袁司馬，並不把他這前任中書令現任益州長史放在眼裡。

「退下！」蘇頲將送來的家世行狀望書桌上一扔，拂袖轉過身去。

華陽縣的證詞和綿州司馬寫的家世行狀寫得明明白白，蘇頲只好暫時取消了向李白頒發相如寶硯的儀式。命他的手下去駟橋查明此事。

從婉娘家回來之後，李白一直在客棧閉門不出。白天阿丹給他捎來藥湯和飲食。聽見客棧的夥計叩門叫了好半天，李白老大不情願地開門，哪知客棧夥計身後站著的竟是珞薇和星兒！

「妳……妳到這裡來做什麼？」李白局促地問。

「進屋再說。」珞薇說著便與星兒進了門，急急地的把胭脂玉珮的事說了個一清二楚。李白恍然大悟，對張埳的懷疑一下子得到了證實。

「你馬上跟我到大都督府去向蘇大人說個明白。」珞薇急急地催促李白上了車。馬車在成都街道上疾馳，在天黑之前趕到了長史府。

下午蘇頲接到稟報，派去駟馬橋調查情況的人生病了，而且病得很厲害！

蘇頲坐在書案前已經有整整半個時辰了，書案上擺著他的〈薦西蜀人才表〉和袁章命人呈來的那份李白家世行狀。他心事重重地翻閱著這兩件公文，薦，還是不薦？

一連好幾個陰天，本來明亮的書房顯得有些昏暗，侍從見長史大人憂心忡忡的樣子，輕手輕腳地早早地點燃了燈燭。燭光照見了書案另一端李白呈來的行卷，他下意識地伸手取過來翻閱，其實他已經看過幾次了，他甚至輕聲誦讀過。那些詩句清新而俊逸，豪放而沉雄，不亞於著名的鮑照和庾信，當然比初唐的詩人強多了。讀起來就像飲用一杯甘洌的醇酒，心中十分舒暢。

他又看了一遍那字跡奔放而遒勁的行草，心情沉重地站起來，在昏黃的燈光中踱步。

其實，在袁章命差人呈來李白的家世行狀之後，蘇頲就猜到發生什麼事了。從太宗皇帝逝世後到現在，官場中的互相殘殺明爭暗鬥已經司空見慣，已經成為一種氣候，一種慣性，一種仕途上的特徵，好像菜裡的鹽一樣必不可少。張垍勾結地方官對李白的中傷，怎能瞞得過蘇頲那看慣了譎雲詭波的老眼！他想起在他與宋璟一同被貶的遭遇，初出茅廬的李白又何能倖免？這份家世行狀明明白白，又有事實有佐證。

他……一個形同放逐的人能把這幫地頭蛇怎樣？

蘇頲昏花的老眼看著跳躍的蠟炬的黃光，他長嘆一聲吟出：「揖齊揚以容與兮，哀見君而不再得。望長楸而太息兮，涕淫淫其若霰。」此時此刻他更清楚更深刻地領略了屈原那逐臣內心的痛苦與迷惘。他彷佛覺得不是屈原，而是他自己，在遠離首都的汨羅江，披散著頭髮赤著腳，一步一步走向那滅頂的深淵。

薦，還是不薦？薦，就要把張垍、袁章等人通通翻出來，讓他們認罪服法，張垍的父親中書令張說絕對不能讓他這樣做。他在遠離長安的蜀中，這樣做成功的可能很小，這樣做的後果是：他可能被貶謫到更邊遠的地方去，他將永遠也回不了長安，只有老死他鄉。不薦？他又想起李白在散花樓旁若無人放聲高吟的情態。他再次拿起李白的行卷，那狂放遒勁的行草，那充滿天才智慧的文句，那洋溢著生命活力的狂放，彷佛都在嘲笑他——一個委瑣的平庸老頭！但是，就是他把李白薦到長安去，〈薦西蜀人才表〉也不可能越過中書省到達皇上的書案上，最後的目的還是達不到，薦與不薦的結果一樣。隨即他釋懷了，他不再踱步，而是頹唐地坐下來。望著蠟燭黃色的光焰，拿起了那份〈薦西蜀人才表〉。

李白與珞薇匆匆下車，珞薇拉著李白快步走進長史書房的時候，他們驚呆了：益州大都督府長史蘇頲大人，正在蠟炬上點燃著一份文字——〈薦西蜀人才表〉！

珞薇叫一聲「蘇伯伯」衝上去一下子跪在蘇頲面前，蘇頲像沒看見什麼也沒聽見什麼，只是拿著〈薦西蜀人才表〉的手一動不動放在蠟炬上方。李白驚訝地看著那份〈薦西蜀人才表〉在蠟炬上變成明亮跳躍的火焰，又由明亮跳躍的火焰變成冷冷的灰燼。

霎時，李白的腦子一片空白，他完全沒聽見珞薇是怎樣向蘇頲解釋訴說的，只看見珞薇的嘴急切地一張一合，後來看見蘇頲難堪地長嘆一聲，然後轉過蒼蒼白髮的頭顱，那老邁的身軀頹然倒在太師椅上。李白心中油然升起對這位龍鍾老人的一陣憐憫，他沒有再走近蘇頲，也再沒有說什麼，轉身走出了長史府。

這難道就是皇上的求賢若渴？難道大唐就是這樣的詮選人才？為什麼會這樣？這詩會裡面包含著多少齷齪、多少陰謀、多少無恥、多少無奈！他夢遊般地在蒼茫的夜色中走著，深夜成都的街上空無一人，他無從訴說無從宣洩。猛然間，他看見前面兩堆灰黜黜的東西擋路，他走近一看，原來是一對石獅子，這不是諸葛丞相祠麼？他記起那日他與煙霞子路過這裡士子們看告示的情景。他想起那個為國效死的念頭，一抬頭看見那張告示還貼在那裡。這個騙子的招貼！李白怪叫一聲，一下子跳起，一把撕下告示揉成一團扔在地上，踢上一腳，看著夜風把那團髒白的東西，吹得無影無蹤，他才快快離去。

他在黑夜中走了好久好久，從南郊的諸葛丞相祠走過散花樓，又走到北郊的駟馬橋、相如亭……

夜風颯颯，月黯星稀，他高一腳低一腳地漫無目的地走著，前面矮矮的竹籬笆攔住了他，聞見野花野草在夜間發出的清香，李白望著竹籬上幾莖稀疏的牽牛藤，這是什麼地方？這樣熟悉？他下意識推開柴門進去，竟是空屋！

「婉娘，婉娘！」李白摸索著進去，地下木盆和亂柴禾差一點把他絆倒，柴床已經散了架，亂作一堆散在地上，老鼠見有人進來，吱吱地逃跑了。找遍了所有的角落，不見有人的跡象。

東方發白，他竭力想從屋子裡找出一點婉娘留下的什麼東西，然而……什麼也沒有！

李白到附近鄰居家去打聽，鄰居說昨天上半夜只聽得狗叫得很凶，不知發生了什麼事。鄰居說這家窮，說不定是搬月亮家躲債跑了，誰也不知往哪兒去了。

李白無奈，一下子坐在門檻上，望著竹籬上藍的紫的叢叢牽牛花發呆。

忽然他眼前出現一朵妍紅嬌美的花兒，翠綠的葉，邊沿勾勒著金線，十分富麗典雅地畫在一柄團扇上，握著團扇的是一隻白皙的纖纖玉手。同時，耳邊響起一串銀鈴般的笑聲。

15. 「大唐天子，我來了！」千山響應，萬壁回聲

「呆坐在這裡幹什麼，叫我好找！」李白回頭看，原來是珞薇的侍女星兒。

「你這人真怪，一出長史府，你就不在了，為了你的事，我家小姐一宿沒睡，叫我一定要找到你，大清早客棧裡也沒有人，聽客棧的夥計說，我才打聽到這裡。我家小姐為你操心，你也要理解我家小姐的

好意才是呀！車停在大路旁等你，快跟我去吧！」星兒催促李白，跟她離開了空無一人的小院，上了大路邊的車。

珞薇並不像李白那樣震驚，她在玉真公主那裡常聽見這樣的事。弄壞一個人的名聲，讓他不得顯達，是官場中常見的雕蟲小技。她還有更好的辦法去對付，不在乎！

明天她將陪玉真公主去參加青城山儲福宮的落成大典，大典之後，公主要觀賞蜀中士著的鬥雞遊戲。那時候……

「小姐，妳要的東西都買來了！」一個小廝進來說。

「拿進來，我看看！」

小廝將一個描花金漆的托盤捧了進來，盤中放著精緻的天平冠，一件玄色軟緞繡銀八卦衣，一件五彩斑斕的綴著大粒珍珠的鬥雞服，一雙鞋幫蟠著紫紅銀絲如意，鞋尖上翹鑲著雲形皮革的蹴鞠靴。小姪女玉環踮起腳，雙手抓住桌沿，好奇地看著托盤裡的東西，叫道：「姑姑，這是幹什麼用的，真好看！」

「這是念經穿戴的衣裝，這個麼，是專門踢球的鞋！」

「好玩，好玩！真像一隻大公雞！」小玉環抓起那件紅綠相間、五彩斑斕的鬥雞服，在身上比試，被珞薇一把抓過去說：「小孩子別頑皮！」

「小姐，李公子來了！」一個侍女進來說。

珞薇放下玉環，讓侍女端著托盤隨她來到前廳。

「這些都是我特意送給你的！」

「這……」李白看著這些花花綠綠的東西，茫然不解：「這是什麼意思？」

李白從長江順流而下，出了夔門。

「通向朝廷的路，並不只有散花樓詩會？」珞薇半瞇著鳳眼，頗為自得地向李白誇耀說：「戴上這天平冠，穿上這八卦衣，跟我一起到長安去。你只需到馬球場上去玩玩球，到鬥雞場去賭博，這就是通向皇帝身邊的捷徑，不需要什麼武功文才，也不需要什麼長史大人的推薦！皇上一旦喜歡你——。」

「啊……」這一番話真正出乎李白的意料。他望望侍女手中的托盤，那鑲金繡銀、色彩斑斕的服飾在那裡炫耀地放著光。李白突然想起那些穿得花花綠綠的戲子和他們在場上忸怩作態的模樣。他從來沒有想到，自己會穿著這些服飾粉墨登場。

李白自信是個文武全才，勇於接受皇帝各方面的考驗。他忍受不了這種可笑的方式，難道一隻大鵬還要去披上麻雀的羽衣？

「通向朝廷的階梯，不全在科場和長史大人的筆下！那長安的道觀之中、馬球場上，只要你放棄大鵬式的夢想，陪我乾媽玉真公主談談玄機，打打馬球……」珞薇進一步地向李白解釋，並說：「這些事，實在是很容易辦到的！」

李白突然發覺，面前這個女人臉上的粉施得很厚，眉也太彎太黑，嘴唇畫得太小太紅，李白說：「我想靜一靜。」

李白瞟了一眼放在屋角的焦尾琴，向那琴走去。他在琴前坐下來，撥動琴弦彈起了〈扶桑曲〉。珞薇從未聽過這樣美妙奇特的樂曲，更不知李白此時彈奏的含義。

「聽懂我彈的什麼嗎？」李白瞅著珞薇，嘴角浮現出一絲輕蔑的微笑。

「你沒聽懂？太陽昇起來了，照著山下的桃林……」李白說。

「全是夢想，一點也不實際！」珞薇搖著她滿頭的珠翠，不以為然地向李白說：「我從來都不夢想！」

李白搖搖頭，不想附合她的意思。

珞薇嘴邊露出一絲嘲弄的笑意，從心中鄙視起這位昌明縣青蓮鄉的毛小子，他還很缺乏大丈夫能屈能伸的氣概。

李白看透了珞薇的心思，他壓抑不住對她和盤中那些衣飾的厭惡，冷冷地說：「大丈夫焉能與群小為伍，大鵬豈能與燕雀同飛？我還不至於庸俗到與鬥雞者為伍，這些東西妳留著吧！」

從沒有人敢對這位小姐如此冒犯。珞薇氣得渾身發抖，語無倫次地說：「你……你竟敢……」

「告辭了！」李白說罷揚長而去。

「鄉巴佬！」珞薇恨恨地叫道，一掌掀翻桌上那個五彩斑斕的托盤。她頹唐地坐在繡墩上，聲嘶力竭地吩咐星兒：「明天馬上回長安！」

駟馬橋的突發事件，使相如寶硯、功名仕途在短短的幾天之內都化成泡影。就連他喜歡的婉娘、阿丹，和那牽動人心的〈綿州巴歌〉，也消逝得無影無蹤。他在成都附近轉悠了幾天，不見婉娘姐弟的影子，青城山是不能回去的了。前些日子李白所嚮往的成都，現在成了非離開不可的是非之地。

李白回到匡山的時候，已經是黃昏了，在書院前的古松前坐下。這裡一個人也沒有。他下意識地吹了一聲口哨，那是他和趙蕤老師在這裡餵鳥的訊號，剎那間，黑壓壓的飛來一群鳥，有白鶴、鷺鷀、鶉鳥和烏鴉，鳥兒歡叫著，圍繞他跳著，他伸手去摸了摸衣袋，衣袋裡空蕩蕩的，什麼也沒有。他走向柴門，那以前是布滿了松蘿的，現在已不知被什麼刺蔓纏滿，他踏過被荊棘遮滿的小徑，來到藏書房前，一踏進門，一群蝙蝠帶著一股霉味和腥氣吱吱叫著飛了出來。李白走過當年火燒過的講堂和廂房，走過自己住過的小屋，到處空蕩蕩的，這裡不再有趙蕤老師和他的同學、常來拜訪他的煙霞子和小道士，不再有偷偷來玩的看牛娃磉磴和殼子客，以及給他帶來的噴香的烤芋頭。不再有趙蕤老師講授那些囊括四海貫通古今的道理……李白茫然返回書院門外的大松樹前，坐在當年聽趙蕤講課的石墩上，竟還有幾隻舊時相識的鳥兒不肯離去，李白從地上抓起一把泥土，向鳥兒擲去，那幾隻鳥兒淒涼的叫了幾聲飛走了。

也不知過了好久，夜霧散去了，東邊升起一輪清冷的月亮，月光穿過寄雲閣的窗櫺射進來，映照在陳子昂的遺像上。陳子昂靈前的香燭已經成灰燼，李白與陳子昂的靈位默默相對。

他茫然地對著陳子昂遺像出神。

一會兒，慘黃的遺像變成了一片模糊，冰涼的夜風吹來，使李白感到陣陣寒意。閣外的層層山林和起伏峰巒，都淹沒在沉沉的夜霧中。

「我等了十八年了！」李白依稀聽到一個男子的聲音在嘆息。他望望發出聲音的黑色山林，那山林是那麼空曠寂寥。李白仔細分辨，發現在山林下依稀有一條小路，路上隱約有一男子在踽踽而行。

啊！一定是他！

李白跑出藏書房，向黑沉沉的山林跑去。

「子昂先生！」李白張開雙臂，向陳子昂奔去！

不料那人看也不看他，把手一揮，便轉身揚長而去了，李白急了，追著那人喊道：「陳子昂先生，請等等我！」但他覺得嗓子被什麼堵住了，怎麼也叫不出聲來。他奮力追上去，那人越走越遠，李白拚命往前追，不知腳下被什麼東西絆了一下，「撲通」一聲摔倒在地。

李白一驚，立即坐起，一隻野兔「嗖」的一聲，從他腳邊竄入樹叢。他望望四周，突然，小路不見了，那男子也不見了，剛才的一切全是夢境。

李白是來和匡山告別的。從他知道陳子昂〈登幽州臺歌〉那天開始，他就要變成那隻「簸鴻濛、扇雷霆」、令「斗轉而天動，山搖而海傾」的大鵬，去「跨躡地絡，周旋天綱」，去輔佐君王、「濟蒼生、安社稷」，重新整理一個嶄新的大唐！那些霄小之輩怎能阻擋大鵬的飛翔！

此時匡山已在熹微之中，李白面對匡山扼衣下拜，然後大踏步向青蓮鄉走去。

李白回到青蓮鄉自己的家中，推開柴扉，李客夫婦又驚又喜，看著英姿勃發的兒子，心中有說不出高興。

李白回來的消息，傳到涪江東岸，第二天磉磴和殼子客也來看望李白，磉磴已長成了一個黑壯的漢子，殼子客長得又瘦又高，只是一張大嘴和一雙招風耳一點沒變。殼子客悄悄地告訴李白，過年的時候，磉磴就要娶媳婦了，娶的是撐船劉老漢的女兒，長得很漂亮。

李白去看了月圓的墳墓，那裡其實並沒有埋著月圓，只埋了李客在江邊撿到的月圓的一隻繡鞋連同月圓的衣服。從匡山回來之後，李客悲痛不已。李白不相信月圓已經永遠消失，他總覺得她還在一個什麼地方，說不定哪一天叫開柴門活潑潑地進來了，這個想法重複了千萬次。多年過去了，他又來到墳旁，墳邊的蘭草長得茂盛，已有幾枝夏蘭開了，散發著幽香，早先他在墳頭種了一棵綠萼梅。已經長了一丈多高了，嫩綠的葉子光潔可愛。李白想起月圓和婉娘，俯身下來拔去墳頭的野草，心想，此一去不知何年何月才能回來！

李白向父母說了他要離開蜀中，去實現自己的志向。

父親看看母親，脫去上衣，露出胸前那輪暗褐色的太陽，將西域的一切原原本本地告訴了李白。又說：「大丈夫要像弓箭一樣，有射向四方的志向，孩兒，你長大了，我家有一件東西交給你，你跟我來！」

李客夫婦把兒子帶到後院的槐樹下，用鋤挖開槐樹下的泥土，然後把槐樹推倒，繼續又挖了一陣，刨開泥土，一個木箱露出來。李客把箱子從坑裡拿出來，抖去箱子上的泥土，把箱子帶回屋。母親移過油燈來，李客把箱子放在桌上打開，裡面有兩個油布包著的包，李客打開其中一個包，裡面用青色的綾子包著一個紫檀木雕花匣，李客打開匣子，裡面竟裝滿了李白見所未見的黃金、瑪瑙、珍珠、美玉……李客再打開另一個油布包，裡面用黃綾包裹著幾本書，一本是太史公的《史記》，一本是《漢書》，一本是《隋書》！

李客說：「這些金銀珠寶，是我和你娘從西域帶回來的，十九年前，我們幫助涼州都督許欽明從西州逃出，你祖父死在突厥盜匪默啜的刀箭之下。將朝廷的密詔交到可汗手中，這是可汗和許都督給我們的獎賞。」李客翻開《史記》、《漢書》、《隋書》、有的字句上用硃筆勾過。

李白接過那些書，遵照父親的吩咐一一看下去，他那些先祖的史蹟卻是他做夢也想不到的！

「你已經長大成人，這些財寶和史書，我就交給你了！你此去遊學天下，必須以濟世安民的志向為要為念，正如你念的那些詩句一樣，雖九死而不悔！」李客說。

「父親，孩兒明白了！」李白向父親躬身下拜。

「太白我兒，你此去遠離家鄉，娘給你一件東西作個紀念吧！」母親溫柔的話語裡飽含著慈愛和深情，母親取出一個小小的錦盒，小得只有長不到兩寸，寬不到五分，母親打開錦盒交給李白，那錦盒裡紅綢襯底，裡面放著一顆精緻小巧的繡花針！

李白立即明白了，小的時候，私塾的老師和里正說他是個不知天高地厚的傻子，放出話來：如果他要求再回到私塾讀書，就叫他把鐵棒磨成繡花針！後來他到了趙蕤老師那裡，而母親……原來母親一直在不停地磨那根鐵棒！李白顫抖的手接過錦盒，心中一陣狂跳，淚光盈盈，激動地叫了聲：「娘！」跪了下去。

太陽從涪江東邊的紫雲山升起來了。

李白面朝升起的太陽，一口氣跑上山頂，頓覺全身熱血奔湧，渾身像有使不完的力氣。他脫掉長衫，拔劍起舞。舞著舞著，突然騰空而起，雙手舉起劍向那崖邊一塊巨石劈去！那巨石發出隆隆巨響，竟被李白之劍劈成兩半。

李白跑到崖邊，迎著太陽，張開雙臂呼道：「大唐天子！我來了！長安！我來了！」

千山響應，萬壁回聲……

李白告別父母鄉親，前往成都，李白沒有進城，只在錦江邊的小客棧住下。次日走過一個小巷口，突然一個小叫化子向李白奔過來，叫了一聲：「李公子！」抱住李白的腿，大哭起來，原來是婉娘的小弟阿丹。李白扶起阿丹問他：「你怎麼在這裡，你姐呢？」阿丹一邊哭一邊向李白說了他家發生的事。在李白離開他家以後的一天夜裡，他正睡著，他家裡衝進幾個強人，逼著姐姐交出李公子，婉娘不說，幾個歹人將家裡的東西砸了個稀爛，姐姐叫他快逃，嚇得他鑽到床底下。他只聽見姐姐驚呼了一聲「獨眼龍」，姐姐就被抓走了。他趁天黑鑽進一片油菜地，才得以逃脫，現在也不知道姐姐是死是活，他在文君客棧找李白，店家說他早離開了。

幾天之後，萬寶發賭場來了一位闊綽的賭客，指名要獨眼龍跟他賭，獨眼龍越賭越輸，最後輸了個精光，那賭客十分不講道理，拔出番刀來，逼著獨眼龍把房契地契拿來賭，獨眼龍不幹，那賭客一把抓住獨眼龍的後衣領，一手提刀，嚇得誰也不敢上前，一直把獨眼龍拖到錦江邊，獨眼龍在威逼之下，供出婉娘被他們扔進岷江，那賭客一句話也沒說；一刀砍下了獨眼龍的腦袋。

過了幾天，成都市井傳言，綿州司馬袁章不明不白地被人砍死在妓院後門的小巷裡。

一天夜裡，李白和阿丹，乘著一隻客船，從岷江順流而下去了渝州。

第二章

1. 西域女伶講述工布劍的來龍去脈

開元時期河西走廊以西非常繁榮。大唐內地和西亞歐洲的交往頻繁，波斯人、羅馬人、阿拉伯人，透過西域的絲綢之路源源不斷地把各種寶石、瑪瑙、玻璃、金銀幣、名馬、甚至獅子、白象，運往長安，換取大唐的絲綢、茶葉、藥材、瓷器，以及製造紙張和羅盤的技術。沙州、涼州、瓜州、西州和交河都是特別熱鬧的地方。到處都有金髮碧眼的胡人、長著一頭黑捲髮的回紇人、棕髮藍眼的波斯人、紫檀膚色的天竺人。有商人的地方就有娛樂、就有百戲。

在荒涼的沙漠上，風沙不起的晴天，黃沙形成的沙丘像緩緩的海浪，形成一道道黃色的柔和的弧線，有時候清脆的駝鈴聲和一陣陣尖利高亢的篳篥聲打破了大漠的寂靜。往往這時候，黃色弧形的地平線上出現一隊駱駝，駱駝背上坐著身體挺直的美麗女伶和披著捲髮假扮的羅馬人，以及健壯的力士、侏儒和小丑。還有一些駱駝上載著色彩斑斕的帳篷，在荒涼的大漠形成一道亮麗的風景。百戲班從一個集市遊蕩到另一個集市，從河西走廊到西亞，遍布他們的足跡。

月圓到這個百戲班已經九個年頭了，她記得那個可怕的夜晚，她看見匡山書院的火光就往回跑，她不認識山路，跑到半路就被兩個蒙面人抓住，用布條塞住她的嘴，一直把她帶到山外。蒙面人問她是陳子昂的什麼人，她說她不知道，蒙面人打她，問她姓什麼，她說姓張，是農戶的女兒。蒙面人說事情到了這一步，我們回去也是凶多吉少，不如把這小孩賣了，逃吧。於是把她賣給了一個人販子，人販子把她扔給馱鹽的騾幫，帶到瓜州。

瓜州的集市很大，有賣衣物用品的，賣糧食水果的，賣牲畜的，還有就是賣人的。月圓和買賣的牲口擺在一起，因為人小，賣了好幾天也賣不出去，人販子說再賣不出去就要把她殺了，她又餓又怕傷心極了，掏出懷中的篳篥斷斷續續的吹了起來。剛好遇到一個百戲班的走過，掏出兩個銀幣勉強把她買了下來。班主問她叫什麼名字，她說叫月圓，班主說月圓這個名字不響亮，名字不響賺不了錢的，得改。班主想了想說叫金陵子吧，月圓不敢吱聲，從此月圓就跟了百戲班。因為班主的嚴厲和她的聰慧，她很快就成了一個出色的藝人。她吹得一手好篳篥，跳得出色的天竺舞、胡舞、唐舞，能在木球和繩上表演各種驚險動作，百戲班也因此聲名大振，她成了班主的一棵搖錢樹。她時常想起蜀中的小鎮青蓮，想起早晨涪江邊的太陽和山上的桃花，還有匡山最後的那個夜晚，想起她的父母和長庚哥……她夢想著有一天從百戲班逃出去，跟著駱駝隊到沙州到長安，因為她的長庚哥哥小時候就告訴她，他讀了書要到長安去，去作大將軍，作朝廷中的大臣。但是，西域太大了，到長安的路太遠了，金陵子是班主的奴隸，怎麼能脫離百戲班而到長安呢？

這一年百戲班走了很遠，他們從于闐一路往北演到龜茲，焉耆。到了焉耆，遇見幾個看戲的回紇人跟著到輪臺，又從輪臺跟到交河，百戲班每演一場，他們都擠在臺前面捧場。一天，那年輕的回紇人提來一袋錢幣，與班主說要買下金陵子，金陵子一問回紇人要把她帶到幾千里之外的烏德犍山，被嚇住了。班主看了看錢袋裡的金幣，又看了看回紇人渴求的眼睛，嘴角泛起一絲不知是輕蔑或是詭詐的笑意，把錢袋又扔給了回紇人。回紇人說，一定是我的冒昧讓姑娘生氣了吧，你如果能和我好，你想到哪兒我跟到哪兒，我不會讓你到烏德犍山去的。說完又連連賠不是，弄得金陵子倒有些不好意思。班主說明天啟程到西州，西州的富商缽羅新建的酒市開業，要當著所有的有面子的人展示自己的富豪。

西州酒市前的露天廣場上，搭起了高高的戲臺。戲臺兩邊是嘉賓的看臺，看臺左首坐著缽羅和他的家人；然後是大宛的馬商、于闐的寶石商、突厥酋長烏利、大羅馬的巫師，波斯的趕像人等；看臺的右首坐著北庭大都護魏將軍、波斯國王子、天竺高僧和沙州節度使等。

看臺上，擠得人山人海。開業慶典開始，8個伶人各穿著五色獅子衣，腳踩著高蹺，戴著木製的獅子頭，屁股後面懸著絲做的長尾巴，獅子瞪著金色的眼睛，張開嘴呲露出銀色的牙齒，在龜茲國的音樂中，掀動五彩的獅衣，搖擺著兩隻耳朵吼叫著，合著節奏，跳躍打滾。接著又跳出來一隊小丑，穿著綠色的衣服，每人手上執一根馬鞭，腳上穿著釘了馬蹄鐵的長馬靴，合著鼓點，踏著奔馬的節奏，以人模仿馬的各種動作，一時間只聽見駿馬在奔跑。

節目表演了半個時辰，觀眾們都看得興高采烈。缽羅走上臺叫道：「諸位朋友，我這裡有幾件寶物，展示給各位，如果那位朋友認識，我便以重金相贈，如果說錯了，請他出錢賞賜今天為我們表演節目的伶人！」話剛說定，兩廂一片叫好之聲。缽羅走上臺去，一揮手，四個衣著華麗的大宛僕人抬著一個嵌寶鈿磨漆立櫃，抬到當中時，齊刷刷在缽羅面前跪下，缽羅模仿變幻術的人，向觀眾神祕地笑了笑，然後從腰間取出金晃晃的鑰匙打開立框，立框裡不知何物，只見被一塊淡黃色的輕紗遮住，缽羅揭開輕紗，只見約摸尺多高一塊奇石泛著精光，上面雕著鳥獸魚蟲花紋，缽羅輕輕地把那寶物抱出來放在櫃上，眾人方看清那奇石晶瑩透明，透過光線，可見石內有一隻鳥頭人身的怪物，缽羅又輕輕地將那奇石橫放，那石內的怪鳥又變成人頭鳥身。四周還有一株桃樹，上面結著熟透的桃子。缽羅大聲叫道：「有誰認得這件寶物？有誰認得這件寶物！」觀看的人無不讚嘆，竟無一人識得，半晌，只聽坐在右邊的魏將軍道：「閣下，這是一塊水膽瑪瑙。」缽羅說：「魏將軍說對了一半，這確實是一塊水膽瑪瑙，是瑪瑙中的極品，請魏將軍說出這上面鐫刻的是什麼故事。」魏將軍是個武人，卻講不出上面表述的是什麼故事一時語塞。缽羅哈哈大笑道：「講不出來了吧，讓我告訴你。這上面刻的是西王母的故事！」

缽羅說完在場的人無不敬服，魏將軍命侍從的軍士端上金銀來，一一分發給舞獅的伶人。缽羅正要招呼將第二件寶貝呈上來，突然有人叫道：「慢，這算什麼寶貝？」缽羅想是哪一個膽大包天，竟敢掃我的興？往臺下望去，見默啜的孫子突厥酋長烏利跳上臺來，衝著他叫道：「缽羅，你那寶貝有什麼了不起的，誰能認識這件寶貝，我便也和你一樣將此寶送給他！不然就請你給伶人發賞錢！」說著「唰」的拔出腰間的劍來，那劍與別的劍沒有什麼兩樣，只是眾人看得明明白白，那劍身周圍像有一道白虹圍繞，十分奇特。他拔下幾根頭髮，對著劍輕輕一吹，那頭髮自然分成兩截飄飄然飛去。一看臺下的人莫不大驚失色，烏利得意洋洋衝著缽羅喊道：「你敢現寶，你可認得我這件寶貝？」缽羅哪裡認得那劍，只得不吱聲。這把劍，別說缽羅認不得，就是烏利自己也說不清楚，只知是祖傳的寶貝，天下無敵之劍。烏利在興頭上，大聲喊道：「誰能識得這把寶劍？」臺下鴉雀無聲，烏利高興得心花怒放，高叫到：「待下面伶人演完，仍沒有人認得這把寶劍，就由缽羅老兒賞賜百戲班。」缽羅只好點頭同意。

這時臺上滾出一個彩色木球來，滴溜溜的轉著，煞是好看，金陵子站在木球上舒雙臂，曼舞輕紗合著樂曲跳起了軟舞，輕盈得如驚起的翩翩鴻鵠，偶爾回眸美豔絕倫，一時間觀看的人都神馳魄蕩。一曲舞完，觀眾一片讚嘆噓唏，簡直忘了那把吹毛斷髮的寶劍。烏利走上臺去叫道：「有沒有人認得這把寶劍？如果再沒有人認得，我就要請缽羅老兒付錢啦！」烏利的話剛完，臺下有人高叫道：「等等！」正是前些日子向班主提出要買走金陵子的回紇人在叫喊。回紇人跳上臺來說：「酋長大人，我要是認識這把劍，只請求酋長一件事，我不要賞錢，也不要酋長的劍。」烏利說：「量你也不認得，有什麼儘管講！」那回紇人說：「請酋長大人把剛才那位女伶賜給我。」缽羅聽了心中十分舒坦，大聲說：「烏利小子，你自誇是什麼寶物，送給人都不要，人家要的是女伶！」立即叫來百戲班的班主讓烏利拿出十兩金子來替女伶贖身，烏利無奈，只好答應買下女伶。轉過身來對回紇人沒好氣地說：「你既認得，請講！」那回紇人不慌不忙說道：「這是八百年前，李將軍的寶劍！那劍柄上刻有『工布』二字。」缽羅讓烏利鬆開手，果然那劍柄上有篆書鐫刻的「工布」二字。連烏利自己都認不得，為何回紇人偏偏認得？原來這年輕人正是回紇懷仁可汗骨力裴羅的兒子摩延啜。摩延啜自幼隨父東征西殺，收復九姓回紇，在烏德犍山建立了可汗牙帳，玄宗封骨力裴羅為懷仁可汗。摩延啜曾留在長安學習多年，關於工布劍的事，就是那時知道的。他除騎射外，酷愛西域的音樂舞蹈，幾個月前瞞著懷仁可汗，帶了幾個親兵，扮成普通商人，到輪臺遇見了金陵子的百戲班，愛上了金陵子，一路追慕，到了西州。烏利只好讓侍從取出一百兩黃金，正要交給百戲班班主的時候，忽聽身後女伶叫道：「等等！」女伶跳下綵球說：「剛才大人不是說如誰要是識得這劍，就把劍送給他嗎？剛才這位客官只說對了一半，我要請烏利大人和這位回紇客官，說清這劍的來龍去脈，誰說得清楚，我便跟誰走。要是說不清楚呢，你們就聽我說。要是我說對了，烏利大人，你說過的劍歸我，回紇客官，我就自由了，對吧！」缽羅和波斯王子巴不得烏利財劍兩空，隨從人等一齊起鬨，烏利不得不認帳，誰讓他在大富翁面前誇寶呢！那回紇人想，量妳一個西域女流之輩，怎說得清這漢家寶劍的來歷，向臺下一揮手，幾個隨從跑上臺來，只等她說錯，帶了她就走。

但見金陵子笑笑，朗聲說道：「各位客官，聽仔細了，聽我說出這劍的來歷，在春秋時候，楚王聽說茨山埋有一塊神鐵，可以用來做成天下最鋒利的劍，他命臣子耗費了大量的人力物力，從茨山開採出了這塊神鐵。他有了神鐵，還需要一個技藝超群的工匠，他向博學的風鬍子詢問，哪裡有這樣的工匠？風鬍子告訴他，在吳地有一個叫干將的人，是天下技藝最高精的工匠。楚王讓風鬍子帶了重金和神鐵，去到吳地，請干將和他的妻子莫邪整整花了三年時間，做成了三支劍。這三支劍的名字，一支叫龍泉，一支叫太阿，一支叫工布，果然是蓋世無雙的寶劍。楚王是不願意天下第二個人擁有這種寶劍的，干將看透了楚王的心思，自己帶了龍泉和太阿兩支劍去見楚王，把第三支工布劍交自己的妻兒，並囑咐他們在自己走後帶著劍迅速逃離。干將把龍泉和太阿獻給楚王，楚王果然立即藉故殺害了這位舉世無雙的工匠。後來，這柄工布劍流落在民間。多少年之後，這柄劍出現在隴西成紀李氏家族，是漢飛將軍李廣的傳家之寶，一直傳到漢騎都尉李陵這一代。後來李陵投降了匈奴，工布劍傳給了北周寧西將軍李賢，後來這支劍又傳到隋朝右驍衛大將軍李渾手中，荒淫的隋煬帝加害李氏一門，李家的一部分人逃到西域，二十年前，這支劍落在突厥酋長默啜的手中！」這些都是金陵子在蜀中時，李客夫婦給她講的，如何不一清二楚！

金陵子講完這番話，在場的人都驚呆了，一個江湖女伶為什麼把這支劍的來歷說得如此清楚？連烏利自己也弄不清這隻劍的來歷，但在西州盡人皆知他是默啜的孫子，這女伶說的絕不是假話。既然這柄劍來頭不小，烏利豈能讓它落入他人手中，反問道：「小妞，妳編的故事很動聽，換了我，我比妳編得更神乎其神，我要問妳，這柄劍與其他的劍相比有什麼特徵？妳說對了，我便當場奉送，說不對我來付百戲班的賞錢，妳快跟著回紇的窮小子滾吧！」

金陵子見烏利同意她離開百戲班，心中鬆了一口氣，又朗聲說道：「眾位客官，劍與劍的區別除了紋飾、形狀，主要是看劍氣，這把劍的劍脊上用篆文鐫刻著『工布』二字，除此之外這工布劍與其他寶劍的區別，倒不是小女子能說了算的，這段話明明白白寫在《越絕書》中，書中風鬍子說，那龍泉劍，看它的劍氣，使你感覺如登上高峰看深澗隱隱約約，太阿的劍氣，逶逶迤迤像流水的波浪。而工布劍的劍氣，像有很多連續不斷的花紋，像滾動的珍珠一樣流麗，不信你們看！」眾人看那工布劍的劍脊上果然滾滾若流珠，麗彩紛呈，十分神奇。烏利眼見自己糊塗逞強將一件無價之寶，白白丟掉，心中好不心痛，心生惡計，絕不將此劍交與那伶牙俐齒的女伶！

金陵子見眾人看畢，說道：「現在，請客官履行你的承諾吧！」就伸手去拿那劍，突然烏利一咬牙，不但不給劍竟舉劍向金陵子刺來！金陵子側身閃過，卻見烏利已經倒在地上。原來在眾人看劍時，只有摩延啜在看著烏利臉上的細微表情，當金陵子說話時，摩延啜閃身站在烏利身後，烏利舉劍刺人，摩延啜一把扼住了他的手腕一把將劍繳了下來，一腳將烏利踢倒在地。摩延啜雙手將劍交給金陵子說：「姑娘，我們快走吧！」然後返身向臺上下的觀眾人等高叫道：「眾位客官，多謝了，後會有期！」事不宜遲一把拖了金陵子，騎上馬同幾個回紇漢子風馳電掣般去了。

2. 安祿山的騙局破天荒頭一回栽了

金陵子萬沒想到這樣意外地得以離開百戲班，就這樣她抱著劍，摩延啜抱著她，馬不停蹄飛馳出百多裡地，金陵子叫道：「快放開我，你們要把我弄到哪裡去？」摩延啜將馬放慢腳步，輕聲說道：「我不是告訴妳了嗎，妳想到哪兒我就跟妳到哪兒！」金陵子叫道：「你們究竟是什麼人？」摩延啜說：「我們是回紇做馬生意的商人，我們對姑娘沒有惡意。」當下叫侍從牽過一匹馬來，讓金陵子騎上，一行人真的就隨著她走。摩延啜的侍從一路上把金陵子侍候得周到仔細，金陵子一路上也不說話，心裡好生奇怪。到了伊州，穿過沙漠來到了瓜州城外，長城之下。

金陵子看著摩延啜說：「回紇大哥，多謝你們把我從西州帶出來，還幫我得到了這支寶劍，可是我早就打算好了，我一旦離開百戲班，就去長安找我的長庚哥哥。你們已經跟我走了很遠的路程，怎麼可以跟我再走下去呢？」

摩延啜哪裡知道她心裡只有長庚哥哥，聽了這話臉色大變說道：「我是絕不會讓妳走的！」金陵子見摩延啜發怒，心裡又急又怕，竟「哇」的一聲哭出聲來。摩延啜最怕的是女子哭泣，問道：「姑娘心中究竟有什麼難事，說出來也說不定還能幫妳。」金陵子把自己如何被賣到西域，如何要到長安去尋親訴說了一遍。說完，金陵子拔出劍來說：「你實在要強迫我跟你們走，我就立即死在這裡！」摩延啜一把抓住金陵子的手說：「姑娘，千萬使不得！還是我送姑娘到長安去好了。」哪知幾個侍從聽了一下子全都跪在地上哀求道：「臨走時老主人一再吩咐我們幾個，上個月必須回家，我們已經耽誤了許多時日，要是再不回去，小的們性命難保，小主人你饒了我們吧！」摩延啜十分為難。

金陵子說：「回紇大哥對小女子的恩情如同對親妹妹一般，小女子永生難忘，怎能讓大哥的從人因我而為難，不如就此分手，待五年之後的千秋節時，小女子在長安等待回紇大哥！」摩延啜見金陵子雖不願跟他走，但話語中已對他有好感，又道：「長安那樣大，我怎麼找到妳呢？妳一定要言而有信才好。」金陵子見摩延啜肯放她走，說：「我一定守信。回紇大哥依你說我在什麼地方等你。」摩延啜說：「就在東市的大燈臺下，如何？」金陵子沒有去過長安也不知東市的燈臺在什麼地方，只用心記下點了點頭。摩延啜叫侍從烏蘭取出一套破舊男裝來，把自己的馬交給金陵子，金陵子會意，一時穿戴好了，由於一路風塵，臉已被烈日晒黑，倒像一個十五六歲的小夥子。金陵子上馬走了幾步，回過頭來有些依依不捨地忍著淚叫了聲：「回紇大哥，日後長安東市見！」便揚鞭而去。摩延啜一直目送她到了長城下，過了雄關，才向北悵然而歸。

進了瓜州，已有些關內的景象，不過這裡漢人多於胡人，集市也十分熱鬧。金陵子走到街的盡頭，見大胡楊樹旁，百多人圍著在看什麼，圈子裡傳出鑼聲來，金陵子好奇，鑽進去看個究竟。見胡楊樹下拴著一匹馬渾身烏黑，只有四個蹄子上邊的毛是白的，兩耳批竹，雙目炯炯，的確是一匹好馬。樹梢上掛著一根長長的辮子，直端端地垂下來，樹下圈子中站著一個約摸二十多歲的黑胖漢子，腆著大肚子，手裡提著一面銅鑼，嘴角邊掉著白沫直著嗓子叫喚：「來呀，來呀，誰砍斷我安祿山這根小辮，我把寶馬輸給他！」

圈內的人眼睛滴溜溜的看著寶馬，又看看辮子。胡楊樹對面擠進來一個漢子，手裡捏一把明晃晃的番刀，雄糾糾望空中用力一揮，向懸著的髮辮砍去，只聽刀過處響起風聲，辮子在空中擺了幾擺，只砍下稀疏幾根毛髮。那漢子羞得滿臉通紅，埋著頭就要鑽出人群，安祿山靈巧地跳過去將銅鑼底面伸到那漢子面前叫道：「錢！錢！光玩不行，玩輸了得給錢！」

「什麼？」那漢子回頭問。

「沒有錢你玩什麼？」安祿山笑嘻嘻地對他說。

「這破玩意還要錢！」那漢子說。

「俺雜胡這個場子，是給有錢的體面人玩的，可不是給窮小子玩的，沒有錢把你的馬當給我！」安祿山的唾沫星子直濺到漢子臉上。

那漢子從衣袋裡掏出幾個銅錢，往安祿山銅鑼裡一扔，扭頭擠出人群，人群中發出一陣哄笑。

金陵子使勁往前擠，旁邊一個老漢拉了她一把低聲說：「小孩看看罷咧，這人叫安祿山，從小死了爹，娘又不學好，他就靠這個混飯吃，是這一帶的大騙子，小孩可別去招惹他。」

這時她身後擠過來一個身材高大的年輕人，向她說：「小兄弟，我是華州來的叫郭子儀，把你腰間的劍借我一用。」本來這稀有的寶劍是不應該借給別人用的，金陵子看郭子儀英武忠厚的臉和說話中流露出的誠懇，將劍抽出來交給了他。郭子儀接過劍說了聲「道謝」，大步流星走到場子當中，二話沒說，大吼一聲凌空躍起，斜劈下來，那髮辮當空斷成兩截，一截像死蛇一樣墮落在泥土中。

圍觀的人群立即歡呼起來拍著手叫道：「安祿山，輸了！安祿山，輸了！……」

郭子儀微笑著，用手指輕輕地撫摸過劍脊，眼裡流露出讚嘆和感謝的光，雙手將劍還給「小兄弟」。誰知安祿山趁著郭子儀看劍還劍的當兒，解下胡楊樹下的寶馬騎上，衝出人叢一溜煙地跑了！

「不好啦！安祿山跑了！」有人在呼喊。

金陵子聽了，立即擠出人叢，騎上馬飛馳過去。安祿山的馬確實是一匹快疾如風的好馬，金陵子的馬本是摩延啜的坐騎，卻不比安祿山的差。眼看快追上了，金陵子掏出玩戲法的絲絳，挽了一個圈，「呼呼」地扔過去，像套馬似的一下子套住了安祿山，把他從馬上拉了下來。金陵子下馬來牽安祿山那匹黑馬，安祿山在地上打了個滾，拔出番刀斬斷身上的絳繩，揮刀朝金陵子撲了過來。安祿山見是個小小子，哈哈笑道：「小子，你要治我，還嫩著哩！」兩人交手了幾個回合，安祿山勁大凶猛，金陵子雖靈巧多變，卻只有招架之功，無有還手之力。安祿山一邊殺一邊看金陵子，卻覺得對手五官端正，長得十分的俊俏，特別是喊一聲「殺」那小嘴張開一口整齊的牙齒如珍珠般潔白光亮，只覺得眼熟，卻記不起在哪裡見過，原來安祿山到處行騙，曾去過西域看見過幾次金陵子的演出，此時相對廝殺的緊急關頭，記不起來罷了。

安祿山本是個色膽包天的人，虛晃一招繞到金陵子身後一把抱住，一邊嬉皮笑臉地說：「小子你好眼熟，你要是個妞，今晚跟爺爺睡覺去！」金陵子急得滿面通紅。突然安祿山的手鬆開了，原來郭子儀提刀趕到，狠狠一腳踢在安祿山屁股上。安祿山只得丟了金陵子，來戰郭子儀；安祿山哪裡是郭子儀的對手；沒幾個回合便被郭子儀的刀擱在脖子根，乖乖地被捆了個結實。郭子儀將安祿山送到守關的張將軍那裡，安祿山嘴裡罵罵咧咧，張將軍責令軍士將他亂棒打死！

郭子儀回來一看，金陵子正牽著兩匹馬在胡楊樹下。郭子儀說：「小兄弟，你怎麼還不走？」

「這馬是你贏的，等你牽了去。」金陵子說。

「這馬是你追回來的，贏馬也用的是你的劍，這馬還是歸你吧！」郭子儀說。

金陵子見他是個君子，便說：「我已經有一匹馬了，我這就要到長安去，我又不是馬販子，要那麼多馬幹什麼？還是歸你吧！」

郭子儀喜出望外道：「小兄弟，我倆好有緣份，我此次到瓜州，是投軍來的。我有個親戚是瓜州的守將。我來他這裡，是想為國效勞，哪知我到了這裡，他已被朝廷召回去好多天了。好在明年春要開武舉，我定要去應考，我也要到岐州去會一會武林方面的朋友，可以與你同好長一段路，我們一起同行吧！」於是次日一早，兩個人便啟程前往長安。

跟郭子儀同行，金陵子的心情一下子放鬆了，因為郭子儀一點也沒覺得她不是男的。金陵子的袍子沾滿油膩，散發出一股牛羊的腥羶味，臉滿是汙垢，只留下一雙烏溜溜的眼睛在轉，不時用袖頭橫揩一下鼻涕，袖頭已經被髒漬弄得油光光的。郭子儀出身書香門第，所見的婦女一個個冰清玉潔，哪知道她原本是女子！郭子儀一空下來就打開行囊取出書來讀。看他讀書的樣子，沉靜而文雅，使金陵子想起了他的長庚哥。

「小兄弟，你哪來的這樣的好劍？」郭子儀問。

「祖傳的，你怎麼就知道我這劍好？」金陵子有心考考他的見識。

郭子儀沉吟了一下，故意兜圈子說：「我要不知道你的劍是舉世無雙的好劍，我怎麼能向你借來砍斷安祿山的玩意兒呢？不但我知道你的劍是好劍，而且我知道你的姓氏。」

「真的？那你說我姓什麼？這劍是從哪裡來的？」

「你不信？我要是說對了——」

「你要是說對了，我在板凳上給你翻二十四個筋斗。」金陵子說。

「行。」郭子儀滿有自信地答應下來：「那你就等著翻筋斗吧！」

「不一定。」金陵子笑嘻嘻地說：「不過，要是你沒說對，你也得給我翻二十四個筋斗！請講吧！」

「這把劍叫工布劍，是春秋時楚王命干將莫邪用神鐵做成的三支劍之一，是大漢飛將軍李廣心愛之物，在隋煬帝的時候，這支劍屬於右驍衛大將軍李渾，後來隋煬帝殺了李渾，他的後人逃到西域。如果我沒說錯，你應該姓李——」郭子儀娓娓道來。金陵子驚異了：「你怎麼知道的？」

「大凡名將，總希望有一件好兵器，名將名劍總是連在一起的。你郭大哥這次投軍不遇，但總有一天建功立業的日子會來臨，那時我指揮千軍萬馬，叱吒風雲，保社稷，安天下。當然我對李將軍的劍很了解囉！」郭子儀平時沉著嚴謹，絕不口出狂言，但此時，對這個善良活潑的「小兄弟」，不知不覺洩露了心中的祕密。

「啊，說得不錯，不過未來的大將軍，你等著翻筋斗吧！」金陵子頑皮地咧嘴一笑。

「為什麼？」

「我不姓李——我姓陳。」金陵子開心地說，她想起了小時候與她的長庚哥打賭的時候，她總是用詭計讓那位「大將軍」吃虧上當。

「那……」郭子儀是極守信用的人，一言既出當駟馬難追，但那板凳上的二十四個筋斗，他確實沒有本領完成。

金陵子見他面有難色，故意揶揄地說：「二十四個筋斗都翻不來，還想當什麼大將軍？」

郭子儀的臉紅到脖子根。

「這樣吧！我們賭的是兩件事，劍的來歷和我的姓氏，你說對了一半，錯了一半，就是說我輸了一半。你給我翻十二個筋斗，我給你翻十二個筋斗，這樣公平吧？」金陵子大大咧咧地說。

「我這樣五大三粗的，板凳那樣短，我怎能翻筋斗，我在地上翻給你看行不行？」

「不行，不然，我們從這裡到岐州，馬都歸你給我餵。抵那十二個筋斗，這很便宜你的。行不行？不行拉倒。」金陵子說。

「行，小鬼頭。」只要不在板凳上翻筋斗，郭子儀二話沒說應承了下來。

到了客棧，郭子儀就忙著餵馬洗馬，一切弄得妥妥貼貼。

晚上吃了兩個燒餅，喝了水，郭子儀把燈撥亮，依舊看他的兵書。金陵子悄悄繞到郭子儀身後，頑皮地用手矇住了郭子儀的眼睛。

「小鬼頭，還不鬆開！」郭子儀掰開她的手。「你不看我翻筋斗啦？」金陵子說。

「你真能？」

「我怎能會騙你!來!」金陵子在屋當中把板凳放好，試了試穩不穩，脫掉長袍，一縱身跳上去，喊了聲:「郭大哥，看著!」便燕子似的翻了起來，一個、兩個、三個、四個……

郭子儀數著，金陵子翻得越來越快，像一個車輪在板凳上旋轉。翻過十二個，郭子儀攔腰一下子把她抱住，金陵子嚇得尖叫起來。

「怎麼啦!」郭子儀倒被她的尖叫聲嚇了一大跳。

「你抱我幹啥!」

「我怕你翻昏了頭，栽下來摔著，小鬼頭!」金陵子一下子放下心來。

「翻得怎麼樣，沒騙你吧?」

「不錯!」郭子儀說，仍舊看看書去了。

在金陵子看來，這個郭大哥卻比「回紇大哥」好，雖然「回紇大哥」有奴僕、有錢，從西州到瓜州城下一路無微不至地照顧她，又通情達理，凡事都由著她，但回大哥的話少。這個郭大哥卻是一路上少不了話說，天南地北古今中外他都知道，一跟他擺談起來，有時候就像長庚哥哥一樣。還有叫人放心的是一有空就打開行囊看書，一點也不看她的臉，從不懷疑她是女子。到了荒郊野外露宿的時候，她倒願意跟郭大哥靠得緊緊地睡，免得黑夜醒來害怕。但是半夜裡醒來，令她愁腸百結的仍是那個兒時朝夕相處耳廝鬢磨的長庚哥!

金陵子一路頑皮，半個月之後到了岐州。郭子儀的武友離岐州往北五十多裡地，兩人說好，在岐州逛遊一天，明早便分手各奔前程。郭子儀看了看金陵子，只有兩隻眼珠子在白眼仁裡打轉，活生生一個小無賴，突然想起了什麼告訴金陵子，長安是天子所在，明天務必把一身打整乾淨，不然被巡城的士兵碰見要捱揍的。金陵子點頭稱是。兩人去到街市，郭子儀想小兄弟想必是在胡地處久了，從沒有梳洗的習慣，便在一家銅鏡店裡選了一面葡萄海馬鏡送給「小兄弟」，金陵子盡挑些女人服飾，郭子儀問她買女人衣服幹啥，金陵子回答說送給嫂子。

郭子儀不放心，問金陵子：「你的長庚哥哥住長安哪裡？」

「不知道。」

「他長得什麼樣？」

「他一定英俊又高大，我們小時候分開的，分別十年了。」金陵子說。

郭子儀笑了：「早知道你什麼也不知道，我就說我是你的長庚哥，那麼我就說我是長庚，那你就叫我大哥好了。」郭子儀突然想起了什麼：「長庚哥姓什麼？」

金陵子正在用鏡子照自己的臉，漫不經心答到：「姓李！」

「啊好小子，你輸了還騙我！你哥姓李，你怎麼會姓陳。我給你餵了半個月的馬！」郭子儀一把抓起金陵子的領口，把她提到半空。

「郭大哥饒我，我叫郭大哥還不行嗎！」金陵子說。

郭子儀把她放下來，把鏡子拿在金陵子臉跟前說：「你照照看，你從不洗臉，跟灶王爺一個模樣，就是你找到你的長庚哥，和他面對面，人家也認不出你是誰。」

「真的？」金陵子故意問：「我們以後面對面，你總能一眼把我認出來就行。」

「我要是往後碰見黑不溜秋頂難看的人，那一定是你。」

「我很好看，黑點算什麼。」金陵子看著鏡子裡的人影說。第二天早晨，金陵子說：「郭大哥，你先在大路邊等我，我聽你的話洗洗臉，看你認識不認識！」郭子儀不知這小鬼頭玩的什麼花樣，說了聲「行！」就提前到了大路邊。

郭子儀在大路邊等了好久好久，小鬼頭還沒來，郭子儀把馬拴在樹上，坐在樹蔭下等著。過了好久，已是日上三竿的時候，大路上人來人往，都沒見小鬼頭的影子，郭子儀想一定是上當了，說不定小鬼頭已經從另一條路走了，讓他在這裡呆等著。

正想間，大路上來了一個騎馬的女子，頭上戴著帷帽，到了郭子儀跟前，那女子輕輕將帷帽的邊沿一掀，露出一張天姿國色美妙絕倫的臉來，向郭子儀嫣然一笑。

郭子儀一時目瞪口呆。那女子從馬上橫探著身子冷不防將葡萄海馬銅鏡伸到郭子儀臉前，鏡子裡映出郭子儀目瞪口呆的樣子。

「鏡子裡張嘴瞪眼的人是郭子儀嗎？」那女子柔聲叫道。

郭子儀恍然大悟叫道：「小兄弟！」

「郭大哥，後會有期！」

3. 玉真公主已經把狀元定給另外一個人了

珞薇從蜀中回來之後，聽說張珀在衛尉寺升了主簿，是掌管邦國文物的清要官職，有很多機會與皇親國戚接觸，張珀成天忙著周旋，一連幾個月都不見人影。

不久光祿寺趙少卿就託人來楊家提親，趙少卿名滿成，舉止謹慎、待人厚道，脊背微駝，臉上總是帶著恭順的笑容。楊玹一眼就看中了，珞薇心裡很不是味道。不知為什麼，心中常常浮現出李白的影子來，無疑李白是出類拔萃的，以他的詩歌和人品足以傾倒所有的柔情女子。她開始後悔自己不該冒昧地逼著李白穿鬥雞服，以至於激怒了他，誠然，她單方面認為鬥雞走馬是直接通向宮廷的捷徑，哪知李白內心有一條與鬥雞徒之間不可踰越的鴻溝。上個月聽說曲江的一店鋪裡有賣題了詩的扇，有時也有李白的詩。便命星兒到曲江去買，前些日子星兒買回來的有〈荊門浮舟望蜀江〉、〈別匡山〉、〈自巴東舟行經瞿塘峽登巫山最高峰晚還題壁〉知道李白已經出蜀，不知為什麼這幾日竟特別想知道李白出蜀後的蹤跡，便叫星兒備了車，自己親自到曲江去走一遭，順便也散散心。小玉環隨姑媽從蜀中來，從未到過曲江，便嚷著要同去，珞薇帶了玉環一齊上車往曲江駛來。

珞薇到芙蓉苑的古玩店，果然有賣題了李白詩的團扇。團扇上面畫著一個美人，望著江上帆影愁容滿面，上面絹秀的字跡題一首李白的〈江夏行〉，珞薇買了一把。曲江池碧波萬頃荷花盛開，岸邊的菖蒲開著淡紫色的花朵，沿岸如煙綠柳陪襯著涼亭水榭，風光宜人。珞薇上了一隻小船，讓艄翁划著緩緩穿過蓮畝。珞薇仔細讀那團扇上的小字，確是李白自創樂府新辭：

憶昔嬌小姿，春心亦自持。為言嫁夫婿，得免長相思。誰知嫁商賈，令人卻愁苦。自從為夫妻，何曾在鄉土？去年下揚州，相送黃鶴樓。眼看帆去遠，心逐江水流。只言期一載，誰謂歷三秋。使妾欲腸斷，恨君情悠悠。東家西舍同時發，北去南來不逾月。未知行李遊何方，作個音書能斷絕？適來往南浦，欲問西江船。正見當壚女，紅妝二八年。一種為人妻，獨自多悲悽。對鏡便垂淚，逢人只欲啼。不如輕薄兒，旦暮長追隨。悔作商人婦，青春長別離。如今正好同歡樂，君去容華誰得知？

珞薇想，假若自己與趙少卿結婚，與詩中的商賈之婦有什麼區別？趙少卿的職務是負責皇帝的膳食，具體到採辦柴米油鹽醬醋茶，雖收入豐厚但大半時間不在京師。以後「眼看帆去遠，心逐江水流，只言期一載，誰謂歷三秋！」真正「不如輕薄兒，旦暮長追隨」了。李白這首詩將一個商婦的形象寫得逼真，哀婉動人，人物栩栩如生，珞薇看著看著覺得鬱悶。

小玉環坐在珞薇身旁，用一枝蓮花撲打著水面，濺起陣陣水花，覺得十分好玩，一回頭見姑姑只看著團扇發呆，悄悄爬到珞薇身邊，認起團扇上的字來。小玉環好多字不認識，但李白兩個字卻認得。指著團扇說：「姑姑，我知道妳又想那個誰了！」

「淘氣！」珞薇說。

「你不是說那個鄉巴佬壞得很麼，為什麼姑姑要想他？」

「他不聽話，他不願跟姑姑到皇上那裡去。」

「皇上那裡好玩嗎？」

「好玩！」

「姑姑，我聽話，妳告訴我皇帝是誰，我跟妳去！」

「傻丫頭，皇帝就是喜歡漂亮女人的老頭子！」

玉環倒在珞薇的懷裡撒起嬌來！「我不要見老頭子，姑姑真壞，我不同妳玩了！」

小船穿過蓮畝間的水道，船舷拂動大張大張的翠綠蓮葉，散發出誘人的清香。要是李白坐在身旁，今天是多麼愜意！但父親的意志難以違悖，父親是她唯一的親人……正想著，忽聽遠處傳來一陣琴聲，一個清亮幽婉的男聲唱道：「……下馬飲君酒，問君何所之？君言不得意，歸臥南山陲。但去莫多問，白雲無盡時……」珞薇仔細咀嚼，這首詩的品味與李白竟不相上下！如果說李白的詩像太陽一樣光耀熾烈，不由分說地直入人心，那麼這人的詩就像月亮一樣清輝皎潔，李白的詩像揚子江和黃河般奔騰澎湃，那麼這人的詩應像曲江一樣寧靜幽美。這詩裡帶著一股靜靜的哀愁，如清冽的山泉，如優柔的閒雲……珞薇下了船隨著琴聲的指引穿過池邊的迴廊，見水榭盡頭有一個人在那裡撫琴吟唱。珞薇認得這人是太原士子王維，在玉真公主宴會上見過幾次，聽說他有非凡的才華，能詩善畫，頗得諸王公主的好評。

「自當步青雲，何言不得意？」珞薇高聲吟道。

王維抬起頭來，認出了楊珞薇：「原來是楊小姐！有擾楊小姐清聽，抱歉抱歉！望楊小姐不吝賜教！」珞薇見他這樣謙虛，心中高興起來說：「哪裡哪裡，我哪裡敢指教公子這樣的方家，剛才在池上游玩，琴音高雅不同凡響，但聽公子歌唱，胸中似有不平之事？」

王維見珞薇深知詩中寄託的情緒，不由心中有所觸動，回答說：「不瞞楊小姐說，我目前正有一件令人煩惱的事，今秋我準備參加進士科第考試，哪知玉真公主已經把狀元定給另外一個人了，我怎麼能不失望呢？」

珞薇見他失望的樣子，一個主意湧上心頭，她說：「王公子，我看這事也不是無可挽回，我替你想想辦法，在公主那裡周旋一番，但你一定要照我說的行事，你看如何？」

王維喜出望外說：「謝過楊小姐！」王維陪珞薇玩到下午，親自把珞薇送到家門口。

金陵子到了長安，轉遊了好多天，但長安城大得不可想像；街上過往著來自五湖四海的人，到哪裡去找她的長庚哥？只好在春陽門外一家小客棧住下，天天進城來尋人。盤纏也花得差不多了，只好尋到光宅坊的雲韶院的百戲班，拜長安有名的公孫瑞蓮為師學習劍器樂舞。公孫瑞蓮見金陵子功夫很好又聰明可愛，自是悉心教授。金陵子從此除了跟百戲班演出之外，其餘的時間都去尋人。一天下午，金陵子走過平康裡，耳邊彷彿聽見有人叫「長庚」。金陵子隨著叫聲急急忙忙追去，猛然見一人穿一身戎裝正從一家兵器店走出來，金陵子來不及躲閃與他撞個正著。這人黑臉鼠目肥胖過人，不是別人正是安祿山！一瞬間安祿山也認出了金陵子，金陵子急忙轉身就逃，安祿山窮追不捨，金陵子慌不擇路，竟逃到長安東南的昇平坊來了，耳聽淨街鼓已經響過兩遍，金陵子急得不知如何是好，她匆匆繞過一個拐角時，安祿山突如其來的攔住了她的去路！

「讓開！你要幹什麼？」金陵子驚叫道。

哪知安祿山一點也不惱怒，倒像見了好朋友似的笑道：「你不認識俺啦？俺是安祿山，我們在瓜州不是還幹過仗嗎？你別怕，俺不是鬼，並沒有被張將軍亂捧打死，俺想了個小主意，張將軍就喜歡上了俺，張將軍收俺為義子呢。」金陵子連連後退。

安祿山進一步捱過來，金陵子叫道：「我不認識你，走開！」

安祿山見金陵子裝做不認識他，臉上的笑容沒有了，可憐巴巴地說：「俺可認識你，你是在西域百戲班走大繩的，俺說過，你要是個妞……姑娘，俺不是流浪漢無賴騙子了，俺走好運了，俺是偏將啦！俺日後還會升官的！」安祿山喋喋不休地說，街上的行人越來越少，金陵子急得什麼似的，心裡怕極了，一邊後退，一邊厲聲叫道：「別過來！」

安祿山一把抓過金陵子，把她按到牆上，威脅叫道：「乖乖跟我走，俺雜胡也是一條漢子！俺那匹千里馬哪去啦，是不是送給姓郭的那小子啦！」

金陵子喊道：「放開我，再不放我叫人啦！」

安祿山哪裡肯放，一隻大手笊籬似的抓住金陵子，一隻手扯下自己的腰帶將她捆了，金陵子又急又怕大聲喊：「救命！」

王維送過珞薇，回家途中猛聽見有人喊「救命」，馳馬過去見一個黑胖大漢捆綁一個女子，便拔劍立刻橫在街口，擋住去路大喝道：「光天化日之下誰敢搶人！」安祿山左右周旋都被王維擋住，竟然耍橫叫道：「俺抱自己老婆，干你鳥事！再不讓開，俺要動粗了！」說著索性將金陵子掀翻在地用繩子拖著走。

王維說：「是你老婆為何喊救命，你講不講理！」安祿山色膽包天根本不理王維這一套，叫道：「哪個王八蛋與你講理！」說著丟下金陵子凶悍地撲過來要奪王維的馬，王維大吃一驚，急中生智向安祿山身後一指叫道：「巡街的快過來，捉了這個潑賊！」安祿山向後看時，王維已經掉過馬頭，馳過街口，大叫：「快來人哪！有人搶劫啦！」金陵子也不顧一切大喊「救命！」

此時刻，第三通淨街鼓響了，兩人的喊聲傳得很遠。果然街口上出現了巡街的士兵。安祿山也略略知道京城的規矩，嚇得丟了金陵子就逃。

巡街的正是王維的好友羽林郎陸調。陸調解開金陵子問她情況，金陵子答道：「我本是光宅坊雲韶院的歌舞伎金陵子，在回家路上遇到強人，要搶小女子，幸得這位公子相救。」

此時街上已空無一人，離雲韶院還有十來里路，哪裡還回得去？陸調見金陵子生得花容月貌，心中便有七八分猜疑，便瞅著王維壞笑道：「姑娘，妳今晚就別回去了，這位公子是我的朋友長庚兒，他家就是開教坊的，他本人歌舞詩書畫無所不通，保管把妳從雲韶院的學徒教成內教坊的供奉！妳可放心隨他去，也免我把妳帶到巡衙去訊問。」

王維聽陸調說些不三不四的話調侃他，急得臉紅脖赤大叫道：「我哪是開教坊的？兄臺可別亂說！我並不認識她！」陸調向王維扮了個鬼臉逕自巡街去了。

金陵子聽這位公子名叫「長庚兒」，不覺大吃一驚，又見面容長得眉清目秀，其年齡也和她尋的長庚哥不相上下，便從地上爬起來，走向王維道：「既是這位長官說了讓我跟你走，就請公子帶我去吧。」王維大為尷尬，前後左右一看，家家關門閉戶，淨街鼓已響完最後一聲，若再在街上滯留，更是說不清道不明，無奈何只好說：「我家就在附近，權且委屈妳與我家僕婦住一晚吧。」帶了金陵子拐進昇平坊一個小巷，來到自家門口。

4.〈扶桑曲〉引出了陰差陽錯的兩個「長庚」

王維字摩佶，父親是汾州司馬，本來是書香門第出身，在京城鬧市中有一座清雅講究的宅院。一進門有奴僕迎上來，王維對一個中年僕婦說：「妳帶這位姑娘去梳洗，今晚妳就與她住一處。」僕婦說：「請姑娘隨我來。」金陵子這時候卻急於想知道這位「長庚」到底是誰，就說道：「深謝公子相救之恩，請問公子尊姓大名，小女子日後定當報答。」哪知王維淡淡一笑道：「路見不平拔刀相助，要什麼報答？快梳洗去吧。」金陵子見他施恩不圖報答，更覺欽佩。心想已經住在他家，稍後慢慢打聽，便隨僕婦去了。

少時梳洗完畢，僕婦給她送來一件寬大的白布長袍穿了，帶她到後院休息。金陵子隨僕婦走過青石板鋪成的甬道，甬道旁假山石後栽著梔子花，近處有幾棵桂樹長得十分繁茂，樹下橫著一根石凳，僕婦讓金陵子坐下歇涼，自己廚時下忙乎去了。

王維每日回來，先進畫室。為了方便，王維將自己的畫室設在臥室外一間寬大的屋子裡，畫室裡一旁陳設著寬大的畫案，一旁陳列著一具七弦琴。畫案的背後，是一排高高的書架，書架上排滿了三墳五典諸子百家。七弦琴的後面的牆上掛滿了琵琶、笙、簫等各種樂器。畫室的花窗臨近前院，一開窗就看見後院的樹木花草。王維打開窗戶，一陣梔子花的濃香撲面而來，王維一眼望見了月桂之下坐著一位佳人，抱膝仰望星空風姿綽約，宛若一幅絕美的畫圖，王維立即提起筆來，將窗外美景一一描畫。

「請那位姑娘進來。」王維對他的書僮畫郎說。

畫郎來到月桂下面，請金陵子來到畫室。金陵子一抬頭看見了那位叫「長庚」的書生正將剛畫的圖畫放置在書櫃前，正對著她。那畫上畫的正是她坐在月桂下的樣子，除了面部還沒完成外，其餘都唯妙唯肖，看來這長庚公子的畫藝非同尋常。

「請金陵子姑娘坐在那裡，不要動。讓我把妳畫下來。」王維說。

「好的，長庚公子畫得真好。」金陵子讚道。

「哪裡哪裡，姑娘天生麗質，我這支拙筆難以描畫。」王維謙虛地說，其實他一貫以京城大畫師而自居。

金陵子照「長庚」所要求的坐好，一邊瞟著「長庚」作畫，既然這位「長庚」仗義不告訴姓名，她只好一步步試探。

「公子，你除了繪畫之外，你還喜歡做什麼？」

「我還喜歡詩賦文章，還有音樂。」

金陵子想，我那長庚哥哥也喜歡詩賦文章和音樂，但他更願意馳馬疆場作大將軍。

「小女子聽人說『好男兒為國驅馳』，公子就不想作大將軍，為國驅馳嗎？」金陵子說。

「怎麼不想，求一小小文職尚不容易，更何況是將軍？」王維道。「我倒是在紙上作了一番大將軍。」

「在紙上？」

「對，在我的詩中，你聽像不像將軍，」王維說完輕聲吟道：「風勁角弓鳴，將軍獵渭城。草枯鷹眼疾，雪盡馬蹄輕。忽過新豐市，還歸細柳營，回看射鵰處，千里暮雲平。」

「這首詩是公子寫的？」金陵子記得在百戲班曾有一位男伶會唱這首詩，唱得意氣風發豪情滿懷，原來是他寫的！金陵子想，有的事想歸想，事實上是不那麼容易作到的，看來長庚眼下雖不是將軍，但作將軍的壯志未滅。

「公子，聽巡街的那位將軍說，你的名字叫『長庚』吧？」

「是的。」

王維一邊畫一邊回答。

「敢問公子哪一年生？」

「長安元年。」王維對她的盤問有些不耐煩：「你問這個幹什麼？」

於是金陵子說：「小女子是從蜀中來的，來尋我的親人。」王維記起金陵子對衛士說她是雲韶院的歌舞伎，怎麼這會又成了蜀中來長安尋親的了呢？流浪江湖的藝人他見得多了，總之明天一早送她到光宅坊得了，王維不再深想金陵子東一句西一句說的什麼，專心畫他的畫。

「請問公子貴姓？」

王維再也不回答江湖女子的問話。

差不多快畫好了，他想如果金陵子微笑一下會使整個畫面增色的，但是王維是個至誠君子，這會不會讓這姑娘覺得自己如同陸調說的那樣，是個「開教坊的」，專在女孩子身上下功夫的好色之徒呢？珞薇知道了自己是這樣的「好色之徒」，那今天下午與她商計好的奪取狀元的計畫就會全部落空。想到這裡，不覺猶豫再三，結結巴巴地說：「請妳……請妳……能不能……笑一下？」

金陵子一見他那神情緊張的樣子就想笑，這算個什麼事？還要說「請你」，還要問「能不能」！

「能，你等著。」金陵子說罷轉過身去。

王維見金陵子轉過身去，好一會緩緩轉過身來，對著他粲然一笑，專心繪畫的王維這才完全看清了金陵子。她不施脂粉，奇豔天成，美目含情，熟透了的紅櫻桃般的雙唇綻開露出編貝一樣的皓齒來，笑得落落大方甚至有些野性，笑得天真爛漫神采飛揚，這是傾國傾城的美，是驚心動魄的美！王維只覺得地在慢慢沉下去……

「妳……妳……不要笑！」王維覺得她要再笑下去，他的畫就再也畫不下去了。

王維心中感到莫名的焦躁，他手中的這支筆，表現不出她那種令人頭暈目眩的美。她就像陽光下含苞待放的鮮嫩的花朵，他的筆法和技巧在這裡一籌莫展！

「妳……妳下去歇息吧……」王維不願意讓金陵子看到自己技窮的樣子，囁嚅地說。

「公子，我還有話跟你說。」金陵子不明白什麼地方觸犯了「長庚」，但不把事情說清楚她是不甘心的。

「有話，明天再說吧……」王維說著只裝著埋頭看畫，再也不敢看金陵子一眼。

「請姑娘跟我來吧。」畫郎見金陵子不肯走，拉住她的衣袖說。

金陵子無奈跟著畫郎走了。畫郎把金陵子安排到那中年僕婦房中。

王維等畫郎把金陵子帶出房門才將盯在畫上的眼光移開，往日大畫師隨意揮灑的風度蕩然無存，他好不容易鼓起勇氣重新提起筆來，一次次回想著金陵子的笑容在紙上細細描畫。一連畫了好多次，只能畫出她的外形，無法畫出她的神韻來。他從來沒有這樣沮喪過，外面傳來打更的梆子聲，在悄無聲息的長安裡巷間迴盪。王維無可奈何放下筆，步入裡間的臥室，畫郎幫他脫去外衣，王維往床上一倒，便再也不想動彈了。滿腦子裝著金陵子那銷魂攝魄的笑昏昏睡去。

金陵子百思不得其解的是為什麼在她粲然一笑之後，「長庚」埋頭不再看她，立刻讓他離開畫室到僕婦房裡去歇息。她在床上翻來覆去想了好久，認定「長庚」有意與保持距離是有原因的，他現在是有面子的人，與一個女伶曖昧不清會有失身分，更糟糕的是今天下午遇見安祿山胡攪蠻纏，他可能會認為自己不是正經女人。想到這裡她怎麼也無法入睡，一下子從床上坐起來。歷經了多年百戲班跑江湖的生涯，金陵子早已不再多愁善感，她開始想辦法，既然來到「長庚」面前，她定要讓他想起自己來！

她摸出懷裡一向帶在身邊的篳篥，走出戶外，對著「長庚」的畫室吹起了「扶桑曲」……

王維在夢中，忽見自己到了一個山清水秀的地方，山上桃花盛開，天邊朝霞燦爛，美輪美奐的音樂中一輪紅日噴薄而出。金陵子帶著她特有的迷人的笑容向他走來……王維著魔似的從床上一躍而起，側耳細聽果然陣陣美妙的篳篥聲從窗外傳來。王維猛地推開窗戶，如水的月光下，玉立著那吹篳篥的女伶。

「稀有的好曲子！」王維激動地點燃蠟燭，在紙上奮筆疾書，將聽到的曲子一一記下。

想到剛才的夢境，天才的音樂家王維再也無法入睡，長跪在窗下的冰桐琴前，手揮七弦奏響了剛才記下的曲子。

是我的長庚哥哥！一點沒錯！趙蕤老師說過父親陳子昂得到並整理好這件樂譜之後就交給了他，如今這世上，〈扶桑曲〉只有長庚哥哥和我兩個人知道，再沒有第三個人知道！

金陵子拔腿向畫室奔去。

「長庚」正俯身琴上專注地彈奏〈扶桑曲〉。

金陵子推門而入，衝到「長庚」面前，按住他彈琴的雙手，淚流滿面地叫道：「哥哥，不記得我了嗎？我是你妹妹月圓呀？我找你十年了，你真的不記得我了嗎？」

王維一下子愣住了，金陵子哀婉欲絕的樣子，讓他整個身心深深地震動了。

金陵子見「長庚」呆呆地望著她，不由抓住他的雙肩搖撼著哭道：「哥哥，你不記得月圓了嗎？你不記得那些桃花了嗎？我們一起追趕太陽……好多好多桃花？……」王維記得剛才的夢。

一瞬間王維明白了：眼前這個拉著他痛哭的陌生女子，曾經有一位年齡與自己相仿而非常關愛她的「長庚哥哥」，十年前他們可能遭到什麼變故而分離。於是她苦苦尋求……神差鬼使地來到這裡，陰差陽錯地把自己當成了她的「長庚哥哥」。看她這樣痛哭，就是鐵石人也心酸，何況是多情善感的王維！王維認為這是天意，是上天把她送到自己面前，他不忍心讓她這樣傷心地尋找下去，他會比她的「長庚哥哥」更深愛她。

於是他下意識喃喃說道：「我記得……記得……好妹妹。」不由得淚水也流淌下來。

金陵子望著流淚的王維，撲在王維的懷裡嚎啕大哭起來。

金菊飄香時節，玉真公主的生日來到了。玉真公主大擺筵席，好不熱鬧。珞薇和王維帶了雲韶院的歌舞伎來到公主的宮苑裡，皇親國戚文武百官都前來恭賀，珞薇緊挨著公主坐著，請乾娘欣賞她特地為壽誕獻上的〈慶壽樂〉。

「乾娘，您看，我特意為您準備的。」

雲韶院的伶人奏起了〈慶壽樂〉，樂曲經王維整理顯得氣勢宏偉而又喜慶。王維和金陵子揮舞著綵帶和鮮花上場，雙雙起舞。玉真公主看了樂得臉上笑開了花。這時珞薇在玉真公主耳邊悄悄說了些什麼。

「我的好女兒，怎的把相好的來孝敬為娘？」

「人家是長安有名的才子，能寫會畫，這曲子就是他專為乾娘作的。」

「啊？我兒得到這樣有才華的郎君，為娘該怎樣祝賀你呢？」

「乾娘，您能不能……」

過了幾天就是秋闈，王維考過三場，金榜題名第一名狀元。第二天是高中舉子走馬看花的日子，所有的舉子都要去大雁塔。高中的舉子看了雁塔金榜，騎著皇上賜予的御馬，頭插金花遊街誇示，少女們都成群結隊地向他們投去仰慕的笑容，這就叫「走馬看花」。

珞薇起了個大早，打扮得非常美麗，帶了丫鬟星兒在雁塔附近的茶樓等著，目不轉睛地看著過往行人，只等新科狀元的駿馬馳來，給他一個甜美的微笑，然後與他雙雙泛舟曲江。那時候長安所有的少男少女都會對他們羨慕得發瘋。珞薇在茶樓上，看見高中的舉子興高采烈地到來，唯獨沒有新科狀元王維。「走馬看花」是大喜的事，為何王維不來參加？珞薇不知王維發生了什麼事，便與星兒往昇平坊而來。

王維早把「走馬看花」的事忘到九霄雲外。此時正在教金陵子彈奏琵琶，重要的是今天一定要向她說明他不是她的「長庚哥哥」，但「新科狀元」希望取代「長庚哥哥」。一曲教完，王維向金陵子說：「月圓，我有話給你說。」金陵子見王維一本正經的樣子，問道：「有什麼要緊的事嗎？」

「我中了狀元了。」王維靠著金陵子坐下，心中一陣緊張，摟住金陵子的肩，在這短短的一剎，他突然不想說了。此刻之前，他是金陵子最親密的「長庚哥哥」，希望著就這樣天長地久地在一起。如果說了實情，金陵子會怎麼樣？「新科狀元」能不能取代金陵子對真正的「長庚哥哥」的懷念？

「恭喜你啊，狀元哥哥！你怎麼啦？」金陵子看見「長庚哥哥」怪模怪樣的神情問。

「真的？」王維問。

「你幹嘛這樣怪模怪樣的看著我？」

「要是……」王維吞吞吐吐地。

不，一定要告訴她！感情的事一定要真誠。就像他的詩他的畫一樣，傾注他的真情，使之盡善盡美。那一夜，他是為她對「長庚哥哥」的真情而感動的，而他不是真正的長庚。只有說出來他心中才能安寧，才能坦然面對金陵子，無論她愛不愛他。

「要是我不是妳那個真正的『長庚哥哥』，月圓，妳會對我怎麼樣？」王維好不容易鼓起勇氣說。

金陵子看著他「撲哧」一聲笑出來：「你胡說些什麼呀？」

「我說的是真的，可是我喜歡妳，金陵子。我再說一次，我不是妳的『長庚哥哥』。」王維認真而激動地說。

「你中了狀元拿我開心是不是？」金陵子說。

「我是山西太原人，父母都健在。我的乳名確實叫『長庚』。」王維說：「自從我遇到妳，我就喜歡上妳了，妳就像那支〈扶桑曲〉，牽動了我的心魂。妳找了李長庚十一年也沒有找到，是上天把妳送到我的面前，讓我愛上了妳。我也出生在一個長庚星閃閃發光的夜晚，我愛妳，也愛妳所愛的一切……」

「〈扶桑曲〉只有我們兩人知道。」金陵子不知所措。

「那〈扶桑曲〉是我聽你吹奏篳篥之後記下來的，那曲子不同凡響，令我神往，所以我就彈了起來。」

王維從金陵子手中拿過琵琶「我是新科狀元，我自信比你的長庚哥哥更值得妳愛……」

不等王維說完，金陵子猛地站起來說：「不！你不可以代替我的李長庚，你就是新科狀元也不可以！」

「不要拒絕我！我是那麼動情地描繪妳的美貌，我是那麼傾慕妳的歌喉，我和妳一樣喜愛〈扶桑曲〉，甚至只有我知道那曲子裡有升騰的太陽、有燦爛的朝霞、美麗的桃花……」

金陵子站在那裡，淚珠大滴大滴從臉上滾下來：「可是……你不可能和我一起去……追趕太陽，追趕那遠遠的……不可知的……難以言喻的光明……」

「追趕太陽……？」王維驚愕了。琵琶從他手中掉了下來，落地的弦發出「叮咚」的響聲。

「對，追趕太陽。」不知什麼時候珞薇已經站在他們身後。珞薇從大雁塔趕了過來，王維和金陵子的談話她全聽見了。

她非常惱恨，她一手造就的新科狀元不去走馬看花，竟與一個女伶糾纏不清！

「只有追尋那可望而不可即的東西的時候，才感覺到生命存在的快感。」珞薇居高臨下地說。

「你聽誰說的？」金陵子問。「蜀人李白。」

「他現在在哪裡？」

「我怎麼知道？」

「追趕太陽……哈哈！」珞薇發出一陣狂笑。這是李白曾經對她講過的。李白在她面前彈了〈扶桑曲〉拂袖而去，她悟了好久，才悟出這個道理來。看見這位博學多才的新科狀元尷尬的樣子，珞薇感到特別開心。

「你的長庚他姓李，劍南道綿州昌明縣青蓮鄉人，對吧？」珞薇對金陵子說：「名李白字太白。比眼前的這個朝三暮四的人強多了。他現在大概在江南，這人和我一樣，他不會去追趕太陽的。」

金陵子蒙著臉奔了出去。王維想追上去被珞薇張開雙臂攔住了。

「你這個忘恩負義的騙子，塗脂抹粉的戲子！」珞薇對王維吼叫道。王維無語辯白，珞薇離開後，他去到終南山，捧起一本佛經，收拾他那破碎的心靈。

新科狀元被授予大樂丞職位，在太常寺供職，掌禮樂之事。一年後，因伶人私自舞弄了只有皇家才可以觀賞的黃獅子，而被降職到濟州去做一名司倉參軍，有人說王維的降職是因為是珞薇在玉真公主面前微妙地說了什麼。

5. 月亮醉了，太陽醉了，長江醉了，李白醉了……

開元中，平定了天下的皇帝李隆基繼續勵精圖治的政策，勸農桑息邊患，撿括天下逃亡戶口，使朝廷每年增加收入數百萬緡錢。在生產發展經濟增長的同時，朝廷對於科學、教育、文化予以相當重視。

皇上命當時佛教密宗的高僧一行翻譯《大日經》等佛門巨典，又命一行編造新的曆法。為了編修曆法的需要，命一行與梁令瓚一起設計、製造了黃道遊儀，水運渾像儀。一行主持了全國十三個天文測點的測量；對日月五星的執行和若干恆星的位置進行了認真的觀測；一行實施了世界上第一次子午線長度實測所測出的地理緯度與現代人依靠最先進科技手段所測出的僅差一度，南北子午線僅差一百二十九點二二公里，為了更進一步促進政治經濟的發展，一代中興之主李隆基以為「欲成一事，須有成該事之人」；命朝廷要員，各州縣長官向朝廷推薦人才，凡是學習到一門專業知識的，都奉詔來京師聽用。一天皇上與宰相、張說學士、禮部的官員在《集仙殿》書院的宴會上，皇上說：「神仙是飄渺虛無的，我認為無可取之處。賢能的人才是國家的棟梁之材，我和卿等在此歡宴，這個地方應該更名為《集賢殿》。」於是封書院五品以上為學士、六品以下為直學士。讓宰相張說親自主持《集賢殿》書院。

在長安，京兆府把大量的灌溉工具如翻車、筒車散發給郊區的農戶，有時還發給耕牛，用於發展生產。大量的地主莊園和高級住宅如雨後春筍般湧現，百廢俱興，千業皆旺。長安有貨行二百二十行，各種商品在這裡順利流通，交通和郵驛也非常發達。許多國家還派留學生到長安來學習，各地少數民族和外國人都來這裡經商和觀光旅遊。動盪了幾十年的大唐，開始出現一派欣欣向榮、蒸蒸日上的景象。

宰相張說是個很能迎合皇上心意的人，首先向皇上建議封禪泰山，告成功於天地。對於勵精圖治的君王李隆基來說，這無疑是一個令他激動的題目，他夢寐以求作一個歷史上最偉大的君王，透過封禪這種形式，得到海內外的一致認可，因此張說的建議很快被採納。在開元十三年的初夏，皇上就詔令各州縣作封禪泰山的準備工作，其中主要的是選拔人才。開明的君主認為，有了賢能的人。就有大唐輝煌的明天。

大唐文化藝術的舞臺上巨大的帷幕緩緩拉開，在頂端的詩壇上，李白，帶著博大精深的學養、叱吒風雲的志向和恣睢汪洋的浪漫，神一般地降臨。

李白給阿丹更名丹砂，帶著他出了夔門，船過荊門到江陵、江夏、洞庭湖，這裡有李白神交已久的三閭大夫屈原和他生死相托的土地；湘楚的詩歌民歌，令他讚嘆不已；在那些詩裡，屈原的想像如同天上的遊雲和地上的長河，變化莫測又浩如煙海，充滿了魔幻般的魅力。李白感到既新奇又興奮，他的思緒在長江兩岸的山水風光中縱情賓士。中國的學者文人總是篤信「讀萬卷書，行萬里路。」在宏大的自然山水中去探求天、地、人玄妙的執行規律。

李白從廬山上下來，僱了一隻船。順江而下，一路遊覽，一路吟哦。在一年後的五月端陽到了江寧。按當地風俗，每年的五月初五，都要在長江上舉辦龍舟賽會以紀念投江而逝的屈原。龍舟賽會是江寧最熱鬧的節日。這天全城士農工商男女老幼都紛紛出動，去長江邊觀賞龍舟賽會。進士胡正兩月前到江寧來作縣令，今天親自偕同家眷登上了江上最大一隻樓船觀看龍舟賽會，因為今天參賽的有本朝副相崔沔的公子崔成甫以及他從京城帶來的太學生阿倍仲麻呂等。

只聽樓船上三通鼓咚咚擂過，參賽的船如離弦之箭，每隻船的首領立在船頭舉著彩旗喊著號子，奔向三十里外的終點。此時一艘赤龍船、一艘白龍船和青龍船便開始領先。站在赤龍船船頭光著身子腰間只圍一條彩巾，頭上包一根紅抹額的，便是當朝副相的公子崔成甫，崔成甫不僅一表人才，文才也很出眾，；尤其是生得一付好嗓子，此時唱著船歌「下江南」，揮舞著旗指揮赤龍船在長江中流破浪前進。在白龍船的船首是日本人阿倍仲麻呂，阿倍穿著白衫褲；頭上戴著日本式的高帽子，站在船頭激動地揮著小旗。

阿倍仲麻呂是日本國奈良人，從小聰慧過人，十九歲被日本國選為遣唐留學生，在京師與公卿貴族的子弟一併在太學學習。阿倍與天性開朗的崔成甫一見如故。他們在太學畢業之後，將由吏部詮考授予官職，要等待半年以上的時間。崔成甫見阿倍思慕大唐江南的風土人情，便約了阿倍和幾個朋友來到金陵。同學少年，風華正茂，正趕上龍舟賽會，怎能不搏擊一番？阿倍本是水國的人，崔成甫便讓他作了白龍船的首領，阿倍指揮著白龍船上的幾個太學生，果然乘風破浪，漸漸領先，阿倍高興得在船頭又喊又跳，揮著小旗領船破浪前進，哪知後面的青龍船也迅速趕來，為首的是江寧船行的大船主，划船的都是他的夥計；大船主將青龍船靠攏白龍船，將青旗一揮，青龍船上的水手紛紛使槳打水澆入白龍船，白龍船上划船的是太學生多是北方人不太會水，此時毫無辦法。白龍船眼見就要落後，阿倍不知如何是好，急得嘴裡嘰哩哇啦用日本話亂叫。

崔成甫回頭一看「不好！」長江風大浪高，生怕阿倍有什麼閃失，連連搖旗向青龍船示意。大船主見外國人發急嘰哩哇啦的不知喊些什麼，樂得他哈哈大笑，反而更窮追不捨，安心要與這日本小子開開玩笑。樓船上的胡縣令與兩岸的觀眾看得喝起彩來，一時間歡聲雷動。

恰在此時，一葉輕舟載著李白從上游飄然而至。見各色龍船在風浪中出沒，如蛟龍翻騰，李白本是涪江邊的弄潮兒，頓時興起便向船家苟七叫道：「我們划過去，一塊兒玩！」苟七說：「不行，危險！」李白哪聽他的，三下兩下脫下長衫一扔說：「你害怕了麼？」船家苟七本是個天不怕地不怕的漢子，說：「我才不怕呢！你敢我也敢！」便搖櫓向白龍船靠近，一齊跳上白龍船；荀七說：「看我治他！」一篙點開白龍船，離開青龍船近一丈遠，又一篙向青龍船掃去，划船的槳掉了三四支，青龍船在江心顛簸起來，這時崔成甫的赤龍船趕到，將青龍船牽制住，李白接過阿倍手中的小旗，叫聲「快划！」

白龍船箭一般向前衝去，將青龍船甩在了後面。在兩岸觀眾一片歡呼聲中，率先到達終點。

胡縣令見崔公子等得了頭名，忙給崔成甫、李白、阿倍仲麻呂等披紅戴花。觀賽的男女老幼潮水般湧到樓船周圍，爭看得勝的賽手。

胡縣令見百姓密密麻麻站了一片，便上到樓船最高層，敞開喉嚨高聲叫道：「各位士子們聽著：我大唐英主開元聖文神武大皇帝有詔，今冬皇上將封禪泰山，告成功於天地，凡有一種特長的，都由各州縣推薦到京師去，為朝廷所用。命各位士子近日將寫好的行卷，交到縣衙，經本縣選拔，擇其優秀向皇上推薦！」士子們聽了，無不歡呼雀躍，高呼「吾皇萬歲萬歲萬萬歲！」

這時李白等已被人們擁下樓船，李白聽了胡縣令的話，心裡好不高興，一邊讓丹砂取出平時所作，散發給他周圍的士子們，一邊高喊：「各位朋友，我是蜀中來的李白，這些詩文贈送給大家，請多指教！」士子們也有不少知道李白名聲的紛紛一擁而上，來搶丹砂手中詩文。

眾士子得了李白的詩章，拜讀之後群情激動，以為機不可失，紛紛買紙來傳抄。

剛好靠碼頭邊就有一家叫玉順閣的紙店，這家紙店雖然不大，靠著金陵水陸通衢的方便，店內有蜀中的麻面箋、金花箋、魚子箋、七色箋，有越州的桃花箋、剡州藤苔箋、玉葉紙等等；還有宗州亳州的繭紙，貨色品種一應俱全。掌櫃的見士子們紛紛湧來買紙，忙叫夥計們將庫房的紙盡數取出。掌櫃娘子喜得合不攏說：「價錢漲兩倍！」夥計卻面有難色說：「這些紙盡是掃倉腳的竹紙，怎麼好把價錢漲上去？」

「你不去我去！」掌櫃娘子的臉，頓時由晴轉陰黑得像鍋底一樣，拉了掌櫃雙雙上陣，叫道：「紙賣六個錢一張！」擠在前面的一個士子看了看那紙，把攢著錢的手縮回來說：「盡是蟲眼，還要漲價？」

掌櫃娘子說：「一個願打，一個願挨！買不起就別買！」掌櫃也隨聲附和道：「買不起就別買！」前面一個書僮模樣的小子叫道：「你這一對老烏龜，竟敢挖苦小爺們，看我揍扁了你！」

「你敢！你敢！」掌櫃的看著賣的滿滿的一櫃錢，膽子一壯，一口唾沫吐在書僮臉上。哪知這書僮是崔成甫的書僮蒞琴，是為幾個太學生買紙的，見老闆如此無理，一縱身跳上櫃檯，一拳砸在掌櫃的臉上，掌櫃舉起板凳去打蒞琴，嚇得前面的士子們叫的叫，躲的躲，鬧得來一塌糊塗。

崔成甫好一會不見蒞琴迴轉，便到紙店來看，見蒞琴站在櫃檯上叫罵，士子們亂成一團，那掌櫃舉著板凳，紅著眼像一頭野豬在圈裡打轉轉，那掌櫃娘子在店裡叉著腰，口吐白沫罵髒話。蒞琴見崔成甫等來了，叫道：「公子快救我！這老殺才說我們錢少，不賣紙還打人呢！」

崔成甫大叫一聲：「閃開！」

掌櫃娘子見來了一群貴公子，居中的正是當朝副相的公子崔成甫，右邊是羽林郎陸調，後面是太學生韋子春等十多人，都一個個頭上戴著紅抹額、白抹額，赤著身子，腰間只紮一條彩巾，左右跟著幾個健僕；便不敢再潑罵，溜進櫃檯拉了拉男人；掌櫃的還沒回過神來，崔成甫抓起蒞琴手中的錢袋掏出一把開元通寶，叫道：「不就是要錢麼？給你！」使勁向掌櫃頭上撒去，痛得掌櫃「哇哇」直叫。

「這些紙我都買了！你們願拿多少就拿！」崔成甫叫道。話一落音，士子們一哄而上，不到一個時辰，將店裡的紙一搶而空。看著撒落滿地的銅錢和廢紙，掌櫃娘子扶起被砸得鼻青眼腫的掌櫃叫道：「這個天殺的李白呀！」

李白被士子們擁到一張石案前，早已有人備了文房四寶，恭請李白揮毫。李白第一次受到眾多士子的追捧，靈感像長江的巨浪一樣洶湧澎湃而來。從巴女寫到廬山，從江夏寫到金陵，一路的感觸和思緒，一一從筆下流出，筆下的行草也痛快淋漓。

太學生尋得李白的所在，帶了崔成甫和阿倍仲麻呂向江亭走來。幾個絳月樓的名妓江翠翠、吳蘭蘭聽說江寧來了大詩人，每人都拿了紙筆跑過來纏住崔成甫和阿倍說：「崔公子要去什麼熱鬧場合，竟扔下我們幾個姐妹！」原來這幾個妓女一見出手闊綽的崔成甫與太學生就跟隨著他們寸步不離，今天龍舟賽會特來為他們助興當「啦啦隊」。幾個女子都是金陵名妓，心裡明白只要得了名士的新詩，找她們演唱新詩的人就得付給更多的報酬；何況這李白的詩稿上落款是涼武昭王九世孫，又年輕博學，豈有不結交的道理！於是就想巴在崔公子的面子上，來求李白的新詩。崔成甫早就煩她們膠糖一般寸步不離，不耐煩地說：「去，去，去！本公子正要去與那西蜀李白結交詩酒朋友，乃斯文薈萃的大雅之會，要你們這等人幹什麼？」哪知這幾個女子軟磨硬纏不肯放鬆，更加忸怩作態道：「像這樣高雅場合，更少不了我們呢！」這時以美妙歌喉名噪金陵的名妓柳鶯兒早已從相識的士子那裡討得一疊詩稿，揮舞著詩稿叫道：「儂也是李公子知音人哪！伊是當今副相的公子，面子大得緊咧，正要煩崔公子引薦呢！」另一個妓女李蘭兒說：「儂今日專為崔公子助興，湊個熱鬧，不要纏頭也要得的！」幾個女子胡攪蠻纏弄得崔成甫無可奈何，只得對她們說：「你們遠遠地跟在後面，有機會的時候，我派人叫你們！」妓女們這才不嚷了。

崔成甫和阿倍等來到江亭，江亭已被眾士子圍了個水洩不通。士子們有的為李白抻紙，有的為李白打扇，崔成甫只見一幫人的背脊梁把李白圍了個嚴嚴實實。崔成甫高聲叫道：「請各位讓一讓！」但士子們好像沒聽見一樣，誰也不肯讓一讓。阿倍說：「怎麼辦？」崔成甫想了想，拿過柳鶯兒手中的那篇詩稿說：「有辦法了！」崔成甫看著那詩稿，清了清嗓子，大聲唱道：「曉峰如畫碧參差，藤影搖風拂檻垂。野徑來多將犬伴，人間歸晚帶樵隨。看雲客倚啼猿樹，洗缽僧臨失鶴池。莫怪無心戀清境，已將書劍許明時。」那幾個妓女埋怨道：「少不了我們的時候，偏把我們忘了。」一齊上前去，合著拍子唱起來。崔成甫本來有一付天生的好嗓子，加之李白的這首〈別匡山〉在京城中已有流傳，其中「莫怪無心戀清境，已將書劍許明時。」寫得是那樣令人激動，所以崔成甫唱得特別投入。

李白聽見了穿越「人牆」而來的〈別匡山〉，不由放下了筆，回頭張望，士子們下意識地為李白的目光讓了一條路。

崔成甫向李白大步走來，對李白說：「在下長安崔成甫，欽慕李公子文才，將這些紙張，贈給在場各位兄弟，用來傳抄你的詩詞！」

阿倍早已認出李白就是在龍船上為自己扭轉危局的人，一下子拉住李白的手，激動得不知說什麼好，只連連說：「謝謝你！謝謝你！」崔成甫對李白說：「這是日本國來的阿倍仲麻呂公子，我在太學的同窗！」李白見太學的學生們都爭著與他結識，連說：「幸會，幸會！」

那幾個妓女們見崔成甫一一介紹太學生們與李白認識，並不介紹她們，便一擁而上，拉扯著崔成甫說：「請引薦呀！」崔成甫正猶豫間，幾個妓女爭先恐後向李白道了萬福，倒弄得李白不好意思起來，連說：「免禮！免禮！」幾個妓女一轉身便嘁嘁喳喳議論起來，有的說：「李公子模樣俊俏著哩。」有的說：「風流倜儻又大方。」

崔成甫說：「李公子，崔某與阿倍等已在長安拜讀過李公子的辭章，今日又有幸與李公子擊水中流，我等對李公子十分佩服，今日特邀李公子到鳳凰臺鳳凰樓詩酒聚會，請李公子賞光，請！」

鳳凰臺背靠鐘山，面對長江；登上鳳凰臺可以看見靜靜的白鷺洲一片綠野，浩浩的長江一片白波。鳳凰臺上的鳳凰樓是金陵首屈一指的歌舞飲宴之地。幾個歌伎用纖纖玉手捧起江南的「珍珠紅」汩汩地倒在仙鶴紋的銀樽裡，江南的酒柔綿香甜又與蜀酒的濃烈芳醇有所不同，一時間杯觥交錯，主客歡洽。

崔成甫想到皇上要封禪泰山，他們這一行人不久就要被選拔成為朝廷的官員，想到他們明天將會為國泰民安而鞠躬盡瘁，也可能去拚殺疆場馬革裹屍，不禁熱血沸騰。為了意氣相投的李白，為了詩的盛會，為了心靈相通的阿倍，崔成甫點了一支張若虛的〈春江花月夜〉，歌妓唱道：「春江潮水連海平，海上明月共潮生。灩灩隨波千萬里，何處春江無月明。江流宛轉繞芳甸，月照花林皆似霰。空裡流霜不覺飛，汀上白沙看不見。江天一色無纖塵，皎皎空中孤月輪。江畔何人初見月？江月何年初照人？人生代代無窮已，江月年年只相似。不知江月照何人，但見長江送流水。白雲一片去悠悠，青楓浦上不勝愁。誰家今夜扁舟子？何處相思明月樓？可憐樓上月徘徊，應照離人妝鏡臺。玉戶簾中卷不去，搗衣砧上拂還來。此時相望不相聞，願逐月華流照君。鴻雁長飛光不度，魚龍潛躍水成文。昨夜閒潭夢落花，可憐春半不還家。江水流春去欲盡，江潭落月復西斜。斜月沉沉藏海霧，碣石瀟湘無限路。不知乘月幾人歸，落月搖情滿江樹。」

〈春江花月夜〉本是初唐張若虛的七言古詩，優美的春江春夜，人生無常的感慨，情景交融而感情深沉。李白在蜀中，早已熟悉這首名作，但未曾聽人演唱過。阿倍在長安，因他是日本留學生，一言一行操守甚嚴更沒有見過，僅讀過這首詩仰慕已久。江南的歌女正擅長演奏這首傑作。隨著溫婉的歌喉，此時人們不覺得她們是世俗妓女，而是造化之神在醉夢中娓娓述說。唱到「江畔何人初見月，江月何年初照人」的時候，崔成甫、李白與太學生們同聲合唱起來，及至唱到「昨夜閒潭夢落花，可憐春半不回家」時，已有人輕聲嗚咽了。一曲終畢，留下的是靜靜的哀愁，滿座的客人一片寂靜，還嚮往著「不知乘月幾人歸」，沉浸在「落月搖情滿江樹」的情景中。半醉的崔成甫叫道：「今日宴請西蜀才子，不可無詩，誰先來一首？」羽林郎陸調說：「那還用說，今天的貴客，就是他日的司馬相如。李公子，你先請！」

年輕的士子們齊聲叫好！

丹陽縣年輕錄事李陽冰將李白杯斟滿，李白心中一股豪氣油然而生，他舉杯一飲而盡道：「諸君！今日我等歡聚一堂，舉杯高吟，明日將為國棟梁，拼男兒熱血，為國驅馳，吟詩何以盡興，取劍來！」

李白脫去長袍，走上臨江的石臺，接劍望空一送。

那劍閃著寒光，在空中游了一圈，李白一揮手接住劍柄！眾人驚嘆不已，阿倍投過欽佩的目光。

奔騰澎湃的長江，江濤聲伴著李白的慨嘆：「浩浩千里的長江呀！炎黃子孫的大舞臺！你流經亙古悠遠的歲月，穿越變化反覆的成敗興衰！今天西蜀李白來到你的面前，看見漢高祖豪雄的大風，掀動你的滾滾波濤奔湧前行啦！看見淮陰侯揮戈南下的蔽日的旌旗！你看，諸葛赤壁的烈火嘯旋著颶風，你聽，羲之和謝安敲棋煮酒的聲音多麼瀟灑從容！李白等幸逢開元盛世，是北溟的巨魚，隨著海流的執行去遨遊，是大鵬鳥，展開垂天之雲的羽翼，振翅騰飛！」

李白將劍拋向空中，那劍閃耀著銀光落下，直直插在地上。壯闊的江波變成銀色的滾滾巨流，像是誰拽動了天幕。太陽在搖搖晃晃地下去，西邊的月亮在搖搖晃晃地上來。

大鵬一日同風起，扶搖直上九萬里。假令風歇時下來，猶能簸卻滄溟水……

李白醉步蹣跚奔向江邊，狂熱地：「作詩吧！飲酒吧！巍巍鐘山，浩浩長江，九州風雲，日月星辰啊！我要極盡造化的神功……寫盡你們的英姿！」

「哈……，月亮醉了，太陽醉了，長江醉了，李白醉了……」

6. 江寧小吏為封禪泰山獻上絕妙的主意

江寧縣衙辦事最勤謹的要數書吏文長田了，他每天早早地來到衙內，看僕役是否將大堂與兩廂打掃得乾乾淨淨，縣令的座椅是否擺放端正，書房是否整潔，文書是否批閱，以及縣令老爺的飲食起居是否正常，家眷是否安好……都是他操心的範圍。他寫的公文，文辭清楚，語言流暢，字跡工整端麗，在公文中堪稱上品。文長田雖然今年三十五歲，已經當了十八年書吏了。原因是他出身貧寒，小時候臉上生過惡瘡，作農夫的父親那時候根本沒有考慮到兒子的將來，一任他臉上留下了疤痕。文長田聰穎過人，熟讀三經五史，為人本分忠厚不敢得罪任何人。

到了鄉試那年，竟中了州裡第二名。哪知到了赴京會試之前，呈送京師的名單上卻沒有文長田的名字！文長田到州衙去詢問，出來一個差役惡狠狠的對他言道：「知府大老爺說，爹媽將你生得這等齷齪形象，怎能到帝都面君？大唐人才輩出，不少你一個醜鬼！快滾吧！」原來是州官見文長田中了第二名沒來送禮，有意不讓他上京會試。文長田悲慟欲絕，老書吏見這孩子忠厚老實，便推薦他在縣裡作了書吏，比在鄉下務農要好許多。

這次胡縣令交給文長田的任務是清理好士子們送往京城禮部的資料。這事也難也不難，不難的是江寧本是六朝古都，人文薈萃，其中不乏人材，不像荒僻小縣要挨村逐鎮地去尋訪。難就難在選人上，上京的人選太有才能不行，為什麼？人一旦才華出眾，難免露才揚己，口出大言，叫誰也看不慣，怎能得到上司乃至皇上的歡心？這些人心中沒有「謹慎」二字，萬一出風頭鬧出亂子誰來擔待？但也不能選那些專門行賄胸無點墨的草包，萬一出了漏子被上級發現，可是犯了欺君殺頭之罪。所以在眾多的士子中如何選出：一、家道殷實的，他深知胡縣令的脾氣，沒有好處是不肯辦事的；二、性格溫良的，免遭是非；三、有一定學問的，方不顯得虛假。所以選人是一件較為費力的事。

文長田將一般士子的行卷放在書案上；凡附帶禮品的行卷一一登記，寫明是何人送何禮品，與行卷一併放在紅漆箱內，活計做得十分仔細。文長田將幾天來收的行卷並禮物一一裝好，這時候胡縣令走了進來。

文長田滿臉堆笑哈著腰指著書案上的堆積的行卷和地上的箱子說：「老爺，請過目……」胡縣令看了看案上堆積的行卷，氣不打一處來，把桌子使勁一拍，胖嘴嘟起迸出兩個字：「胡扯！」書案上的行卷經這一震動「嘩嘩」地散落了一地。文長田嚇得連大氣也不敢出，趴在地上將那些行卷一件一件拾起來，臉上仍然堆著和悅的笑容。

「誰叫你通通收下的，這麼多的行卷，要老爺一個人看，老爺怎麼看得完？混帳東西！」

文長田也不惱，仍然笑嘻嘻地說：「大人忘了，在五月端陽龍舟賽會上，當眾宣布了要選拔孝悌文武，那士子們就把行卷交卑職這裡來了，卑職哪敢不收？」

胡縣令一時語塞，便說道：「老爺只說是收行卷，沒叫你收得堆積如山，老爺拿這點俸祿要叫我看這麼多的行卷，你安心將老爺累死不成？給我退回去！」說著便要拂袖而去。

這如何能退回去？新來的胡縣令脾氣好大！文長田忙說：「老爺，卑……卑職話還沒說完呢？」

「有話就說，有屁就放！」

文長田掩上門，小聲說：「老爺，您請過來。」他把胡縣令拉到屋角，打開紅漆的大木箱，木箱裡用黃麻紙一包一包地包著東西。再過去取出一包打開一看，裡面是一個螺鈿嵌銀的小匣和一卷行卷，胡縣令的眼睛亮了一亮，伸手過去打開匣子，裡面是一串珍珠鏈子，那珍珠粒粒大而飽滿泛著肉紅的螢光，大約有二百來粒，下端綴著一個雙蝠抱珠的黃金掛飾，兩個黃金的蝙蝠張著翅，合抱著一顆藍寶石。胡縣令頓時眼中有了神采，目不轉睛瞅著那藍寶石。文長田不等胡縣令開口，便說：「這些都是送行卷的士子們孝敬老爺的，小的一份一份放好，清清楚楚列了單，請老爺過目。」胡縣令看也不看文長田，喉嚨裡「嗯」了一聲，瞇縫著眼只管瞅箱子裡的物事。胡縣令又伸手選取出一個頂大的包來，這包裡是一段灑金描彩蟬翼紗，約摸有二丈來長，裡面也有一份行卷。文長田將滿滿兩箱包拆完已快正午時分。胡縣令這才眉開眼笑地對文長田說：「你先把箱子鎖好，找幾個人來，把箱子抬到老爺書房，不要走漏風聲，只要你巴心巴肝地做事，老爺自有好處給你。」說著選了一包掂了掂分量，交給文長田說：「看你做得辛苦，這個賞你。」文長田心中歡喜，連說：「多謝老爺！多謝老爺！」

待文長田把箱子鎖好，胡正低聲對他說：「我看你辦事老成仔細，我今有一要緊的事情，你替我辦一辦。」文長田忙說：「老爺過獎了，凡有信得過小人的事，請老爺吩咐。」胡正說：「這不是差遣你去辦什麼事，是要你先替我用心想一想。」文長田說：「凡老爺吩咐的，小的必然用心去辦。」胡正說：「你可知道皇上封禪泰山，老爺可得到什麼好處？」文長田一聽，一下子懵懂起來：皇上和泰山離江寧縣十萬八千里，縣令還想從這件事上得到好處！不由得心中直打轉轉，怎麼也想不出什麼與皇上有連繫的事情來，胡正見文長田憋得滿面通紅，便笑道：「蠢材，我又不是立刻叫就想出主意來，離皇上封禪泰山還有好幾個月呢！皇上封禪泰山，沿途各州縣都要迎送、晉獻禮品，江寧縣雖不是沿途州縣，但向皇上表表心意也是應該的，皇上也不會拒絕。但江寧縣向皇上進獻的禮品必須是引起皇上關注的，如果皇上注意到我，那我——」

「那老爺升官的機會就來了！」文長田恍然大悟趕緊接著說。

「那你就給我想好這件事，三天之後與我回話。」胡縣令說。

「是……老爺。」文長田答應了胡正，心裡不免嘀咕起來，

小小一個江寧縣，用什麼才能討到皇帝老倌的歡心？

文長田忙到晚上才回家。第一件事就是掏出胡縣令給的那個包來。打開一看裡面是亮錚錚幾串緡

錢，文長田將錢收好。掏出一串錢來交給妻子素芳，叫她到前街惠香居買了幾樣酒菜，與父母妻兒團團圓圓坐一桌，喜喜歡歡吃了頓宵夜。吃畢二老都去上房歇息了，素芳收拾碗盞，又給文長田打了一盆洗腳水。文長田打了個酒飽嗝，將腳伸進不冷不燙的溫水裡，看著兒子在燈下讀書、女兒在一旁學刺繡，文長田心裡美滋滋的。猛想起胡正吩咐他的事情，便快快洗完腳上床躺下，要靜靜地把這件事好好想一想。

封禪泰山是個規模很大的事情，路經的京畿道、都畿道、河南道都是中原富庶之地，有財力的大州大縣都為皇上準備了貢獻，蒐羅了奇珍異寶、山珍海味來獻給皇上及隨行人等。江寧縣雖是南北水陸交通樞紐之地，亦有外國人運了奇異的貨物來交易，但參與皇上封禪的王公貴族、文官武將為數千千萬萬，江寧縣哪有那等財力？送一般的土產無異於菜籽落了海了。翻來覆去足足有三個時辰，腦子裡亂哄哄的一片。直到下半夜雞叫二遍，苦苦思索，還是一籌莫展。文長田不由焦躁起來，拖出床下的瓦罐來小解，不經意將瓦罐一摜，罐破了，尿流了一地，上床苦苦思索，聽得雞叫三遍，突然，一個念頭在他心中一閃：有了！

第二天一早，文長田就來到胡縣令的內宅，胡縣令好半天才從如夫人的懷中爬出來，穿上衣褲到前廳。見了文長田陰著臉說道：「大清早的有什麼事？有話快講！」文長田畢恭畢敬道：「為皇上封禪晉獻一事，實在關係重大，各州各縣都有在積極籌辦……」

「這還用說麼，說正經的！」胡縣令說。

「為了這件事小人昨夜一夜沒睡覺……」文長田小心翼翼地說。

胡縣令兩眼一翻白說：「你睡不好覺關我屁事！」

「小人為大人想了一件絕妙的物事，故爾早早地來稟告大人。」文長田加快了說話的速度。

「快講！」

文長田心裡「砰砰」跳著，故作神祕地在胡縣令耳朵邊說了一句什麼，胡縣令聽了好像被蠍子蜇了一下，身子幾乎要從椅子上蹦出來，瞪著眼睛叫道：「什麼？你胡說些什麼？說清楚！」

文長田萬沒想到胡縣令會這樣，一下子痲臉脹得通紅，忙結結巴巴說明道：「小的說，應該給聖上——封禪——，準備三千把——溺壺！」

胡縣令氣得鬍子都在發抖，衝著文長田叫道：「你拿老爺開心消遣是不是？給我滾！」

文長田嚇得三魂沒了二魂，叩頭如搗蒜道：「大人息怒，小的怎敢拿大人開心，若小的有半點虛假，一定天打雷劈，不得好死！」

胡縣令聽到此，身子才停止了抖動，鼻子裡哼了一聲：「快說！大清早的，就來晦氣！」

文長田跪在地下，眼裡含著淚，帶著哭聲說道：「大人息怒，小的真正是出於對老爺一片忠心，小的想來想去，想前想後，才替大人想出這個絕好的主意，大人定要聽小人把話說完，小的死也瞑目！」

「少嘮叨，快講！」胡縣令連正眼兒也不看文長田。

文長田一本正經地說：「聖上封禪所經州縣無非是準備山珍海味，名特土產。萬萬想不到這下半截的物事來。吃喝拉撒，乃人之常情，雖天子也必不可免，唯我說的這一項，乃至親至近的人方能體貼。就算是皇上的親兒子，也未必考慮周全。若老爺備辦三千把溺壺，聖上必然體察老爺一片赤誠之心，或許對老爺前程有好處哩。」

胡縣令果然有些悟性，回過頭來說：「你講的有些道理，你站起來說話。好倒是好，但獻溺壺這種事並非體面之舉，豈不遭人非議？」

文長田從地下爬起來，整了整衣，做出一付運籌帷幄的架勢說：「大人的話不錯，但事情也不是不體面。下臣為皇上巴心巴肝的打算，本是天經地義的事。越王勾踐為創一番大業還臥薪嘗膽、嘗糞療疾呢！現在卻作為佳話流傳千古，誰說不體面？再則人家想不到的事情我們想到了，豈不是出奇制勝占了上風麼？」文長田理直氣壯地說，神色氣度不亞於晏子使楚、蘇秦連橫。

胡縣令捻著幾根鼠鬚聽著聽動了真格，說：「你說得有理，我就派你速去採辦，切記這溺壺要不同於一般，要具有我六朝古都的特色。」

文長田大喜，莊重地說：「關於款式，小的已經想好了，一邊畫上花鳥魚蟲，一邊題上詩句。」

胡縣令高興得一拍大腿：「妙極！」

文長田接著說：「此舉定給皇上留下深刻印象，大人就等著榮升吧！只是大人榮升之後——」

胡縣令眉開眼笑的用他那長毛的肥厚的手掌在文長田的肩上重重一拍：「一定重重有賞！咱哥倆，有我的，就有你的！」

在鳳凰樓飲酒做詩的第二天，李白與眾太學生因為意氣相投便結拜了兄弟。按年齡分，崔成甫排行第五，韋子春排第六，阿倍比李白大兩歲排行第九，李白排行第十二。

崔成甫對朋友肝膽相照，十分講義氣。見李白對封禪泰山的事置若罔聞，不禁有些擔心。像李白這樣「玩」下去，不知猴年馬月才到得了皇上身邊，沒有功名出身，「濟世安民」只是一句空話。眼下皇上封禪泰山是個大好的機會，只要把李白的行卷交到江寧縣由江寧縣送呈禮部，審閱行卷的禮部各位大人及祕書監賀知章大人都是文章高手，像李白這樣的人中龍鳳定會脫穎而出。因此瞞著李白商議了一下，讓阿丹清出幾章詩文，附了李白名帖，自己親自到江寧縣衙走一遭。剛好這天胡縣令不在，文長田忙著為胡縣令登記禮品，差役呈上一張拜帖來，胡縣令一看上面寫著「涼武昭王九世孫西蜀李白」。文長田早聽說西蜀李白是隴西王孫，出手十分闊綽。此次找上門來，定有一筆財喜。忙叫請進，哪知來的卻是崔成甫，崔成甫將李白行卷交給了文長田，極力讚揚李白英才出眾。文長田見只有行卷和名帖，別的什麼也沒有。心裡老大不高興；但崔成甫是當朝副相的公子，又不敢得罪，只好滿臉笑容把行卷收下，只覺手中李白的行卷如同一塊爛磚頭，只等崔成甫一出門，把行卷隨手往案子上一扔，鎖了門，出衙去叫民夫來為胡老爺抬那兩個沉甸甸的箱子。

再說文長田領了江寧縣的差事，現成的瓷溺壺是沒有的，只有到產地去訂做。他到瓷器行認真打聽了一番行情，看見架上的一角放著一個茶碗，白中含綠晶瑩亮麗，拿下來一摸，手感光潔，用茶蓋敲一敲碗沿，那聲音竟如玉磬一般。掌櫃的忙說：「這是越瓷茶盞，要造這種茶盞甚是不易，必需精選瓷土，良匠製作，焙燒的火候都是極其講究的，因其質地上乘，當然價格也比別的瓷器貴。」

文長田把掌櫃叫到一邊，說明來意。掌櫃的閉著眼想了想，哈哈笑道：「這就奇了，我們是做茶具的，你說的這件物事，我們從未做過，山水風光倒是可以新增的，只是另一面的詩文，如何配寫？爺，你做得來詩文麼？」說著笑得來前俯後仰。

文長田想這有何難？給他謅幾首不就完事？於是回到家中靜靜想了一通，搜腸刮肚想了半天，卻怎麼也做不出來。

文長田無奈，忽然想起自己的好友前街張秀才，平時也愛吟幾句，便來找張秀才。文長田一進門，見張秀才正和街裡幾個頑童捉蟋蟀玩。文長田一把將張秀才拉到一邊，說明來意，張秀才聽了把文長田從頭到腳打量了幾回，笑嘻嘻地看了他好一會，才說：「兄臺這主意妙極！怎奈小弟我才疏學淺，做不出這種詩句來，還望兄長見諒！但小弟可以給你舉薦一個人，準行！」文長田忙說：「誰？快說！」張秀才說：「就是城南的黃秀才，你找他准行，只是多給些潤筆。」文長田說：「這沒關係。」說罷又急急忙忙地往南街而來。

文長田來到黃秀才門首，叫了半天門，才出來一個斯斯文文的老者把門開了一道縫，文長田想這就是黃秀才了，便把來意說明。文長田說了一半，老者便連連說：「晦氣！晦氣！」把門砰的一聲關上。文長田又拍著門叫，再也叫不開門，恰巧這時來了一個賣水的打從門前過，認得文長田，說：「這老殺才最是刁鑽，沒有挖苦你就算便宜，門是不會給你開的了，文老爺可有什麼事？」文長田說要找一個秀才做幾句詩，賣水的人說：「小人知道文昌巷那邊有一個孫秀才會做詩，老爺不妨去找那孫秀才，何必費力叫這老酸丁！」文長田一想也對，急忙到文昌巷來找孫秀才。

文長田來到孫秀才門前，敲開門，一個年輕闊綽的公子走出來。文長田心想這就是孫秀才了，便一五一十的說明來意，還未說到一半孫秀才勃然大怒道：「你是哪裡來的瘋子，還不與我滾出去！」文長田急了，忙向他解釋說他是江寧縣胡縣令派來的公事人慕名而來，哪知孫秀才聽了不但不息怒，反而兩眼一白叫道：「什麼狐縣令狗縣令，你這隻呆鳥，發昏發到老爺面前來了，簡直是有辱斯文！再敢在這裡亂嚷，我亂棒打你！還不快滾！」孫秀才手一揮，屋裡兩個家奴各執一根棍棒跑出來，文長田掉頭就跑，連爬帶滾出了孫秀才門，懵懵懂懂跑出文昌巷，腳下的石板路高低不平，腳下一絆，狠狠地跌了一跤。跌得滿眼冒金星，耳朵裡嗡嗡直叫，半天都爬不起來。

7. 絳月樓的妓女替李白作了一首「千古絕唱」

紙店的掌櫃娘子，坐在門首的板凳上，正在與隔壁賣雜貨的吳媽一邊嗑瓜子，一邊談近日的桃色新聞。不料「咕咚」一聲，一個人摔在門前離她不遠的地方，掌櫃娘子嚇得跳起來。連連退了幾步叫道：「哎喲！是哪個遭瘟的倒街臥巷。」紙店的小夥計走上前去看了看說：「好像是衙門裡的文老爺！」

掌櫃娘子走來看了看果然是自己的相好文師爺，便對夥計叫道：「還不把文師爺扶起來！」夥計將文長田扶起，掌櫃娘子親親熱熱拍去他身上的泥灰，端了根板凳讓他在紙鋪門口坐下。看他那瘟頭瘟腦的樣子，不由笑道：「原來是文師爺呀！什麼風把你給吹來啦！快倒茶！」夥計給文長田端上茶來，掌櫃娘子接過親自交給文長田問道：「文師爺，你愁眉苦臉的，遇到什麼麻煩了？」文長田嘆了一口氣說：「不瞞你說，胡大人要我備辦一件物事，上面須要提幾首詩，我找遍全城秀才，沒有人肯寫，剛才我找到那個姓孫的殺才，他寫不出來不說，還叫人亂棒打我，你說叫我氣不氣！」

掌櫃娘子本來是個極有主見的婦道，雙手一叉腰道：「嗨，那些秀才肚子裡有什麼墨水？寫得來什麼詩句喲！前些日子，來了個什麼隴西王孫李白，人家寫起詩來，幾個人抻紙嘩嘩響，像雪浪似的，人家李白！拿起筆，唰唰唰一刷而就！本地這些土狗，能幹出什麼好事來？」

掌櫃的見女人與文長田的那股親熱勁，心中早就按捺不住，把木鎮紙在櫃檯上一拍，悶聲叫道：「什麼一刷而就？是一揮而就！」

掌櫃娘子見男人說話，忙陪笑說：「對，對，是一揮而就！一揮而就！文師爺，你說的是一件什麼物事？」文長田見這婆娘說得有點眉目，便低聲附在她耳朵邊上說了。掌櫃娘子一聽樂了，便說：「對了，你就去找那個隴西王孫李白給你寫，甭說是一把溺壺，就是一千把溺壺，一萬把溺壺，他也給你寫得出來！」文長田一聽喜出望外，拉著掌櫃娘子道：「哎呀，我的好人兒，我在什麼地方找他呢？」掌櫃娘子道：「這你又算問對人啦！絳月樓的那幾個婊子跟他好得緊啦，你到婊子那裡去找。」文長田一聽心裡有了底，連說：「好！好！」便到絳月樓來找李白。

第二天，阿倍便來到金陵大客棧把崔成甫為他送行卷的事說與李白知曉，李白想崔成甫果然知己，心下感激崔成甫的一番美意。以自己的才智為何不能脫穎而出？自出蜀以來李白心中倒是愈來愈坦蕩。一連幾日天氣晴好，早想到玄武湖去遊覽一番。便叫阿丹去請崔成甫、阿倍與幾個太學生明日一起去遊玄武湖。

崔成甫聽說遊湖，高興得一拍大腿說：「嗨，我怎麼沒想出這個好主意！」，阿丹引眾人上了畫舫，這裡茶酒、飲食一應俱全，既可飲酒作樂，又可觀賞湖光天色，十分清雅宜人。眾人進了艙卻不見李白，韋子春問阿丹說：「我們客人都來了，主人在哪裡？還不請來相見！」阿丹笑著說：「我家主人請各位貴賓先在湖中游著，少時他便到來。」說著便讓船家將畫舫撐往到湖對岸。

船到湖心，但見碧波瀲灩，麗日昇東，和風拂煦，白雲掃空，好一派賞心悅目的江南風光！正觀賞間，阿倍突然說：「諸位別說話，聽，這是什麼聲音，如此清雅！」眾人一下子靜下來，果然聽得湖上隱隱約約傳來一陣琴音，眾人走出艙外，隨著琴聲傳來的方向瞭望，但見水天相接之處，飄來一葉扁舟，那琴聲就是從那裡傳來，又聽那扁舟上傳來歌聲道：「拂彼白石，彈吾素琴，幽澗湫兮流泉深，善手明徽高張清，心寂歷似千古，松颼飀兮萬尋……」琴音清越，歌聲嘹亮。眾人仔細看扁舟上撫琴那人寬袍散發，有如來自天外。

「那彈琴的不是我家公子是誰？」丹砂高興得叫起來。

「仙風道骨，恍若出世矣！」崔成甫看得呆了，發出感嘆道。

李白的琴藝乃師承於峨眉山的睿法師，自有一種超逸出塵的風韻，當然非同凡響。眾人正讚嘆間，李白的小船已划到畫舫前，船伕搭了跳板，丹砂把琴接過來，李白也上了畫舫。

「李十二，你作東的怎能丟下我們眾人，一人在湖上逍遙？」阿倍道。

李白說：「我本是山野之人，自出蜀以來在繁華的鬧市住了這些日子，故爾邀請眾位在這湖上來清靜清靜，我先給眾位獻了一曲，難道不合諸兄的口味？」阿倍說：「哪裡，哪裡！在我看來，有了李十二的琴歌，這玄武湖更像仙境！」

崔成甫道：「手揮五弦，目送飛鴻，雖嵇康、阮籍復生，怎能及老弟超凡脫俗，瀟灑絕代？」

李白笑答說：「那倒不盡然，我眼下卻不想學嵇康、阮籍，崔五兄你看，天高地曠浩波萬頃，那離愁別緒，隨大江東去矣，些許煩惱，若逝者如斯。如今天子勵精圖治，你我等正應申管晏之談，謀帝王之術，奮其智慧，共為輔弼，使寰區大定，海縣清一。事君之道成，榮親之事畢，然後與陶朱留侯，遊五湖，戲滄州，不足為難矣！我今日散發扁舟，只為領略他日功成身退之時的閒情逸致呀！」

崔成甫撫掌大笑說：「想不到老弟這般風流情懷，今日我等不可不醉呀！」

阿倍仲麻呂本是個奮發有為的青年，聽了李白這番話，不由心潮澎湃，向李白說道：「聽了李十二這番話，我也深受啟發，日後我回到日本，也要身體力行，實現自己抱負。」

阿倍一邊飲酒一邊對眾人講起了自己從日本到大唐來求學的經過：「……靈龜二年，我被選為遣唐使留學生，第二年春天我隨第九次遣唐使的船從難波出發，同行的有四艘船，一共五百七十人，那時我才十九歲。海上的風浪很大，我們歷盡艱險才來到長安。經過在太學的學習，我才領略到華夏的文化真是博大精深啦！這次與崔五兄到江南，看到貴國這樣富強，還有幸結識了李十二賢弟這樣精進高華的人物，一方面想留在大唐多學些本領；一方面又思念祖國，想更快點回日本為國效力！」

崔成甫說：「阿倍兄眼下可能回不了日本，我聽父親說皇上很賞識你的才華，要留下你委以重任呢！」阿倍聽了，飲了一大口酒，嘆道：「出國八年了，我多麼思念我的家鄉，思念我的祖國，對了，去年中秋的時候，我還做了一首小詩呢。」

李陽冰一聽日本人還會做詩，有些好奇，便忙說道：「阿倍兄有什麼好詩，快寫出來我們拜讀！」

阿倍倒被李陽冰說得不好意思，紅著臉說：「我哪有什麼好詩！我讀了李十二的詩，自愧不如甚遠，真不好意思拿出來獻醜！」

李白知阿倍學貫中外，但平時深沉穩重，便說：「阿倍兄，詩緣情言志，有什麼不好意思的，今日難得有諸位詩友在此，快寫出來我們切磋一番，為此小弟先敬阿倍兄一杯了！」說著滿滿地為阿倍斟了一大杯「珍珠紅」。

阿倍將酒飲了，阿丹菈琴早備了文房四寶，阿倍提起筆一口氣寫下。隨即念道：「蹺首東望天，神馳奈良天，三笠山頂上，想又皎月圓。」

讚一聲：「好詩！」

李白見了這首詩，讚嘆道：「眾位兄弟，阿倍兄是日本人，卻有這等才情，我們共敬他一杯！」一時畫舫中杯觥交錯十分熱鬧。

李白飲過酒，沉吟片刻說到：「阿倍兄詩中寫道『三笠山頂上，想又皎月圓』，想必你們日本人也喜歡月亮？」

阿倍道：「我也喜歡月亮，但愚兄這『三笠山月』，和賢弟的『峨眉山月』豈可同日而語？」

「阿倍兄總這麼謙虛，想那照耀著三笠山的月亮和照耀著峨眉山的月亮同是一個月亮，一樣的清輝皎潔，一樣的思念之情，豈不同可日而語？」

阿倍知道李白慰他思鄉之苦，便為李白斟了一杯謝道：「謝賢弟深知愚兄思鄉之情！我定把賢弟的詩作推介到日本去，我想國人一定喜歡！」

「二位妙人妙語！來，乾一杯！」崔成甫說。

眾人聽崔成甫一說，不禁歡呼起來。阿倍不再拘謹，高高的舉起酒與李白的杯子一碰，一飲而盡。哪知用力過猛，酒花濺出來，濺到李白的白袍上。「啊！」阿倍忙掏出手巾來為李白擦拭，那衣襟上已經溼了好大一片。「真是對不起。」阿倍認為真是大大的失禮，韋子春無意中看了阿倍一眼，阿倍的臉一直紅到脖子根。李白此時歡樂激動一個勁的猛喝，全然不覺。面對著令人敬佩的李白，阿倍突然想出一個主意來。阿倍將自己的衣服脫下來摺好，將帽子也放在衣服上面，雙手捧到李白面前，「十二弟是人中龍鳳，阿倍有幸與您結為兄弟，我想用這件袍服與十二弟換一換，紀念今天的歡會。」阿倍說。李白一聽樂了，從未穿過日本衣服，不知穿在身上是什麼模樣，正要接受時，又見這件衣服華貴非常，君子焉能奪人之好？李白看阿倍這件袍服，豪華明麗，繡著飛翔的仙鶴，一問來歷卻非常不簡單。原來阿倍的家族，有功於日本朝廷，頗受日本皇帝的重視。日本文武帝為了表示對阿倍家族的恩寵，親自將這件繡了翔鶴的長袍並一頂綴著紅玉的帽子賜給阿倍的父親。阿倍要到大唐留學前夕，父親把這套冠服親自給兒子穿在身上，讓阿倍帶著皇上的恩寵與父子的深情飄洋過海，指望著兒子學成回國建立一番輝煌業績。

「阿倍兄以這樣貴重的衣物贈我，李白怎敢領受？」

崔成甫與阿倍在太學同窗多年，知道阿倍行事謹慎有禮，為人忠厚誠實，「言必信、行必果」；此時贈衣，定是十分有誠意的，假若李白不受，阿倍臉上沒有面子，心中一定難過。便說：「李十二，你與阿倍既是結拜弟兄，快收下仁兄的厚贈吧。你二人就此調換，快快穿起來我們看你們哪個像日本人，哪個像唐朝人！」

李白說：「且慢！阿丹，你把我的琴拿過來！」

阿丹將李白剛才彈過的那具焦尾琴抱過來，李白接過徐徐將覆蓋在琴上的淡青繚綾掀起，只見琴弦上聚著一團清光，李白輕輕撥動琴弦，那琴音叮咚猶如山泉滾滾清磬圓潤，眾人無不交口稱讚。琴身一端刻著鳳的紋飾，好一件稀世的珍寶！李白說：「這具琴，原來是峨嵋山睿法師贈送給我的，睿法師說這琴音中有峨嵋山的月光，寧靜而祥和，讓我帶著它將峨嵋山的月光灑遍五湖四海。今日贈給阿倍兄，算是表達我的一點心意吧！」李白躬身下去，將焦尾琴舉過頭頂。當李白徐徐掀開那淡青的繚綾時，阿倍心中暗暗驚奇，此時，李白把這把琴送到他面前，阿倍卻又惶惑了，他看看左右眾兄弟說：「這樣寶貴的東西送我，在下怎敢領受？」

韋子春見李白這樣爽快，笑道：「你二人都是誠心誠意，快收下吧！」說著便接下阿倍的衣冠和李白的琴，交換一下，將阿倍的衣冠給了李白，將李白的琴給了阿倍。李白將自己的寬袍脫下交阿倍穿上；自己又將阿倍的翔鶴袍穿上，帶上高高的日本帽子，儼然日本貴公子模樣。而阿倍穿了寬袍，將頭髮打散，坐在琴邊，活脫脫一個超逸出塵的山人，眾人不禁拍手叫好！

李白高興之極，高高舉起酒杯喊道：「喝酒吧！一醉方休呀！」

明麗的玄武湖上波光粼粼，麗日藍天之下浮動著的是一片青春的喧囂。

文長田跑得滿頭大汗來到絳月樓，說是找隴西李白，幾個妓女因為李白與崔成甫等遊湖沒請她們去，正在生悶氣。此時聽文師爺一說找李白有公事，巴不得立即飛到玄武湖，一個個自告奮勇都來為文師爺帶路，遠遠地看見一隻畫舫在湖中，有飲酒歌吟的聲音，便乘了隻小船追去。

「文爺，你看那穿白袍的，就是李公子哪！」小船漸漸靠近了畫舫，幾個妓女一齊喊道：「喂，我們有事找李公子！」

那邊畫舫上菈琴和阿丹聽見有人喊叫，走出來站在船頭。問道：「什麼事？」

「喂，我們文爺找李公子有話說！」吳蘭兒說。

菈琴一眼看見書吏的樣子，故意擺譜道：「什麼文爺，文爺，哪裡來的文爺？幹什麼的？」文長田只好將吳蘭兒撇在一邊，滿臉陪笑道：「小爺，我是江寧縣衙的書吏文長田，有事求李白李公子，煩勞通報一聲。」菈琴見文長田帶著一幫妓女，便老大不高興，便叫道：「有什麼大不了的事，硬要追到船上來呢，你敢壞了我們諸位爺的清興？快滾吧！再不滾蛋，我叫船家用篙桿打翻你們！」說著就叫船家。

幾個妓女聽說要用篙桿打翻船，一個個嚇得亂叫起來。崔成甫見外面嚷嚷不知所為何事，從裡艙踱了出來。妓女們見崔成甫出來，一個個像得了救星似的叫道：「崔公子快救我們，你的小爺要打翻船啦！」

崔成甫是個隨和的人，見縣衙的書吏也在，便說：「有什麼事上來說吧！」

小船上的人巴不得這一聲，忙不迭地上了畫舫。幾個妓女立即拋下文長田，站在崔成甫背後去了。文長田想起今日求詩之事遇挫，此時再也出不得紕漏，特別恭謹地對崔成甫說：「崔公子，敝縣胡大人有頂頂重要的事，還望崔公子你老人家多多周全。」說話的時候彎著腰，幾乎要跪下。崔成甫見他可憐兮兮的樣子，便道：「有什麼大不了的事，你儘管說。」

話到嘴邊文長田一下子緊張起來，不知這次說出來，說不定會引來什麼可怕的後果，他漲紅了臉，舌頭已經有些不聽使喚，結結巴巴地說：「我們……胡大人……為……為……皇上……」

妓女們從未見過威風八面的文爺如此光景，催促道：「你快說呀！」

文長田硬著頭皮，咬了咬牙，一口氣說出：「胡大人為皇上封禪泰山，貢獻三千把溺壺，要請你船中那位朋友李白李公子，為每一把溺壺題詩一首，冊頁我都準備好了！」說著從懷中掏出那本香色攢金的冊頁來，恭恭敬敬舉過頭頂，雙手奉上。崔成甫一聽，忍不住哈哈大笑起來，幾個妓女早已笑得前俯後仰。

文長田頓覺遭了滅頂之災似的，哀懇地說：「崔大人……你不……是，叫我儘管說嗎？」那聲音好像是要哭出來。

沈燕兒見這情況，知道崔成甫如果不答應，文長田是不會走的。便在崔成甫耳邊說：「公子且把冊頁留下，先把這呆鳥打發走，這點小事，哄哄他又怎的？公子還怕得罪了他不成？」

崔成甫點頭稱是說：「你先把冊頁留下，寫好之後，我叫人送你。」

菈琴接過冊頁說：「你今日就在湖邊等著，寫好之後叫你來取，你好大的架子，還要我們公子叫人給你送來，好不曉事！」

文長田連連點頭稱是，千恩萬謝地去了。

不等文長田走開，妓女們便一轟而入到了艙內。

韋子春見了，調笑道：「我們躲也躲不過你們，你們如何找到的，下次要躲你們，只有上天去罷了！」

吳蘭兒道：「公子與儂姐妹有緣，山不轉水轉唄！公子若要上天，儂姐妹們少不了駕雲來趕！」

沈燕兒笑道：「我們是奉了皇上之命，來索詩章的，你們怎能躲得過我們！」

李白道：「這就奇了，皇上怎麼會差遣你等？」崔成甫附在李白耳朵邊上說了些什麼？

李白笑的一口酒「撲哧」一聲噴在地上。那知沈燕兒一本正經地對著阿倍仲麻呂道：「阿倍公子，剛才來的是江寧縣令派來的使者，聽說你是日本國來的貴賓，久慕公子盛名，請你寫幾首詩，題在……題在……」沈燕兒一眼瞟見船尾放著一個瓦壺，就往船尾一指說：「題在那種——東西上。」

阿倍疑心她們搗鬼，也裝著一本正經地說：「我是日本人，尚不知貴國有這種風俗……」話還沒說完，江翠兒早已捱到阿倍身邊，抱著他的脖子說：「親哥哥，穿了唐朝人的衣服，就是儂大唐人了，快作詩吧！」

崔成甫擰了江翠兒一把道：「死丫頭，快別裝模作樣蒙外國人了，只是我已經接了他冊頁，不寫幾句也不好！」

沈燕兒見崔成甫認了真，笑的倚在李白懷裡。

李白突然計上心來，大叫道：「有了！你幾個一人一句，寫了扔給他完事，任隨你們寫什麼！」

崔成甫道：「妙極！這件事自然非你們莫屬，快為那廝寫出來吧！免得誤了我們及時行樂！」

柳鶯兒把雙手往胸前一抱笑道：「有這樣求人的麼？今日眾位可看見了，中外的詩客才子都作不出這首詩來呢！還不快去準備文房四寶！」

吳蘭兒嬌聲道：「要本姑娘寫詩少不了要我們李公子斟酒、阿倍公子抻紙、陸公子磨墨、崔公子打扇，才出得了新意！」

李白說：「依你們，依你們！」阿丹捧過一壺酒來並四個鸚鵡杯，李白一一斟上，遞給姑娘們。阿倍那邊也一應準備停當，幾個姑娘，喝了酒吃吃笑著，挽起袖子素手捉筆，一人一句寫起來。少時像毛蟲一樣的大字爬滿冊頁。沈燕兒寫完最後一句，眾人笑得眼淚都流出來，叫道：「千古絕唱，千古絕唱！拿酒來！」李白說著就把沈燕兒抱在懷中響響地親了個嘴。

幾個歌妓聽說李白要酒，一個個都斟了酒請李白飲酒，李白一一喝下，頓時只覺精神飛揚，強力盈滿。頃刻間什麼仕途、什麼皇上、什麼江山社稷都不復存在，天地間只有他逍遙自在，狂放恣縱，融入高天如白雲飄浮，匯於湖水如碧浪優遊，風波逸其情，乾坤縱其志，享受著極樂！

文長田在湖邊等著，眼巴巴地望著畫舫在湖中游來游去，一會兒遠，一會兒近，一會兒小，一會兒大。他不敢離開，就在玄武湖停靠畫舫的碼頭上痴痴地等著，直等到太陽偏西，好不容易盼到畫舫靠了岸，太學生們一個個喝得醉醺醺的從船上下來，幾個妓女一人扶一個醉漢也下來了。文長田記得柳鶯兒說過穿白袍的便是李白，文長田湊上去打招呼，哪知穿白袍的醉漢說的是外國話，他一句也聽不懂。後來下船的是崔成甫，被阿丹和船家扶著，醉得人事不省，最後下來的是菈琴，文長田迎上去，陪著笑叫了聲：「小爺！」菈琴白了他一眼，將手中的冊頁往他一扔，揚長而去。

文長田接過冊頁，翻開一看，直著眼叫了一聲「我的媽呀！」便癱倒在地，原來那冊頁上寫著：「老爺靈氣通天，做成溺壺溜圓，題詩留芳百代，保你發財升官。」

8. 李白醉眼朦朧中看見一雙熟悉的美目

年底百戲班一定要參加皇上封禪的慶典，公孫瑞蓮決定帶弟子到江南走一遭，要趕在集中排練之前到江南演出賺些錢。百戲班沿運河而南下，這天傍晚抵達江寧縣。

金陵大客棧是江寧城中最繁華街道上最大的客棧。百戲班幾十個人住在金陵大客棧的後院，服裝道具由金陵大客棧的側門運入後院。客棧的側門裡一邊是廚房，一邊是茶館，茶館的拐角處又是堆積如山的貨物。加之客棧生意興隆，夥計都十分忙碌，這個地帶也就顯得特別雜亂。金陵子在西域的百戲班受過多年的磨練，特別能理解和體貼老師的辛勞，一直站在門邊料理搬運來的服裝和道具。她站在側門外，望著衚衕裡卸車的挑夫，吩咐他們將道具一件件裝好，挑到客棧後院裡。一個挑夫正擔著滿擔的道具剛跨過門檻，客棧裡的夥計提著大大的銅茶壺風風火火地奔過來，嘴裡叫著「開水，燙！閃開！」。挑夫下意識急忙往後一退，這一退，道具擔子在門檻上一撞，後面筐裡的東西嘩啦啦翻倒了一地。筐子裡插的那根捲好的白紲從擔子裡直掉下來，一直滾到衚衕那邊，嘩嘩散了一片。

「等等！」金陵子叫道，忙跑過去拾白紲。不遠處一輛華麗的馬車停了下來，車上下來兩個濃妝豔抹的女子，扶著一個醉醺醺的身穿日本翔鶴袍服，頭戴紅玉高冠的貴公子，嘴裡哼哼唧唧唱著：「……玳瑁筵中懷裡醉，芙蓉帳裡奈君何……」偏偏倒倒走了過來。

眼見這幾個人就要踩髒白紲，金陵子急忙叫道：「對不起，等等！」

爛醉的男女根本就沒聽見金陵子的叫喊，沈燕兒的腳一下子絆在白紲上，三個人像無根的草木，全都跌倒在地癱成一團。

「哎呀，我的媽呀！黑咕龍冬的，幹嘛坑害人呀！」柳鶯兒尖叫道。

金陵子扶起兩個女子，沈燕兒此時酒也醒了，指著金陵子破口大罵：「伊是哪裡來的臭妖精，竟敢耍弄本姑娘！」

柳鶯兒的五色纈花輕容長披肩，已被掉在地上的道具拉了一條長長的口子，是再也不能穿的了，這條披肩是淮南大茶商所贈，價值三千緡錢，柳鶯兒心疼得要命，嘴裡罵著髒話揪住金陵子便要動手；金陵子要是動起手來就是再來十個柳鶯兒、沈燕兒也不是她的對手，只是瑞蓮老師吩咐過「出了京城不能惹事」，便不吱聲任她們抓扯。阿丹從後面趕來，見這兩個婊子欺負一個陌生姑娘，便道：「吵什麼？一塊披肩有什麼了不起？也撒野罵人，你們從我公子那裡，不知賺了多少根披肩的錢，你們再不顧我家公子的臉面！」兩個歌妓急了指著阿丹罵道：「你算個什麼吃裡扒外的東西，哪裡有你說的話？快滾吧！」阿丹急了罵道：「要滾的是你們，你休想天天纏著我家公子！」說著便招呼腳伕去扶李白。鶯兒、燕兒見罵不過阿丹，便揮舞著那條破披肩又衝著金陵子叫道：「賠！你得賠我！」

「嚷什麼？有什麼大不了的！」公孫瑞蓮從後院出來，冷眼看到了這一幕。兩個歌伎驀地回頭，看見一位品貌端麗、神色冷峻的婦人正盯著她們，不由收斂了許多。

「我是公孫瑞蓮，她是我的弟子，有什麼話快說吧，糾纏什麼？」

「公孫瑞蓮」幾個字如雷貫耳，兩個歌伎怔住了。眼前竟是名滿天下的公孫大娘！

「儂……沒……」不等沈燕兒「沒什麼」三個字說出口，瑞蓮從腰間的絲絳解下一扣，取下一件金晃晃的東西，扔給柳鶯兒。柳鶯兒看時，那是一件鑲金綠寶石玉珮，綠寶石是扁圓鎖形，周圍鑲金的部分鏤刻著百合花紋樣——是一件大秦的珍飾！

阿丹在一旁早已看的不耐煩，衝著兩個妓女叫道：「還不快滾，待著幹什麼？」兩個妓女瞪著阿丹鼻子裡「哼」的一聲，悻悻地去了。

李白卻不理會身邊發生了什麼，他那雙醉眼看見了一雙熟悉的雙眸。像朝霞一樣燦爛，明月般皎潔的女子，那是江寧的妓女根本無法比擬的。他嘴裡喃喃念道：「啊，美麗的姑娘！」金陵子見這日本醉漢直瞪眼看她，感到一陣噁心，轉過背去「呸」地唾了一口，便招呼挑夫收拾東西搬向後院。

第二天上午日上三竿，李白從醉夢中醒來，隱隱聽見後院有絲竹之聲，李白一邊穿衣服一邊從窗戶上探出頭去一邊問阿丹：「這後院住的是誰呀！」

「是長安來的百戲班。」阿丹一邊說一邊清理床鋪。

「是了，昨天晚上，碰見的那個姑娘，想必是百戲班的，長得美極了！」

阿丹不吱聲，自從與李白出蜀以來，結拜了這幫京城的弟兄，三日一小宴，五日一大宴，泡在妓女堆裡，什麼事也沒幹，銀子錢像水似的嘩嘩地往外流。那些妖裡妖氣的女人直往人懷裡撲，他還是見一個想一個，吃著碗裡瞧著鍋裡。自己姐姐去世的一週年已經過了兩個月，也沒見他提說過一聲。阿丹將昨天阿倍送他的衣服小心收拾好，故意不答理他。

李白依稀想起昨晚上阿丹罵那兩個歌伎的話，知道阿丹不高興，便也不再說下去。偶爾見東廂房那邊有女伶出入，但記起那姑娘厭惡他的樣子又不敢貿然前往。

過了幾天，崔成甫、阿倍和諸太學生要回長安，篆刻家李陽冰特為他們在鳳凰樓置酒餞行。本來崔成甫和阿倍約李白與他們一道去京城，李白說初次到江南，還想去看看天姥山和剡溪，請崔成甫他們先走一步。李陽冰還請來了公孫瑞蓮的百戲班為之助興。本來李陽冰只請了公孫瑞蓮的百戲班，但絳月樓的幾個歌妓死皮賴臉也要參加，李陽冰只好答應了。金陵子知道絳月樓的要來，第一個就不高興。瑞蓮告訴她，作場的人要以技藝為重，以技藝讓人敬服，不管絳月樓如何，以技藝把她們比下去不就得了，難道怕她們不成，金陵子點頭稱是。

到了餞別那天，李白早早地起來梳洗，特意穿戴了阿倍贈予的日本翔鶴寬袍，戴了高高的日本國的帽子，騎馬來到了鳳凰樓。

是日鳳凰樓高朋滿座，一邊坐著李陽冰、崔成甫、李白、阿倍和諸太學生，一邊坐著江寧地方名流。酒過三巡。李陽冰站起來向大家說：「各位兄弟，今日江寧諸名士與崔公子和太學生作別，特請了長安的百戲班為諸位表演助興，請各位賞光！」

只聽一陣鼓響，四個男伶扮的一對紅獅子舞蹈上場，兩支獅子合著音樂奔騰跳躍，搖頭擺尾十分有趣，滿座的人無不鼓掌喝采，之後又上來一個吹笙的，吹的是《涼州曲》，笙聲遼遠悠揚，把江南人的心，直牽到那荒涼的塞外的玉門關外。在座的人無不驚嘆，只有絳月樓的歌伎，繃著臉坐在一旁心裡不服氣。一曲吹畢，公孫瑞蓮款款走到中場，向客人欠身致意，然後朗聲說道：「下面由我的弟子金陵子為諸位貴客表演〈綠腰舞〉，〈綠腰〉是從西域傳來的舞蹈，金陵子原先是西域的名伶，在沙州、涼州、碎葉都受到客人的激賞，今日來到江寧作場，還望眾位貴客捧場！」在座諸人聽公孫大娘一介紹，一齊鼓起掌來。公孫大娘舉手一揮，在下首的十餘坐部伎、立部伎立即奏起樂來。絳月樓的歌伎哪裡見過這場面，也跟著鼓起掌來。

金陵子合著音樂出場時，滿座的人都驚呆了；她輕舒雙臂、慢搖倩腰，翩若驚鴻、婉若游龍，傾盼生姿。一曲舞畢，掌聲雷動。

「這不就是東廂房的那個姑娘麼？」李白對阿丹說。

「那天晚上公子喝醉了酒，摔倒在地，柳鶯兒她們和人家吵架，罵了人家呢！」阿丹說。

「那可真對不起她！」李白想。

金陵子下場之後，李白斟了一杯酒，舉杯來到金陵子面前說：「姑娘，你的技藝和美麗令人傾倒，我敬你一杯。」

金陵子看看眼前這個日本人就是那天晚上在金陵大客棧後側門摔倒的那個醉漢，心中就像有毛毛蟲在爬似的，不勝厭惡地說：「公子的好意我領了，我不會喝酒。」

絳月樓的歌伎眼珠子一直圍著他們滴溜溜轉。有李公子敬酒還有不理睬的？沈燕兒怪聲怪氣叫道：「咦，好大的架子！」

「真有臉面哪，我以為是誰呢！不過是個女戲子罷了！」

金陵子回過頭來狠狠瞪了她們一眼正要發作，李白趕上去陪著笑臉道：「那天晚上，我喝醉了酒，多有冒犯，真對不起。我代她們向你賠不是。」

吳蘭兒冷笑道：「冒犯，她配得上『冒犯』二字麼？」

金陵子見這人倒沒有惡意，但涎皮搭臉的看客，她見得多了，只冷冷地說了一句：「說不上。」說著便要轉身進側室換服裝。

崔成甫和阿倍見李白碰了釘子，忙過去打圓場說：「我這位老弟可是寫詩的大手筆，如果姑娘肯賞臉的話，像你這樣精彩的舞，不可不配我這位老弟的新詞——」

金陵子一聽他是個寫詩的文人，心裡一怔，便問：「他是——」

長安來的百戲班在金陵鳳凰臺作場。「他是我的親兄弟阿倍十二，我是日本國遣唐使留學生阿倍十一。」阿倍這次與李白和諸太學生混得久了，免不了逢場作戲，何況他也希望接近這位美麗的女伶。

眾人也跟著說：「阿倍十二，來一首怎麼樣？」

不等金陵子同意，李白早已一揮而就寫好了交給金陵子。李白想起那晚將他絆倒的白紵，聯想到眼前這位美麗女伶的表演，於是就寫了《白紵辭》。

金陵子接過一行行看下去，臉上浮現出滿意的微笑。於是她微微躬身向賓客們福了一福，曼聲唱道：「揚輕歌，髮皓齒，北方佳人東鄰子，且吟白紵停綠水，長袖拂面為君起，寒雲夜捲霜海空，胡風吹天飄塞鴻，玉顏滿堂樂未終。」金陵子唱完抬起長長的睫毛覆蓋的眼瞼望著李白說：「多謝阿倍十二公子為我寫了這首美好的新詩。」說完接過李白遞過來杯，一飲而盡。

李白痴痴地看著她問道：「妳喜歡嗎？」

金陵子格格地笑了，露出整齊雪白的碎玉般的牙齒。「喜歡，我最喜歡的兩句是『寒雲夜捲霜海空，胡風吹天飄塞鴻』。」金陵子說。說真的，她在每次揮舞著兩支白紻翩翩起舞的時候，她就幻想著她像鴻雁一樣在天上飛翔，翻捲著霜天的夜雲。

她與李白四目對視了，這雙炯炯的眼睛多麼熟悉，比王維寫得更好的是誰？他分明就是我的長庚李白！為什麼是日本貴公子阿倍十二？

「但願我的詩，像你的歌舞那樣飄逸神奇！難道你不喜歡『且吟白紻停綠水，長袖拂面為君起』麼？」

金陵子想：「我要是找到了我的長庚李白哥哥，我會為他拂面而起的，而眼前分明是一個日本國的花公子，一個曾經令人厭惡的醉鬼！」

「那麼，請姑娘為我們表演這支〈白紻舞〉吧！」崔成甫說。

金陵子手執白紻再次在掌聲中走到中場，她一揚頭將雙手一揮，那白紻像兩隻鴻雁騰空翻飛而去！金陵子合著音樂左旋右轉，神采飛揚風華絕代，滿堂嘉賓已經忘乎其所以，彷佛置身於天上。一曲舞畢，滿座的人還忘情地看著無人出聲，等金陵子收起白紻向四座欠身致意時，眾人才意識到表演結束，一時掌聲如潮水般地響起來，此起彼伏經久不息。

送別了崔成甫等，李白回到金陵大客棧。他脫下日本冠服睡下，不知為什麼，他滿腦子都是金陵子的影子。到了半夜後他迷迷糊糊做了一個夢，夢見在涪江之濱紫雲山下，他和月圓騎馬追趕太陽，他夢見天邊流動的朝霞和山下搖曳的桃花，還有月圓那雙長著長長睫毛的美目。

他驀地坐起身來，伸手去拉那長著長睫毛的姑娘，搖曳的桃花和流動的雲霞在他眼前逐漸消失，周圍一片昏黑，客棧外有牲口叫喚和車輛行動的聲音，那是客棧裡做生意的客人早早地啟程了。李白靜靜地坐著，想起昨天的宴會，金陵子的眼睛裡有一種變幻莫測的神情，像星星那樣閃爍，像月亮那樣明媚……。他想了好久好久，想不出來在哪裡見過。突然夢中的情景在他心頭掠過，對了，這雙眼睛原來是月圓妹妹的，月圓妹妹早就不在了！一陣悲涼向他心頭襲來，李白想，無論如何今天也要到後院去見見金陵子。

李白穿戴完畢，吃過早飯，想再給金陵子寫一首詩，不知為何寫了幾首，都覺太俗，概不如意。以往為歌伎作的「粉色豔月彩，舞袖拂花枝」「桃花弄水色，波盪搖春光」這一類似的情詩都無法表達對金陵子的愛意。後院東廂房那邊不斷傳來百戲班的人練嗓的、練樂的聲音，李白不覺有些焦躁。

忽聽後院人聲嘈雜，李白伸出頭去看，但見幾個差役，扯著嗓子甩著京腔向著百戲班的人嚷嚷：「我們是京城大樂丞府上的人，憑什麼不讓進！讓我們進去！」

「大樂丞有什麼了不起，我們公孫大娘也還是梨園掌教，是諸王公主的師傅呢！」

「我們公子是今科狀元，剛上任，有事找金陵子姑娘，請不要阻攔！」一個面貌清秀的少年說，他就是王維的書僮畫郎。

「大樂丞不過是給皇上撞鐘敲鼓的角兒罷了！」

聽見吵鬧聲，公孫瑞蓮從客房裡走出來。畫郎認得公孫瑞蓮，連忙迎上去，拉著公孫的手說：「好大娘，我們公子給姑娘送來好多東西呢，讓我們見見吧！」

公孫瑞蓮見是大樂丞的貼身侍從，便向伶人們招呼道：「真是大樂丞有事來找金陵子，快各自練習去吧！」眾人聽了各自散去。

李白在樓上聽見下面差役們嚷嚷又不知道嚷什麼，眾人散去，李白便拿了剛才寫的詩到後院來。來到東廂房金陵子住的那一間，正想叫門進去，忽聽裡面有人說話，李白停下腳步聽到那人說：「……你走的時候，也沒跟王大人說一聲，王大人找了你好久，都沒有找到你……後來才知道你跟公孫大娘到江南來了……王大人眼巴巴的望你回去呢！」

「我要跟百戲班在一起。」金陵子說。

「王大人很忙，皇上封禪泰山，有很多音樂歌舞上的事要做，否則他就親自來了。」那書僮說。

「我不會回去的。」金陵子說。

「你不要太辜負人了吧！」書僮急的帶哭聲說。

「你走後，王大人想起你就落淚，說悔不該要了這麼個勞什子狀元，如今金陵子姑娘也不理我了，你怎麼就不懂王大人的心呢！」

李白想這王大人倒也是個有情的人，金陵子也忒高傲了，但這狀元怎麼就會「要」得來呢？這就奇了！走過去透過窗戶往裡瞧。但見那少年將一幅畫徐徐展開，說：「王大人因為親自不能來，百忙中給你畫好了讓我帶來；王大人說金陵子是個好姑娘，如今跟了公孫大娘，也是緣份，他要幫你做到像公孫大娘一樣獨步天下。不管你喜歡不喜歡他，他都永遠愛你。這上面的詩，就是寫給你的。」

金陵子看著那畫半天不吱聲，那少年把畫掛在牆上。畫的是皓月當空，盤虬的桂樹下坐著一位佳人，不是別人正是金陵子。

畫面樸素典雅意境雋永，人物也唯妙唯肖。端的是一幅好畫，想不到出自於「王大人」的手筆！但不知「王大人」寫的詩如何？聽金陵子顫聲吟道：「紅豆生南國，春來發幾枝，願君多採擷，此物最相思。」

金陵子吟罷低頭不語。

李白大吃了一驚：這「王大人」端的是個奇才！這首詩自然天成洗盡鉛華，不著一字盡得風流，乃詩中之至美！李白，李白，你這個連「紅豆生南國」都寫不出來的笨蛋！

9. 江月下有人歌詠：「仍憐故鄉水，萬里送行舟……」

阿丹弄不懂為什麼李白從後院回來就一直矇頭大睡，到第二天中午也不說話也不吃飯，猜想是在金陵子那裡碰了釘子。阿丹想，崔成甫他們一走，這裡就會變得很清靜，再也少有什麼宴會呀、酒局呀，公子該做點正經事了，像這樣下去不是個混混是什麼？到了第二天下午，阿丹打了一壺酒，買了兩個餅，切了一塊牛肉用荷葉包著，說好久沒有看長江了，夏天的落日十分好看，快起來吃了飯去看吧！李白才怏怏地起來吃了飯，二人一起來到長江邊。

長江的傍晚果然壯觀，晚雲如濤，江濤奔湧，夕陽的餘暉照射著滾滾江波，長江中好像流淌著片片金紅……李白無言地坐在江邊，看著江中的歸帆。

夜幕降臨，碼頭上星火點點。李白站起身來，向碼頭走去。江寧的水碼頭十分熱鬧，李白木然地看著這一片紛繁，無論如何也拂不去在東廂房外的那種失望。

忽然一個女子幽婉的聲音穿過碼頭上的大小船隻向他飄來：「巴東三峽猿鳴悲，夜鳴三聲淚沾衣。我欲上蜀蜀水急！行人一去不復歸！」那女子吳越口音，唱的是荊襄的〈西洲曲〉，唱得十分哀婉。丹砂聽了曲子卻大吃一驚，因為唱曲的聲音極像姐姐婉娘，如果換了蜀中口音，除了姐姐決沒有第二個人！丹砂見李白聽得專注，趁勢說：「李公子，我到那邊船上去請那位歌女過來，為你唱支曲子可好？」丹砂把酒壺交給李白，走下碼頭從這隻船跳到那隻船，一一跳過去，喊道：「船家，我是『春鶯院』的，來找一位姐姐，有事說話。」那船家見是個穿著整齊的小廝，靠過來搭了跳板，阿丹上了大船，直接走到樓船上層，見幾個商人正圍著一個歌伎飲酒作樂。那歌伎穿著入時懷抱琵琶，正邊彈邊唱，阿丹呆住了，那不是姐姐還能是誰？霎時熱淚奪眶而出，他哭叫著喊了聲：「姐姐！」向婉娘撲過去。

婉娘萬沒想到弟弟居然來到自己面前。叫了聲「小弟！」兩姐弟相抱泣不成聲。

「你怎麼到這裡來的？」婉娘問。

「你被抓走後的一個月，我找到了李公子，跟隨他來到江寧。」

「那就好！那就好！」婉娘一邊抹淚一邊說。

原來段簡見獨眼龍沒有殺得了李白，便狠狠地將他訓斥了一頓，先前承諾的銀子只給了個小數零頭，獨眼龍一氣之下帶著地痞毀了婉娘的家，婉娘讓阿丹趁黑夜在莊稼地裡躲藏；自己卻被獨眼龍扔進河中，幸遇一幫捕夜魚的人救起。婉娘不敢回家，沿途乞討到了渝州，在「花月樓」賣唱。後來跟著商船來到下江。婉娘向阿丹一一訴說，在座的客人亦感嘆唏噓。

「李公子——他在哪裡？……」婉娘問。阿丹說：「就在江岸上。」

婉娘撩起窗簾一角，見皓月之下，李白正在月下的江岸上徘徊，向著這邊張望。婉娘鼻子一酸，又要落淚，竟不敢再看。

「姐姐，我們一起去見李公子吧！」阿丹說。

「好不懂事的孩子，姐姐落到這一步，還有什麼臉去見李公子？李公子心中的婉娘是清清白白的，讓他心中記得那個清清白白的婉娘就是了。你這就回去，別向李公子提起看到過我。」說著拔下頭上一枝雙蝶石竹花金釵交給阿丹說：「這是姐給你的，好好收著。金陵是個繁華的地方，到處是風流富貴，叫他千萬不要貪戀酒色，快到長安去幹他的大事。你好好跟著李公子，姐就放心了。不要再來找我。」說著把金釵放到阿丹胸前的口袋裡。

「姐，我記住了！我一定把妳的話說給李公子聽！」

「你告訴李公子，唱曲子的女子都知道他的名聲，請李公子把大唐的山川風物都寫進詩裡，我把李公子的詩唱遍大江南北，方能報李公子的大恩。我這就為他唱一支他的詩歌。快回去吧。」

阿丹戀戀不捨地別了姐姐，來到李白站的江邊，對李白說：「那唱曲的女子說她有客人不便上岸來。公子的名聲她倒知道。」

李白喃喃說道：「……要不是這濃厚的下江口音，我倒要當成你姐姐在唱呢！」

阿丹記起姐姐的話，忙一把拉著他說：「公子聽走神了，你成天跟妓女們廝混，要是我姐活著知道你這樣，姐要生氣的。」

「你姐要生氣?」李白問。

「是啦，姐最不喜歡不做正經事，跟妓女鬼混的人了。我姐已經不在了，就是你一輩子過這種風流富貴的日子，姐也不知道。」阿丹說：「那歌女說久聞李白的詩名，請李公子把大唐的山川風物都寫進詩裡去，她要為你唱遍大江南北。」李白驚異道：「有這樣的事?」

「你好好聽，那歌女還要唱你的詩作呢!」

少頃，江面上傳來一陣急雨般的琵琶聲，接著一個沉著清亮的聲音唱道：「渡遠荊門外，來從楚國遊，山隨平野盡，江入大荒流，月下飛天鏡，雲生結海樓，仍憐故鄉水，萬里送行舟……」有這樣清純的歌聲?金陵的歌軟綿綿粉膩膩、柔若無骨。他想起了他出蜀的初衷，想起趙蕤老師和太玄道長、煙霞子和在昌明青蓮鄉的父母。他目送那船遠去，皓月當空，水天茫茫，那歌聲在萬里長江久久迴盪……

李白突然拔腿就向那船奔去，那船已緩緩離去，隱沒在遠遠銀色的波光中去了，阿丹緊跟著他追著，李白一下子跪倒在江邊大哭起來……阿丹扶起他來，他一把抓住阿丹問道：「你說，那船上唱曲的是不是你姐姐?那唱曲的是不是你姐姐?」阿丹記得姐姐的話，使勁咬住下嘴唇雙淚長流，把頭搖得像貨郎鼓似的。李白猛記起阿丹先前說的話，是的，如果那船上唱曲的是婉娘，也因為他這樣成天和妓女廝混，竟不願見他棄他而去了!李白不願起來，就這樣對著江水跪著，不管那船上有沒有婉娘，對著明月和江水，他要請求他心中婉娘的寬恕。

第二天一早，李白就讓阿丹打點行李。說是要去一個清靜的地方，讀幾天書再準備往長安去。阿丹到客棧櫃上結帳，掌櫃的把算盤畢畢剝剝拔得一陣響，笑容可掬的說：「小爺，還差三千緡錢。」

「怎麼？那麼多錢寄櫃上，你都給弄哪去了？」阿丹反問道。他從小就在成都街市上叫賣，坑蒙拐騙的事聽得多了。

掌櫃的笑道：「你們公子是闊人，還愁沒錢？有幾人敢像他那樣花錢，大把大把地扔出去不心疼？沒有錢，今晚你和你公子就和百戲班的腳伕住在一起！」

「誰說我們公子沒錢了？狗眼看人低，明天綢緞莊的王掌櫃還要來拜訪，你這爛牙腔的，要不那三千不給你！」阿丹說。

阿丹回到房中，把所有的財物都清理了一遍，說什麼也不夠三千。看著李白愁眉苦臉的樣子，丹砂說：「我有辦法。」湊在李白耳朵邊說了一個主意。

李白聽了驚叫道：「這不成了賴帳了嗎？」

阿丹急了，小聲說：「哎喲，我的公子爺，你現在沒錢了哪裡還有面子？要不是那掌櫃的三天兩頭幫你招妓女圍朋友，三日一小宴五日一大宴，你咋會變成今天這種窮光蛋？他不知賺你多少黑心錢呢！你成天講什麼安邦治國之術，談什麼大塊風雅文章，說得頭頭是道，在這個『錢』字上，你卻真欠功夫！」

李白被阿丹說得啞口無言。半晌才說：「怎麼辦？」

阿丹說：「現在我來教你，孫子兵法云：三十六計，走為上計；腳板上搽油——『溜』！」

10. 揚州乃是斯文薈萃之地，豈容爾等冒充李白騙人？

「到哪兒？」

「出門到碼頭上再說。」阿丹找出一個大禮盒，將錢和貴重細軟物品裝進去，李白翻點物件，偶然發現一本用蠅頭小楷寫的《青蓮詩文》，字跡工整秀麗，大約有百來頁，頗費了些工夫寫的，李白彷彿記得那是在崔成甫的酒會上，李陽冰送給他作紀念的。李白從禮盒中取出一件蜀錦半臂來，將這本小篆的《青蓮詩文》放了進去。然後二人穿了最好的衣裳，吩咐夥計將屋子打掃乾淨，然後阿丹捧著禮盒，李白大搖大擺地走在後面，掌櫃的見他們過來，小心地問道：「二位爺可是要出門？」

阿丹說：「你白長兩隻眼睛沒見我們出去作客麼，今天是淮南道大都督府長史的公子請我們到絳月樓吃酒，晚點回來，你好好伺候著。」說完就僱了輛車，叫趕車的直拉麗春樓。那掌櫃的見他們真的是去吃花酒，才放心地回到櫃檯上。

那車剛過街口，李白問：「去哪兒？」阿丹說：「我們先搭上小船去揚州，聽人說，有好多蜀中的人在那裡做生意，我們找個家鄉人借點錢，再往長安去。」

李白與阿丹搭船到了揚州，無奈囊中羞澀，只有住小客棧，沒有了交際的費用，當然當地的名士也無從知曉。兩人無論如何省吃儉用，只夠一個月的開銷了。阿丹看如此光景，從包袱中取出那本李陽冰抄的《青蓮詩文》說：「我在金陵就看見有人買你這本《青蓮詩文》，可以賣三百多緡錢一本呢？」

「賣三百多緡錢一本？」李白翻開那本詩集，仔細端詳那書法，卻非同凡品，後面落款是：李陽冰。

下款後鈐著一個硃紅的小篆印章，刻得甚為精美，端方中透著靈氣。李陽冰與他是同姓，論輩份還是李白的族叔呢！

「可以賣三百緡錢，你又有酒喝了！」阿丹說。

李白卻不說話。把那本詩集翻來翻去反覆摩挲，論書法，無疑是一件神品，何況這一筆一劃浸透著對他的尊重和情誼，沉吟好一陣，把詩集交給了阿丹。

「快來買喲，蜀中才子江南詩客李太白的詩文，江南第一，天下無雙，快來買呀！走過路過，切莫錯過，錯過這個村，就沒有了那個店；錯過這個渡口，就沒有那個船嘍！快來買喲，只有這一本啦！」阿丹站在揚州鬧市街口，用唱歌一般的嗓音叫喊。

李白遠遠地站著，在一邊看，他沒有做過生意，更沒有這樣賣過文章。阿丹的叫賣很快地吸引了一堆讀書人。

一個瘦子抓住那本詩集翻了翻問：「多少錢？」

「五百緡錢！」阿丹響亮地回答。

瘦子抓住詩集的手鬆開了：「太貴了吧？」

丹砂像他在成都賣花的時候一樣滿臉堆笑說：「先生，你看這字寫得多好！要緊的是這文章做得絕妙，在金陵為抄這本詩集，連賣紙的都賺了大錢呢？你難道沒有聽說過？」

瘦子身旁一個胖子似乎有所耳聞，點頭說：「聽說過，聽說過。」旁邊幾個年長的也若有其事的點頭。

瘦子又拿過來翻了幾下說：「我給一百緡錢，賣了吧？」阿丹堅決地搖頭：「不賣！」一把奪過那詩稿雙手叉在胸前。

胖子說：「我先看看文章如何？」說著拿過詩集，搖頭晃腦地吟哦了幾句，似乎很在行地說：「論文章，還可以，但寫詩的這人名不見經傳，字也還可以，怎麼也不值五百緡錢，小兄弟你也別漫天要價了，我看一百五十錢也就可以了。」

胖子這一說，其他的士子們也附和說：「是呀，是呀，一百五十個錢，可以買好多擔稻米了呢！」

阿丹說：「只有這一本，少兩百錢！不賣！」

胖秀才又把書放回阿丹手中，做出要走的樣子。阿丹按住胖子的手說：「一百八十錢賣給你！不講了！」

胖子笑了，從懷中掏出一串緡錢來，一個一個數給阿丹。胖子一把錢數完，阿丹就直奔街角，把錢交給李白。看著響噹噹的銅錢，丹砂樂了，這些錢不僅可以讓他和李白多在揚州住兩個月，而且有酒喝了！

「今天有酒喝啦！」李白高興得直跳起來歡呼，把錢袋裡的銅錢搖得嘩嘩直響！直奔運河邊的小酒肆。

秀才們聽見他們二人的歡叫，又見他二人興高采烈的樣子，不禁心中犯疑。叫道：「不好！我們可能上當了！」

胖子心中也有些疑惑。說：「是嗎？」

瘦子說：「其理由有三：其一，李白詩既江南第一，天下無雙，他怎麼就這麼便宜賣給你呢？其二，這樣一個小僮，怎麼就會賣起李白的詩呢？這肯定是和街邊上那賊頭賊腦的傢伙勾結在一起的；其三，這二人都不像是本地人……」

胖秀才眼見自己這一百八十個錢被人騙去不由著急，口也吃了，結結巴巴地說：「莫……不是……假……假的，各位快……幫我……抓住……他！……他！」

欺負外鄉人，秀才們是很在行的。外鄉人都不敢欺負，還敢欺負誰？自己本來是聰明絕頂的文人，竟被人騙了，而且當著這麼多聰明人的面，這口氣怎能忍下？於是眾秀才老的少的胖的瘦的，壯的弱的、高的矮的、一齊奮起直追，非要拿住這兩個竟敢在斯文薈萃的揚州行騙的文化騙子！李白和阿丹一路跑著跳著笑著抖得錢響，十分得意，快到酒店跟前，突然見一群人氣喘吁吁地追來對他們高叫「站住！」李白和阿丹不知發生了什麼事，一個秀才跳到他們身後攔住了去路。

此時那買詩集的胖子已上氣不接下氣地跑來，一把抓住阿丹的領口，叫道：「小……小雜種，你幹的好……好事！」

「你們要幹什麼？」李白喝道：「你們兩個肯定是同夥？你是誰？」瘦子問道。

「我就是西蜀李白，你要怎樣！」李白見這些人來意不善，索性說出自己的名字。

那瘦子不聽「李白」二字還罷，一聽便叫起來：「嗬，人家西蜀李白是隴西王孫，你也屙泡尿照照這個窮樣子，還敢賣假文章騙我們！」

那胖子也餘喘未定地喊道：「你……你是……何方痞子……竟敢冒……冒充西蜀……才子……李……

李……白……！」

李白一聽樂了，竟有人說他是假的！哈哈大笑道：「冒充西蜀才子李白！哈……，依你說，誰才是李白？」

其中一個秀才叫道：「在下見過李白，很成熟。已有五六十歲了，道貌岸然，頗有儒風。花白鬍鬚，坐轎……」

眾秀才早已不耐煩，一齊叫道：「騙子，還錢來！要麼不客氣了！」

阿丹一聽他們要錢，立刻把錢袋貼在胸前抓得緊緊的，罵道：「你們這些蠢貨！李白是什麼樣你們管得著，詩詞文章還會假，你們這些文盲睜眼瞎，快快滾開，小爺要同小主人吃酒去了！」

胖子氣得發抖，將那詩集翻著叫道：「這……這……上面不知寫的……什麼……玩意……意兒也要拿，拿出來……賣錢！」那瘦子也義憤填膺地喊道：「揚州乃是斯文薈萃之地，豈容爾等騙人？」仗著人多勢眾就要上前抓扯。

李白一見哭笑不得，只好將寶劍按在手叫道：「你們再敢上前，我要把你們的豬頭割來下酒！」

眾秀才見李白要動武，一時嚇住了，都不肯為胖子的一百八十個錢上前去冒險，只圍在四周罵罵咧咧，也有老於世故的秀才，叫人快去報官抓騙子。正彼此僵持的時候，忽然聽得一個女人的聲音脆嘣嘣的叫道：「喲！我說你們幾個混人，冒充秀才，在這裡胡鬧什麼呢！」眾人見這女人胖胖的穿一件袒胸露背低領窄袖衫，頭上梳著螺髻，下身穿一條六稜石榴裙，約摸三十多歲年紀，正是附近酒店的掌櫃翠花娘子，見李白他們要來吃酒，那些秀才又纏住不放，便出面干預。幾個秀才聽翠花說他們冒充秀才，更是火上澆油，便一齊向翠花娘子叫道：「誰敢說我們是冒充的？我們都是正經八百考上的秀才！跟我們到衙門去講理！」

哪知翠花娘子一點也不害怕，指著胖子的鼻尖道：「你們說你們是秀才，你們可認得這書上的字？」

「當然認得！」眾秀才異口同聲地說。

「你們是睜著眼買的，還是閉著眼買的？」

「當然是睜著眼買的。」

「你們是心甘情願買的，還是他用劍逼著你們買的？」

「這……」眾秀才被翠花娘子問得語塞，不知如何回答才好。

翠花娘子笑得直不起腰來。

阿丹也笑了，說：「對啦！這書是你們看了以後才買的，連文章都讀不懂，還說你們是秀才！」

翠花又道：「你們這些好沒見識的，不准和我店裡的客人胡攪蠻纏，還不快滾！」

眾秀才被翠花娘子一頓搶白才知自己輸理，一個個沒趣地散去。翠花娘子把李白和阿丹讓進店裡，捧出一罈香噴噴的玉浮梁來。

轉眼已是深秋，賣詩集的錢很快用完，李白和阿丹又開始賣衣物，天氣越來越冷了。李白天天到運河邊打聽，揚州口岸雖然是商賈雲集的地方，但各地的人都有，好不容易遇見一個蜀中的商人，但與他素昧平生，如何願借給他錢？一連好幾天，李白都沮喪而歸。偶爾也有蜀中的客商見他流落異鄉，給他們一點錢物。因為缺吃少穿，李白的身體一天天壞起來，不斷地咳嗽已經十來天了。那是十月中旬的一天，蕭瑟的北風吹颳著運河邊枯黃的蘆葦和荒草，因為寒冷連太陽也不那麼明亮，慘白慘白的在天上掛著。李白佝僂著身子在運河邊徘徊，阿丹跟在後面，遠遠地傳來一陣陣鼓樂之聲，碼頭上玩耍的孩子爭先恐後地跑過去看熱鬧。「快來看呀！江寧縣朝泰山去嘍！」大人孩子一片歡呼。李白也奔過去，當他看清綵船上的情況時，怔住了，兩隻足像灌了鉛，移動不開半步。

兩隻綵船緩緩地從運河當中駛向碼頭，第一隻船的船頭搭一把太師椅，端坐著穿戴整齊的胡縣令。胡縣令身後，船身上極有樣式地捆紮著三千把越瓷刻彩溺壺。第二隻船上整齊排列著二十來個忠厚老成的「孝悌文武」，樂隊吹打得十分熱鬧。文長田在胡縣令周圍跑來跑去張羅，顯得十分賣力。看樣子這隻船是今天早晨一早從江寧出發到達揚州的，沿運河北上半個月之後到泰山腳下。

綵船駛進了港口，阿丹從看熱鬧的孩子中間返身轉回，看見慘黃的夕陽下，李白木然呆立，冰冷的汗珠從額頭上滲出，李白的臉色由蒼白變得鐵青。

「李公子，你怎麼啦？」阿丹怯生生地問。「沒什麼。」李白咬牙切齒地說。

阿丹扶著李白跌跌撞撞地回到了城外的雞毛店，天已經全黑了。

李白回到店裡倒頭便睡。到了半夜，一陣霜風從破窗上吹進來，冷得打顫。他擁衾坐起，坐了好久好久，已是下半夜時分，月光透過破窗戶落到他床下的地面上，像鋪了一層薄薄的白霜亮亮的。他披衣起來，悄悄地推開角門，客棧後面是一片樹林，樹上掛著稀疏的黃葉，焦黃的落葉鋪滿地下。李白走在枯焦的落葉中，每走一步腳下的枯葉發出刺耳的聲音，他一步步走完那片林子，走進冷白的月色中。月光下是一片冷白的荒野，有冷白的枯樹和草堆、冷白的井檻和亂石，李白如同草樹、井檻和茅屋一樣凝立在冷寂如霜的月光中。他想起了涪江之濱的月，那流淌著銀光波濤……他想起了匡山的月，峨眉山的月……那幽深柔美的凝結了多少親情友誼的月光啊……身後樹上的落葉，劃過冷白的月光，沙沙的飄落在地上。出蜀以來積聚在心中的鄉愁潸然湧出，李白輕輕地吟出：「床前明月光，疑是地上霜，舉頭望明月，低頭思故鄉……」

阿丹一覺醒來見東方發白，發現床上空無一人，前前後後找了一回，不見李白蹤影。問遍店裡的人，都說沒看見。

店裡做粗活的婆子，一大早背了一個揹簍，拿了支竹笊籬到後面的林子裡去簍些枯葉來引火，簍著簍著，忽然見一個人僵臥在地，扔了竹笊籬直往後退。剛好這時阿丹趕到，見正是李白，李白臉色慘白倒臥在枯葉中，急跪下去扳李白的身子，那裡扳得動，急得連忙叫「李公子，李公子！」又忙向那婆子叫道：「婆婆，請你幫我扶一下！」哪知那婆子像見了鬼一樣叫道：「哎喲！不得了啦！死了人啦！」拾了笊籬和揹簍，飛也似地跑進角門，把門閂上。阿丹搖搖李白身子還是軟軟的嘴裡還有一絲氣息，連拖帶拽把李白弄到角門邊，拚命敲門。店主聽婆子說店裡的人死在外面，拿定主意絕不開門，如果把死人弄進店，肯定會招來晦氣，如果是瘟病死的，那住店的人常常會遭瘟，那這店就別想開了。

阿丹從門縫裡望去，店主說的話他聽得一清二楚。阿丹急得抓起一塊石頭使勁打門，叫罵道：「狗賊們！我們的行李財物都在裡面，你要打搶我們不成，再不開門，我就去告官，我們主人好好的半夜怎會到外面去，你得說個清楚明白，再不開門，老子放火燒了你這鳥店！」「不得了，他要放火！」婆子嚇得顫聲說。

「別放火，千萬別放火！」店主叫道。

店主怕這小子逼急了果真放起火來，忙叫夥計開了門。阿丹說：「混蛋，誰說他死了呢？快與我搬進屋裡去！」夥計們七手八腳把李白搬到床上。丹砂想必是昨晚凍壞了，便叫夥計拿一床厚棉被和一碗熱湯來，把厚棉被給李白蓋好，又將熱湯端過來，撬開牙關灌了幾匙，李白微微有些動彈，阿丹摸了摸額頭燙得好嚇人！

店主道：「想必是什麼瘟病，快找大夫來治，否則活不成了。」

阿丹聽了，眼裡淚珠一串串掉下來。摸摸自己胸前硬硬的姐給的菊花金釵，心一橫，對店主和婆子說：「我少時便請大夫回來，你們好好給我看著，如果有個三長兩短，我要找你們算帳！」說著就出門直向城裡跑去。

阿丹跑了幾個當鋪，當鋪的掌櫃認定他是走投無路的外鄉人，只肯當很少一點錢。阿丹心一橫，捧著金釵來到那天賣詩集的十字街口。只是沒有了當日賣詩集那般心境，一聲「賣金釵」出口，已是哽咽不成聲。

一忽兒，人們就把阿丹圍了起來。有的同情，有的嘆息，有的說貴了買不起的……多數的是看熱鬧。忽然一個瘦子從人叢中擠了進來，叫道：「小賊，你又偷了什麼東西來賣？」阿丹一抬頭，冤家路窄，正是頭回買詩集的那幾個秀才！那幾個秀才被酒店掌櫃翠花娘子一頓臭罵，今日撞見阿丹，正要拿他出氣。胖子一把抓住阿丹叫道：「你那天……那天賣什麼……李白詩文……今天又賣這……金……金釵，從哪、哪裡偷來的?抓、抓到官府……去!」

阿丹緊緊把金釵握在胸前，哭著說：「這是我家主人的東西，主人病重，吩咐我拿來變賣，我不是偷的!」幾個秀才不由分說，伸手要奪那金釵，阿丹死命抓住哪裡肯放?沒奈何在地下撒潑打滾，嘴裡用蜀中的土話罵道：「龜兒子，瘋狗!不講理的蝦扒……」幾個秀才見阿丹罵人，便動手來打阿丹，眼見可憐的小孩子就要吃大虧，忽聽人從中一個人用蜀中腔調喊道：「住手!」接著一個高個子大嘴巴兩耳招風的背著褡褳的年輕蜀人，從人叢中擠了進來。幾個秀才見有人干涉，便不敢再下毒手。阿丹抬起頭來時，已是滿面血水、泥水、淚水。

那人問道：「小崽兒，是那個龜兒子相欺你?儘管給大哥說，大哥給你匝起!你將才說賣李白的詩文，是哪個李白?」阿丹聽了鄉音，感覺分外親切，含淚說：「我是李白李公子的書僮，是蜀中昌明青蓮鄉的李白，那一天他們幾個蝦扒買了李公子詩文，二百錢打官司朽鬧衙門，估倒說是假的。今日李公子病重，我們沒錢請醫生，叫我把這金釵拿來賣，遇見這幾個雜種……」

這人正是昌明縣的穀子客沈丁——李白兒時的看牛娃朋友，眼下在揚州一帶賣草藥。沈丁在十幾歲時父母雙亡，靠扯草藥維持生計。昌明、江油一帶，乃是中藥材產地，沈丁到了江南認識了涇縣的鐵匠汪倫，宿松的船伕荀七，沈丁用草藥治好了汪倫老母的病，與汪倫和荀七成了好朋友，他們都幫襯著穀子客販中藥材，幾年之後居然在揚州做起了個小買賣。

「家鄉人怎麼樣，幾個爛鄉巴佬逞什麼威風，送到官府去!」那瘦子叫道。

「送官府!」有人附和著，一下子抓住阿丹的手臂。

「誰敢！」跟殻子客一起來的汪倫身後如雷一聲吼叫，掄起碗大的拳頭揮了揮，幾個秀才急忙放開阿丹，溜了。殻子客和汪倫請了一個江湖郎中，跟阿丹一起來到了城外的小客棧。

郎中給號了號脈說：「李公子這病，是屬於起居失調，情志不暢引起的，憂憤鬱結於內，風寒凝滯於外，好在他人年輕，還有救。先吃兩劑疏散的藥，千萬注意調養。」

好在殻子客自己就是賣草藥的，不一會揀來藥煎了，給李白一匙一匙地餵下。不到一個時辰李白睜開了眼睛，望著眼前的這個人，一時想不起他是誰，只覺得頭痛如裂，心似火燎。

「你認不出我啦?我是昌明縣的看牛娃，殻子客沈丁呀！我還記得你寫的詩，『自來鼻上無繩索，天地為欄夜不收』……」

李白點點頭，眼裡含著淚水。

殻子客握住李白滾燙的手說：「李兄弟，不會有事的，有殻子客在，就有李兄弟在。」兩行清淚從李白臉上流淌下來。

11. 封禪泰山是一次大規模的造官運動

自從皇上批准了由宰相張說起草的關於封禪泰山的奏章，張說父子就忙起來了。封禪泰山是一件既簡單又複雜的工作，之所以簡單，就是只需把皇帝及其親戚和朝中大臣從長安搬到泰山去，舉行一個儀式，念一篇文章，開一個慶祝會，只要老天爺不颳大風下大雨，既無須擔風險也不存在失敗的可能，然後皆大歡喜，班師回朝。複雜的是成千上萬的皇親國戚、文武百官，吃喝拉撒、衣食住行必須一一解決。因此張說把封禪泰山的時間選定在少雨的冬天。

將作監和少府監已率先行動起來，將作監和工部的官員從夏天起就徵集大量民工在泰山修建祭壇和道路，少府的官員也忙著監督製作封禪泰山皇族要用的器皿和要穿的衣飾。光祿寺的官員們忙著備辦封禪中各種宴會需要的山珍海味。

宰相張說親自召集由禮部，祕書監、國子監的官員們在集賢殿查閱歷代帝王關於封禪泰山的資料，結合本朝的實際情況，加以修改刊定，制定出相關儀式的條文。張說讓張垍到衛尉寺掌管邦國文物、器械，承擔皇上封禪最必需的差事。見了那些有權有勢的皇親國戚，張垍早把珞薇忘了，他將婚姻的新目標定為娶一位公主。

封禪泰山是一件極其榮耀的事情，只要擠入了這個行列，就有晉升的希望。希望升官發財的人們，從各種不同的管道湧入張說及其子女親屬的家中，進行花樣百出的賄賂，成為封禪泰山這個龐大隊伍的隨員，張說父子因此發了一筆橫財。

珞薇在這個夏天匆匆地與趙滿成結婚了，薄情的大樂丞王維竟絲毫不感念她為他費盡心機。忠厚的滿成對她百依百順，立即在朱雀大街為珞薇買下一處豪華宅院，前大門臨街是畫棟雕梁的樓閣，後院是種滿奇花異草的園林。珞薇心裡雖說不十分願意，但見滿成殷勤老實的樣子也算了。趙少卿完婚之後，又忙著張羅為皇上備辦封禪泰山的諸般物事。為了祭禮薰衣用的龍涎香，他別了愛妻，冒著酷暑到安南國去了。

參與封禪大典隊伍的大本營設在洛陽，各州縣官吏為此事的貢獻源源不斷地運往洛陽。江寧縣的胡縣令押著三千溺壺一帆風順，也屆時到來。胡縣令打聽到掌管文物器械的張珀是宰相張說的兒子，打盡了主意去巴結，終於有一天晚上，張珀把胡縣令貢獻的三個器皿送進了父親老大人的駐地，讓胡縣令在外間等候。

張珀讓隨從打開箱子，掀開遮蓋的紅綢一字兒排著三個器物，說：「這是江寧縣送來的，請你老人家過目。」張說見一個越瓷的，兩個金晃晃的。張珀指著那越瓷的說：「此物共有三千個。你看：這上面題有晉朝大詩人左思的詩句『非必絲與竹，山水有清音』」然後提起那兩個金的道：「這是專門送給皇上和你老人家的。」

張說提起那兩隻金的念道：「『對酒當歌，人生幾何。』虧他想得出！這物事雖小，眼下正缺它不得，你親自給皇上送去。其餘三千隻你派一名通事舍人讓殿中省酌情分配，正好應急。」

張珀連連稱是又說：「江寧縣還在外間等候。」

張說道：「讓他進來見一見吧，難得他一片孝心想得周到，明天叫他跟我的車隨行伺候。」胡縣令在外間聽得喜滋滋的，只覺得手腳都無處放，兩隻手絞在一起互相搓摩，不等張珀傳呼便鑽了進去。

初冬十月，開元聖文神武皇帝李隆基率文武百官，皇親貴戚，大唐周邊各國酋長外國使節和隨員浩浩蕩蕩開往泰山腳下。走在最前面是整齊威武的馬隊，然後是遮天蔽日的儀仗隊，旌旗、鹵簿、華蓋；還有馴練過的大象、馬、駱駝和保衛皇帝的禁軍，前後左右簇擁著皇帝和後宮，此後是屬國酋長們和外國使節，文武百官以及色彩絢麗的梨園教坊，人和牲畜覆蓋四野，幾百里之內絡繹不絕。

緊跟著皇上的是宰相張說的車，被一大群穿朱紫衣的二三品官員和穿緋衣的四五品官員簇擁著，眾多的紫袍緋袍官員中，有一個青袍官員騎著毛驢樂顛顛地奔走，那就是張說特許跟隨的江寧縣令胡正。張說有時撩開車簾，總能看見胡縣令喜洋洋的臉，並向他點頭哈腰。

十一月上旬，這支浩蕩的隊伍來到泰山腳下，按照封禪的議程，隨行的官員留在谷口，皇上與宰相祀官登上山頂。心情最好的是四十二歲的開元聖文神武皇帝李隆基，在短短的十幾年中他平定了韋后、太平公主的叛亂，真正結束了武周的統治，再造了李家的唐王朝。相鄰的屬國表示臣服，遠方的外國也爭相交好，很快就達到了國泰民安的開元盛世。他一度把自己與曾經封禪過泰山的秦始皇、漢武帝，還有本朝的武氏則天後相比，他們都稍顯遜色。此次封禪泰山，意在讓五湖四海都來瞻仰大唐的風采，感受到大唐天朝偉大的光輝，讓普天下黎民百姓都沐浴到他至高無上的天子的恩澤。

這位對藝術尤其對音樂有獨特感受的天子，心中洋溢著治定功成的喜悅。他處在精力充沛的盛年，為他對盛唐所負的使命而自豪。張說將祈禱文以最虔誠的態度，最工整的書法寫在玉牒上，放在玉櫃裡用金泥封好，用金繩捆紮蓋上御璽封印，放在昊天上帝的神座之前。天子在隨從祀官簇擁下登上泰山，他恭謹虔誠地向上天禱告、行禮，向昊天上帝告知自己奉天承運撥亂反正的種種業績，並祈求大唐國祚綿長、國泰民安。與之同時，在山下的祭壇祭祀五帝與百神，皇上下山之後又率群臣在社首祭祀地祇；此後，在御帳殿裡接受群臣的朝見。這次朝會是一次賞封慶祝會，在熱烈喜慶的氣氛中宣布大赦天下，並封泰山神為天齊王，享受三公一等的待遇。免去沿途所經過的州縣一年的租賦，免去泰山所在的兗州兩年租賦，詔命太宰祭祀孔子墓，並對徐州、曹州、亳州、許州、豫州、仙州六州父老予以賞賜。

封禪泰山是宰相張說策劃成功的一次大規模的造官運動。因封禪泰山更得到實惠的是皇上的近臣，凡參與這次封禪的文武百官都得到了晉升，有功勛爵位的顯貴們得到皇上賞賜的一季俸祿，公主、嗣王、郡縣主都得到一個實際的官職。屬國酋長也得到封贈的官職，尤其是宰相張說的親信們，他們原來就在中書省、門下省任職，這次多數人加官階超過五品，同時又得到皇上賞賜的豐厚財物。全國各州縣舉薦的孝悌文武當然也是人人有份，皆大歡喜。這次造官運動的結果使大量的未透過科舉考試的士子進入仕途，致使官場顯得特別擁擠而魚龍混雜；不憑業績和學識的升官之道一開，使得鑽營的伎倆有了創造性的發展，更顯得五花八門。

賞功慶祝會樂聲震天，排列在帳中的樂器一齊鳴奏，受到封賞的百官貴戚孝悌文武的心情都和鼓樂聲一樣激動快樂。官員們穿著嶄新鮮明的袍服，一次又一次地向恩賜予他們權力、財富和榮耀的皇上叩拜，如同一道道大紫大紅的波浪。波浪中一次又一次地發出「吾皇萬歲、萬歲、萬萬歲！」的呼聲。

看見這些湧動的波浪，聽見這些發自內心的激動呼聲，皇上開心極了。忽然，看見在緋袍的官員中，有一個青衣的官員混雜在裡面亂磕頭。皇帝問身邊的張說：「那青袍官兒是什麼人？怎麼混在裡面？」

張說樂呵呵地回答：「聖上忘了『對酒當歌，人生幾何？』」

玄宗正將一口酒含在嘴裡，聽了這話趕快捂住嘴，怎麼也禁不住一口酒噴了個滿堂紅，笑得說不出話來直嗆，向張說做了個手勢。張說一邊給皇上捶背，一邊向侍立在一旁的高力士說：「皇上的意思是——」高力士微微一笑，大聲叫道：「宣江寧縣！」

胡正一聽，急忙提著官袍的下襬，屁顛屁顛跑上前去，早已將上朝覲見叩拜的禮數忘到九霄雲外，五體投地跪下，然後搗蒜似的叩頭不止，嘴裡不斷地呼叫：「吾皇萬歲、萬歲、萬萬歲！」

「江寧縣，你抬起頭來！」玄宗說。

胡正誠惶誠恐抬起頭來，激動的眼中閃著淚花，唇邊的鼠鬚微微顫動。

玄宗說：「難為他想得周到，給個少府少監吧！」

當皇上和文武百官沉浸在封禪泰山大功告成的歡樂中的時候，皇上也賜天下百姓大酺七日，所謂「賜大酺七日」，就是准予天下百姓聚眾飲酒七天。

經過彀子客和汪倫的細心料理，李白大病初癒，穿著彀子客的妻子沈嫂為他縫的新布棉袍，拿著筆為彀子客的草藥口袋寫上藥名。阿丹和沈嫂在廚下做飯，汪倫提著一塊牛肉，風風火火地跑進來叫道：「彀子客，李兄弟你看誰來了！」李白跑出去一看，想不到竟是為他撐船送他出蜀的船伕荀七，笑吟吟地站在門口。汪倫是涇縣的冶煉工匠，人很豪爽，常常帶了銅器到揚州來買，也在江湖上結交了不少朋友。

「你怎麼來了？你怎麼找到這裡來的？」李白驚喜地問。忙把荀七讓進屋裡。

「我到揚州送一船貨，聽汪倫兄說新認識一個好朋友，一打聽是你，我就趕來了，我們已經有好久沒有在一塊兒喝酒了，在金陵划龍船那回，你還給我不少賞錢呢！「看！太白我給你帶什麼來了？」荀七從行李中取出兩個碩大的葫蘆，一揭開蓋，滿屋的酒香！「這是紀良兄給太白的『老春』！我給紀良說太白愛飲酒做詩，他說你寫的『春風與醉客，今日乃相宜』這兩句最適合飲者吟詠，要我邀你去宣州喝酒。紀良說，你聞了這酒香，就會跟著酒香到安州來！」李白同眾人飲了一回，這酒端的不錯，交口稱讚。荀七說：「我倒忘了，金陵客棧一個熟人給我一封信，說是有人很久以前帶到金陵的。」說著從懷裡掏出信來，信封已經很舊，邊角已磨壞了，李白接過拆開，是崔成甫寫來的，信中說自己的父親崔沔因與張說意見不合，在夏天就被貶到魏州作刺史，在封禪泰山之後，他只作了縣尉，阿倍和韋子春都在司經局作校書，父親說安州都督馬公的文英閣落成要開一個詩會，父親託好友安州許員外推薦李白參加詩會。許員外喜好結交名士，有意邀請李白到安州作客，安州離長安較近，進入仕途的機會當然比江南多。

崔成甫的友誼使李白心裡感到一陣溫暖，但揚州到安州遠隔千里，許員外又沒有親自給他來請柬，到底去不去左右為難。

少時沈大嫂和阿丹已把做好的飯菜端上來，殼子客給每個人斟上酒說：「難得弟兄們相聚一回，乾！」汪倫說：「我看李兄弟你別去了，你要是作了官，我們兄弟們就不能在一起喝酒了，我看官場別的不說，就是擠兌得厲害，擠什麼？不就擠個榮華富貴麼！當了官就可以吃俸祿，俸祿哪來的？不就從我們百姓的田地、生意買賣裡收的租稅麼。李兄弟，你犯不著與那些俗人擠兌，你看我們不作官的人早就娶媳婦生孩子了，你還是光棍一個。眼下太平年景你要是跟我們打漁做生意，少不了三天兩頭有酒喝！」說著給李白斟了一大碗酒。

李白一聽樂了，喝了一大口酒說：「做生意我會算帳。」

沈丁說：「對了，荀七是船老大，我呢販藥材，汪兄販銅器，還有紀良賣酒，你來做帳房，我們合夥做生意，準賺錢！」

荀七聽他倆隔三岔四地說，想了半晌道：「李公子是有志向的人、快別拿李兄弟和我們粗人比，跟我們這樣的人豈不把李兄弟滿肚子的學問埋沒了。李兄弟要是願去安州，改天我有順便的船就來搭你，我把你送到安州，要是事情不順，下次運貨我把你接回揚州來，我們再一起做生意，可好？」大家一齊說「好！」

這頓酒喝到半夜，汪倫、荀七、殼子客都醉了，李白沒有醉，提起寫草藥包的筆蘸了蘸墨在包草藥的草紙上寫下：

漢江迴萬里，派作九龍盤，橫潰豁中國，崔嵬飛迅湍，六帝淪之後，三吳不足觀；我君混區宇，垂拱眾流安，今日任公子，滄浪罷釣竿。

12. 在這個冬天有許多人大徹大悟

江寧縣令胡正一回到駐地，便命文長田把皇上賜的五品緋袍拿過來。文長田早就為胡正準備了香湯銅鏡，請胡正盥洗一番把新袍服試一試。胡正看他跑上跑下的樣子，心裡著實感激。從封禪泰山的詔令發出到現在，文長田一直鞍前馬後無微不至地侍候，事無鉅細處處為他打算。如果沒有這個小吏，他胡正哪有今天！文長田幫他把穿了多年的青袍脫下來，為他穿上嶄新的緋袍，佩上紫金魚袋的時候，胡正在鏡子裡看見自己容光煥發，神氣十足。

「皇上對我真是恩重如山，胡某就是肝腦塗地，也無以回報！」胡正感嘆道，一邊接過文長田為他新沏的茶，一邊坐下來繼續欣賞鏡子裡的五品大員。

「老爺，在下已經為你準備好了一份〈謝恩表〉，你可面呈皇上，以表明你對皇上的感激之情，請老爺過目。」文長田說著，取出那份〈謝恩表〉來，交給胡正。

胡正展開〈謝恩表〉，見字跡分外工整，粗看之下，感覺文辭生動，語句通順，謀篇布局也甚老成。看著看著，突然一個念頭在他心頭閃過，便向文長田說：「你這一向辛苦了，你先去歇著，待我看看再說。」文長田見胡正有些不樂，以為是疲勞所致，也沒有說什麼，自己一邊休息去了。

胡正讀了文長田的〈謝恩表〉，猛想起從在江寧縣接到詔命的種種情形，無一事不是文長田辦得妥妥貼貼，再看手中這份〈謝恩表〉，文長田的才幹哪裡在他之下？他的五品少府少監全是文長田一手作成，要是文長田跟他到了長安，那時結交的人多了，也有個一官半職施展他巴結體貼的功夫，那時哪裡還有胡少監？想著想著，越發覺得文長田老實巴交、小心恭謹的樣子不是滋味，他當然不需要有人知道那名噪朝野的詩畫溺壺是江寧縣的小吏發明的。於是他把那份〈謝恩表〉往桌上一扔，一個主意掠上心頭。

文長田見胡正升了五品都隻字不提對他的酬賞，心裡有些不自在。第二天一早，文長田來到胡正內房幫胡正收拾行李準備返回。文長田說：「大人在江寧縣多次說過，事成之後——」

「你說什麼？」胡正裝著沒聽見，問道。

「……大人不是說事成之後，重重賞我麼？」文長田說。

哪知胡正板著臉從懷中取出一紙來說：「我本想賞你，無奈告你的人不斷，你自己去看吧！」說著扔給文長田。

文長田拾起那張紙，見上面寫著：「狀告江寧小吏文長田索扣瓷器製作款二成。」文長田一看，彷彿全身的血都湧上來，頭都大了。

「這事……大人你不也……」其實這二成款項，文長田已經將其中一成五交給了胡正，他全然沒想到，胡正是如此的翻臉不認人！

「你竟敢說老爺的不是，你拿出證據來！」胡正厲聲說。「大人！」文長田悲憤地喊道。

「你知道你犯的是哪條刑律，該當何罪嗎？」胡正厲聲喝道。文長田心中當然明白，按《唐六典》，這樣嚴重的貪汙索賄是應當殺頭的！

「我念舊日的交情，放你一條生路，你立即遠走他鄉，永遠也不要再見我，否則，一旦事發，狗頭落地！」胡正低聲說道。

文長田腦子裡「嗡的一聲」，他再也不願想什麼，立即說道：「我這就走！」扔下那件青袍，奔跑出去。

封禪泰山的隊伍向西返回，文長田卻一直向東，幾乎是抱頭鼠竄消失在一片山林裡。

他為胡正處心積慮地謀劃經營的這一切已經全部毀塌，他回想起他為胡正所作的種種，想起離他越來越遠也許永遠不會再見到的老婆和孩子，他的心被巨大的痛苦煎熬著。

嚴酷的冬天已經來臨，北風呼嘯，肆虐著這一片無遮攔的平原。文長田冒著風雪東躲西藏，過了黃河再拐向西北，來到山腳下的一個荒僻小村落旁。

北方冬天的太陽雖然沒有一點熱氣，但照得冰封雪積的大地一片亮白。文長田戴著一頂破皮帽，一抬頭看見從懸崖上瀑布般掉下來的冰稜，一蹶一拐地走過去。從那塊平整的冰面上照出他的影子，人不像人鬼不像鬼。他揭掉自己的帽子，冰面上映出他花白的毛氈似的頭髮，他慘然笑了，他不想活只想死，活在世上被人如此欺辱還活什麼？他又沒有任何能力來報復那個欺辱他的人，他只想一頭撞在那冰稜上，只要一會兒，他就要離開這個恥辱痛苦的世界了。

「太陽怕烏雲，烏雲怕大風，大風怕高牆，高牆什麼也不怕，怕的老鼠來打洞！」一群小孩子在太陽底下的雪地裡圍著圈子跳著，唱著民謠。那是村子裡的小孩子們。

「過來，過來……」文長田猛地轉身，向孩子們招呼。孩子們停止了歡唱，怯生生地看著那個可怕的怪人。

文長田一下子撲過去，孩子們嚇的跑開，抓住其中一個小孩問道：「你唱的什麼？再唱一遍！」

小孩怕極了，用顫抖的聲音說：「太陽怕……怕烏雲……烏雲怕……大風……」

遠處的孩子說：「大風怕高牆，高牆什麼也不怕，怕的老鼠來打洞！」

文長田格格地笑了，孩子驚叫：「放開我！」在孩子眼中，他跟魔鬼沒什麼兩樣，文長田丟了那孩子，拾起地上的破氈帽，像孩子一樣在雪地上打著旋兒，跳著圈兒唱道：「……我怕胡縣令，縣令怕張說，張說怕皇上，皇上怕什麼？……」

孩子們嚇得跑到遠遠的村口，聚在一起看這個瘋瘋癲癲的怪物。

「皇上怕什麼？哈……我知道皇上怕什麼啦！」文長田一陣狂笑，笑得眼淚直往下掉，朝村子遠處的大山跌跌撞撞地走去。開元十三年的冬天對珞薇來說特別寒冷而悽清，因為，趙滿成在封禪的第一天就在泰山腳下光祿寺臨時住宿的帳篷中去世了。光祿少卿是病累而死的。皇上念他忠誠可靠，以身殉職，一回到長安，就命人將光祿少卿的遺孀珞薇請到宮裡，賞賜了豐厚的財物，封她為東河縣君。新春就要到了，珞薇從結婚時的房子中搬出來，搬到臨街的樓上，又把玉環接來一起住。她不想去拜訪那些沉浸在榮升快樂中的女友，又怕在公眾場合說起趙少卿的死訊。成天閉關自守躲在閣樓裡好不淒涼。

今天是個大好的日子，晴暖的陽光從幃幔的縫隙裡照射進來，照到淡紅的羅紗帳上，照到珞薇的妝臺上。昨天玉真公主府上的侍女到朱雀大街辦事，順便到珞薇這裡來聊聊，無意中提起張垍，皇上封禪泰山的時候，做了好些頌揚皇上的詩篇，皇上很寵信他，升他做了三品衛尉卿的官職，聽說還讓他掌管集賢院……

昨天夜裡，珞薇卻因此一夜沒有睡好，睜著眼躺在床上，不耐煩地翻身，早晨也懶得起來。星兒一大早就把銅火盆燒得旺旺的，又同小玉環到後園去摘了一大束梅花，悄悄地推門進來，將梅花插在白瓷雙耳大花瓶裡。

「小姐，你聞聞，這梅花多香！」星兒撩開羅帳，把一小枝梅花遞到珞薇手中。

珞薇見了梅花，勉強支起半個身子，星兒將一襲貂裘給她披上。

「聽說那個百戲班的女子沒有跟王維好，泰山的演出一完，她就又到江南去尋她的長庚哥去了。」星兒小心翼翼地把外面聽來的消息告訴珞薇。

「近幾天有什麼好詩沒有？」珞薇閉著眼睛問。

星兒心中明白，她說的好詩就一定是李白的詩，星兒一邊往珞薇臉上撲粉，一邊回答：「我昨天託人抄了幾首詩，還放在櫥櫃的匣子裡呢！」

「快去拿來我看看！」珞薇移開星兒正在她臉上撲粉的手。星兒立即從櫥櫃的匣子裡拿出昨天得到的詩稿，交給珞薇。

珞薇見上面寫的是《秋夕旅懷》，詩中寫道：

涼風度秋海，吹我鄉思飛，連山去無際，流水何時歸？目極浮雲色，心斷明月暉。芳草歇柔豔，白露催寒衣，夢長銀漢落，覺罷天星稀。含悲想舊國，泣下誰能揮？

珞薇讀著讀著，不由一陣辛酸。李白就是李白，他執著地裸露著他的靈魂，驕傲地把他的才思展示給這個世界。他好像帶著與生俱來的使命，他是那樣的聰慧靈透，那樣超拔不群。

因為丈夫的去世，珞薇聽到了關於封禪的許多傳聞，李白可能也是因為又一次舉薦受挫而有這樣悲涼心境的吧。在她的錦囊裡，有她讀過的不少的關於妓女、酒家女至於村姑農婦的詩，卻隻字也未提到過她或與她相似的女子，想到這裡，一種莫名的沮喪湧上心頭，兩行清淚淌過撲好粉的雙靨，形成兩道明顯的溝渠。

星兒近來常看到珞薇流淚，想必是她因為丈夫去世引起的，也不敢多問，只說：「吃過早飯我們去園裡賞梅花，下了幾天雪，梅花特別香呢！」又端過香湯，再次給珞薇洗了臉。用筆細心地給珞薇畫一對桂葉眉。星兒細心地用赭色描好第一遍，然後用黛色描第二遍，剛描好右邊的一隻時，忽聽鼓樂聲由遠而近傳來。小玉環歡跳著跑進來，叫道：「姑姑，快來看！好長的隊伍啊！有新娘子！」

珞薇心裡一怔，披上那襲貂裘，從閣樓裡奔出來，倚著欄桿，看見了那支迎親的隊伍。浩浩蕩蕩的皇家儀仗隊、樂隊，擁著一匹高頭大馬，騎在馬上的是披紅掛綵春風滿面的張垍！張垍的後面是一輛華麗的馬車，深緋色的紗幔後是端坐的新娘。在看見新娘的那一瞬，珞薇也看見了小玉環豔羨專注的神情。

「寧親公主！」珞薇看著，幾乎失聲叫出來。

隊伍走過珞薇的大門前，新郎張垍有意瞟了一眼樓上，看見了珞薇，張垍對她溫文爾雅地笑笑。珞薇鬆開拉著貂裘的手，身子一軟倒了下去。

皇族婚禮龐大隊伍在震耳欲聾的樂聲中進行。

13. 這是新豐酒，一斗值一萬錢，你有錢嗎？

年終歲暮的臘月，天上下起小雪來。經過殻子客與汪倫、荀七他們的再三計議，決定還是由荀七把李白和阿丹送往安州。快過年的前幾天，剛好有一批年貨要趕期運到江夏，汪倫也要回到秋浦，殻子客幫李白打點好行裝，對荀七說：「老七呀，我這就把李兄弟交給你啦！」

「別擔心，保證平安送到。」荀七說。

汪倫將一小袋銅錢交給阿丹，對李白說：「這是兄弟們湊的，你拿著用吧！」

「這怎麼可以？……汪倫兄，」李白知道，這些錢都是一個一個辛辛苦苦賺來的。

「別不好意思，我們不是兄弟麼？」殼子客抖去李白身上的雪粒說：「多多保重，一路平安！」然後才下船站到岸邊。

荀七使勁一篙點去，船離開了碼頭。李白站在船頭和殼子客拱手作別。

荀七將篙桿交給夥計，見李白還怔怔地望著雨雪迷濛中殼子客的身影，連忙把李白拉進船裡說：「好好待著！外邊冷，江風扎骨頭哩，千萬別出來！」汪倫將船中的火爐使勁煽紅，將爐子上一個溫好的小陶壺遞給李白說：「這裡有溫好的酒，是給你備下的，你慢慢喝吧。」

李白捧著小陶壺，看見穿著破棉襖在雨中奮力撐船的荀七，眼圈紅了。

安州許員外許自正家是大唐的名門望族，天子近臣，君王輔弼，特別顯赫的簪纓之門。到了許自正這一代，只當了幾年澤州刺史，因身體欠佳回到安州故園，年屆半百膝下無子，夫人早在十年前去世，只有一個女兒雅君。

雅君生得聰明端麗，要是別人家女兒，十五六歲就出嫁了，眼下雅君二十多了，尚待字閨中。遠近門當戶對的人家，衝著許家的地位和財產，來提親的不少，只是許自正認為自己沒有兒子是家族衰落的徵兆，一心想尋一個飽學的女婿重振簪纓之門，挑來選去，一晃七八年過去了，還沒有為女兒選取到一個如意郎君。

這個冬天對雅君來說好長好長，整個臘月差不多都下著雨雪，天灰朦朦的。雅君命人在東窗下搭了一個繡架，把屋子裡的火生得旺旺的，繡點什麼花兒草兒鳥兒打發時光。雅君是個聰明靈透的女子，繡什麼像什麼。她和外界沒什麼往來，針尖上寄托著她的全部情感，繡完一幅繡品，有時還繡上詩句和題款。

「小姐妳這是何苦呢！妳又不是幹活的繡工，幹嘛成天繡這個？」丫鬟小梅兒把銅火盆裡的燒紅的木炭，用鐵夾子一塊一塊夾到一個鏤空的銀手爐裡，「快烤烤，你看冷的。」小梅兒握住雅君的手搓了搓，把火爐遞到雅君手裡。

雅君望了望關著的窗戶說：「打發日子唄，天又冷又長。」說著把手爐放在腳下拿起一把五彩的絲線理起來。小梅兒在她身後看看，那繡繃淡綠軟緞上繡的一枝百合花，活鮮鮮真像新開的一樣，一隻蝴蝶在百合花的上頭翩翩飛舞，小梅兒看著看著不由問道：「小姐，為什麼妳繡的全是一朵花，一隻蝴蝶？一隻鳥呀？」

雅君一走神，一綹絲線掉在地上，小梅兒連忙幫她撿起，已是亂成一團。雅君不作聲，只埋著頭理絲線。小梅兒見雅君神色黯然。不知道自己已說錯了什麼話，連大氣也不敢出，幫著雅君理絲線。

小梅兒看雅君悶悶不樂，想要是有什麼有趣的事情給小姐講一講，讓小姐樂一樂才好，突然想起昨天門房阿喜給她的東西，一摸還揣在懷裡。就掏出來展開。

「小姐，妳看！」

「這畫的什麼呀？兩個醜鬼。」那皺巴巴的紙上，畫著兩個人、一個男孩，騎著一把掃帚，一個女孩在一邊看著。男孩和女孩的手和腳都畫成叉椏，這顯然不是畫工畫的，雅君看著看著笑了。

「這裡還有一個歌呢，好聽得很，我求隔壁吳三嫂子教我，她說她向街上賣唱人學的，學了好幾天才學會呢。我唱給妳聽聽。」小梅兒見雅君一點兒也不生氣，便說：「這畫上畫的是一個男娃兒和一個女娃兒一起玩的故事呢，還有一首詩，我唱給你聽：『妾髮初覆額，摘花門前劇，郎騎竹馬來，繞床弄青梅，同居長千里，兩小無嫌猜，十四為君婦，羞顏未曾開，低頭向暗壁，千喚不一回，十五……』

雅君一邊聽著，一邊用手把那皺巴巴的紙抻平。兒時和表兄弟、堂兄弟遊戲的情景，正如歌中所寫歷歷在目。她有時夢見一個陌生的男子，站在她身後，她正如歌中的女子，羞澀地對著牆壁，聽他輕輕地喚她的名字，而這首歌偏偏又把這些都寫了進去。

「誰編了這樣好聽的歌兒來唱？」雅君把抻平的畫折起來。「不知道，中間有兩句我不懂。」小梅兒說。

「哪兩句？」

「常存抱柱信，豈上望夫臺。」

「這一句說的是兩個故事。」雅君從理好的絲線中抽出一根黑色的來穿上針，來繡那蝴蝶的翅膀。「『常存抱柱信』，這句話講的是一個叫尾生的男子，約好與一位女子在橋下相會，結果等到約定的時候女子還沒來，河裡漲了水，尾生不肯失信，抱著橋柱，一直等那女子的到來，結果被水淹死了。『豈上望夫臺』，說的是一位女子，丈夫久出不歸，她登上高臺望她的丈夫，天天盼望，丈夫沒有回來，她等啊盼啊，一直到自己變成了一塊石頭……」

雅君不再講下去，只是嘆了一口氣，繼續用黑絲線繡那蝴蝶的翅膀。

小梅兒見雅君嘆氣，怯生生地忙說：「小姐，我問錯了，別生我的氣……」

雅君也不抬頭看小梅兒，漠然地說：「我沒生妳的氣，我無人可別，無人可待，還生什麼氣？……」

雅君說著不小心，一針扎在手指上，滲出血來。

安州城外大路上的風雪中，穿著布棉袍的李白和阿丹正在雪地裡疾走。蜀人司馬相如〈子虛賦〉中所誇飾的雲夢七澤都淹沒在一片蒼茫的風雪之中。沿途聽說安州都督馬公愛惜人才，像卞和一樣透過石頭，能辨認出包含其中的美玉。要是能得到都督馬公的賞識，自然就可以進入朝廷，實現自己的抱負了。李白想到這裡，心裡一陣熱，與阿丹加快了腳步。

許員外今天遇到最不高興的事，是族長許宗乾來為安州長史李京之的兒子提親。李京之的兒子不學無術人品醜惡遠近聞名，許宗乾收受了李京之的財物來到許府，向許自正提起了這門親事。

許自正一聽是李京之的兒子，便一口回絕，哪知許宗乾倚老賣老地說：「古人云『不孝有三，無後為大』，你為人父，難道不盡其責麼？」

許自正聽了正色道：「我家乃相門之後，招贅女婿就是要重振簪纓之門的意思，擇婿之事我自然會辦理，不勞族太公操心。」說著便命人送客。

送走了許宗乾，許員外坐在書房生悶氣，門房阿喜遞上一張拜帖來，許員外見上面落款「西蜀李白」，一時記不起是誰，雙喜見他恍惚的樣子，便提醒道：「這人是從蜀中來的，員外爺自然沒見過，可記得有熟人提起過麼？」許員外一想，一拍大腿道：「記起來了！是幾個月前崔沔年兄來信提說過此人是他兒子的好友，眼下年冬歲暮怎麼還真來了？」便叫雙喜叫進來見面再說。

李白隨雙喜來到前廳，許員外見李白臉凍得紅撲撲的，穿一件布棉袍，鞋上沾著泥濘，不知為什麼心裡就有些不自在。李白從懷裡掏出崔成甫的那封信，雙手交給許員外說：「成甫兄信上說，請許員外推薦我參加在都督馬公文英閣落成的典禮上辦一個詩會，我將獻上我的詩作，並且……」

許員外猶豫了一下，推薦這樣形同「下里巴人」的年輕人蔘加詩會？好個崔沔，怎麼兒子同如此寒微的下等人打交道他也不管一管，而且還寫信給他！於是推諉說：「崔公子的父親是說過，請我資助他兒子的友人，不過他說的是一位大名鼎鼎的詩人——」許員外把信折起來，交還給李白。又說：「參加文英閣詩會是很慎重的事……我們素昧平生，初次見面，再說天氣……也還太冷。」

李白看了看外面飄飛的雪花，心裡一下子冷了半截，但他還是不願意放過這個機會，他從丹砂手裡拿過行囊，從裡面取出一本抄錄好的詩集來，交給許員外說：「員外大人，我帶來了好些詩作，請你過目。」

「不必了，文英閣還沒有動工修建，辦詩會的事……」

幾千里的風雪中的奔波，一廂情願的嚮往，都在許員外這幾句話裡凝固了。

不知是幾個月來的困頓使他忍無可忍，還是許員外那過分世俗、虛偽的態度激怒了他，他望了望門外飄飛的雪花，那個傲岸的豪雄的靈魂又回到了他身上！是的，他自信他包納著天地間的正氣與靈氣，他有超常的才華和膽識，他不信囊括四海窮極八荒的泱泱大唐不能給他提供一塊生存和發展的地方！他向許員外冷冷一笑，抱拳說聲：「告辭！」

李白毅然跨出門廳。突然一陣歌聲穿過飄飛的雪花傳了進來：「風吹柳花滿店香，吳姬壓酒喚客嘗……」

「有人在唱我的詩！」李白高興得叫起來。從揚州生病以來，他就住在鄉下，聽不見有人唱歌。聽了這歌聲，他驚喜起來，三分鐘熱風似的奔跑出去！

一向優柔寡斷的許員外倒怔住了，難道崔沔向自己介紹的當真是當今首屈一指的大名士！他想起那個寒微的年輕人看他時的那炯炯的目光，和他從自己面前跑開時的那一股虎虎生氣，他突然站起來，跟著跑出去，如果他就是許家重振簪纓之門的希望，他當然不能錯過！

正對著許府的安州大酒樓熱鬧非凡，李白走進去，一股酒香撲面而來，大廳的一端有一雕花木欄，後面立著八面山水屏風，屏風前一個女子彈著琵琶，另一個歌女正唱著：「金陵子弟來相送，欲行不行各盡觴——」

李白走過去，聽見一個人說：「這首詩有什麼好，有一股浮浪氣。」另外一個人說：「那你說這首詩有什麼不好？茶房酒肆都唱紅了，聽說是江南一個叫李白的人寫的，你要是比李白有才氣，寫幾首出來，眾人都傳唱，我尊你敬你，請你——」

先前說話那人一句接過說：「請我怎麼樣？」「請你喝酒！」第二個說話的人說。

李白見他們說得有趣，便要了一壺酒，與丹砂坐在一邊聽。這幾個人原來是安州的名士，先說話的叫魏洽，第二個叫秦列，魏洽說：「你知道我不會做詩，故意拿我開心不是，這酒樓上來了三個歌女，聽說唱的極好了，都是天下名詩，我邀你來賭一賭。」

秦列說：「怎麼個賭法？」

魏洽說：「我平時喜歡王昌齡的詩，你呢喜歡王維的詩，他倆到底誰的詩作的好，我們今天就來分個高低勝負！」

「好的，怎麼個比法？」秦列說。

魏洽說：「你看那幾個歌女，唱王昌齡的曲兒多，就算我贏了，唱王維的曲兒多，就算你贏了。」

「行！」秦列說。

「還有一樁——誰輸了，誰付酒錢！」

李白在一旁聽了，越聽越起勁，不由高叫道：「好哇！我也來一個！」

「你？你來一個也行，只是我二人賭的，一個是詩家天子，一個是詩中佛陀，都是詩中至尊，你來了，下誰的注？」魏洽說。

「老弟，我看你就算了吧！你想給我們付酒錢嗎？」秦列打量著李白身上穿的布棉襖和沾滿泥濘的鞋說。丹砂按了按並不飽滿的錢袋拽了拽李白的衣袖。李白卻像沒察覺似的說：「我說出這個人來，要是你們輸了呢？」

「我們當然付酒錢！」魏洽和秦列齊聲說道。「你說，你下誰的注？」魏洽說。

「李白！」李白在桌子旁坐下來。

「沒聽說過。」魏洽不願和這個鄉下窮人似的書生答話，冷冷地說了一句。

秦列說：「近來倒是有不少茶坊酒肆唱什麼『李公子新詞』但我二人賭的詩家天子和詩佛，可惜你賭的李白，卻沒有一個名號！」

李白不慌不忙地說：「那就叫詩仙李白吧！」魏洽說：「何以見得就可以稱詩仙？」

李白說：「當年李白出蜀之時，青城山太玄道長就說過，李白豐神俊逸有仙氣，可與神遊八極之表，當然稱詩仙哪！」

秦列想了想，正要反駁，魏洽向秦列遞了個眼色說：「行，行，權且叫詩仙李白吧，今天有人當東道主，我們好好喝一通，掌櫃的！好酒好菜上來！」

隨著夥計響亮的一聲「來啦！」丹砂在一旁急得不知如何是好。

不知什麼時候，許員外坐在離他們不遠的角落裡，要了一壺酒。

「看，出來啦！」有人叫道。

此時屏風後面走出一位歌女，梳雙環髻，穿淡青長裙，輕移蓮步從屏風後走出來，後面跟著彈琵琶的敲檀板的歌女。那歌女向客人道了萬福坐定，曼聲唱的是：「空山新雨後，天氣晚來秋。明月松間照，清泉石上流。竹喧歸浣女，蓮動下漁舟。隨意春芳歇，王孫自可留。」

歌女唱的當兒，夥計已給他們配好了豐盛的酒菜，李白從容地吃著，聽得津津有味，魏洽和秦列也毫不客氣。丹砂苦著一張臉，心想這個不懂事的爺，今天出了漏子可怎麼收場！

一曲唱完，倒是李白先開口說話：「這是王維的詩，果然清新明麗，不同凡響！這位賭王維的老兄，我敬你一杯！」

「在下叫秦列！」秦列心裡美滋滋的，心想這一局旗開得勝，定是自己必贏無疑。便叫道：「上海參魚翅來！」

淡青衣服的女子唱完，轉過屏風後面去，一位穿淡緋長裙的女子從屏風後款款走出，向眾人道過萬福，開口唱道：「寒雨連江夜入吳，平明送客楚天孤，洛陽親友若相問，一片冰心在玉壺。」那女子唱得情意深切，李白半閉著眼品著歌中韻味，用筷子輕敲著杯盤，聽入了神，一曲唱完，李白讚道：「果然不愧是詩家天子，言情造極，堪稱一絕！」

魏洽聽了，心中十分得意，忙道：「這位老弟說得對極了，評得中肯，貼切！拿好酒來！」「拿好酒來！」李白以更響亮的聲音喊道。「哎，來啦！」夥計應聲道。「老弟，你可準備好了酒錢？」魏洽問道。

緋衣的女子唱完轉入屏風後面，又姍姍出來一位麗人，穿素白長裙，梳驚鴻望仙髻，向著眾人淺淺一笑深深道地了個萬福。

秦秀才見出來的這位女子，最為美麗，便提議道：「二位，她三人在此作場，大約要唱一整天，像這樣沒完沒了的唱下去，我三人多久才分得出勝負輸贏？這位歌女是她們三位中最美麗的一位，我提議，他唱誰的詩，誰就是第一了！」

李白說：「行！」

酒店夥計將一罈「新豐酒」端了上來。

秦列問李白：「老弟，你知不知道這叫『新豐酒』，一罈值一萬錢，你有沒有這麼多錢？」哪知李白哈哈一笑道：「這應該問你自己才是，反正這罈酒我是喝定了！」說著就伸手過去揭酒罈的蓋子。

魏洽見了忙把李白的手按住說：「老弟，別忙，先聽她唱的什麼。」

在座的人見這三人下了一萬錢新豐酒的注，都屏聲斂息的聽那歌女唱的什麼。只見那歌女婉轉唱道：「南湖秋水夜無煙，耐可乘流直上天，且就洞庭賒月色，將船買酒白雲邊。」

一直在旁邊侍立的丹砂只聽那歌女唱了第一句，趁眾人專心致志聽曲之時，義不容辭地坐了三缺一的下方，趴在桌子上，將幾個月都沒吃到的珍饈美味一一品嘗，吃了個落花流水。魏洽和秦列二人聽那歌詞，只覺空靈儲秀，瀟灑出塵，卻不知出自哪位高士之手。魏洽想李白的詩，無非是「金陵送別」那些浮浪詞語，而這一首定非李白所作。因此，便將輸贏勝負丟開一邊，放心去欣賞那歌詞。

此時更為動心的，便是坐在不遠處的許員外，他聽了王維的，只覺晚秋新雨，浣女蓮舟如同鄉間風景歷歷在目，而王江寧七言道盡心中落寞之情倒別有風致。而這首「南湖秋水」以空寥之景，作非常之想，超逸出塵，徵於化境，非坦蕩之懷，安能作此出神之詩？聽著聽著不覺心醉。

一曲終了，那白衣麗人轉入屏風後，而聽曲諸人心中似有餘音繞梁裊裊不絕。李白斷然將那壇新豐酒移到自己面前，揭開壇蓋叫聲：「好香！」魏洽、秦列才從那歌曲的意境中猛然醒來。

魏洽問道：「怎麼？」

李白俯身道：「什麼怎麼？剛才那曲怎麼樣？」

秦秀才沉醉在歌曲的餘音裡，閉著眼長吟似的說了一句：「且就洞庭賒月色，將船買酒白雲邊……真算得上是詩中的至味呀！」

「對，好一個風神瀟灑、自然天成的『將船買酒白雲邊』！」魏洽說。

「承蒙二位誇獎，那這罈酒我就喝了？」李白說道，將罈裡的酒汩汩倒了一大碗，一飲而盡！

李白再要倒酒，魏洽、秦列一下子站起來，按住李白的手說：「慢著，剛才唱的，不知是哪一位高人的詩，怎見得是你贏了呢？」

李白見他二人著急的樣子，哈哈一笑道：「這首詩乃是李白去年遊洞庭湖時寫的」，說著又要往碗裡倒酒。

魏洽說：「別急，先前就說好了的，誰輸了誰給酒錢，我們三人賭的，都是別人的詩，你贏了算你運氣。我們二人都不知這首詩是李白做的，你為何知道？我們怎能相信真是你贏了呢？」

秦列也說：「這首詩就算是李白做的，又不是你自己做的，你憑什麼要獨占這罈酒呢？好酒大家喝！」

李白道：「這詩怎見得不是我自己做的？」魏洽道：「這就奇了，難道你是李白？」

李白笑道：「二位，我要不是李白，我怎敢賭？」

魏洽、秦列二人你看看我，我看看你，心想這倒也是，但眼前這個小夥子到底是誰，心中仍不踏實，萬一他不是李白，白白的輸了一萬錢的酒菜給他，豈不叫人恥笑？魏洽想了想說：「你必須證明你是李白，詩仙不詩仙的就不說了。除非你做一首詩出來，讓我二人信服，這罈酒就歸你。」

李白朗聲笑道：「行！一言為定，只是我這個人有個習性，要一邊喝酒，一邊吟詩，還有呢，你們不能打擾我，就這，聽我一氣呵成！」

秦列不耐煩再聽他說，連說：「行，行，就依你，你要快點！」丹砂給李白斟了滿滿一碗酒，李白接過，長長吸了一口，斜乜著眼，瞟了一眼坐在身後的許員外說：「我這首詩叫〈梁甫吟〉，抒發我李白……」

秦秀才忙說：「慢，我還沒承認你是李白呢！」

李白笑了，有一罈美酒在面前，脾氣也變得好了，一團和氣地說：「好，就算我現在不是李白，抒發我的懷才不遇之情，行了吧？你聽好了：長嘯梁甫吟，何時見陽春？」

許自正在一旁聽了，想就憑開頭這平凡的兩句，倒是道出了窮愁潦倒的困境，但很難說有多好。

秦列說：「沒見過一開頭就號叫的，就憑這，不見得你就是李白！」

李白笑道：「你是沒見過。要是一開始就與前人雷同，我也便不是李白了！你且聽著！」李白笑著喝了一口酒，一氣吟出：「君不見朝歌釣叟辭棘津，八十西來釣渭濱。寧羞白髮照清水，逢時壯氣思經綸。廣張三千六百釣，風期暗與文王親。大賢虎變愚不測，當年頗似尋常人。」

許自正暗暗驚訝此人才思敏捷，乃聞所未聞，見所未見，又聽李白道：「這一段詩文，說的是姜太公八十歲都沒有得到發達的機會，在渭水邊釣魚，遇到周文王，受到文王重用，建立了一番偉業，可惜那些沒有見識的凡夫俗子，未必認得當年草莽中的姜子牙！」

李白這幾句話，好像句句都說在許自正心裡，他想此人以姜子牙自居，志向不小，況詩中才氣縱橫，這才後悔先前不該那樣打發走了他。

李白清了清嗓子，又倒了半碗酒，正要喝下，秦列按住他的手說：「老弟慢著，詩倒是好詩，我說你就別解釋了，像你這樣邊嘮叨邊喝，不管你是不是李白，你這詩一吟完，這罈酒早沒了！」

李白說：「行！」說罷端起酒碗一飲而盡說：「你聽著！君不見高陽酒徒起草中，長揖山東隆準公。入門不拜逞雄辯，兩女輟洗來趨風。東下齊城七十二，指揮楚漢如轉蓬。狂客落魄尚如此，何況壯士當群雄……」

李白口若懸河，把個魏洽和秦列聽得目瞪口呆，此時眼前的這人，哪裡是先前身著布棉袍、滿鞋泥濘的年輕人，而是才華超拔，煥發著智慧青春的活生生一位詩仙！

正在此時聽得門外進來幾個人，走到李白面前，大叫道：「有請李公子！」來的人正是許府的門房雙喜和管家來福。

李白此時已有幾分醉意，故意問道：「你說的是哪個李公子？」

許員外一臉喜氣迎上來說：「老夫請的是江南才子李白李公子！」

李白斜乜著醉眼笑道：「老伯，別忙，我這個李白還沒有被他們承認呢！」

14. 他難道不可以像尾生那樣抱柱相等嗎？

許員請李白在許府住下，並答應開年之後，自己親自到都督馬公府上籌議辦詩會的事。這天初晴轉暖，許員外親自把李白帶到北壽山讀書堂。北壽山有古松萬株，雖經雪仍是一片蒼翠。許員外與李白沿石徑蜿蜒而上，來到桃花巖下的讀書堂。這是當年許員外的祖父許紹和父親許圉師讀書的地方。到了許員外這一代，只留下一個老僕多壽在山上守著房子，種著桃花巖下的幾畝薄田。多壽開門迎許員外和李白進去。李白見讀書堂式樣古樸，兩株羅漢松挺立在牆邊，傲幹奇枝鬱鬱蔥蔥。

高祖皇帝的父親李昞，遠在北周時就是安州的大總管，太宗皇帝李世民將他心愛的第三個兒子吳王恪，任命安州都督。高祖起兵滅隋興唐，安州許紹曾率大軍起義歸唐，以其赫赫戰功被封為硤州刺史、安陸郡公。高祖還特為許紹賜書，道敘平生舊誼，加以慰訥。總之安州是李唐王朝的發祥地之一，透過安州許家這條道路進入朝廷的官員為數甚多。

員外叫多壽將房門打開，帶李白進去看，這間屋擺滿了書架，書架上整齊地陳列著各種書籍，李白取下一本撣去上面厚厚的積灰，一頁頁翻開看，書頁已經發黃，竟是自己聞所未聞、見所未見的珍貴典籍。這大山中竟有這樣一座藏書豐富的讀書堂，李白不勝驚喜。

許員外看見李白的神情，心中好生歡喜，便說：「我父許圉師，在世時乃是宰相，收羅天下奇書，收藏在這裡，經史典籍應有盡有。若公子喜歡，日後慢慢看吧。」

許員外從李白手中取回書籍，讓雙喜放回書架，又領李白穿過甬道，來到屋子的另一端。靠西的牆壁上掛一支寶劍，靠牆陳列著一具古琴，東窗下是許相國的寬大的書案，明窗淨幾，樸實無華。

李白正想揭去那琴上的帛巾，許員外用手勢制止了他，拉著他的手來到通向上層閣樓的樓梯口，剛來到樓梯口，就聞到陣陣清香。僕人雙喜先一步上了樓，取出鑰匙開了門。許員外帶著李白登上了第二層樓。許員外在樓梯口停下，李白從許員外的肩頭望去，只見屋當中陳列著一個香案，鎏金瑞獸的香爐中插著幾柱香，香案後的牆壁被一幅寬大的帷幕遮擋得嚴嚴實實。李白正猜想這帷幕後不知是何寶貝，還要受香菸供養。許員外拉李白過來，一人點一柱香插在香爐中，然後躬身作了一揖。許員外上前拽動帷幕上的繩子，一幅巨畫赫然躍入李白的眼簾，李白只覺心中一陣亂跳，心中說不出的驚訝！那畫中央畫著四個人，兩個西域奴隸一老一少護著波斯商人和隨從胡人的城堡中衝出來，那年青奴隸胸前有一個血紅的太陽。一個絡腮鬍凶狠的胡人，在後面緊緊追趕，絡腮鬍的身後，大批胡兵手執兵器蜂湧而來，箭如飛蝗，地下屍横狼藉。

李白記得離家之前，父親脫掉上衣，翻開《漢書》、《隋書》指著胸前的「太陽」，向他講述的正是眼前的情景！

許員外見李白激動的樣子，解釋說：「這幅叫〈西州突圍圖〉，畫的是我的堂兄許欽明保護則天皇帝的密使去碎葉宣旨，行至高昌，不幸落到突厥叛匪的掌握之中。是這個胸前有太陽的人和他的父親，護著欽明和化裝成波斯人的密使拚命突圍，把他們從叛匪中救出來。二位恩公把他送到碎葉便告辭了，我的堂兄欽明後來作了安西大都護，念念不忘二位恩公。我姪兒請畫師畫了這幅畫，寄託他的想念……」

「後來呢？」李白問。

「後來，……西域再次發生戰亂，我堂兄為國捐軀……他的屬下帶回來這幅畫……從此我全家世代祭拜，緬懷堂兄在天之靈。」許員外說到此神色黯然了。

許員外同李白走出讀書堂，來到桃花巖上，晴好的陽光之下，無垠的安州大地從北壽山下延伸出去。

許員外指著遠處說：「你看，我們安州，北有壽山，中流鄖水，南邊就是司馬相如所誇讚的雲夢七澤……」

許員外又說：「我的先祖許紹，與大唐高祖李淵同窗，一同起兵興唐，我們許家出過一位宰相、三位監察御史、一十三位刺史、一位光祿卿和一位節度使，為朝廷立下汗馬功勞！」

李白聽到此慨嘆道：「實在令人欽佩，那時的大唐，正是建功立業的好時機啊！」

許員外說到此笑著看看李白，李白從許員外和善的目光裡，猜到了他要說什麼。從那些珍貴的典籍，那幅神祕的〈西州突圍圖〉，一層層地逐漸抹去了他出蜀以來的漂泊之感，他想起了父親，青蓮鄉和匡山書院……這裡好像是他漂泊的船隻停泊的港灣。

「伯父若能恩准在下在此攻讀，李白感激不盡！」

「這座讀書堂，先祖許紹，先父圉師，都在這裡刻苦攻讀過，我年輕的時候，也在這裡住過好些年，現在我老了，許家再也沒有人會在這裡讀書……李公子，如蒙不棄，就在這裡住下來吧！」

春暖花開，許員外命雙喜把北壽山的客人請下來。這個消息轉眼間就由小梅兒傳到雅君耳裡，寫「長干行」的人要來她家住些日子！前幾天雅君從父親的書房裡拿走了那本《青蓮詩文集》，就像往日繡花一樣，她不聲不響，不動聲色地將那本詩集一首首、一頁頁仔細抄錄，繡女抄出的詩正如繡出的花一樣，細膩而又整齊。

在小梅兒心中，雅君是個很好的姐姐，好姐姐必將嫁上一個好姐夫。她相信只要姐夫能像〈長干行〉裡的尾生一樣一往情深，那雅君肯定會像詩中的女子一樣，就是變成石頭也忠貞不渝。她摸不清楚李白是否是至誠君子，想來想去想出個鬼主意，為雅君探個畢竟是她義不容辭的責任。

前院和雅君住的後院之間隔著花園，花園中的紅梅開過了，迎春花正豔，蘭草和蕙草幽幽地散發著馨香。一大叢芍藥和牡丹圍著曲欄競相開放，更顯得春意盎然，小梅兒來到小姐的閣樓，從書案上將小姐抄的那本《青蓮詩集》和李白原來的稿子悄悄地拿走，不聲不響地溜出去了。

李白的書僮丹砂在芍藥叢中找蛐蛐，小梅兒將兩本詩集背在身後繞到曲欄邊叫道：「哎，小子！」

「哼，我知道妳叫小梅兒，妳有什麼事？」丹砂聽小梅兒叫他小子，心裡老大不高興。

「你過來。」小梅兒一本正經地說。丹砂抖去手上的土，走過去。

「我問你，你們公子到底是不是好人？」小梅兒的神氣，像衙門裡的人在審案。

丹砂看她的樣子又好氣又好笑，心裡早明白了七八分，故意說：「我們公子當然是好人，妳問這個幹什麼？妳想嫁給他？」

小梅兒沒想到這小子如此油腔滑調，急得紅了臉說：「我是問你家公子有沒有學問？」

丹砂說：「廢話！這還用問嗎？我們公子是鼎鼎大名的江南才子李白呀！真是井底之蛙，沒見過世面！」

聽了丹砂的話，小梅兒倒放心了，便把至關緊要的話說了出來：「喂，我家小姐懂得，『常存抱柱信，豈上望夫臺』，這兩句詩，你們公子懂不懂？」

丹砂聽了，樂得直拍手說：「笑話！不懂！這不是公子〈長干行〉裡的詩麼？我們公子不懂，難道你懂？」

「是你們公子寫的？我怎麼不知道？」小梅兒說。

這時李白從前院到後院散步，不料聽見這兩個小孩的對話，覺得很有意思，就在假山後面停了下來，聽他們往下講些什麼。

丹砂說：「你怎知道不是我家公子寫的？不信我背給你聽……常存抱柱信，豈上望夫臺。十六君遠行，瞿塘灩澦堆，五月不可觸，猿聲天上哀，門前遲行跡，一一生綠苔……」

小梅兒見他倒背如流，心裡早已信了五六分。

又問道：「要是我家小姐與你家公子相約，你家公子會不會等著？」

「會，當然會，我家公子從來都是講信用的。」丹砂說。

「我說的是萬一他在橋下等，漲潮了，你家公子會怎麼樣？」

「我家公子會到船上去等，一直等到你家小姐到來。」

「他難道不可以像尾生一樣抱柱相等嗎？」

「你說的倒好，我家公子淹死了怎麼辦？在船上等不好嗎？」小梅兒有些失望，學著大人嘆了一口氣：「到底是寫詩的人編出來的。」

丹砂見小梅兒嘆氣，知道她對自己的回答不滿意，便說：「妳家小姐好心狠！要是我家公子被水淹死了，妳家小姐就滿意了嗎？」

小梅兒轉念一想也好，人死了就什麼也沒有了，不是很傷心嗎？要是像他說的那樣在船上等，還不算失約，便說：「也好。」

「哎，說了半天，你是拿〈長干行〉裡的事考我呀？那我問你：要是我家公子出門，妳家小姐會不會上望夫臺去等？」丹砂說靈機一動說。

這回小梅兒卻遲疑了，想了好久才吞吞吐吐答道：「我家小姐大門不出二門不邁，望夫臺在哪兒都不知道，怎麼去呀？再說，望夫臺一定高高的，風又大，把我家小姐吹壞了生了病怎麼辦？」

丹砂聽了想：不就是讓你家小姐爬一回山坡嗎，連這點小事都做不到，不由說：「算了算了，我家公子這首詩白寫了！」

「什麼白寫了，連『常存抱柱信』都做不到，呸！」小梅兒急了。

丹砂也生氣了，說：「你有什麼了不起，蜀人說『撿人家的話，挨人家的罵』，鼻涕口水流一壩！」

李白正要從假山後面出來說丹砂無禮，哪知小梅兒更不示弱，嬌聲叫道：「壞小子，少耍嘴皮子，我才不信，你們公子寫得出這樣好的詩句呀？你看！」說著從身後拿出李白那本《青蓮詩集》送到丹砂鼻子底下說：「你們公子的字寫得亂七八糟，哪能寫出什麼好詩？東一筆，西一劃的，我們安州人說，像這個字啊，大的大，小的小，歪的歪，倒的倒，樹上毛毛蟲，山上爛茅草！」

李白在假山石後面聽了，差一點笑出聲來。

小梅兒又拿出雅君的抄本說：「你看，哪有我們小姐寫的好！」

「我不信！」丹砂說。

「你看！你看！」小梅兒認真的翻給丹砂看。

李白遠遠的看著那抄本，一排排整齊非常，不由心中暗暗讚嘆。

丹砂見果然寫得清秀，但又絕不服輸，想來想去說：「妳不懂，我家公子寫的草書！」

雅君叫小梅兒倒杯茶水來，叫不應聲。雅君起身，發現妝臺前兩本詩集都不見了，便到後面來尋小梅兒。

小梅兒撇了撇嘴說：「草書？有什麼好？難怪像亂草一樣哎！我家小姐當然比你家公子寫得好！」

丹砂急了，一把奪過雅君的抄本說：「好不好，拿去給我家公子評一評！」

小梅兒哪敢讓別人知道！上前去搶丹砂手裡的抄本，丹砂頑皮猴精似的左躲右閃，小梅兒哪裡拿得到？小梅兒急得要哭，叫道：「快給我，小姐知道要打我的！」

雅君聽見小梅兒和丹砂為草書的事爭吵，不由心裡暗暗發笑，便從紫藤架下走出叫道：「小梅兒，妳還不快過來！」

這一切都被李白看在眼裡，李白萬沒想到在深閨之中，還有這樣一位端麗的女子為了〈長干行〉裡描繪的意境而動情。不由一股溫暖流布全身，從假山石後走出來，向雅君走去。

雅君看見了李白臉上帶著春天般的微笑在明媚的陽光之下向自己走來。

李白忘情地看著雅君，向她拱手一揖道：「謝小姐抄詩了！」

雅君滿面緋紅，嬌羞地向著李白嫣然一笑，翩若驚鴻而去。李白遠遠的看著那抄本，一排排整齊非常，不由心中暗暗讚嘆。

15. 黑夜的箪箣聲如泣如訴

在北壽山李白如魚得水，好像又回到匡山書院，李白再次刻苦攻讀，許員外觀察了整整一年，認定李白是一位飽學的君子，於是在第二年春天，為李白和雅君舉行了婚禮。許府張燈結綵，親友都來祝賀，十分熱鬧，闔府上下忙了個不亦樂乎。

李白與雅君拜過天地、高堂，引入洞房。洞房裡紅燭高照，綃帳低垂，李白穿紅戴花，看著盛妝的雅君的頭上頂著紅蓋頭，一動不動端坐在那裡。

金陵子跟隨公孫瑞蓮在封禪大典的出色表演聲名大振，之後各地爭相邀請，公孫瑞蓮滿心歡喜，帶著百戲班把周圍道、州、縣走了個遍。金陵子照常走一處打聽一處，一年下來，卻沒打聽到她的「長庚哥哥」到底在哪裡！又到了春暖花開的季節，金陵子不像京城的年青女子一樣去踏青尋歡，只是一個人戴著冪籬沿著牛雀大街往雲韶院走去。

忽然後面響起急促的腳步聲，金陵子還未來得及回頭，一羽林軍攔住了她。金陵子一眼認出他就是羽林郎陸調。

「叫我好找！」陸調叫道，原來陸調在鳳凰樓李陽冰為太學生餞行時看了金陵子的表演，早被迷得神魂顛倒，當時要不是李白一首〈白紵詞〉，他早已上前向金陵子示好了。封禪泰山之後，陸調碰見王維的小廝畫郎，陸調問到好友王維和金陵子的近況。畫郎說：「我的爺！你難道還不知道？」便一五一十的把金陵子的情況告訴了陸調。陸調早就從崔成甫那裡知道李白離開了江寧後到了安州，陸調是個至誠君子，便滿長安找金陵子。

「他就是金陵鳳凰臺上做〈白紵詞〉的日本國貴公子？」金陵子不信。

崔成甫哈哈一笑說：「他哪是日本國的貴公子！他是我的拜把兄弟西蜀綿州的李白李十二！」

金陵子不等陸調說完，騎一匹快馬出了春明門。

李白看著雅君，忽然想起了月圓、婉娘，還有那個絕代佳人金陵子，他走到窗前，撩起紗幔，窗外花影移動，他隱隱忽忽感到一陣遺憾，要是此刻蓋頭底下的人是月圓……

婚禮的一切儀式舉行完畢，已是二更時分，熱鬧了一天的親友們有的已經陸續散去。

李白大婚，丹砂一整天忙前忙後，想到從此以後不再漂泊在外，還有小梅兒常與他吵吵鬧鬧，自是高興，一整天下來，覺著有些累了。看著李白進了洞房，突然一個念頭襲來，心中一陣酸楚，想找個沒人的角落歇歇。

大門外矗立著兩個大石獅子，丹砂在石獅子的陰影裡坐下來，他摸摸胸前的雙蝶石竹花金釵，想起姐姐，眼淚忍不住成串地掉下來，哭了一遍，覺得心裡好受一點。

大街的拐角處出現了一個人影，下了馬，一直向許府走過來。那人戴帷帽穿黑衣，佩著劍，是個女的。她看見了石獅陰影裡的丹砂，問道：「小孩，這是安州許相國府上麼？」

「是的。」

「有位西蜀綿州的李白，李公子，可是在這家作客麼？」

「是。」丹砂話一出口。看見那女子呆呆地望著張燈結綵的許府大門，一臉困惑的樣子。

丹砂又補上一句：「不是作客，是——」

那女子聲音怪怪的，又問：「這是給誰辦喜事？」

丹砂說：「是給李公子和許小姐呀！」

「哪個李公子？」那女子問。「不就是你找的西蜀綿州的李公子麼？」「和這家的許小姐？」那女子驚訝地問。

提起許小姐，丹砂止不住又掉下了眼淚，丹砂終於有了一個傾訴的對象，丹砂如同在給自己解釋一般，一邊流淚一邊說：「許小姐是許相國的孫女，李公子入贅許府，正好攀龍附鳳，去奔遠大前程，……那些貧賤的女子，怎麼能誤了李公子的好事呢！」

那女子木然無言，眼前這小孩說的何嘗不是自己心中難以釋懷的原因！

丹砂見那女子神情奇怪，忍不住問道：「你要見李公子嗎？」

那女子撩起幃帽的一角打量著丹砂說：「……你是誰？」

「我是李公子的書僮。」

那女子從懷中摸出一疊樂譜，交給丹砂說：「請你……把這件東西給他……一定。」

丹砂接過樂譜，翻看了一下，抬起頭問那女子：「這是〈扶桑曲〉嗎？」

那女子神色淒涼，沒有回答。

丹砂：「你請等一下，我去叫他出來。」

那女子說了聲「不必」，轉身向安州大街的盡頭走去。

小梅兒收拾東西，喜孜孜地捧著一包喜宴上剩下的花式果子，來找丹砂分享，前前後後找了個遍，都不見人，冷不丁地瞧見丹砂蹲在石獅子的陰影裡，手裡拿著一卷紙發呆。小梅兒跑過去，問道：「這是什麼？」丹砂看也不看她信口答道：「這是剛才有人給李公子的。」小梅兒奪那卷紙一看上面圈圈點點的，不認識。問：「為什麼不給李公子送去。」

丹砂冷冷地說：「沒興致。」

小梅兒生氣了，說：「拿什麼臭架子呀？我去！」小梅兒飛快的跑進去了。

小梅兒冒冒失失推開新房，將那疊樂譜遞到李白手中說：「剛才有人送來的，叫我交給你。」

李白接過樂譜大驚失色，忙問：「這人在哪兒去了？」李白拉小梅兒跑到大門外問丹砂：「這是誰送來的？」

丹砂只覺那女子在什麼地方見過，但一時記不起來。只說：「一個女子，我不認識。」

「她人呢？」

「走好久了。」丹砂指了指外面。

李白不顧眼下何時何地，立刻奔了過去。雙喜不知出了什麼事，連忙追了上去。

「新姑爺！新姑爺！有什麼事儘管吩咐我去辦好了，新姑爺請回吧！」雙喜在後面喊著。

李白站在街的盡頭，天上颳起了風，雨星星點點地下起來了，視野之內一片渾黑。

李白怔怔地站著，手中緊握著那疊樂譜。

雙喜死勁把李白往回拽，說：「新姑爺，這裡什麼也沒有，我們快回吧！」

李白被雙喜拖回許府，大門口已經站著許員外和他的親友們很多人。

「發生了什麼事？」許員外問道。

「沒……沒什麼。」雙喜回答。

李白回到洞房，喜娘拉上了洞房的門，雙喜和丹砂回屋歇息去了。洞房裡那兩支巨大的紅燭才燃燒了一半，燃得正旺。雅君頂著紅蓋頭靜靜地坐在床沿。隔著蓋頭的紅紗，雅君看見李白拿著一疊樂譜，雙手發顫。

李白心亂如麻，也不去揭雅君的蓋頭，將那一罈「真珠紅」酒倒在杯裡，一飲而盡。他一杯又一杯地喝悶酒，喝到後來，索性捧起那罈酒，狂飲起來。喝完最後一口，伏在桌上，垂著頭，竟醉去了。

從李白奔出洞房的時候起到此時，雅君不知道到底發生了什麼事。她覺得身子坐得好酸，悄悄揭開蓋頭一角，看見李白伏在桌子上一動不動。她滿腹疑雲。此刻既不能叫喊，也不能走動，如此無助無奈，不由輕輕地哭出聲來。李白在醉意中隱隱聽到女子的哭泣，醉眼朦朧中，看見了床沿搭著蓋頭的女子，他想站起來，怎麼也移不動雙腿，他掙扎著扶著桌沿，走向那女子，剛摸到那女子的衣裙，腳一軟，身體挨著床沿跌下去。雅君從床沿上站起來，想把李白扶起來，怎麼也搬不動，用盡力氣只好將他身子在床沿上靠著，雅君此時也精疲力盡，倚著床欄打起瞌睡來。

雨越下越大，雅君從昏睡中醒來覺得有些冷，正想拉過被子來，忽聽李白在醉夢中叫道：「水……水……」原來喝多了酒，渾身燥熱口中發渴。雅君端過一碗酸梅湯來，將李白身子扶正，一匙匙餵到他嘴裡。清清涼涼的酸梅湯喝下一半，李白清醒了些。醉眼朦朧中，見一個端麗的女子，俯身在自己面前，眼前一片如朝霞般的紅光，她不是月圓還能是誰？雅君見李白睜眼看她，嬌羞萬狀，正想起身迴避，只聽李白高叫道：「月圓，妳別走！」就被李白一把抱住，一碗酸梅湯一下子潑在衣裙上，衣裙從胸口起溼了大半。雅君驚叫一聲，李白的酒醒了大半，看見自己懷抱中驚魂未定的女子，竟記不起自己究竟在何時何地，冒冒失失地問了一句：「妳是誰？」

雅君又羞又惱，一下子推開李白，拾起掉在地上的蓋頭，蒙在眼上，哭出聲來。

李白酒醒了大半，負疚的情感油然而生，他從地下爬起來，撿起湯碗的碎片，脫掉長袍緊挨著雅君坐下來。

「妳衣服都溼了，冷嗎？」李白摟住雅君的肩說。雅君的頭埋得更低了，身子在顫抖。

「都是我不好，我喝醉了，嚇壞了妳嗎？」李白輕聲說。李白將她的身子摟在懷中，揭開蓋頭，雙手捧起雅君的雙靨，輕輕拭去她滿面淚痕，握住雅君的手，纖纖的玉手冷冰冰的。

「妳的手好冷，快把溼衣服換下來。」李白幫她把溼衣服一層層脫掉，一張紙片從內衣裡掉下來，李白索性用棉被把雅君包起來，俯身下去給她脫鞋，發現地上有一張紙，李白把它拾起來。雅君一下子掀掉被子，去搶那紙片，那紙片早已被李白攥得牢牢的。

李白展開那紙，只見那皺巴巴的紙上畫著兩個人，一個男孩，一個女孩，男孩騎著竹馬圍著女孩歡呼跳躍。

「這是什麼意思呢？」李白問。

「丫頭畫的，說是『長干行』。」雅君的聲音小得只有她自己聽得見。

李白記起那天花園裡小梅兒和丹砂的說話，緊緊地摟住雅君說：「哦，我明白了，這是『妾髮初覆額，摘花門前劇，郎騎竹馬來，繞床弄青梅，』是麼？」

雅君羞得埋下頭來說：「是……」

「這兩個娃兒，從此一個就是我，一個就是你，對麼？」李白說。

「對……」

歡快燃燒的燭光，映紅了整個新房。

黑夜中，雨淅淅瀝瀝地下，篳篥聲如泣如訴，金陵子吹完了一曲〈扶桑曲〉，向安州望了最後一眼，上馬離去。……在李白心中她是壓根兒不存在了。她任隨坐騎在風雨中狂奔，雨水和著淚水在臉上亂淌。心中只有失落的劇痛，其餘什麼也感覺不到了。夜黑得伸手不見五指，馬一打滑，終於重重地把她從馬背上摔了下來，金陵子只覺得眼冒金星，什麼也不知道了。

「金陵子。」聲音很熟，但記不起是誰，一轉頭看見她的馬就在樹下，她猛地從那人的懷裡掙扎出來，奔向自己的馬。

「別走！」他衝上前，用他強勁有力的手抓住金陵子的手臂。

「滾開！你是什麼人？」金陵子叫道，一邊抽出寶劍。

那男人按住金陵子抽出寶劍的手說：「小兄弟，我是郭子儀，你的郭大哥呀！你怎麼啦？」金陵子終於聽清了郭子儀的聲音，一下子靠在郭子儀的肩頭，像孩子般嗬嗬地哭起來……像對親哥哥一樣斷斷續續地講完了她尋找長庚哥的故事，郭子儀嘆了一口氣說：「妳是個好姑娘，會有人愛你的。」

郭子儀是專程從長安來尋金陵子的，去年秋天郭子儀考中了進士，打算皇上的任命一下來，就向金陵子表白他的心跡，與金陵子同赴任所。誰知道皇上指派給他的任所是萬里之外的單于都護府！郭子儀是一個為國捐軀不惜馬革裹屍的漢子，萬里之外的單于都護府也許就是他一生事業的起點。但是他怎能把如花似玉的金陵子帶到那荒漠和風沙中去？邊關是艱險的，說不定此一去再無歸期。

看著此時痛不欲生的金陵子，他對她說就要去邊關赴任，不久就會再回來看她，此時來與她作別。他沒有把內心深處的愛戀吐露出來，那樣做就等於在她滴血的心上殘酷地再割一刀。

幾天之後，郭子儀把金陵子送到長安公孫大娘的處所。什麼也沒有說，告訴她要多多保重，然後到單于都護府赴任。

16. 孟浩然對李白說：「喝酒！別理他！」

辦完這樁婚事之後，許員外心中一塊石頭落了地，他終於為女兒找到一位有志向有才華的丈夫。看到小兩口婚後親密的樣子，許員外心中有說不出的高興。在北壽山讀書堂，李白越翻閱典籍越感到自己學識淺薄，竟再次發憤苦讀起來，經月不回家也是常事，雅君知他愛喝酒，常常讓雙喜給他送酒到山上。李白思念雅君，常取出淡緋的花箋來為雅君寫一首小詩，又怕雅君怪他，便放在案頭，天長日久，竟寫了一大摞。

不久許員外得到消息：荊州長史、山南東道採訪使韓朝宗大人近期要到襄陽來選拔人才，許員外託朋友向韓朝宗大人推薦了李白，立即命人為李白打點行裝叫他動身前往。

李白到了襄陽住下，等待韓朝宗大人的到來，哪知韓大人有個嗜好喜歡沿途飲酒作樂，等了近月，韓大人尚未從長安來到襄陽。李白聽說襄陽城南峴山風景頗佳，這天便去峴山一遊。

峴山中有一處清雅的山莊澗南園，是襄陽名士孟浩然的家園。園中瓦舍整齊清潔，院中有幾株梧桐，青綠的葉像傘蓋一樣遮蓋著窗明几淨的書房。大廳兩側亭軒疊出，佐以青松翠竹，山中飛流疊出，與澗南園的清雅相映成趣。

孟浩然是襄陽人，從小就在這裡與兄弟侍奉雙親、研究學問、修養道德、為人排難解紛。到澗南園來的，差不多是高士，吟詩作賦撫琴試劍，甚是優雅閒適。前幾天約了詩友丁大鳳和閒散山人冷於清來澗南園小住，他一早就吩咐了僕童打掃了屋子，到下午這二人還沒來。每次朋友的到來，給冷清的澗南園帶來歡樂，而偏偏今日不知為什麼朋友又不來了，這使孟浩然很失望。

側屋裡一個小童拿著把破蒲扇，撲哧撲哧地煽爐子，火苗直往上竄，爐子上擱著一個陶壺，陶壺中的水是特別儲存了去冬松樹上的雪，燒爐子的柴是梧桐樹的落葉。孟先生說這樣燒的水泡茶才有一股特別的醇真之味，馥郁之香。小童見孟浩然走過來，忙說：「先生，茶燒好了。」孟浩然往路上張望還是沒有一個人。

「先生，要濾酒嗎?」小童問。

孟浩然沒有吱聲，踱到簷下，天下起雨來，看屋簷口的雨滴滴嗒嗒往下滴，猛然抬頭，看見蜿蜒的山道上出現一個黑點，那黑點越變越大，漸漸清楚，是一個人身披蓑笠，拄著竹杖，穿著芒鞋，在煙雨中向澗南園走來。

來人正是李白，本來下雨天不宜出遊，但李白看雨中的峴山別有一番情趣，便踏著泥濘，來到澗南園前，用竹杖敲著院門大聲叫道：「有人嗎?開門呀!」

孟浩然對小童說：「興許是客人來了，快開門!」

小童到院門口，把門開了一半，見是個不認識的人，問道：「先生，你是誰?」

李白說：「過路的，想進來躲雨。」

小童說：「等一下，我問過主人家，才能讓你進來。」說罷穿過院子來到堂屋裡，向孟浩然回道：「先生，外面是一個躲雨的人，他說他要進來。」

孟浩然有些勉強地說：「讓他進來。」

李白進了院子，跟小童進了屋，脫下蓑笠和芒鞋，見一位身材頎長，面目清臞的中年男子坐在太師椅上，再看只覺他骨貌清淑，風神散朗;這人兩眼望著窗外，正在觀賞屋後山峰上一匹白練般的水瀑，水珠濺在一棵古松上，那古松傲幹奇枝，經水一沖洗更顯得蒼翠虬勁。李白心中嘆道，只有這樣清雅的地方，才有如此神仙般的人物。見那人並不與他說話，便道：「多謝先生讓我躲過了這場雨，有茶沒有？」

孟浩然看了他一眼，向小童說：「去端茶。」

「先生好像知道我要來，先把茶燒好了？」

李白接過童兒遞過來的茶，揭開邢州白瓷茶碗的茶蓋，見那茶碗白得像雪，襯著茶水清泠泠綠瑩瑩。喝了一口，一股異香從喉嚨直透到腦門。李白道：「好香的茶，這茶一定是取去年松樹上的雪，燒梧桐葉熬成的，才這樣沁人心脾，喝不出這茶葉是那裡的茶！」

孟浩然笑而不答，把眼光從松瀑移到李白身上。

李白見孟浩然轉過身來，又說：「謝先生香酪，敢問先生有酒沒有？」

孟浩然說：「當然有，去槽上把酒濾來。」

小童應聲而出，李白說：「慢，自家喝酒，何必濾，就是家常的玉浮粱，喝起來才本色。」

小童端上個青瓷蓮花壇，裡面盛著玉浮粱，緩緩地倒進兩個琉璃盅，玉浮粱是用糯米釀成的米酒，家釀的米酒沒有過濾，釀過的糯米淡綠色的顆粒浮在酒液上面，俗稱「玉浮粱」。

李白聞著香噴噴的玉浮粱說：「自家釀的香醪，真是甘美，先生——」

不等李白說完孟浩然用手勢制止了他。小童已經端了一個磨漆朱彩長方托盤進來，把托盤裡的東西一一擺在桌上，那是一盤燻牛肉，一碟蠶豆，一碟香干，一碟炒花生米。

李白笑道：「主人想得果然周到，住在這樣清雅的南軒，賞著飛流直下的松瀑，近處有蒼鬱的林木，遠處有煙雨迷濛的峴山，眼前有素昧平生的高士，碗中有香醇的美酒……」

孟浩然和李白同時舉起酒碗說：「先生——有詩沒有？」李白到來，給孟浩然一個意外的驚喜。

「先生，我喝了你的酒，你不想問我叫什麼名字？」李白問。

「只要有一首好詩，自然心領神會，神思與友情，正如好風化雨，來如其來，去如其去，又何必在乎什麼地方，什麼名字，什麼形式。」

暢飲在濃濃的詩意中進行。

雖然天下著雨，襄州府門口卻是熱鬧非凡，因為荊州長史兼判山南東道採訪處置史韓朝宗大人即將到來。襄州的地方官和名士都打著傘在此殷殷等候，本該到孟浩然澗南園去會友的丁大鳳和閒散山人冷於清也候在這裡。一向瞧不起文人墨客的安州長史李京之帶了長史府中要員和地方賢達，早在昨天上午抵達襄陽，畢恭畢敬地站在迎接的人群中。

為韓朝宗大人接風洗塵的酒宴設在襄陽最講究的酒樓。

韓朝宗與其他長官相比，有文才且通曉經典，所以識人眼光又比州縣俗吏高一層次。他喜歡結交名士，不僅顯得高雅脫俗，而且文士亦喜稱頌他的好處，往往把他的政績說得生動有致，所以韓大人與眾名士相得益彰。韓大人靠眾名士傳播佳名，眾名士又指望韓大人點撥迷津，提拔推薦，好早早步入朝堂。所以有「生不用封萬戶侯，但願一識韓荊州」之說。韓大人正是掌握文壇、權衡人物的首領，一經品題，便為佳士，如登龍門，名士與豪傑都希望韓大人能為之收名定價。

下午，船到了碼頭。年近五十體態微豐紅光滿面的韓大人從船上下來，並不穿官服，而是穿一件青灰團花寬袖薄紗長袍，外罩一件銀灰細花錦背心，由一個總角童兒攙著下了船。後面跟著他的屬吏和婦僕。韓大人屢屢向迎接他的地方官員和名士拱手。眾名士頓覺韓大人和藹可親，無不傾慕嚮往。

完成了盛大的歡迎儀式，地方官囑名士們各回寓所聽候傳喚。韓大人由襄州、安州、隨州的長官陪著進了官衙。

為韓大人洗塵的酒宴設在襄陽最講究的酒樓，安州長史李京之與襄州裴司馬特為韓大人準備了幾個絕色女子歌舞彈唱。盛宴從日落時分進行到一更天，哪知韓大人看慣了長安的倡家與教坊，襄州土著的女子土腔土調怎麼也看不順眼，此時，韓大人已喝得醉意闌珊。斜乜著醉眼向著李長史叫道：「京之，像這樣的俗宴，拿來待我？」李京之與裴司馬聽了嚇得背上冷汗直流，忙說：「韓大人少歇，我當親自去張羅一番。」便叫兩個妓女陪著，暗中扯了一把裴司馬的衣襟，把他叫到外間詢問，裴司馬低聲說：「韓大人有個癖好，一邊喝酒，一邊與人講典故文章，與他交談的清客，隨時根據典故文章吹捧他，他便心神怡然了。」裴司馬央求李京之道：「那你快叫了名士到酒宴上去，要讓韓大人開顏才是。」李京之慌了神，忙道：「這怎麼使得，這都什麼時候了？到安州接名士怎麼來得及？」裴司馬說：「我們襄州有哪些名士？可都在？」錄事道：「襄州最有名的有孟浩然、丁大鳳，還有閒散山人冷於清等。」裴司馬道：「那這事就交給你了，你立即去把三人請來！」李京之只好把隨行的秦列叫來。說：「你的機會來啦！韓大人此時興致正好，你若能上前去獻詩一首，讚頌韓大人盛德，韓大人定會刮目相看！」原來李京之將韓朝宗要到襄陽來的消息告訴秦列，讓秦列帶上錢財隨他到襄陽去走韓朝宗的門路。秦列急於找到官做，便變賣家產，換了些銀兩，交給李京之，到了襄陽。秦列一聽，忙隨李京之到了樓上。到了樓上一看，妓女們正施出渾身解數，索性脫了衣服，投入韓大人懷中，此時正浪笑歡謔，玩得正在興頭上，倒是秦列見了這番光景，嚇得原來在心中湊了半日的詩句忘了一半，又退了回去。

襄州府派陳參軍找到名士丁大鳳和冷於清，這兩人一打聽韓大人不高興，生怕觸霉頭，忙推說他們已經吃醉了酒，怕酒後失言得醉了韓大人可不是好玩的，還是去請孟浩然吧，孟浩然博古通今文思敏捷，只有他最合適不過，陳參軍忙叫了幾個差役，抬著一乘小轎打著燈籠火把，冒雨直奔峴山澗南園。

此時在澗南園，李白和孟浩然已經忘卻了黑夜，忘卻了下雨，詩興正濃酒興正酣！今夜這裡，是一個自由的世界，從酒說到詩說到文壇、世風、女人、神仙、茫茫蒼天，淼淼江海……談興與思緒，如天馬行空般不可羈勒……

孟浩然讓小童換上一支蠟燭，又給李白斟上一杯酒，說道：「我有兩句得意之作，賢弟能否為我續上？」

「孟兄請講。」在李白看來並沒有什麼續不上的詩。孟浩然吟出：「微雲淡河漢，疏雨滴梧桐。」

李白聽了，仔細玩味了一番，這兩句卻不簡單，自己雖則能繼，卻恐不能超過此句。於是面帶難色道：「仁兄之詩清絕出塵，沉寂寥廓中呈現靜謐清新，小弟雖能續，恐比不上兄長的好，小弟……無以為繼。」

李白想我自稱為詩仙，焉能落在他後？於是閉目想了想說：「小弟也有兩句謬詞，請……」孟浩然見前句未續上，不等李白說完，微笑道：「請講……」

「霜被群物秋，風飄大荒寒。」

孟浩然聽罷一驚，這兩句詩英姿天縱如神龍見首不見尾，豈是一般凡人可續？縱想續也無從續起，便笑道：「閣下這兩句詩豪雄縱逸，為兄技窮，技窮……」

說罷二人一齊舉杯道：「乾！」

李白好久都沒有如此暢飲過了，要是有這樣的知己朋友常聚在一起，豈非平生一大樂事？便道：「小弟在安州，也有一處讀書的地方，歡迎先生隨時光臨！」

孟浩然方才記起喝了一晚酒，遇了知己知交，竟還不知對方姓名，便道：「閣下是——」

李白隨口吟道：「問餘何事棲碧山，笑而不答心自閒，桃花流水杳然去，別有天地非人間。這是我的北壽山讀書堂，請隨時來作客！」

孟浩然依稀聽說有異人李白從峨眉而來，學識淵博，文章錦繡，隱居於安州北壽山，沒想到在自己的家中不期而遇，不等李白說完，便叫道：「那麼，你是李白？」

「正是。」李白說。

孟浩然道：「你有北壽山，我有澗南園……『左右林野曠，不聞城市喧，釣竿垂北澗，樵唱入南軒。』若蒙李君不棄，在此多住幾天！」

「孟浩然先生！」

李白在江南早已讀過孟浩然的這首詩，當時就以為有陶淵明之風，此次一見名不虛傳，自然一拍即合。李白將身上帶的新作拿出請孟浩然指教，孟浩然驚奇地發現，李白新意迭出，筆鋒剛健，普天之下，一人而已！

與孟浩然交談中，李白方知孟浩然雖年近四十，卻並沒有去求取功名，一生所學，幾乎等於無用，於是說：「以孟兄之才識，理應顯達，久居山林豈不可惜？恐怕是孟兄過份清高的緣故吧！」

孟浩然嘆道：「為兄閉門苦讀三十個春秋，雖有濟世之志，但是沒有通向朝廷的途徑啊！」

李白想孟浩然博學多才，老於林泉豈不可惜？官場多幾個正直篤學的孟浩然，少幾個奸貪的惡吏，有何不好，便道：「孟兄，路是人走出來的，人言說：天不語而四時行，地不言而萬物生。我等不是天地，而是人，自己不去開闢自己的道路，老是封閉在山林裡，誰又知道你滿腹學識呢？以兄的才識，理應有所建樹，才不枉此生，孟兄以為如何？」

孟浩然被李白的真誠和熱情打動了，早年的他，認為託朋友找門路出任做官，有鑽營之嫌，為他這樣清高的人所不齒。今日李白一番話聽來甚覺有理，於是再次給李白斟上一滿杯，激動地說：「你說得真對，我正打算去長安一試身手！」

正喝到興頭上，見幾個身披蓑衣、頭戴斗笠、腳上沾滿泥濘的人直接闖了進來。孟浩然一驚，站了起來。李白急忙站起按劍在手，喝道：「你們是什麼人？來幹什麼？」

陳參軍忙把蓑笠脫了，說：「孟先生，實實對不住，深夜來打擾。」孟浩然見他穿著參軍服飾，心裡才稍稍放下。

陳參軍道：「我們是襄州衙門的人，在下倒是見過孟先生一面，只是孟先生認不得在下。今夜冒昧，奉裴司馬裴大人之命前來。」

孟浩然道：「不知裴大人有何吩咐？」

「裴大人今夜宴請山南東道採訪處置使荊州長史兼判襄州刺史韓朝宗韓大人，」陳參軍有意將韓朝宗的官稱一古腦兒抬出，心想這文士一聽了偌大的官銜，一定二話不說乖乖地跟他走路。「裴大人請你前去赴宴。」

哪知孟浩然聽了他的話反而坐下來，蹺起二郎腿問道：「赴宴？什麼時候？」

「就是此刻！」陳參軍急切地說。

李白說：「這就奇了，裴司馬宴請韓朝宗，時間肯定是在傍晚，哪有深更半夜才請客的道理。」孟浩然像是猜準了陳參軍的心思似的，不以為然地笑笑：「我有朋友從遠方來，請回覆裴大人，他的盛情，我心領了，改日再登門拜謝。」

旁邊一個差役，哪見過如此拿大，要是在平時，一繩子捆了便去交差，不由叫道：「這如何得行？裴大人說越快越好！」

李白心裡也明白了七八分，笑出聲來說：「老哥，這哪裡是請人赴宴，簡直是催人去救火嘛！」

陳參軍耐著性子道：「大人讓我來請你，是很給面子的，我這個小小的參軍微不足道，但司馬大人的吩咐你還是該聽從吧，如果你連司馬大人都不放在眼裡——」

孟浩然今晚特別的興致，被陳參軍的到來沖得煙消雲散，此刻聽陳參軍又拿裴司馬來壓他，心中早已火冒三丈，冷笑一聲道：「我早就知道，他們此刻已經酒醉飯飽什麼都玩膩了，不過要我去作詩應應景、消遣消遣罷了。你回去告訴裴大人，我此刻要和朋友聊天飲酒，恕不奉陪！」

那差役氣得臉色發青，叫道：「孟浩然，你說對了，你只不過是大人們酒後消遣的角兒罷了，你神氣什麼，你以為你是什麼了不起的人？」

李白哪裡聽得這些言語，衝著那幫人叫道：「你們這幫卑鄙下流的傢伙，怎敢對孟先生如此無禮！你再敢胡說八道，我就不客氣！」

「你是什麼人？竟敢如此說話！」陳參軍問。

「我是隴西王孫，蜀人李白！」

「啊！聽說安州許員外招贅了一位上門女婿，原來就是你？」陳參軍說。

孟浩然拉李白坐下來，給李白斟上一杯酒說：「我們喝酒——別理他！」

「隴西王孫李白」使陳參軍產生了敬畏，愣在那裡不敢再說。李白心裡頓感厭惡，向他們喝道：「還不快滾！」

因為「還不快滾」這幾個字，在日後，給李白帶來了一場不大不小的麻煩。

陳參軍深夜返回，為了不受上司責罵，陳參軍與差役們將李白與孟浩然如何刁蠻，目無官府的情況添油加醋地加以稟報。尤其是「安州的隴西王孫李白」，在他們嘴裡簡直就是十惡不赦的大強盜，此事主要因為「安州李白從中作梗」而未辦好，這樣一方面保住了自己頂頭上司裴司馬的面子，將失敗的理由籠在安州人的頭上，一方面自己也就逃掉了一場責罵。李京之聽了很不是滋味。幸好酒樓上兩個婊子十分賣力，把韓大人哄得暈頭轉向，李京之和裴司馬才沒有對陳參軍當場發作。但李京之記下了，破壞他兒子親事的狂人李白又一次掃了他的面子。一有機會，定要將他狠狠整治一番。

17. 七夫人上吊事件引發安州人去發掘李白的桃色舊聞

李白與雅君結婚的第二年，雅君生了一個兒子，李白為他取名叫頗黎，一家人過得十分和美。李白準備把北壽山的典籍鑽研透澈，然後到長安去開闢自己的前途。

李白沒有劣跡，除了在北壽山讀書，便是交幾個詩酒朋友出去遊學，很少在安州城裡，李京之要整治卻找不到茬兒，好似狗咬烏龜無法下口。

不料第三年的夏天，安州爆出一樁新聞，長史李京之的七夫人突然上吊死了。七夫人的懷裡揣著李白的幾首詩，於是滿城沸沸揚揚。

李京之有兩個特點，一是「好色」，二是「好財」。早年在章丘作縣尉。一日州府衙門的刺史下來巡察，聽說李京之有一妻二妾，便故意提起〈登徒子好色賦〉，說：「『寡人未見好德如好色者』，如今李縣尉有一妻二妾，不知縣尉好德，還是好色？」李京之聽了，不但面無愧色，反而笑盈盈地回答刺史大人說：「這篇文章，根據我的理解，實際上確實是好色比好德的人多，所以『寡人未見好德如好色者』是楚王的至誠之言，至誠也是一種美德。下官不願意欺騙刺史大人，所以我對大人必須袒示以至誠。再說，世上正是好色的人多，如果標明自己好德而不好色，等於與多數人作對，不是自討苦吃嗎？所以，下官是色德雙好。」刺史當場便捧腹大笑，連連稱讚「妙！妙！妙！」李京之賄以鉅款日後節節升官，三年前又升為安州長史。李京之升一回官，就添置一個妾，到安州任上，李京之已有六十二歲，有一妻六妾共七個老婆。

七夫人杏花是煙花女子，頗有姿色。杏花死得蹊蹺，頭天上廟會還好端端的，第二天晚上就上吊死了。杏花死後從貼身的衣裳裡搜出一頁花箋，上面寫著李白的詩《寄遠十二首》中的兩首。

一首是：

本作一行書，殷勤道相憶。一行復一行，滿紙情何極。瑤臺有黃鶴，為報青樓人。朱顏凋落盡，白髮一何新，自知未應遠，離居經三春，桃李今若為？當窗發光彩。莫使香風飄，留與紅芳待。

另一首是：

玉筋落春鏡，坐愁湖陽水，聞與陰麗華，風煙接鄰里，青春已復過，白日復相催，但恐荷花晚，令人意已摧，相思不惜夢，日夜向陽臺。

李京之看了這兩首詩，簡直是氣炸了肺。確信自己小妾是被李白勾引調戲而死！因為詩中所寫的是一個青樓女子，而杏花正是李京之在河南湖陽妓院買來的。買來之後，杏花常鬱鬱不樂，所以「朱顏凋落盡」，而自己年歲增長已六十多歲，「白髮一何新」不是說自己還能說誰？買來歷時三年，詩中說那情夫當然與她「離居已三春」，這一對狗男女，不僅勾搭成奸，而且在夢中還要相會，竟然膽敢「日夜向陽臺」！

憑直覺，李白的確就是杏花的情夫，要是不是情夫，為什麼寫得那樣體貼入微，甭說是杏花，就是自己變了女人，見了這些情詩，說不準也要投懷送抱。李京之發誓要將此事查個水落石出，將李白狠狠收拾一頓不可！說罷立即就要差人把李白捕來。

李京之的大老婆周氏是個明白人，平時沒看見七夫人與外人有什麼來往，知道這個女子是李京之強買來的，就是有外遇也不足為奇。便告訴李京之說，杏花的死因不明，要是沒查清楚沒有憑據，冒冒失失把李白抓來，許家是名門望族，弄不好定會惹來麻煩。李京之聽了遲疑起來，但又轉念一想：身為安州長史，竟讓李白如此辱弄，此仇不報，怎能消心頭之恨！左想右想想出一條計策來，第二天一早李京之就叫大管家去找秦列。

秦列自從去年聽了李長史的話將賴以為生的百十畝田地變賣換了金銀，交給李長史去討好採訪處置使韓朝宗，末了卻未謀得一官半職，急出一場大病來，待病醫好了，家產也蕩盡了。秦列萬沒想到他會落到如此地步，自己又是個讀書人，沒有謀生的路子，眼看一天窮似一天。今天打早出去到姑媽家借一升米，哪知姑媽在門裡聽到是他敲門，竟連門也不開，無奈何只好兩手空空回來。已是一天沒吃飯的人，加上雨一淋，渾身發抖落湯雞一般。進了門一邊脫下身上的溼衣裳，一邊叫：「快給我拿件衣服來！」

「你哪裡還有什麼衣服，早已典當完了！」妻子毛氏叫道。秦列見床上當被蓋用的破得開花綻朵的破棉襖，忙拿來披在身上，一邊罵道：「妳這個賤貨，竟敢把我的衣裳全當完了，妳叫我穿什麼？」說著便抓起禿頭雞毛撣子去撲打毛氏。

毛氏氣極，罵道：「你打，你打，你空著兩手還有臉回來！要不是你鬼迷了心竅，成天想作官，把家產賣完求李京之去巴結什麼韓大人，怎會落到這步田地？你有出息就去考個明經進士什麼的，你沒出息就是種田打柴，沿街叫賣也有口飯吃！你這敗家的殺胚，就會欺負女人，你打！你打呀！」說著一頭向秦列撞去，秦列哪裡站得住，倒在一堆破爛什物中。

秦列氣得渾身打顫，順手抄起一把黃鏽斑斑的菜刀咬牙切齒叫道：「賤人，我今天殺了妳！」來砍毛氏。

毛氏橫了心反而挺身上前，伸長脖子哭道：「我不知前世造了什麼孽，如今才受這般罪，倒不如死了好，你殺，你殺，你殺呀！」

秦列見毛氏這般光景，自己也心如刀絞，舉著刀的手發抖，怎砍得下去？忽然一隻手搬過秦列的肩膀，將刀拿下來，問道：「大兄弟，你這是在幹什麼呀？」原來是李長史的大管家許富安。

許管家收起傘，從懷裡掏出一大串緡錢，拿到二人眼睛中間說：「你看！」

許管家故意將那串錚亮的銅錢顛了顛，發出清脆悅耳的聲音來。秦列和毛氏的眼裡放出光來，用驚訝的沙啞聲喊出：「錢——」，許富安望著二人呆呆的面孔低聲說道：「只要秦兄弟肯幫我幹一件事，我就把錢送給你。」

「你……要我做什麼……事？」秦列囁嚅著。

「唉，你膽小成這樣兒，別這樣瞧著我！一不要你殺人，二不要你放火，只是做篇文章。」許富安說。

第二天早晨，安州街頭巷尾到處張貼著〈唯女子與小人為難養也〉的文稿，文中含沙射影地說杏花被一個下流文人勾引而自殺身死的事。文中的下流文人雖未點名，稍稍一思忖就可能猜到是許員外家招贅的李白。

其中有兩張就貼在許府大門口。雙喜一早起來開門發現門上有兩張寫了字的紙，揭下來交給了許員外。

衙門裡許員外的熟人，將事情悄悄告訴了許員外，許員外大吃一驚，女婿確有個把來月沒有回家了！但不知與杏花之死有什麼關係，忙叫雙喜來問李白現在何處。雙喜上了北壽山，多壽公公說一個多月前李白與孟浩然去了江夏，許員外忙託人叫李白趕快回家。

李白在江夏就與孟浩然作別，然後遊雲夢。雲夢雖不像司馬相如賦中說的那樣神奇美好，但風光的確不錯。李白到了這裡倍覺親切，因為這是《楚辭》的發源地，是大詩人屈原生活過的地方。這裡的民風、民歌美不勝收，百姓的風俗習慣也是別具一格。正在李白沉迷在雲夢的民歌中的時候，接到了岳父催他迴轉的信。

李白不知岳父有何要緊事，和丹砂冒著烈日趕回到安州，已是下午，李白穿過廳堂，先到後院，雅君坐在桂樹下揮舞著一支大雞冠花，小梅兒躲在假山石後面，和小頗黎捉迷藏玩。李白走過去一把抱起頗黎，把他舉過頭頂。雅君見了站起身來走向李白說：「哎，你還記得回家的路呀！書呆子！看你走得汗淋淋的，快去洗澡換衣服吧！」

「你看，爸給你帶回來什麼？」李白從鼓鼓的口袋裡掏出一個活物，手一鬆，撲楞楞地飛上了天，原來是一隻腳上捆了線的麻雀。

「好玩不？」李白問。

「說好玩！」雅君對兒子說。

「好玩！爸，我要！要！」頗黎拍著小手叫。

李白把線繩交給頗黎，在小臉上狠狠地親了一口。「快去換洗吧，看你累的。」

李白還未去盥洗，許員外就讓雙喜把他叫到書房。看到許員外一臉的不高興，李白丈二金剛摸不著頭緒，問道：「岳父大人有事？」

「你看看，這是什麼？」許員外將門口揭下來的紙和衙門裡熟人給他抄的詩，交給李白。李白接過，往窗下躺椅上一躺，漫不經心看了兩眼說：「這兩篇是小婿寫的詩，四年前寫的，這篇是什麼狗屁文章，實在不敢恭維，恕小婿直言，不堪入目！」說著揉成一團扔在屋角。

許員外見李白大大咧咧的樣子，氣得臉發青，問道：「外邊傳言說你勾引李京之的小妾，有這事麼？」看著岳父怪模怪樣，反而惹得李白「撲哧」一聲笑了，吊兒郎當地說：「李京之的小妾，漂亮得很麼？也值得我去勾引？」把二郎腿一蹺，呷了一口茶，向許員外說：「岳父大人，李京之屋裡那些母夜叉，白送給我也不要，你放心。」

許員外本以為出示了這些「證據」，李白便該誠惶誠恐，低頭認罪，然後嚴加訓誡，哪知李白這些回答不三不四，便厲聲說：「哼，這兩首詩，就是從李長史小妾身上搜出來的！」

李白已經明白了八九分，但自古以來，文人的詩文有人讀，有人傳抄，有人贈送，有人動情，本是常事。如何又激得這位老爺子氣憤填膺？未免心中暗笑他孤陋寡聞，但又不願正面與他作答，便大而化之地說道：「上至達官貴人，下至市井百姓，鄉野人家，都喜愛傳抄小婿的詩，小婿的詩寫得好，才有人傳抄呀！岳父大人應該高興才是，至於她讀了詩要偷情麼，那小婿可管不了。聽說李京之年齡比岳父還大，倒有七個老婆，他一個人照顧不過來，難怪紅杏出牆呢！他要拴不住老婆的心，就該少養些。如今死了，反而怪我的詩，這叫不會行船怪河灣，的確是他本人的不是了。」說著將身子往後一仰，半躺在椅上，拿起蒲扇「撲哧」、「撲哧」地扇起來。許員外哭笑不得，只好叫李白回房去歇著。

雅君是個細心的人，叫小梅兒過去悄悄去把李白扔在牆壁邊的紙團拾回來，雅君打開一看，心中頓生疑雲，一下子眼淚直流。原來她傾心相待，為之生兒育女的丈夫，竟是這樣的一個無恥之徒！

她想起了新婚之夜，不知何人給李白送來的樂譜，想起了那晚李白在沉醉中叫的：「月圓，妳別走！」在她看來，這些詩倒不見得是寫給李京之的小妾的，而是寫給「月圓」的，「月圓」是誰？回想起那夜李白問她「妳是誰？」的那種目光和神情，雅君感到椎心般的疼痛。李白洗浴完畢來到房中，見雅君在床上躺著，他走到床邊，輕輕掀開紅羅紗帳說：「一個月沒回家，可想死我了！」說著就從後面一把抱住，伸過臉要來親熱時，但見雅君淚痕滿面。「新婚之夜，你喝醉了叫的是誰？」

「我叫的是『月圓』！她在哪兒？」李白坐起身子驚奇地問。

李白的吃驚更引起了雅君的疑心，她說：「你先告訴我，月圓是誰？」

「月圓是我在蜀中的親妹妹，小時候就不在人世了！」

「你說她不在人世了，為什麼還問她在哪裡？這是怎麼回事？」

「那時家裡遭了火災，以後她就不見了，都說她已經死了，但我總覺得她活著。難道你知道她的消息？」

「你在騙我。」雅君臉扭向一邊，看也不看李白。

李白一眼看見了桌上的那篇敗壞他的文章和那兩張詩箋，說：「妳把這撿回來幹什麼？」

「這些詩當真是你寫的？」

「是，當然是我寫的，怎麼，妳不喜歡讀？妳生氣了？」

雅君不言語，李白把她摟進懷裡說：「妳不要錯怪了我，我在北壽山讀書讀得好好的，從來沒見過李京之的小妾，怎麼就會勾引上了？再說那些醜八怪哪一個比得上娘子溫柔美麗？再說，〈長干行〉也是我寫的，妳看了〈長干行〉不就喜歡我了嗎？讀我的詩的人多著呢。」

雅君聽了覺得也是，李白說著將雅君抱在懷裡，掏出手絹來擦乾她臉上的淚水。

「讓我摸一下，這裡還有沒有藏著我的詩句。」李白故意將手一直伸到內衣底下，那裡又柔軟又溫暖，雅君沒有掙扎，李白再也忍不住，抱她一起倒在床上。

許府又歸復平靜，李京之怎肯就此罷休，叫來許富安，許富安說：「這有何難？他一個外地人，在老爺管轄的安州地界，怕治不了他？」許富安再次找到秦列，叫他去江南和蜀中把李白的根底挖出來。秦列說：「我一介書生，怎會做這種事情，要是調查不出什麼名堂，可怎好？」李京之道：「看你沒出息的樣子！你這人越讀書越糊塗了！調查不出名堂，你就不會編？歷史都是編出來的！」一個多月之後秦列回來了。李白根本就不是什麼隴西王孫，而是一個目無官府的狂徒，一個浪蕩的嫖客，一個油滑奸狡的騙子，一個跟鐵匠、船伕、江湖郎中鬼混的草民，說不定還是一個殺人凶犯……沒有桃色新聞，安州人對這種舊聞也感到特別刺激，一兩天之內就傳遍了安州城。

18. 長史李京之的大馬車風馳電掣向李白衝過去！

謠言是在暗中流傳的，而明裡誰也不敢對李白有所觸犯。何況李白在北壽山讀書，對外面的流言想聽也聽不到，故爾李京之的種種陰險手段，對李白如同隔靴搔癢，並沒有收到明顯成效。

李京之的這塊心病怎麼也放不下，日夜憤恨不已。不久機會終於來了。

前任安州都督馬彥偉在壽豐別業修建的「文英閣」終於竣工。為此馬公宴請遠近親朋文人墨客，吟詩作賦，共慶落成。李京之想好主意，要在「文英閣」落成慶典的詩會上，揭穿「奸人」李白的真面目，那時候，李白就會在安州和京城臭名昭彰，永遠也別想抬起頭來，這就比殺了他還解恨！大凡不務正業，腹黑無恥的人，對於誣衊誹謗、羅織中傷這一整套邪術卻是無師自通的。李京之正是這種人，因為他身居高位，手段更加齷齪。

前些日子，李白收到都督馬公的請柬，特別為文英閣撰寫了一篇賦和幾首詩，準備在慶典上獻上。他正收拾文稿，忽然崔成甫來了。

「崔五兄！」李白驚喜得叫起來。「什麼風把你們給吹來了？」李白問，一看還有好友魏洽等人。

「長安城裡到處都傳遍了你的歌，只見樓梯響，不見人下來，把我們都想死了！」崔成甫笑道。

崔成甫說他今年調任到單于都護府郭子儀帳下作參軍，為辦公務南下到江州。又聽說都督馬公的文英閣落成，決定與李白一起參加了慶典再乘船南下。崔成甫向李白講起他在北方邊陲的見聞，講他們如何在冰雪的天氣巡邏，如何在漫天風沙中追擊入侵的胡兵。講起他如果把李白的詩抄贈送給郭子儀，郭子儀讀到「身沒期不朽，榮名在麟閣」大加讚賞，託了崔成甫一定要把李白請到邊陲來，與他痛飲一番！李白聽了激動不已，向崔成甫說：「這才是男子漢大丈夫所嚮往的啊！」崔成甫告訴李白，他在長安西門有一座老宅，若李白到長安，一定找到老宅去問留守看門的老管家，管家就會告訴他的行蹤，那時請他到單于都護府來作客，李白欣然允諾。

次日一早，李白同崔成甫等一同下山，與許員外一行人來到馬公的壽豐別業，馬公親自迎接。文英閣裡賓客滿堂，送來的禮品和詩賦不計其數。都督馬公本是文章裡手，看過許多詩賦之後，看中李白的這篇。宴會開始，酒過三巡，馬公舉杯，喜笑顏開地對眾賓客說：「諸公，此次詩會呈來的詩賦老夫已全部拜閱，好多人的文章都寫得山無煙霞，春無草樹，唯獨許府的李姑爺這篇，寫得清雄奔放，光明洞徹，妙趣橫生，句句動人，叫老夫愛不釋手。現將這篇佳文交眾位傳觀，然後請李白賢姪在筵前為諸公朗誦，以助雅興！」

李白見馬公對自己倍加賞識喜不自勝，忙站起來拱手朗聲叫道：「多謝馬公！」又向眾賓客道：「小子後學，請諸公不吝賜教！」

李京之只覺渾身的血直衝腦門，全不料馬彥偉這老殺才一開始就稱讚他的仇人，還要讓李白將此文當場誦讀！那時眾人交口稱讚，他準備了幾夜的陰謀只有胎死腹中；這如何是好？想來想去，只有先發制人，當那篇文章傳到李京之手中時，李京之假裝看了幾眼，就急不可耐地站起來說：「吾素聞李公子文采風流，果然不假，李公子的文章都應該像這一篇一樣，寫給像馬公一樣的長者，而不應該在娼優小人中浮浪，古人云『物以類聚，人以群分，』李公子是否與市井小人氣味相投？大姓門婿，需隨時檢點自己的德行。本州有一點不解，請李公子說明，為何傳唱李公子詩詞的，竟是市井小人之流？」說罷坐下，理著黃鬚在那裡微微冷笑。

許員外聽了暗暗吃驚，這分明是有意挑起事端，要與女婿有意為難，但許員外一貫養尊處優，哪見過這種當面詰難？正在為難之時，只見李白坦然笑道：「長史大人不聞《尚書．舜典》云：詩言志，歌詠言。聲依永，律和聲，八音克諧，無相奪倫。這就講的是詩樂不分，漢高祖的《大風歌》，魏武帝的《短歌行》，乃至當今皇上的詩作，市井娼優也爭相傳唱，李大人可要他們隨時檢點自己的德行？難道李大人沒有讀過《尚書》？」

一時間眾議沸騰，有的人認為李京之有什麼了不起，竟在馬公的宴會上擺譜訓人！有的人風聞李京之與李白有隙，但李京之在這裡發難也太不是時候，有的人說李白這幾句雖然尖刻、辛辣，也太大膽了，但是是李京之自找的——活該！

李京之沒想到李白竟敢和他當場頂撞，氣得臉上青一股，紅一股。為了遮掩自己的難堪，也顧不了許多，便叫道：「李白！你別以為你是許相國家門婿，就敢對本州放肆。我今天要當著眾人的面，揭穿你這個偽君子！」

李白倒要聽聽這個「偽君子」從何說起，「請講！」李白毫不退讓。

「你不是什麼隴西王孫，而是一個工商賤民的兒子！」李京之喊道，唾沫四濺，以至於流涎掛到他的黃鬚上。

李京之的話一出口，大廳裡出乎尋常的靜默。最感到吃驚的是許員外，眼前自己的這個女婿，難道真的是一個江湖騙子？

「請長史大人注意你的儀表。」李白文雅地說，大廳裡很靜，戲弄的意思在座諸公都聽得很清楚。李白看到李京之掏出手絹來抹去他黃鬚上的流涎，才慢條斯理地說出：「請繼續把話講明白。」

李京之氣得兩眼通紅，繼續說下去：「按先朝規矩，商賈之流連騎馬的資格都沒有，安能登大雅之堂，我派到蜀中去的人查明，他真正是一個西域商賈的兒子！」

「長史大人既然你在這樣莊重的盛典中，當眾對我的出身表示懷疑，那我就只有當眾說個清楚明白……」

不等李白說完，李京之就站起來說：「李白，你如果不是商賈的兒子，你如果在家鄉沒有劣跡，為什麼急著要解釋？何況今天是什麼場合？今天是馬公慶典，我們還是為文英閣落成喝酒吟詩，你那些永遠說不清的話留到以後說吧！」

李京之的一舉一動，坐在上首的都督馬公看得清清楚楚，若是別人，也便罷了，偏偏他又對李白特別看重，於是說：「京之，讓他說吧！」

李白有了說話的機會，站起來大聲說道：「諸公，自古以來，那幫助越王勾踐興越滅吳的范蠡不是商賈麼？那幫助漢高祖消滅暴秦的樊噲本是殺狗的屠戶，諸葛武侯當年也是在南陽種地的農夫，他們皆能鞠躬盡瘁立大業於天下，若依李長史之見，這些人連騎馬的資格都沒有，怎能作國家的中流砥柱呢？」

這李京之是飛揚跋扈慣了的人，從無人敢頂撞他，聽了李白這番話，在場的人無不暗暗稱快。只有許員外心中七上八下，第一次見女婿性格如此剛烈，擔心著不要惹出什麼亂子才好。李京之哪裡受過這種搶白，仗著自己是查實了的，於是咬牙切齒地說：「你這個冒充隴西王孫的騙子！還敢狡辯！」

崔成甫素知李白孤高傲世，不知何處得罪了李京之，才受到如此非難。他本是肯為朋友兩肋插刀之人，於是站起來高聲叫道：「李大人差矣！」

「你是何人？」李京之見一個年輕人竟敢如此說話，憤憤地問道。

「在下單于都護府參軍崔成甫！」

早有人暗中拉了拉李京之，告訴他這是前副相崔沔的公子。

「李十二的先祖，與我家先祖乃是世交，何須冒充什麼隴西王孫？有什麼不清楚的地方，儘管問我好了。長史大人，問罪也要分個時間地點吧？」崔成甫說。

都督馬彥偉沒料到李京之這等頑劣，以自己的身分，也不與他計較，但心中早已厭惡，便瞅著李京之說：「京之，你有些醉了？」

馬公這一句話無異於逐客令，弄得李京之十分難堪，只有順著馬公的話趁機下臺說：「下官，是有些醉了，就此……告辭……」

李京之狼狽不堪走出大廳，雖然他沒有回頭看那些大廳裡的賓客，只感到那些人的目光像鞭子一樣地抽他後背。管家許富安看他狼狽的樣子，急忙前去扶住他，走出壽豐別業上了車。李京之也不說要去哪裡，坐在那裡發呆，臉色十分難看。許富安猛想起城西妓院的老鴇從江南弄了幾個女子來，叫趕車的差役一直向西，到了安州城外的「灩榮居」。

鴇兒認得李長史華麗的馬車，連忙帶了一班妓女老遠跑來迎接。

「哎呀！什麼風把長史大人給吹來了！女兒們！」

「哎！」眾妓女一齊嬌聲答道。

「好好伺候長史大人呀！」

鴇兒嘻裡哈啦一喊，妓女們一湧而上，拉的拉，扶的扶，將李長史擁上「軟香閣」。許富安看李京之此時臉上的顏色已有好轉，才稍稍放下心來。

鴇兒備了一桌精緻菜餚，讓兩個妓女奏起絲竹，唱起小調陪著李京之吃酒，許富安在一旁侍候著，李京之飲了一杯，仍是悶悶不樂，許富安對鴇兒道：「怎麼都是老面孔？沒個新鮮的？」鴇兒道：「新來的雛兒，怕不老練，侍候不周到，得罪了大人，老身怎吃罪得起？」李京之一聽有雛妓，便道：「你怎知她不會侍候？」鴇兒湊在李京之耳邊說：「新弄來南邊一個香雪姑娘，還沒人動過，長史大人怎麼樣？」李京之拈著黃鬚笑了。

「快叫香雪姑娘。」鴇兒說。

珠簾卷處，一個小丫鬟扶著一位身著鵝黃衣衫的美麗少女，懷抱琵琶不勝嬌羞地走出來，腳上不穿樓去吃茶。

羅襪，只穿著一雙精緻的金齒屐。李京之一看喜不自勝，許富安見終於把李京之安頓下來，便與鴇兒下

香雪在離李京之不遠的地方坐下，信手彈起琵琶，低眉曼聲唱道：「玉面越溪女，青娥紅粉妝，一雙金齒屐，兩足白如霜。」那聲音如鶯啼燕囀媚婉如流。李京之聽了哪裡按捺得住，一把把香雪姑娘摟過來，將裙子一掀，露出穿著金齒屐的秀足來。李京之一邊為她脫了金齒屐一邊說：「寶貝心肝讓我瞧瞧，是不是白如霜！」一邊在香雪的足上來回摩挲，臉上露出情不自禁的樣子。香雪對著滿嘴酒氣的陌生老頭又羞又怕，臉一直紅到耳根。李京之毫不放鬆，那枯老的手順著香雪的褲管往上摸，可憐的香雪此時驚駭已極，嚇得渾身發抖，臉色煞白。那些老妓見了如此光景在一旁竊竊私語，嘻嘻笑個不停。

「太白先生果然寫得好詩，連長史大人都動情了！」一個妓女想緩和一下緊張的空氣。

李京之聽了像被蠍子蜇了一下摸到香雪大腿的手猛地退出，厲聲問道：「哪個太白先生？」

那妓女治笑道：「還有哪個太白先生？不就是許家李姑爺麼？你剛聽的曲子就是他寫的！」

「什麼？」李京之一把將香雪從自己的懷裡推倒在地上。晦氣！竟連這軟香閣裡也有李白的影子，叫他如何不氣惱！他抓起一把酒壺向說話的妓女砸去，那妓女被砸得頭破血流大叫一聲倒在地上。李京之叫道：「不准說李姑爺！不准說李姑爺！誰說我就殺死誰！」然後又用腳狠狠地去踢那桌子，李京之早已被酒色淘空了身子，哪裡踢得翻？便張開手臂往桌上一掃，碗盞杯壺紛紛落地，跌得粉碎，滿地是狼藉的菜餚汁水。許富安和鴇兒聞訊，氣急敗壞地跑上來，只見李京之兩眼血紅露出凶光，正在樓上發瘋似的見人就打，見東西就砸！忙叫道：「怎麼回事？怎麼回事？」妓女們嚇得三魂掉了兩魂，驚叫道：「長

史大人中邪啦！長史大人中邪啦！」

鴇兒看李京之的凶樣，認定是迷失了本性，急得慌了手腳，大喊道：「快請郎中！長史大人中邪啦！快請郎中！」

「請你媽的！」李京之一掌將鴇兒推倒在牆角，氣勢洶洶地衝下樓來，許富安緊隨在他的後面，一齊出了軟香閣。扶李京之上了車，叫聲「回府！」

「快！」李京之吼叫道。

車伕揮鞭高叫：「駕！駕！」大車向安州大街駛去。

李京之窩了一天的氣無從發洩，心中煩躁，此時見馬車只是小跑。從座位上站起來。惡狠狠奪過車伕手中的鞭子，狠命地朝馬抽了一鞭，那馬受了驚，在大街上狂奔起來。街上的行人見馬車瘋跑，紛紛躲閃，好像瘟神來臨一般。那些擺攤的、算命的和老人婦女哪裡躲閃得及，竟被撞倒了幾十人！

文英閣的慶典一直繼續到下午，眾賓客開懷暢飲盡歡而散。馬公挽留崔成甫與李白在山莊小住，正好讓他二人暢敘舊誼。兩人談話間說起金陵子，崔成甫說起金陵子把他當成日本人的事，說三年前金陵子向他打聽過李白。說金陵子手中有王維修改過的〈扶桑曲〉。

李白問道：「那金陵子現在在哪裡？」崔成甫說：「有人說她在長安梨園，有人說他跟郭子儀到單于都護府去了。」

「郭子儀？郭子儀是誰？」李白問道。

「郭子儀是單于都護府副都護。」崔成甫說。李白不語。

見天色尚早，崔成甫請李白騎了馬回許府去取〈扶桑曲〉的樂譜，詩友們正好切磋一番。李白此時帶著幾分醉意翻身上馬，馭風驕行一路揚鞭拂柳飄飄欲仙向許府馳去！

來到街口，李白醉眼迷離看見對面遠遠地駛來一輛豪華的馬車。李京之在車中早已看見了仇人李白。狹路相逢豈能放過，李京之像一隻撲向獵物的惡狼，兩眼血紅地盯著李白，高叫道：「給我衝上去，撞死他！」李京之的三匹大馬套車風馳電掣地向李白衝過去！李白不知為了何事，猛然看見了李京之怒目圓睜的臉，在驚駭中使勁勒馬靠邊，但哪裡躲得開！那馬長嘶著，高高揚起前蹄，李京之的車馬狠狠地向李白撞去，李白被重重地摔了下來兩眼直冒金星，不等李白爬起來，差役們已經把他捆了個結實。

「長史大人！」李白叫道。

「何方大膽狂徒，竟敢衝撞本州的大駕？押回府去！」李京之叫道。

19.
草民李白寫出流傳千古的檢討書

按唐代的律法規定，草民百姓見了長史大人的車，應該在十丈之外迴避，攔路撞車要以謀害長官判罪。雖為許府東床名滿江南的李白還沒有功名，仍應列入草民一類。

李長史指示：將這個攔路衝撞長史大人的草民先關押起來，凍餓兩三日，然後讓他負著沉重的木枷鐵鎖，跪在十字街頭；安州的大人小孩、農夫乞丐都可以辱罵他，向他吐痰，扔垃圾，甚至淋屎尿。若他無心悔過，用夾棍板子伺候，打得他九死一生。然後流放到荒涼不毛之地，管叫他永世不得翻身。

衙役們把李白連拖帶拽帶到衙門，已是傍晚時分。解去繩索換了鐐銬，扔進大牢。李白哪裡肯依，大聲叫罵道：「李京之，你這個惡棍，你陷害無辜橫行霸道！只要你敢審問我，我就要說出事情的真相！」那獄卒也不理他，將牢門上大鐵鎖「鏜啷」一鎖，直接出去了。李白怎麼叫喊也無用，只好不喊了，只覺得四下一片漆黑，一股血腥穢臭直鑽腦門。不知是哪個角落裡傳出悽慘低沉的呻吟，直叫人毛骨悚然，猶如真的到了地獄。

許家上下已是一片慌亂。

在武則天執政時作過宰相的許圉師去世之後，許家的兒孫們坐享其成，上有祖宗庇佑，下有廣大田園，事事順當無需操勞。到了許自正這一代治事治學都談不上能幹，外面顯赫富貴，內裡坐吃山空。加之許自正身體欠佳，眼下只是個掛名的員外賦閒在家。

許員外還沒有回到家中，族長許宗乾先到了許府。早些時候，許宗乾一心想把雅君許配給李京之的兒子好順著李長史的大腿往上爬，哪知許員外偏偏招贅李白。許宗乾一聽李白出事，立即到了許府。許宗乾見許自正不在，便叫姪兒許富安把雅君叫出來說：「李白行為不軌，長史府已經把他抓起來了！許家的面子，都被你丟光了！」許宗乾將枴杖重重地在地上杵了好幾下，暴跳如雷地咆哮道。

雙喜忙跑到長史府去打聽，果真有這回事，急忙到壽豐山莊來找許員外。

雅君有生以來，哪裡受到過這等欺侮，不知到底發生了什麼事，只氣得雙淚長流，說不出話來。許富安指著雅君說：「許家招贅了李白這樣的敗類，真是家門不幸！我早就說過，李白那種人風流成性，哪會守禮法？在金陵他就酗酒，玩女人，寫些什麼『越溪女如雪，吳兒多白皙』，要是他沒有親手摸過，親自玩過，怎麼會有這等騷情的文字？連織布的小姑，採蓮的大嫂，不分粗細優劣，老少美醜，他都要去調情，更不用說和妓女打得火熱……」

雅君哪裡聽得這些話，許富安還沒有說完，雅君已心如刀絞，說了聲：「你……你……胡說！」就暈了過去。小梅兒連忙放下頗黎，大叫：「來人啦！小姐暈過去了！」前後院的僕婦丫頭都急忙趕來前廳，小頗黎嚇得哇哇大哭，一時亂成一團。

許富安見勢不好，扶著許宗乾離開了員外府。

當許員外趕回許府的時候，已是傍晚時分，許員外看到被氣得奄奄一息的女兒，急得老淚縱橫。崔成甫聞訊也和本地李白的朋友們趕到許府，一邊安慰許員外，一邊託人到長史府去弄清原委。

許富安回到長史府，把剛才在許員外家的情況向李京之一一稟報，李京之覺得自己猜測得果然不錯，像許自正這樣的懦弱無能之輩，怎鬥得過他這條強龍！一時報復心切，下令立審李白。明日一早就將他在鬧市區號枷示眾，以洩積恨。

按常規州府衙門審案一般是大案要案，或是縣衙決定不了的案子。晚上審案更是特別緊急重要，李京之喝了幾口茶，也顧不得吃飯，特地換上正五品官員穿著的緋色小科綾窄袖長袍，繫金腰帶，佩紫金魚袋，頭戴附有山雲的烏紗幞頭，腳蹬烏皮靴，穿戴整齊來到大堂之上。公案上高高的銅燭臺上點著蠟燭，堂下的差役點著火把伺候。李京之大步流星來到大堂之上坐定，好不威風。心想今夜此地，不像鬼門關也像奈何橋，叫那狂徒李白不死也要脫層皮。

李白臥在一堆亂草上，夏夜的蚊蟲如炸窩的野蜂一般叮人，大牢裡黑得伸手不見五指。李白不斷趕蚊子，過了好久突然聽見甬道裡有人的腳步聲越來越亮，接著就是獄卒用鑰匙開門的聲音，開的正是自己的牢門。李白倏地站起來，獄卒出現在門口，提著一個白紙燈籠，凶神惡煞地叫道：「提人犯李白！」接著兩個衙役各執一根水火棍站在門口喝道：「出來！」李白心想李京之一定是怕他白天在大庭廣眾中揭露他的醜行，故意將審問時間安排在後半夜。

李白一下子從亂草中坐起，大吼一聲：「走哇！」倒把衙役嚇了一大跳。李白跟隨衙役來到大堂，只見大堂上李京之一臉殺氣，威風凜凜地坐在上頭。李京之一拍驚堂木正要喝令李白跪下，誰知李白朝李京之叫道：「下來，下來！你的車馬將我撞倒在地，受審的應該是你！」李京之急了，喊道：「明明是你撞了我，休得狡辯！你謀害長官，該當何罪！」

李白道：「我為何要謀害長史大人？人命關天，休得胡說！」李京之未曾想李白要如此反問一時語塞。站在一旁的許富安見李京之占了下風，生怕主子吃虧，便吼道：「長史大人的七夫人是如何死的？快如實招來！」哪知他此話一出口，站班的衙役們心中暗暗高興，巴不得聽一回李長史的風流祕聞。李京之一驚，頓時心中慌亂，大叫道：「不許說，快把他往死裡打！」衙役們等著聽新聞，裝做打的樣子卻不下手，李白亂叫道：「李京之的老婆偷人上吊，還怕全安州的人不知道麼？」說罷便直奔李京之公案。

李京之急了，使勁拍著驚堂木嘶聲裂氣地高叫：「還不快——」，一個「打」字尚未出口，只覺魂驚魄動，天旋地轉，身不由己竟在公案前倒了下去。手足抽搐，口吐白沫，口中「咩咩」怪叫。原來李京之有舊病，這病叫羊癇瘋，每當身體虛弱，情緒激動到一定程度，便要發作。李京之官運亨通，心寬體胖已有十來年安然無恙。那知七夫人一死，積鬱於心，這天在宴會和「軟香閣」中，只飲了些酒，沒有食物下肚，到了晚間因為害人心切，竟把吃飯一事忘了。再說年高歲邁，這一天喜了又怒，怒了又喜，大喜大怒，七情六慾競相煎熬，那早被酒色淘空的血肉之軀怎禁得住？因此舊病復發倒臥塵埃！衙役們見李長史臉如死灰口吐白沫，哼哼唧唧，身子蜷縮在地上一抽一抽的甚是可憐，忙們把他抬到寓所。許富安忙叫衙役把李白押進大牢。

牢裡依然一片黑暗。蚊蟲依然猖獗，並沒有因為李白凱旋而停止叮咬。李白依然在亂草中倒臥。想到妻子、岳丈，不知他們怎麼樣了，安州小人當道，平白無故從人間到地獄，是他萬萬沒有料到的。與其在安州這樣窩囊，不如出去闖一條路。七尺男兒，怎能久居人下？想到此，李白不再憤然也不再趕蚊子，索性用袖子將頭一蒙，倒頭睡去。

李京之被許富安等人從大堂抬回來，第一夫人周氏手裡數著佛珠，口中唸唸有詞從佛堂姍姍走出來，厭惡地看著口角流涎在昏迷中抽搐作畜牲叫喚的長史大人，說了一句「快請大夫」，就裝著頭暈倒在了躺椅上，丫鬟僕婦捶的捶背，叫的叫喚，一時間李府就熱鬧得如同集市一般。大夫給李京之號了脈，說是憂思惱怒陰陽兩虧七情失調，肝陽暴漲血壅經絡所致。開了一劑平肝熄風祛痰開竅的定癇湯劑，叫僕婦立時煎了灌下，李京之漸漸停止了羊叫和抽搐。

許富安送大夫到寓所後，在前門守候已久的雙喜把許富安叫到僻靜處，將一包硬硬的金銀交給了他，說明許員外的意思，許富安掂了掂分量不輕，皮笑肉不笑地說一筆難寫兩個許字，李白的事他一定周旋，但長史大人的心思他摸不透，也難保不號枷示眾，雙喜急得向許富安跪下直叩頭，許富安才勉為其難地說他一定盡力，雙喜無奈何一萬個不放心地去了。

天亮時雙喜回到許府，把李京之發羊癇瘋的事告訴了許員外。許員外備了一份厚禮，親赴長史府內宅來問候。李京之知道他是為了李白一事而來，有意怠慢他，叫僕童收了厚禮傳話讓許員外後院側廳等候。

李京之起床只覺頭昏腦脹，便吩咐將李白一案改日再審。正說著，衙門裡一個錄事來稟報說是崔成甫等一干人在大堂那邊求見長史大人。那錄事在他耳邊嘀咕了幾句，李京之聽了一驚，吩咐把崔成甫等一干人安頓在後堂，自己急忙穿戴齊整，由僕人扶過來。

「長史大人，李白乃江南才子，一介名士，不料他醉後衝撞了大人，還望大人看在我等薄面上，寬恕一二。」崔成甫十分恭敬地向李京之說。

李京之瞟了一眼在場的十幾個人都是馬公宴會上的貴賓和本地的頭面人物，故意做出一副為難的樣子說：「列位賢弟，京之受命於朝廷，牧民一方，不敢不恪盡職守，如果我徇情放出，叫我日後有何面目見安州父老？」李京之樣子極誠懇，好像他有很多難言的苦衷，與昨日宴會上的張狂判若兩人。崔成甫見他果然狡猾，便道：「昨日在馬公的華筵之上，我等一時興起，勸李白多喝了幾杯，若要治罪，事情緣由皆因我等而起，請李大人連跟我等一齊處置。」

哪知李京之笑容可掬地說：「眾賢弟說哪裡話來？京之再無禮，也不會發昏到找各位的麻煩。李白不過是一個連分寸功名都沒有的白丁，眾賢弟為何偏護著他？眾賢弟皆是有一官半職的人，怎不替為兄著想，謀害長官的罪犯都可以徇情放出，那本朝王法何在？」

崔成甫見他左一個「眾賢弟」，右一個「眾賢弟」嘴上說得無比親熱，對李白一事卻不作一絲一毫的讓步，知道再說無益，便取出一張紙來，也不看李京之，淡淡說道：「昨日有人在軟香閣酗酒狎妓，醉後駕車在安州街市橫衝直撞，撞倒行人十三人，撞傷七人，其中有一人便是李白，這是十二人聯名狀告這人的狀子，託崔某交給御史臺。」李京之聽完，嚇得出了一身冷汗，伸手去抓崔成甫手中那張紙，崔成甫將手往身後縮，笑吟吟地說：「李大人抓去也沒用了，這是副本，正本我已連夜送往京城，只等我回京，我親自到御史臺了結這個案子。」

李京之卻萬萬沒想到崔成甫這要命的一著，崔成甫是前副相之子，這事怎能搗弄到御史臺？事到這一步只有退讓，向崔成甫等人說：「眾位賢弟，有話好商量——請稍等一下，好歹容我想一想。」說罷叫許富安請眾人到附近茶樓喝茶，自己進了後院。

在後院側廳的許員外，等了許久，不見李京之出來，不知事情嚴重到什麼程度，無論如何今日拼了老命不能讓他們把李白綁到街頭號枷示眾，這個面子許家萬萬丟不起。等了一個多時辰，許員外心中猶如十五個吊桶打水七上八下，悔不該當初招贅了這樣一個狂生作女婿，還未得到一官半職，反而招惹了許多麻煩。

許員外正在著急，李京之過來了，許員外含著老淚向李京之道：「長史大人，我家出此狂徒，實為家門不幸，大人看在老夫薄面上，望乞恕罪，望乞恕罪！」

李京之見許自正這樣說話，正中下懷，立即抖起架子，將在崔成甫那裡受的氣一股腦兒發洩在許員外身上：「自正兄，你好不曉事，你那女婿本是蜀中的無賴，竟敢衝撞本府，蓄意謀害，這等無恥狂徒，你還要來為他講情！難道要本州貪贓枉法不成！」

許員外聽了，連連說道：「長史大人，寬宏大量，老夫此次前來，非為李白，實實是為了許家的面子，倘若大人能寬宥一二，老夫一家感激不盡！」李京之臉上顏色稍稍緩和一點說：「許兄說哪裡話來，俗話說『大人不計小人過』，那李白小人衝撞了我，我怎能與市井狂徒一般見識！」

許員外聽李京之口氣已經有迴旋的餘地，忙說：「許某感激，許某感激！」

「不過……」李京之捋著黃鬚，皮笑肉不笑地說。

「長史大人請講。」

「我要你女婿給我寫一份認罪書，給本州賠禮道歉，不得敷衍塞責。」李京之一字一句地說。有了這份認罪書，怎怕崔成甫告到御史臺！

「是，是！」許員外忙不迭地說。

「還有，回去嚴加管教，再敢在安州街市露面，本州嚴懲不貸！」

「多謝大人！多謝大人！」

許富安把許員外帶到獄卒值夜的屋裡，叫把李白叫出來。李白滿以為是李京之派人來提審，氣昂昂隨獄卒出了牢門，猛見岳父在一旁垂淚，不由雙膝跪下說：「李白不才，岳父大人受累了！」

許員外見李白如此形狀，卻不忍心將李京之的言語說出來。扶起李白說：「我婿，為父向長史大人求情，幸得長史大人寬宏大量，只要你寫一紙認罪書，為昨日失禮的事向他賠禮道歉，他就放你回去，你就可與為父回家了!」

「向他賠禮道歉?」「是呀!你快寫吧!」

「岳父,分明是李京之想加害於我,我怎能給他寫認罪書呢?」

不等李白說完,許員外已急得老淚縱橫,喘不過氣來:「逆婿!你惹下如此大禍,我好不容易才求得這個人情,……」

「岳父!你好不明白!」李白忙給他捶背舒氣。

此時,兩個差役一個拿著大木枷和鐵鏈,一個拿著筆硯紙墨,李白向二人吼道:「你兩個狗東西,我一人作事一人當,有本事叫李京之殺了我!砍我頭都不怕,還怕號枷示眾麼?

許員外捶胸頓足叫道:「你……你當真……要弄到……號枷示眾……才甘心?」

許員外兩眼一黑,搖搖欲倒,李白連忙扶住,口裡叫著:「岳父!你彆著急!有話慢慢說!」

許員外喘息未定,定了定神說:「你要是……在大街上遭人唾罵,我那女兒,還有什麼臉面活在世上!可憐她……」

「雅君她……她怎麼啦?」

「她……她、她……她已經水米不進,不想……活啦!」許員外說完癱倒在凳子上。

李白扶起神昏意亂的許員外,整個身心被震動了。他開始譴責自己,他這樣任性而為,竟沒有想到他的妻子雅君,她那樣溫順,那樣柔弱,她怎麼能受得了這樣的打擊!他是個堂堂男子漢,怎能牽累於一個弱女子？

李京之不就是要一紙認罪書嗎？有了這張認罪書，岳父就不會生氣，雅君就不會受屈辱。所有的事天大的事他一個人承擔！李白咬了咬牙，俯身下去，說：「岳父……我寫就是！——拿紙筆來！」

獄卒在桌子上鋪開一張黃麻紙，研好墨，李白提起筆來，憤憤寫道：「白，嶔崎歷落可笑人也，雖然，頗嘗覽千載，觀百家。至於聖賢，相似厥眾……」

中國文學史在這裡流淚了！名垂寰宇的大詩人李白，在這裡淋漓盡致地寫下了自己衝撞李長史的「罪過」並悔過，把自己糟蹋了個夠，把自己比作擋車的螳螂，比作連老鼠都不如的痞子……且「晝愧於影，夜慚於魄，啟處不惶，戰局無地……」

這篇著名的〈上安州李長史書〉，和李白的許多傳世之作一樣，結構精美，語言生動流麗；在歷經各朝代的社會變遷之後，收入各種版本的《李太白文集》而流傳千古，至今安州長史李京之的專橫和詩人的孤立無奈躍然紙上，使每一個朝代的文人都讀出大詩人當年的尷尬和辛酸。

李京之看了這份認罪書之後，立即放了李白。

崔成甫因公務在身，不能在安州久留，當天乘船南下辦事去了。臨別，將十多人聯名的狀子，交給許員外看，許員外驚訝得說不出話來。

李白邁著沉重的步伐走進他和雅君共同生活的屋子，珠簾低垂著，小梅兒垂手站在珠簾後面，從昨天晚上開始，雅君就不吃不喝不讓任何人走近她，小梅兒不敢走開，只遠遠地站著不出聲。看見李白進來好像看見陌生人一樣，也沒有打招呼。

李白掀開珠簾走近床前，隔著紅羅帳見雅君臉朝裡睡著。李白輕輕撩開紅羅帳，在床沿上坐下來，低低地叫了聲「雅君」。雅君像睡著了，一動不動。

李白伸手去扳雅君的肩頭，企圖將她扶起來，雅君猛然掙脫他的手，將整個身子縮到床角裡，紅腫的雙眼驚恐地看著他。

李白的喉嚨哽咽了，艱難地發出嘶啞的聲音：「雅君，我不該喝醉酒，更不該去頂撞李長史，妳為我受累了，我對不起妳，妳原諒我吧……」

「妳聽我解釋，妳聽我說明白！」李白爬向床角，一下子摟過自己的妻子。

雅君狠命推開李白，躲到另一個角落裡，好像眼前不是她的丈夫，而是一隻骯髒的野獸，她尖叫道：「有什麼不明白的！」

一疊詩稿從枕下扔了出來，像秋天的落葉，洋洋灑灑墜落塵埃。

李白默默地從房裡走出來，直接走出大門。已是一更時分，鬧騰了一天一夜的許府顯得特別安靜。因為疲勞人們都早早地去睡了。半夜時分，李白回到了北壽山，叫丹砂草草收拾了一下行裝，下山向北走去。他回頭看看安州，黑黝黝的一片，沉浸在濃重的夜色之中，那裡有他的妻兒，那裡有和雅君度過的多少個甜蜜的朝朝暮暮，那裡曾是他的溫柔鄉，他的桃花源，他通向建功立業的途徑，他的濟世安民求取功名的夢……他不再往下想，黑暗中他嘆了口氣，繫緊了腰間的長劍，對丹砂說了聲「走！」毅然轉過身去，這裡的一切將在他生活中消逝，也許永遠不會再回來了。

20. 張旭高叫道：「那寫詩的人，他來了！」

許員外沒有料到李白會離開，他想：李白離開事小，但女兒成了棄婦事大。李白此去定是前往長安，女婿既然已經離去，不如讓他到姪兒光祿卿許輔乾那裡，求許輔乾為女婿在長安謀個一官半職，對外人也好有個交待。便寫了書信備了錢財，讓雙喜帶了來追李白。半個月之後，李白來到長安城外。

在這個被後人稱之為「開元之治的時期」，長安的繁盛達到高峰，如日中天的唐帝國，天子橫制六合，萬國尊崇，唐朝周圍的外國人競相來朝。

唐帝國通向世界各國的絲綢之路上行走著歐洲、恆羅斯、撣國、印度、高麗日本、南亞、阿拉伯和東非沿海諸國的商人，以長安為首的成都、洛陽、金陵、廣州、揚州，是世界上最繁華的城市。

唐王朝與三百多個國家和地區通使交往。每年來到長安這個世界最大都市的各國賓客、留學生數目屬世界第一。異國的詩歌、音樂、舞蹈也源源不斷地傳往唐朝。

這一時期，李白的詩以嶄新的面貌出現在大江南北，詩壇湧現出一大批才華橫溢的詩人，盛唐詩壇實現了翻天履地的變化。杜甫還是個頑皮的孩子，但已出口成章、文采斐然，王維和孟浩然清新、優美的田園詩已經風靡長安。

李白到長安的第一件事就是找到崔成甫老宅的管家，問明崔成甫的去向，立即到邊塞去，去融入金戈鐵馬的戰鬥，用他的劍殺退勇於冒犯大唐的敵人，像他的先祖一樣為國建立不世之功！「當今千古後，麟閣著奇勳！」

20. 張旭高叫道：「那寫詩的人，他來了！」

李白輕輕勒住馬韁，讓馬兒慢慢蹓躂，他縱目遠望，展現在他面前的是一條筆直的大道。大道兩旁是一排整齊的楊柳，近處濃密的葉子在陽光下閃耀著鮮亮的新綠，遠處的好像是一縷縷淡綠輕煙。晴藍的天穹之下，一望無垠的八百里秦川坦蕩地延伸到天的盡頭，天穹之下秦川之上，那淡綠的輕煙的後面，是大唐的京都長安。

李白望見了長安城有著整齊雉堞的灰黃城牆。「前面就是長安！」李白興奮喊道。

他高高地揚起鞭子，空中清脆的一聲鞭響，那馬昂首長嘶一聲，撒開四蹄，疾風似地向前飛奔，大道上揚起滾滾黃塵。

京華酒樓上，張旭和吳道子應酒店主人董糟丘的邀請，正在第三層樓上飲酒作畫。長安人愛喝酒，長安到處都是酒樓。五湖四海的美酒都湧進長安的酒樓裡，有長安本地的「西市腔」、「梨花酒」、「荼蘼酒」等等，還有外地的「蘭陵酒」、西涼的葡萄酒；近來長安人特別愛喝一種蜀中來的叫「劍南燒春」，這種酒是蜀中釀酒師以特別的酵母特別的工藝精釀而成。當時長安還沒有白酒，最早的白酒是從蜀中來的，濃香醇烈味美無比，價格也特別昂貴。京華酒樓是長安最豪華的酒樓，這裡賣的「劍南燒春」名噪京都。大唐的皇親國戚、達官貴人以及各國使節都以品嘗此酒為快。京華酒樓的主人董糟丘今日特別請了張癲為他書寫一幅「劍南燒春」用來懸掛在樓頂，又請吳道子為他繪製巨幅山水陳列在大廳正面的牆壁上。這樣會使酒樓顯得有品味上等級。

張旭站在書案前，取一支大筆，蘸足了濃墨，大叫一聲，只見那筆好像虎躍狼奔一般在硃紅綢旗上迅跑，剎那間「劍南燒春」四個字一揮而就。董糟丘笑吟吟地上前，與夥計輕輕將字幅從案上揭下，放在一邊，命夥計將一張丈二宣紙鋪上。吳道子挽起袖子，提筆揮灑，董糟丘和張旭在一邊觀看。

張吳二人喝足了美酒，看吳道子江海奔騰，生雲吐霧，山岳聳立、奇峰疊出，把胸中丘壑在紙上一一展布，一時間一幅蜀中山水圖畫頓時展現在人們的面前。

吳道子在那丈二宣紙上畫完了最後一筆，將筆一扔，然後倒背著手，後退了幾步瞇縫著眼，欣賞自己的得意之作。

「真是傳之千古的佳作，道子，我看這蜀中山水，倒比美酒還要醉人呢！」張旭讚道。

吳道子手裡拿起一支長鋒羊毫，在水盂裡涮了涮，從琉璃硯中調勻了香墨，遞給張旭：「癲兄，請。」張旭接過，提起筆來卻在半空中停住了。

眼觀巨畫上方為他題寫詩賦留下的大塊空白，扔下筆搖搖頭嘆道：「這大唐的好山河，我拿什麼來題詠啊？」說罷頹然倒在椅上，抓過榴花壺來自斟自飲。

「癲哥，快寫呀！」吳道子催促說。

「沒有好詩來詠它，寫什麼呀？」張旭說，「王昌齡因為嘴上沒遮攔被貶到江寧去了，王維常年躲在終南山念佛。再說這奇峰崢嶸浩氣磅礴的鉅作，讓他們題還嫌才短！我倒是想起一個人來，可惜他沒在這裡，也不知他如今怎麼樣了！」

「你說的是——李白？」張旭點點頭：「不錯。」

「他比王昌齡和王維還更有才華？玄！你已經說過多次了，我倒想見識見識。但眼下這幅畫怎麼辦？

癲子，快拿個主意出來！」

「依我看，寧缺毋陋。」

「那怎麼行？」董糟丘在一旁聽罷著了急，「我已經請了汝陽來賞畫、飲酒的。」

吳道子說：「這樣好不好？去把汝陽王、適之、老賀監都找來，問問他們怎麼辦。」

「也好，這事我去辦。你們等著。」張旭說著就往外走。

張旭剛走到樓口，突然怪叫一聲，三分鐘熱風似地跑進來，高叫道：「快，那寫詩的人，他來了！」

李白和丹砂進了長安城，果然熱鬧非凡，車水馬龍，中外人物形形色色，真令他大開眼界。這時來到東市，二百多商行千萬家店鋪生意興隆，簡直叫人目不暇接。丹砂看見對面圍了好大一堆人看一個金髮碧眼的外國人在變戲法，好不熱鬧，丹砂把李白拉了進去。

正觀看間，忽聞酒香撲鼻，李白隨著那股酒香之風望去，前方一座朱樓高聳，是長安城最大的京華酒樓。李白停下來望望，丹砂把李白拉了就走，張旭眼見底下萬頭攢動，生怕走掉了李白，急中生智，進屋抱了一罎酒，用鸕鷀杓往樓下潑灑，然後拿起剛寫好「劍南燒春」的硃紅酒旗在樓上揮舞。一時間，美酒的醇香，瀰漫了大半條街，看洋人變戲法的人都紛紛回頭張望。

李白也向樓上望去，看見酒樓上一個瘋子一邊喊叫一邊揮舞著一面硃紅酒旗。上面是熟悉的草體，龍飛鳳舞大書特書的「劍南燒春」幾個字。那舞旗的不是別人，正是闊別多年的癲哥！

李白興高采烈朝那酒樓奔去，剛到樓下，張旭已經從樓上下來，高叫道：「李白！你這渾小子！」他滿臉絡腮鬍，散發寬袍，也不束帶，圓睜怪眼，一隻腳光著，另一隻腳趿著麻鞋，張開雙臂，沙嗒沙嗒向他奔過來。

李白一把抱住張旭叫道：「癲哥，叫我好想！」張旭孩子似地笑著，拉著李白走上樓。二人走上酒樓，張旭向吳道子和董糟丘作了介紹。

「常聽癲哥講起你，怎麼過了這許多年才到長安？罰酒三杯！」吳道子說。董糟丘忙將三個夜光杯一字兒排開，滿滿斟了三大杯。

李白將三杯酒一鼓作氣飲下，連連叫道：「好酒！好酒！好酒！」

張旭將他拉到那張丈二巨幅山水面前，說：「你這蜀人，你認不認得這上面畫的什麼？」李白看那畫中山岳壯麗、雲水瀲灩，情不自禁地讚道：「這是峨嵋山吧？這是嘉陵江吧？還有洞庭湖……好美的山河！」

「盡看著幹嘛？」張旭說。

李白口中喃喃道：「真叫人看不夠！這不就是讓我欣賞的嗎？」

「快作詩呀！渾小子，愣著幹什麼？」張旭道。

「我？」李白看了看可尊敬的畫師和書法家張旭。

「不是你還有誰？大唐第一畫師和第一草書等著大唐第一詩客作詩題詠呀！」張旭索性脫掉外面的長袍，甩掉另一隻麻鞋，僅穿裡面的細麻布背心，赤膊光腳，抓起一隻長鋒，飽蘸香墨，精神抖擻地等候。

李白將杯中的酒一飲而盡，美酒和張旭的話汩汩流到心頭，李白頓時覺得五內沸騰，思緒洶湧。

「好！」李白眼裡放出光來，高吟道：「峨眉高出西極天，羅浮直與南溟連，名工繹思揮彩筆，驅山走海置眼前。」

「好詩！」吳道子不禁拍案叫絕，提壺給李白斟滿。

「滿堂空翠如可掃，赤城霞氣蒼梧煙，洞庭蒲柳意纏綿，三江七澤情洄沿，驚濤洶湧向何處，孤舟一去迷歸年，徑帆不動亦不旋，飄如隨風落天邊……」李白滔滔不絕地吟道，張旭奮臂揮毫，羊毫落處，如游龍嬉戲，舞鳳翱翔。

吳道子驚喜地看他二人一個吟一個寫，心中暗自讚嘆。董糟丘在長安多年，哪見過這等人物？忙叫夥計捧上時鮮果子和美味佳餚，搬了一琉璃壇「劍南燒春」加上全套金壺玉觴酒具，只等張旭寫完好好喝他個痛快。

張旭寫完，董糟丘樂得心花怒放，立即提起了金壺將滿滿斟了三大杯，與張旭、李白、吳道子一人一杯。

董糟丘說：「這杯酒，一是李白賢弟遠道而來洗塵，二是為祝賀你們三個人合作成功，三是在下喜獲稀世之寶，對三位大人表示謝意。」

四人喝下，董糟丘再要敬第二杯時，忽然張旭叫道：「停。」吳道子不知他又發生什麼瘋癲，問道：「怎麼啦？」

張旭說：「我們今日歡會，何不把汝陽王和老賀監請來？也讓李白與他們認識認識。」

董糟丘說：「對極，一時歡喜，竟把剛才說的忘了。」吳道子說：「要得快，我與你分頭去請。」

「極好。」張旭說著放下酒杯，一邊拉著吳道子走出去，一邊對董糟丘說：「店主，你且先在此陪老弟，我和吳兄去請老賀監和汝陽王！」說罷二人奔下樓，上車馳去。董糟丘是一個熱心人，見李白天資英縱，又是初次來京城，一邊給李白講京都故事，一邊盛情勸酒。李白出蜀多年第一次喝到如此烈酒，多喝了幾杯覺得有些醉了。少時樓下的夥計來說高麗國王子來預定大後天的酒宴，董糟丘忙下樓去接單，李白見僕童丹砂在一旁打盹，自己也不覺昏昏欲睡。

李白正要睡去，忽聽外面人聲喧譁，不知誰朗聲叫道：「誰是李白？誰是李白？」

此時董糟丘引進幾個身著黃衣的內侍，一個捧著精美的雲紋漆盒，裡面裝著紫袍玉帶和一頂烏紗帽，一個手中拿著一卷聖旨，店主董糟丘對那黃衣內侍客氣地說：「他就是蜀人李白。」

那為首的內侍展開手中黃敕，高聲道：「蜀人李白接旨！」李白連忙跪下，那內侍朗聲念道：「蜀人李白，有經濟之策，通王霸之道，詩比屈宋，文追相如，立志輔國安民，朕特下旨召入宮中對策，欽此！」

李白聽了心花怒放，連聲高呼：「謝主隆恩，吾皇萬歲！萬歲！萬萬歲！」

內侍們即服侍李白戴上烏紗，穿上嶄新的金章紫袍，騎上御馬，洋洋得意走過大街，在丹鳳門前下了馬。

李白聽見那宮殿裡傳出一個宏亮的聲音：「宣李白上殿！宣李白上殿！」

21. 李白大怒，提起賈昌的「神雞王」向窗外扔去

「我的抱負就要實現了，我就要在這裡輔佐皇上，治理國家，展示我的才智啦！」李白一邊想著一邊踏上丹墀，突然兩個衛士凶神惡煞地攔住他，唰地拔出刀斧，伸到李白的鼻子底下。

「大膽！你們沒聽見皇上在宣我嗎？」李白厲聲喝道。

那衛士怪笑著，李白記不起在那裡見過這兩張臉：李京之？胡縣令？段簡？衛士叫道：「皇上宣的不是你這個布衣草民！」說著揮動刀斧劈頭蓋腦向李白殺來，李白空著兩手，躲閃了幾個回合，退到丹墀下，其中一個衛士舉起寒光閃閃的斧鉞惡狠狠向李白劈來，李白只覺在頭上重重地著了一下。

李白大吃一驚，從夢中醒來，覺得腦門頭皮生痛，伸手向腦門一摸，真的是紅糊糊一片，睜眼看時，卻是一隻大紅公雞，腳上套著鐵爪子，正站在李白頭上亂抓亂啄。

李白氣急，一把抓住那遭瘟的畜牲，使勁往地上一摜，那雞卻也刁鑽，驚叫著跑開了。

丹砂聽到聲響，一筋斗爬起來，方才明白是怎麼回事，大叫一聲：「抓住它！」便向那雞撲去。那畜牲一跳跳到擺滿酒菜的桌上，把那夜光杯「哐當」一聲打了個粉碎，就踩在當中盡情啄食起來，李白跳過去抓，那雞又撲楞楞飛起來，不偏不倚落在那方琉璃硯當中，兩隻爪子沾滿了墨水，「咯咯」叫著，向那張鋪在畫案上的道子、張旭、李白合作的那幅山水畫跑去，來回兜圈子。

李白只急得捶胸頓足，那畜牲卻高唱著示威似的在那幅巨畫上走來走去，留下許多爪子印，眼看一幅傳世之寶，被那瘟喪糟蹋得一塌糊塗。李白直撲過去，那雞驚叫著在空中飛起，剛要落地時，丹砂跳

上前抓住了它！

「這該死的畜牲！殺了它！」丹砂一把抓住雞頭，就要把脖子擰斷。

「住手！」一個氣急敗壞的聲音叫道。接著一群披麻戴孝的人衝上樓來。

「快把雞交出來！」為首的中年男子衝著丹砂叫道，這人滿面油光，塌鼻子，長著幾根山羊鬍子，唾沫星子直濺到丹砂臉上。丹砂見這幫人來勢洶洶，機靈地往後一躍，將雞扔給身邊的李白。

這時店主董糟丘氣喘吁吁地跑上來，認得那群孝子中有兩個常來這喝酒的千牛衛王準、卞鴻，那塌鼻子就是長安萬年縣令賈季麟。知道這群人來頭不小，連忙攔住他，連聲說道：「三位大人有話好說，有話好說。」

王準獰笑一聲，一掌推開董糟丘大叫：「拿來！」李白見來人蠻橫無禮，一下子將董糟丘護在身後答道：「這雞我今天正好殺來下酒吃，你便怎樣？」王準和卞鴻正要撲上前來，賈季麟急得聲嘶力竭地叫喊：「使不得！使不得！還不快住手！」

李白見賈季麟急得惱火，將手中的雞向他面前揚揚，問道：「這是你的雞麼？」賈季麟生怕李白把雞弄得有什麼閃失，急忙張開雙手在空中護住，李白見那人對一隻雞誠惶誠恐的樣子心中好笑，反而把雞背在身後。沒好氣地衝著他叫道：「既不是你的，為何在此吵鬧，還不快滾！」

賈季麟哪裡受得了李白這話，只氣得臉上青一股，紅一股，油光光的臉上直變顏色，看李白身後的雞掙扎亂叫，又忍了下去，說道：「是我的又怎麼樣？」

李白答道：「是你的，賠了這畫，就把雞還你。」

那賈季麟聽得一個賠字，斜眼看了李白一眼說：「賠？在這萬年縣的地皮子上有那麼回事麼？你這人不知從哪裡跑來的土鱉，連皇上御雞園的『神雞王』都不認識！實話告訴你吧，今天是神雞童賈昌的父親老大人出殯，賈大人專門請這隻雞王站在棺材上鎮邪，這一隻雞就值幾百戶中等人家產業。」

李白向窗外看去，果然白茫茫旗幡滿街，阻街斷巷的送喪隊伍直延到酒樓下面，靈車上停放著一副大黑棺。

賈季麟又說：「看見了吧，不就弄壞了一張破畫麼？有什麼了不起，你瞧，就連我這萬年縣令給當孝子都感到榮幸！」

堂堂萬年縣令給一個鬥雞徒老子當孝子！李白聽了頓時怒火中燒，天下竟有這等不要臉的人！大聲罵道：「無恥！」正想發作時，只見樓上圍觀的人都紛紛往兩邊閃開，上來一個穿重孝的少年，旁若無人地叫道：「我的神雞王在哪裡？難道還要讓本大人自己動手麼？」

董糟丘見那少年進來，吃了一驚，連忙將李白拉到一邊，告訴他：「李公子你千萬小心，長安人說：『生兒不用識文字，鬥雞走馬勝讀書』的賈昌就是他！」

「啊！」李白一路也聽說過鬥雞徒仗著皇上恩寵橫行不法的事，沒想到今日在這裡親自與這幫人遭遇，冷眼看那一群孝子，一個個凶光畢露，李白冷冷一笑，提著雞站到樓廳中央。賈昌向王準、卞鴻二人使了個眼色，那幾人立即衝到李白面前，要奪那雞。

李白見二人撲來，大喝一聲：「大膽！」

這些人都是紈褲子弟，酒色之徒，平時欺壓百姓，百姓們敢怒而不敢言，忍氣吞聲受了，誰敢喝斥他們？不料李白這一聲大喝如雷霆貫耳，倒是破天荒頭一遭，一個個只嚇得停步不前。

這一聲大喝，同時也嚇得賈昌犯了猶豫，仔細打量對面這人，雖衣著簡樸，但氣宇軒昂中透著威嚴，不知何許人也？這鬥雞小兒，倒也怕遇到惹不起的主兒，在長安那可要吃不了兜著走呢。不由顫聲問道：「你……你是何人？」

李白故意正眼兒也不瞧他，只是說：「你在問我？你是何人，跟我說話？」

董糟丘見李白對賈昌毫不退縮，不由心中焦急，生怕惹出事來，拉拉李白的袖子。

誰知董糟丘的動作，卻被賈昌看在眼裡，心想，抓雞的這人定是強出頭與我為難了，不覺氣焰高漲提高嗓門，冷笑道：「你枉踏京洛之地，連小爺的大名都不知道，高力士是我乾爹，羽林軍叫我大哥，皇上封我神雞童賈昌是也。」說完挺身上前，靜觀李白的神態。

不料李白朗聲笑道：「哈……區區鬥雞小兒，也敢如此跋扈！賠我的字畫！」賈季麟見李白明瞭自己身分也不示弱，方知對手絕非等閒之輩，上前扯了賈昌的袖子，在他耳邊說：「剛才下官已給他通報了大人的名字，他不買帳！」

賈昌心中浮起一團疑雲：「他到底是何方神聖？」

惡徒行事，向來是吃桃子找軟的捏，賈縣令見李白與賈昌相持不下，一齊上前，抓了董糟丘，大聲叫道：「事情出在你樓上，馬上把雞交出來！」

李白見狀，厲聲喝道：「放開他，此事與他無干，要不然我馬上擰斷它的脖子！」一手抓住雞頭，便要擰。

21. 李白大怒，提起賈昌的「神雞王」向窗外扔去

賈昌無奈，只好示意王準等人放了董糟丘，頓時軟了下來，說：「朋友且慢，今日我父出殯，燃放爆竹驚了這雞，飛上樓損壞了公子字畫，絕非賈某有意，只請教公子姓名，這字畫，我賠就是。」

李白呵呵一笑：「就算李老爺今日降貴紆尊，與你這鬥雞小兒通報姓名！你聽好了，隴西成紀涼武昭王九世孫——李白是也！」

賈昌聽了卻不明白隴西涼武昭王的分量，一時丈二金剛摸不著頭緒，萬年縣令對此卻有些清楚，隴西李氏可不是皇上本家麼？掐指一算：「嗬，比當今皇上還高出兩輩呢！」

賈昌無奈，只好叫幾個孝子，抬了兩籮緡錢上來，算是賠償。

不料李白卻餘怒未消，指著賈昌罵道：「你們這些鬥雞徒，欺壓百姓，為所欲為，堂堂開元盛世，豈由你們胡作非為，你們玷汙了天子聖明，在外面作威作福，下次被李老爺撞見，定要嚴懲不貸！」說著提起雞向窗外扔去：「兩清！」

賈昌驚叫一聲：「呀！我的神雞王！」立即忙不迭地奔下樓，抓雞去了，眾孝子跟著爭先恐後地蜂擁而去。

李白見樓下眾孝子抓雞亂成一團，不由哈哈大笑。

賈昌上了車，見眾人已將雞王重新安放在棺材上。街上圍觀百姓無不恥笑。賈昌心想，只要我的「神雞王」還活著，我就是皇上寵信，誰怕誰還不一定呢！想到此，咬牙切齒向李白叫道：「姓李的小子，走著瞧！」

樓上李白聽得明白，拱手朗聲答道：「奉陪。」

李白見賈昌與那一行人擁著大黑棺材向春明門外去了，送喪的隊伍老是沒完沒了，張旭、吳道子也不見來，便對董糟丘指著兩籮緡錢說：「這些錢留著付酒錢吧！」說罷與丹砂下樓去了。

卻說張旭到了賀知章府上，門官說賀大人外出未歸；吳道子到了汝陽王府，門子說汝陽王到驪山去了兩天了。二人黃昏時分才回到京華酒樓，董糟丘見二人氣喘吁吁上樓，便問：「二位大人，怎麼這時才回來？」

原來張旭、吳道子趕回時被出殯隊伍隔斷路途，所以回來時間已晚，董糟丘向二人述說今天他們走後發生的事情。張旭氣得頓足說：「這該死的鬥雞兒，我們好好一場歡會，全被他攪亂了！李白去哪兒啦？」

董糟丘說：「他告訴我，他到一個姓許的親戚家去了，叫許什麼我也記不清楚了。他還說改日到店裡來吃酒。只是這畫被糟蹋得不成樣子，如何是好？」

吳道子想，只要他再來就好了，再看那畫，破了一道口子，山石一角有幾個雞爪子印。吳道子說聲著急，提起筆來將爪印畫成了樹木石頭，囑咐董糟丘告訴裝裱的師傅小心彌補便是。便與張旭快快而回。

22. 宰相說：「李白入朝為官，你也多一位不平凡的詩友啦！」

李白把鬥雞徒收拾得服服貼貼心中十分得意，出了京華酒樓，拐進東市一條小街。小街上羅列著密密麻麻的店鋪，李白心中讚嘆長安不愧是萬國朝會的所在，竟有如此繁榮。這條街所有的店鋪專門經營

22.　宰相說：「李白入朝為官，你也多一位不平凡的詩友啦！」

珠寶書畫，還有專門的古舊書店，名曰「墳典肆」。李白漫步其間，看到不少的拓片摹本，多是精奇之品。李白看了幾家頗覺不錯，見街對面有一家店鋪懸的匾額「聚珍齋」，鋥亮的朱漆博古架上陳列的古玩珍寶琳瑯滿目。李白走過去一一觀賞，見一邊陳列著漢代毛延壽的《朱雀圖》，閻立本的《北齊校書圖》摹本，吳道子的《伏妖圖》，董仲舒書法《詩經．爾雅》，李斯小篆《封泰山碑》拓片……，件件價格不菲。李白一抬頭見櫃上有一件東西十分眼熟，那是一柄摺扇，那摺扇象骨絹面，上面畫著一個儆人，迎風倚馬衣裾飄飛，與執酒而立的父老拱手作別。畫中人物情態生動，線條簡練。正是南朝後梁畫家張僧繇的《出征圖》！李白一驚：這把摺扇在孟浩然的澗南園見過！孟浩然在飲酒之間拿出來與他賞玩，並說這摺扇乃是他的傳家之寶。假如這把摺扇就是孟浩然的那把，怎麼會在這裡？聽說孟浩然進京多時，難道有什麼不測？

「公子，您要這摺扇？」店中夥計見他朝這摺扇注視良久，過來問道。

「這摺扇可是真品？」李白問道。

「這是南朝後梁畫家張僧繇的真跡，畫的《出征圖》，精美程度是後人不及的，何況是古物，連太宗時宰相丹青國手嚴立本大人，也曾學過他的畫風呢！」夥計說著便小心翼翼地從博古架上取下那柄摺扇遞到李白手中。

李白仔細看那摺扇與孟浩然家中的絲毫無差，只是摺扇的背面添了一首詩，不是別的，正是孟浩然超逸的行草錄寫的《黃鶴樓送孟浩然之廣陵》：「故人西辭黃鶴樓，煙花三月下揚州。孤帆遠影碧空盡，唯見長江天際流。」

去年春天，李白陪孟浩然南下漢陽，遇到很多詩酒朋友，江夏的韋良宰，沔州的王漢陽。那日孟浩然將乘舟順江而下到廣陵去。眾人一起在黃鶴樓為孟浩然置酒作別時，李白即席為他而寫。當時江夏的詩人韋良宰就拍案叫絕說：「不見帆影，唯見長江，悵別之情，盡在言外，點到而不點透，說出而不說盡，有一種空靈蘊藉含而不露的風神之美」。在座王漢陽也說：「標舉風神，餘韻深遠，得意忘形，得形忘言，乃詩中之極品也。」李白以為當時是詩友的溢美之言，哪知孟浩然又如此珍視，認真地把這首記載他們深厚友誼的詩抄錄在他的傳家之寶摺扇的背面。

李白看畢，一股暖流在他全身流過，孟浩然竟把他的詩與張僧繇的名畫題在一起，讓他們的友誼流傳千古！茫茫人海，在他漂泊人生中竟還有這樣一位高雅的知音，還有這樣誠摯的友誼！如果孟浩然有難，他怎能袖手旁觀，他要把這事查個水落石出。隨機問道：「這摺扇是貴店的藏品？」

「藏品倒不是，公子，你若喜歡，出個價吧！」

「你這上面沒有標價，叫我怎麼出價呢？」李白虛與逶迤。

「實不相瞞，摺扇的主人是我家店主的朋友，急於想出手，公子若有意，在下可以請公子與摺扇的主人面議。」夥計說。

李白馬上說：「好的，煩你請摺扇的主人出來說話。」

夥計說了聲「請稍候」。便掀開通裡的角門上的門簾進去，李白目不轉睛地盯著那片織著仙鶴芝草紋樣有聯珠組綬下垂的青綾門簾，不一會，門簾掀起，從裡面出來一人，頎長的身材，清瘦的面孔，穿一件淡紫寬袖夾紗袍，正是孟浩然！

22.　宰相說：「李白入朝為官，你也多一位不平凡的詩友啦！」還

「浩然兄！」李白不由一陣驚喜，但見他面孔青灰一副病容，問道：「你怎麼會在這裡？」

孟浩然萬沒想到，在這裡會遇見李白！二人來到孟浩然臨時住處興唐觀的後廂房。孟浩然把進京的情況應告訴了李白，為了參加第二年春天進士科舉考試，他是在去年年底冒著風雪入京的。進士科的考試大大出乎孟浩然的意外，考試的內容並不涉及國家的大政方略，而考一些聞所未聞的孤經絕句和經文的年月日。一方面增加考試的難度，一方面又增加了考官作弊的機會。由正途考試錄取的進士名額不滿一百人，而由流外經「各種途徑」進入仕途的竟達二千多人，而在這二千多流外官產生的過程中，充斥了金錢賄賂、女色引誘和各種醜惡交易。在江漢之陰閉門苦學三十載的孟浩然竟然落榜。一直到秋天，還是沒有人能成功地推薦他入朝，在長安將近一年的花費使孟浩然家財蕩盡，因此孟浩然只有賣掉自己祖傳的有北齊大畫師張僧繇精繪的「出征圖」摺扇作回家的路費。

「假如你愛惜自己，就不要到長安來！好比一隻鳥，寧願在山林中飛翔，又何必自投黃金籠中，為了吃到幾顆小米而放棄自由呢？」孟浩然憤激地說。

「孟兄，我理解你的用世之心，就是一隻大鵬，也要等待海水洄流的運勢，憑藉水勢升空，命與運相輔相成，不必為了暫時的挫折，而中止自己選擇的行程。你一定要告訴我，在長安遇到了什麼？讓我來幫助你！」

「沒有人能幫助得了我，我也不需要任何人的幫助！」一向沉靜的孟浩然暴怒地喊道。

李白也感到喉嚨被什麼堵住了似的，一陣窒息，是什麼使這個不惑之年的至誠君子如此心慟？

「讓我來告訴你，」隔著板壁一個平靜的聲音說，「其實你知道，世間有才智就會有平庸，有美就有

醜，有光明就有黑暗，賢者心志高尚，顯露自己聰明才智就會被庸者和愚者憎恨，賢者在憎恨和黑暗的羅網中，怎能不失敗呢?世人喜歡功名，無異於作繭自縛。」

對方難道是興唐觀的一位道長?但道長為什麼有興趣來與他論道呢?李白倒是很久沒有與人論道了，於是李白對著板壁叫道:「先生，您說的不完全對，人的智慧和賢仁，以及世間的真善美，正如陽光，溫暖而光輝，不顯露行嗎?正如風雲，不吹動行嗎?如果太陽把自己藏起來，那麼世間永遠是黑暗。如果賢者智者把自己藏起來，世間就充斥不肖和愚昧。真善美如果不敢坦蕩地表現，那麼世間必然多的是假惡醜。如果世間到處都是醜惡和黑暗，先生，好人怎麼能生存呢?」

板壁後面又說話了:「我是孟先生的鄰居，我雖與他沒有往來，但我知道他是一位仁人智士，無名為尹，無為謀府，無為事任，體盡無窮，而遊無朕，盡其所受於天，而無見得，亦虛而已，至人之用心若鏡，不痓不迎，應而不藏，故能勝物而不傷。世人喜好功名，無異於作繭自縛。而生命的真諦在於自然，明月清風，天高地曠，人生有限，為什麼不用心享受自然而拚命求取功名呢?真是糊塗!」

李白聽了這話，想起了孟浩然澗南園的清新與空靈，他是個熱愛生命熱愛自然的人，但生命的意義不止於此。於是他又對板壁那邊說道:「正因為生命有限，才更應該努力去為蒼生社稷造福，去播種光明，驅逐黑暗，方不枉此生。先生您說的自然是天地日月空氣，山林江河，而人也是自然的一部分。人不同於木石，因為人有靈性，因而也產生正義與邪惡，光明與黑暗，也是自然而然。先生您雖然是一位高人，在你沒有羽化成仙之前，你也生活在世間，如果世間一片黑暗，到處都不安寧，那麼你怎麼可以享受生命，怎麼可以享受自然呢?仁人志士的目的不僅是為了求取功名，而主要的是要濟蒼生安社稷啊!」

「好一個李白，你真能言善辯啊！」板壁後面又說。

「我不過對您直抒胸臆，坦誠相告罷了，我並沒有與你辯論的意思。你是誰？怎麼知道我是李白？」

「你怎麼連我也忘了？我們在青城山，不是探討過很多次了麼？」隔壁響起了開門聲。

「煙霞子，是你！」李白也開門迎了出去。「師父呢？」李白問。

「師父在武當山，去年春天，皇上一定要留師父在長安講道，師父說，住慣了山林，不願意住熱鬧的長安城，皇上派人送師父到武當山，離長安近一些，以便請教。我這次是專門為皇上送經文來的，沒想到能碰見你。自你走後，師父很想念你，你快跟我上武當山去見師父吧。」

李白回答說：「我眼下不能和你到武當山，我答應過趙蕤老師，我要實現他的宏願，此次來長安，就是想要進入仕途……」

「你還沒有忘記陳子昂？」

李白的心裡更不能平靜了，站起來徘徊：「前不見古人……後不見來者，我沒有忘記……我這次來長安，一定要像陳子昂那樣有所作為的，等我功成身退，一定返回山林，來陪伴師父！」

李白非常想念太玄大師，漂泊在外的日子裡，每當夜深人靜，腦海裡就浮現出師父花白的鬢髮、平和慈祥的笑容來，憂思煩惱也就隨著那笑容消散了。但是他現在不能到武當山去，他自信有過人的機敏與智慧，有充沛的精力與韌性，不怕碰得頭破血流，不怕前面荊棘叢生。他但願自己是皋陶，拿著大掃帚直上青天，將遮擋陽光的浮雲一掃而光，為天下的仁人志士掃出一條為國效勞的路來！

次日，李白把雙喜送來的銀兩，多半贈給孟浩然，又與他一起去「聚珍齋」把那柄張僧繇的摺扇取回。煙霞子邀孟浩然與他同往武當山住些日子，再派小道士陪他回澗南園。孟浩然欣然與煙霞子同去，冷眼旁觀的煙霞子，卻為李白的性格十分擔憂，臨別時煙霞子拉住李白的手說：「太白，要是你在長安不如意時，一定來找師父和我，我在武當山等你。」

李白送走了孟浩然，照岳父信中所示地址，向南拐西，橫穿朱雀大街，來到族兄光祿卿許輔乾居住的安定坊。許輔乾接過門子遞上的名帖，高興地說：「啊，是自正員外叔的姑爺來啦！」說著親自迎了出去，見了李白親親熱熱地說：「我早聽說員外叔招贅了您這位飽學的姑爺，此次進京，有何貴幹啦？」許輔乾請李白在客廳坐定，李白取出岳父許員外的信說：「這是岳父給你的信，小弟在北壽山讀了幾年書，此次進京想尋個為國家效力的機會。」李白把在家時抄錄好的一本厚厚的《青蓮詩文集》，雙手遞給許輔乾。許輔乾接過，見都是詩賦文章，心想皇上最喜提拔的就是文學之士，當今宰相中書令張說，祕書監賀知章等都是文人雅士，只要有好文章，不愁無晉身之階。看看這位妹夫，儒雅英俊，又作有一本好詩文，心中已有八九分歡喜，立即對李白說：「為兄一定幫忙，賢弟暫且在我府中稍事休息，好好在長安玩幾天，我近日就將賢弟的文章送呈當今宰相張說，定能為你找到合適的職位。」

李白：「輔乾兄，你千萬別——」一聽說將文章交給張說，眼前便浮現出張垍那不是滋味的粉嫩面孔來。

許輔乾不知李白為何遲疑，便又說道：「你信不過為兄，不是？」李白見輔乾一副熱心腸，也不好拂逆了他的好意，微笑拱手而答：「多謝族兄，一切由族兄作主！」許輔乾將李白安頓到客房，款待一番，次日打聽得張說在家養病，便吩咐家奴備了幾簍劍南道綿州昌明縣採辦來的「綠昌明」來，與李白的詩文，一併送到相府。

宰相張說已經六十多歲的人了，近日來身體欠佳，一直在家靜養，將大小事等一併付與兒子張垍料理。

張說見許輔乾拜帖上極恭謹地寫道：「唐硤州刺史許紹曾孫，前中書令許圉師姪孫，許輔乾請張老相公鈞安」。張說本來閉門謝客，想到許紹本是高祖同窗，圉師生前又是自己要好的同僚，只好勉強去書房見一見罷了。許輔乾進了書房，見張說穿一件淺灰青大袍，外罩一件香色錦半臂，坐在雕花梨木榻上，一付病乏的樣子，急忙上前請安，吩咐家奴將茶葉抬進來，滿臉堆笑說：「這是小姪從劍南道昌明縣專程為你老人家採辦來的『綠昌明』，是明目清心的上品，小姪這就為你沏上一碗，你老人家嘗嘗！」許輔乾拿過奴僕奉上的玉碗，開啟竹簍抓了一撮，沏上沸水，捧到張說面前，果然湯色清綠，沁香撲鼻。張說呷了一口，悠然問道：「賢姪，所來何事？」許輔乾立刻取出那本厚厚的《青蓮詩文》，雙手遞給張說，然後將妹夫李白求薦的事一五一十說了個明白，又說：「我這妹夫原籍也是劍南道綿州昌明縣人。」

張說翻開《青蓮詩文》，瞇縫著一雙老花眼，隨便瀏覽，看了幾頁，感覺手上這本詩文豪雄俊逸，清新自然，竟是有生以來聞所未聞，見所未見。陡然精神大振！他一邊捻著花白鬍鬚，一邊品味著詩中之味，輕聲誦道：「天門中斷楚江開，碧水東流至此回，兩岸青山相對出，孤帆一片日邊來。」

許輔乾見張說輕聲吟誦李白的詩，心中暗暗為李白捏一把汗，妹夫得不到官職，全在這老爺子對這本詩文的態度。此時許輔乾站在張說身後，目不轉睛的看著張說，等待他對詩文的反應。

「啊！」許輔乾聽張說低低一聲感嘆，只見張說那雙拿著詩稿的枯瘦的手發顫，花白鬍子一抖一抖地，那一雙昏花老眼發出異樣的光，盯著《青蓮詩文》中的兩句：「黃河落天走東海，萬里寫入胸懷間……」張說陡然站起來猛地將桌子一拍，大聲叫道：「把垍兒給我叫來。」

許輔乾不知張說此舉是凶是吉，只覺得一顆心快要跳出胸膛！

張說的二兒子衛尉卿張垍，自與寧親公主成親，對天子岳丈更是加意奉承，深得皇上寵愛。張說把兒子叫來，與許輔乾見過禮，便對張垍說：「輔乾兄的妹夫李白，是為父故交許相國的孫婿。你看，詩文寫得多好呀！」許輔乾聽著，心上一塊石頭才落了地。

張說又指著那本《青蓮詩文》說：「兒呀，你看，這位綿州昌明的李白的《大鵬賦》、《大獵賦》寫得博大詭奇，就是司馬相如為文亦不過如此；你瞧，這首《峨眉山月歌》連用五個地名而清婉如流，恐怕謝朓、謝靈運看了也要心服口服，這首《登廣武戰場懷古》寫得意氣豪雄，足見陽剛之美。」

張垍只覺背上汗水滲出，他在散花樓詩會的一幕宛然如在眼前，那時益州大都督府長史蘇頲，也像父親這般興奮地稱讚李白的詩。那一年，他唆使綿州的地痞誣陷李白，使蘇頲終於將推薦李白的《薦西蜀人才表》付之一炬。而眼前，「鄉巴佬」李白的才華使父親對他讚不絕口，此時……他該用什麼法子把李白……從父親心目中趕出去呢？他的心顫抖起來。

張說沉浸在李白的詩意中，盡情享受那詩帶給感情的愉悅，絲毫沒有發現兒子的神態，他孩童般興奮地翻給兒子看：「啊！你看！真是美不勝收！大唐文壇，從此便要煥然一新了！」說著便將文集往張垍手上一放，張垍心神不定，那文集「啪」地掉在地上，他彎腰拾起那文集，宛如拾起一塊燒紅的烙鐵。

「怎麼啦！」張說發現兒子有點走神，問道。

張垍看看父親作出一個溫順的微笑，把內心的慌亂掩飾過去。答道：「剛才見父親誇獎李白，兒也為李白高興，一不小心，就掉地下了！」張說對張垍說：「垍兒，為父身體有病，無法親自將李白推薦給皇上，輔乾也不是外人，你將詩集收好，看機會呈給皇上，依為父看，他定能得到皇上賞識。李白入朝為官，你也有一位不平凡的詩友啦！」

張垍忙說：「孩兒遵命，輔乾兄放心吧。」

張說心情很好地合上那本詩集，將許輔乾送到書房門口，拍拍許輔乾的肩膀說：「恭賀你，許家又要出一位大臣啦！」

張垍送許輔乾回來，一眼看見父親，還在將李白那詩集翻來翻去愛不釋手，終於忍不住上前道：「父親大人，你叫孩兒向皇上推薦李白，而李白不過是一個布衣草民……」

張說一下子明白了兒子的心思，向張垍道：「我兒，這就顯得你見識短淺。由布衣到卿相古已有之，你這樣年輕就官居三品，而且還是當朝駙馬，你更應該包納廣博，穩重勤謹，方有大臣風範。」

張垍聽父親如是說，立即換了口氣，畢恭畢敬道：「父親教誨得極是。李白的事情儘管放心，孩兒會盡力去辦，倘若李白入朝為官，孩兒也好隨從左右學習。」

張垍一番話說得父親眉開眼笑，張說道：「好兒子，這樣就好了，你本來天資聰慧，若向李白好好求教，說不定也會寫出李白那樣的好詩，就像為父當年同蘇頲一樣，並馳於大唐文壇呢！」

張垍收了那本《青蓮詩文》，心裡大不高興，又不敢當著父親之面說出來，只換個話題說：「父親，皇上已經在內苑賜我和公主一所宮院，名叫『翠華軒』，裡面還有許多珍奇異寶呢！」

張說淡淡一笑：「小子，那是岳父大人賜給女婿女兒的，可不是天子賞賜給有才華的大臣的！」張垍不言，提壺給父親的茶碗續水，張說飲了一口說：「我有些累了，你扶我回房休息，那些是輔乾送來的『綠昌明』，你拿些回去嘗嘗，味道清淳得很啦！」

夜深了，張垍面對著燈下書案上那本《青蓮詩文》發呆，想不出一個對付父親的萬全之策來。正當自己一帆風順、春風得意之時，怎麼憑空鑽出來一個李白？這該死的李白，那年早知他有今天，就該讓他死在獨眼龍的拳腳之下……而現在，父親要用自己的手，將這「鄉巴佬」送進朝堂！他想起李白那明亮澄淨的眼睛，那輪廓分明的嘴唇中吐出來的詩句，那微微上翹的嘴角上浮現的似乎輕蔑的笑意，那坦率磊落略帶散漫的步態，那簡樸衣著覆蓋下的身體所產生壓倒一切的風度，他心情近乎煩亂恐怖，老天，你既生了長安第一才子張垍，為什麼又要生李白這樣的布衣草民？

許輔乾立即回到許府，興高采烈來到客房，對李白把今天拜見張說的情況一五一十地向李白說了，許輔乾見李白將信將疑的樣子，哈哈大笑說：「張相國親口對我說的：『恭喜許家又要出一位大臣啦！』賢弟你就在長安放心的玩幾天吧！日後有了官職，可別忘了我這個大哥！」李白一聽是張說讓張垍向皇上推薦他，心中就涼了半截，但輔乾兄的話說得實實在在不可不信。

許輔乾雖如是說，李白到底放心不下，又帶上岳父的信去崇義坊拜訪岳父的好友戶部侍郎王大人。李白來到崇義坊遞上拜帖，門吏告訴他說今天是百官休沐日，概不辦公會客。第二天李白又去，門吏說今日皇上在興慶宮龍池邊設宴賞花，王大人遵命出席，李白只好過幾日再來。

23. 珞薇步步向張堉逼近：「你拿李白的詩冒名邀寵……」

大唐玄宗皇帝李隆基，今天興致很好，只穿一件白紗中單，外罩一件天青蹙金飛龍背子，頭戴白紗幞頭，顯得特別精神。在高力士的陪同下，穿花拂柳向花萼樓走來。經過一段鋪著白石的甬道時，假山石後傳來一陣銀鈴般的笑聲，皇帝回頭一看，突然一團紅乎乎的東西飛來，幾乎觸到皇帝的面頰，一個朱衣少女，像蝴蝶似的翩然飛來，撇開內侍飛起一腳，在離皇帝面頰很近的地方，用靈巧的腳尖，輕輕將那紅團兒勾了回去。立時那淩霄花叢中，梳著高髻，描著柳葉眉的命婦東河縣君楊珞薇遠遠地向那踢毽兒的少女叫道：「還不跪下，皇上駕到！」

那朱衣少女卻不理會，假裝害怕似的逃到命婦身邊，依著珞薇的肩。就在那一刹，珞薇不由分說，拉著她向皇帝跪下了。同時跪下的還有公主們和宮女，那銀鈴般的笑聲變成了：「皇上萬歲，萬歲，萬萬歲。」

不知是珞薇拉她時用力太大還是玉環故意，玉環沒跪好一下子偏倒在地下，她沒有立即向皇上行禮，而是用美目大膽瞟了一眼心情很好的玄宗，扮了個鬼臉，然後低下頭去。

玄宗笑了，看了看調皮的朱衣少女說：「不必多禮了！」東河縣君拉了少女一把，那少女一臉嬌羞，用低低的，像自言自語似的聲音說：「壽王妃楊玉環參見父皇陛下！」玄宗和悅地笑著說：「嗬，是瑁兒的妃子！你只有十七歲是不是？」玄宗看著她微微發顫的背，只覺得匍匐在他腳下女孩子可愛可憐，下意識地伸出雙手將跪在地上的兒媳扶起。

玄宗躬身扶起玉環的一剎，看見了女孩敞胸低領衫後那羊脂玉般美麗的胸脯，接著是如水蓮花般嬌羞的臉，玉環避過玄宗的目光，把頭偏垂向另一側，溫柔而不勝風雨的嬌花般的體態，全被玄宗盡收眼底，玄宗如同被雷電擊中，臉上閃過一絲異樣的光，而這一切都被珞薇看見了。

玄宗被內侍簇擁著走過甬道的拐角，玉環才鬆了一口氣，小鳥依人似的依在珞薇胸前，「姑媽……」玉環想不出剛才皇帝看她的神態是什麼意思。

「看樣子皇上很喜歡你，玉環。」珞薇說：「你看壽王殿下來了！」

壽王快步走近，甬道另一端過來兩個內侍傳詔：「皇上宣壽王和壽王妃殿下、東河縣君到花萼樓候旨。」

珞薇和壽王夫婦來到花萼樓，玉環依著壽王，向那高坐在龍椅上的萬乘之尊的天子匍匐下拜。平時，玉環混在諸王公主的人群裡一起出入於宮中各種場合，今天是頭一遭被父皇傳喚，心情有些緊張。

「瑁兒，剛才你的妃子沒有及時拜見父皇，朕要罰她——」玄宗清晰地一字一句的聲音。

「啊！」玉環覺得心快要跳出胸膛。「——跳一支婆羅門舞。」玄宗說。

玉環和壽王鬆了一口氣，口中撥出：「兒臣遵旨，父皇萬歲，萬歲，萬萬歲！」

「啟稟萬歲，婆羅門舞需要一個好的鼓手。」跪在後面的珞薇說。

「縣君，朕自然會為這支舞配備一個好鼓手。」玄宗說。

壽王妃在宮女的幫助下穿戴好婆羅門舞的服飾。婆羅門舞是不穿上衣的，只戴抹胸披一條長長的絲

23.　珞薇步步向張垍逼近：「你拿李白的詩冒名邀寵……」

巾，下身穿一條綾胯，露出圓圓的肚臍來。頭上梳著高高的雙環髻，髮髻上插著美麗的珠花和步搖，華貴的紅綾抹胸上綴著閃閃發光的珠寶，頸上、手腕和腳腕上都戴著有瓔珞的項鍊和鐲子。玉環的身體被隆重地裝飾起來。眾目睽睽之下，她被內侍領到紅絲毯當中，有如一隻惴惴不安的小鹿。

玉環以婆羅門舞的儀式向天子合掌祝福時，忽然發現那龍椅上空無一人！她向姑媽投過惶惑求援的目光，只見珞薇微微笑著，順著珞薇看的方向，她目光掃過嚴陣以待的，穿著清一色天竺服裝的五百樂工：前邊一排是篳篥、橫笛、鳳首箜篌、琵琶……再後是銅鈸、毛員鼓、都曇鼓、銅鼓……在眾多鼓的中央，那面碩大的羯鼓前面，赫然站著一個壯年男子，頭纏皂絲布頭巾，白練襦，紫綾絝，緋帔，手執鼓槌如一棵大樹般精神煥發地站在那裡。

他不是別人，正是萬乘之尊的天子——大唐開元聖文神武大皇帝李隆基！

玉環受寵若驚地向那鼓手投一個近乎頑皮的微笑，身子轉向那位非凡的鼓手，雙手合十，深深地俯下身去。

隨著音樂，玉環跳起了婆羅門舞，她合著鼓點跳得極美，玄宗揮動肌肉飽滿的雙臂，挺拔地昂起頭，他轉身揚臂，那鼓聲時而如風拂柳，輕盈舒緩，時而如戰馬奔騰，勁疾短促，突然一聲霹靂，沉雷滾滾，接著是海鷗掠岸，蹤影杳然……諸王公主和大臣在讚嘆玉環美妙舞姿的同時，覺得皇帝今天年輕了許多。

一曲終了，玉環作了一個輕盈嫵媚的收勢，依然合十向四周祝福，在面向皇上的那一刻，不知為什麼，她向皇上投去感激的一瞥，再拜謝恩。

宮女們把玉環扶到臨窗的白玉榻上，內侍端過一盞香露來，壽王接過遞給玉環。餘興未盡的皇帝沉浸在剛才擊鼓的興奮裡，說道：「想不到朕的兒媳翩翩若仙，應該有一首詩讚揚才好。」

玄宗的話音剛落，生在寧親公主身邊的駙馬張垍稟道：「父皇，兒臣已經有了！」

「啊！駙馬才思如此敏捷，詠來。」玄宗開心地說。

張垍清清嗓子，吟道：「風動荷花水殿香，姑蘇臺上見楚王，蜀姬醉舞嬌無力，笑倚東窗白玉床。」

玄宗看看壽王妃，不假思索笑道：「好一個『笑倚東窗白玉床！』」

戶部侍郎王大人讚道：「昔日曹子建七步成詩，今張駙馬開口成詠，更比曹子建才高一籌，真是大唐的奇才啊！」

張垍的胖臉笑成了一朵花，假意謙虛道：「雕蟲小技，過獎，過獎！」

珞薇一聽詩中的情態描寫，忽然覺得好像在哪裡見過，張垍怎麼一下子長進了許多？倒使珞薇始料不及。

玄宗道：「駙馬近日來文思大進，還有佳作嗎？」

張垍喜孜孜答道：「兒臣近年雖在宮內，常憶早年江南之行，江南山水奇麗，兒臣做了一些小詩。」

「吟給朕聽聽。」

張垍滿面春光，朗誦道：「天門中有楚江開，碧水東流自此回，兩岸青山相對出，白帆一片日邊來。」

珞薇聽著，心頭一震，這些詩句好像在哪裡見過！

23.　珞薇步步向張埍逼近：「你拿李白的詩冒名邀寵……」

皇上笑道：「好詩，好詩！詩中有畫，可算是獨步當今啦！重重有賞！」

張埍對著皇上賞給的金銀珠寶，高興得滿面油光，叩頭不疊地說：「謝父皇隆恩，謝父皇隆恩，吾皇萬歲，萬歲，萬萬歲！」在眾多豔羨的目光中，張埍心中好快活。

因為有了玉環的舞蹈，玄宗今天分外高興，命百官在花萼樓下聽命，又命內侍抬來幾十籮金錢，一字兒在花萼樓口排開，命玉環領著宮女們將金錢灑下樓去，內侍傳旨：「聖恩浩蕩，賞賜金錢，文武百官，盡情拾取。」

玉環站在樓口，叫一聲「快撒！」那些宮女將金錢裝進笸籮，傾下樓去。剎那間，那金錢如急雨般紛紛落下，那春日的陽光映著那紛紛飛灑的金錢，如一場輝煌絢麗的金雨！玉環看樓下百官一邊拚命往兜裡拾錢，一邊叫喊著，有三呼萬歲聲嘶力竭的，有熱淚盈眶感激涕零的，有匍匐在地叩頭謝恩的，有鑽著頭一個勁往前擠的，有年老體弱被擠倒在地輾轉呻吟的，有不顧體面紅眼赤膊與同僚拳腳相見的，有被大把金錢打昏了頭抱頭鼠竄的，有提著一大兜金錢樂得哈哈大笑的，更有如吏部侍郎王大人等，沉著冷靜，臨危不亂一聲不吭，拚命往兜裡撈錢的，玄宗惠妃和諸王公主及玉環見了這大好風光，笑得倚在欄桿上直不起腰來……

過了幾天，李白仍沒有得到推薦他的訊息，他決定再次拜謁吏部侍郎王大人，這一天他帶了岳父給他的信和禮物，給門吏送了一個紅包，那門吏極誠懇地將李白叫到無人的地方，附在李白耳朵邊上說：「我告訴你一個祕密，你千萬不要對第二個人講……」

那門吏悄聲說：「你見不到王大人啦！」

「為什麼？」李白已預感到事情重大，誰知門吏說出一番話來叫李白哭笑不得：「那天皇上在花萼樓賞百官金錢，王大人心實，摟了一大兜金錢，重得馱不動，王大人連路都走不穩，被假山石絆了一跤，斷了腳骨，閃了腰，鬧了個傷筋動骨，不知哪天才能痊癒呢！這幾個月之內，你是見不著的了。就是見了，他也沒辦法給你辦事，只有對不起你啦！」。

李白沒精打采回來，心想明日到京華酒樓去尋張旭和吳道子，到長安的各處名勝一遊。李白剛進許府，就有家奴來報：「李公子有好訊息啦！剛才集賢院來了幾個人說，玉真公主要在她的別館召見你！」此時許輔乾也滿面春風地迎出來說：「賢弟，這一下你該相信為兄的話了吧！快收拾一下，集賢院的人在外面等到著呢！」

「多謝輔乾兄！」

許輔乾一拍李白肩膀，親熱地說：「玉真公主是皇上的親妹子，你見了她，要把肚子裡的學問通通倒出來，但願我們許家，真像張相說的那樣，又要出一位大臣啦！」

李白跟著集賢院的差役出長安明德門向南轉西向終南山走去。樹木蔥蘢的終南山，又稱太乙山，山中風景秀麗，果木成蔭。夕陽西下時分，李白和丹砂跟差役來到終南山西麓。春風得意馬蹄輕一點不假，李白望著遠處樹木掩映的靈應寺、清涼寺，翠屏環列樓臺嵯峨，心情如眼前的山泉清溪一般跳躍歡快。見了玉真公主該向她說些什麼呢？此時經濟之策、王霸之道、民間疾苦、文章詩賦一齊湧上心頭。李白暗笑自己過慮，問那差役：「快到了吧？」那差役卻不答話，逕自往前走。一會兒夕陽西下，晚霞滿天，眼看天漸漸暗下來，四個人一行還蹀躞在山道上。不知走了多久，李白下馬步行，丹砂牽著馬，四人趁著微弱的星光，山道越來越崎嶇，李白問了幾次，兩個差役不耐煩地說：「快到了。」李白只好一聲不響地跟他們往前走，李白暗想：玉真公主潛心學道，那別館說不定修在一個特別幽深清靜的地方也未可知。

約摸二更時分，差役在一座黑黝黝的牆院前停下來，差役敲門叫道：「有人嗎？」裡面沒人回答，只有蛐蛐在草叢中不停地叫著。

差役急了，惡狠狠地用腳踢門大聲叫道：「人都死絕啦！快開門呀！」

一個蒼老沙啞地聲音答道：「誰呀？」「集賢院的，開門來。」那差役喊道。

少時有腳步聲，門縫裡透出一絲亮光，門吱地開了一個縫，出來一個戴破席帽的老頭，枯瘦的手打一個破燈籠，頭髮和鬍鬚如枯草橫陳。那老頭探出身子，用混濁的，布滿紅絲的眼睛看著他們。

「這就是玉真公主別館？」李白懷疑的問。

「是呀！」差役回答得很肯定。

「怎麼這樣冷清？」李白又問。

「我也不知道。」兩個差役一邊說，一邊往山下走。

「你等等，你上司到底是對你怎樣講的？」李白叫喊道。

其中一個差役回過頭來對李白叫道：「我家大人講過了，讓我把你帶到這裡來，你住下等著。」那差役說完掉頭就走。

門前。

「你們沒有弄錯？」李白大聲叫喊道。

「見鬼！我怎麼會弄錯！」黑暗中傳來差役憤怒的聲音。李白回頭，那枯瘦老頭還待在朱漆剝落的大門前。

「你還要進來嗎？」老頭問。

「進來吧。」老頭說。

李白和丹砂望了望黑壓壓的終南山，白天所見樹木寺院都不可辨認，前後左右確實沒有人家。

李白和丹砂進了大門，老頭將大門閂上抵死，領著二人向裡走，走下臺階，兩邊雜草叢生，中間是一條方磚鋪成的道路，磚縫中生著雜草，一隻老鼠「倏」地從腳下竄進草叢中不見了，丹砂嚇了一大跳，往後一退，又踩在了一隻大癩蛤蟆身上，嚇得砂驚叫起來。

老頭帶他們穿過庭院，走進一所大房子，走過大廳，在走廊裡轉了幾轉，走過一個天井，又拐彎來到一所廂房前，抖抖索索從懷中取出鑰匙，開啟門上銅綠斑斑的鏽鎖，推開布著蠹眼的門，一股霉味撲鼻而來。老頭進去，從懷裡摸出一根皺巴巴的乾草捻，從破燈籠裡引火，點燃木案上一盞積了陳年油垢的土陶油燈說：「你們自己收拾一下，將就住吧！」就退出去了。

李白心中布滿疑雲：「這究竟是什麼地方？」

李白趁著如豆的燈光，看看這間房子，立在房子四角的家具看得出來過去是很精緻的，油漆剝落但有些朽蠹，雕花窗有些變形，木榻上堆著一些舊書和破爛，所有的這些上面都撲滿了灰塵。大黑蜘蛛在屋角結網，地上蟑螂亂爬，這裡絕對沒有什麼玉真公主，肯定是他們搞錯了地方！今夜要是玉真公主真

23.　珞薇步步向張垍逼近：「你拿李白的詩冒名邀寵……」

在她的別館裡等我去謁見，那就壞了！李白想到這裡急得頭上汗水滲出，也不管丹砂走得精疲力盡，一把拉起丹砂說：「快，跟我一起去問清楚！」

李白掌著油燈走到大廳前的走廊裡，三分鐘熱風吹過來吹滅了油燈，丹砂嚇得連忙抓住李白衣襟，李白乾脆扔下油燈，二人在黑暗中摸索前進，約摸走進大廳，聽見門口側屋裡有咳嗽聲，摸出大廳，穿過方磚路來到側屋前。

「老丈！老丈！」李白喊了兩聲，無人回答。李白推開門看，壁上點著一隻半明半暗的松明子，屋子裡用樹棒叉捆成的架子上吊著一個烏黑的陶壺，木棒綁紮成的「床」上鋪著半張蘆蓆，那老頭蜷臥在上面，披著半床破棕衣。

「喂，老丈！」那老頭分明聽見，卻不回答，李白邁進了半步，見那老人從床上起來，抓了什麼在手。

「是……是鬧鬼嗎？」那老頭用一種毛骨悚然的聲音回答。「我有事問你。」李白說。

那老頭抓起個什麼向李白扔來，松明子一下子熄滅了，李白身後閃出一個黑影，使勁將李白推倒在地，那黑影舉起大棒向李白砸來，被丹砂攔腰推了個趔趄，李白一躍而起，一腳踢倒黑影，唰地抽出寶劍，厲聲問道：「你是什麼人？」丹砂一把抓住那老頭，驚慌中用川話叫道：「瘟喪！點個亮來，說你為什麼子要害人？」

老頭吹紅黑陶壺下的餘炭，點燃松明子。

「今晚背時倒灶，在這個鬼窩裡遇到你兩個惡人，李公子啷個辦？」

「把他們捆起來押到官府去。」

那老頭突然撲通一聲跪在李白腳下，哀求道：「二位大人，饒了我們這一回吧，我們都是好人啦。」

趁著松明子閃爍的亮光，那漢子看了看李白，忽然激動地用蜀語問道：「李公子，你可是綿州昌明縣青蓮鄉的李白李公子麼？」

李白聽那漢子的話一下子驚呆了問道：「你是誰？你怎麼認識我？」

那漢子垂下頭，聲音裡帶著哀痛：「我黴得起冬瓜灰，你當然不認得我，我是磣礅兒呀！」

磣礅兒抬起頭，眼淚已經掛在亂草一般的鬍鬚上，李白看著那一張熟悉的黑黃忠厚的臉，將寶劍從他的面前移開，卻一時記不起他是誰：「磣礅兒，哪個磣礅兒？」

「李公子，你記不得我了？啊，你總記得涪江邊的看牛娃呀！」磣礅兒說著聲淚俱下。

李白一下子記起來了，他寫詩嘲弄了昌明縣太太，被差役追到大匡山下，他餓急了，那時磣礅——一個黑胖結實的小子，從柴火堆裡刨出芋頭給他吃，他狼吞虎嚥地吃了，跟一群看牛娃成了好朋友。

李白激動地扶起磣礅問：「你怎麼會到這裡來的？」

磣礅擦了擦眼淚說：「五年前，我家在蜀中的田被豪強地主霸占了，家裡人都死了，裡正派我當邊兵，正遇上攻打吐蕃石堡，原來說輪番服役，誰知一去就走不了啦！後來……後來……好多兄弟都被吐蕃人殺死啦，隊伍被打散了，我命大，死了好多回都活過來了，我逃到長安，冒充王老爹死去的兒子王福，偷偷活著……你剛才進來，我以為是……官府暗探……來搜捕。」

「你怎麼到這裡來的？」王老爹問。

丹砂：「我們被集賢院的差官帶到這裡來，說這是玉真公主別館。」

「這裡究竟是什麼地方？」李白問。

「這裡……不就是玉真公主別館嗎？」王老爹說。「是真的？」李白問。磉礅兒點點頭。

李白懷疑地看看這個廢園荒宅，又問：「老丈，請問那玉真公主還有其他的別館嗎？」

「有……有。」王老爹說。

李白眼裡發出希望的火花，追問道：「在什麼地方？」

王老爹說：「在……洛陽有……在華山也有，在終南山只有這一處，好些年前玉真公主就在這裡住過，唸過經，後來……這裡鬧鬼……人走了，宅子也空了，讓我守著，前兩天，有人來說，玉真公主準備把這裡修一修，叫我守好。」

李白心想：這裡一定是玉真公主別館，這就對了。說不定過幾天來人把園子修葺一新，玉真公主就要到來，也說不定玉真公主來憑弔舊跡也未可知，玉真公主，快點來吧！

那日宴會後，東河縣君楊珞薇回到家中，下意識地開啟她蒐集詩稿的繡篋，果然翻出了《望天門山》和《李青蓮口號吳王美人半醉》，張垍獻給皇上的詩原來是李白寫的！其中還有一首《鳳臺曲》，寫道：「影滅彩雲斷，遺聲落西秦」句，猛然間想起：莫非李白現在正在長安？她將那幾首詩放在枕邊，沉沉睡去，這一夜，她做了一個重複過多次夢：那是暮春的錦江邊，山花爛漫，那個穿著布衣的草民，微笑著向她走來……

一股莫名的衝動驅使她馬上找到李白，如果有了李白，她那冰冷的心將會燃起熾熱的狂焰。這冷靜的園林不再有空蕩蕩的淒涼……

這一天又是皇上賜宴，飲宴之後，張垍滿面紅光笑容可掬地站起來向皇上獻詩，獻的是「銜杯映歌扇，似月雲中見。相見不得親，不如不相見。……」照例又得了大宗賞賜，張垍樂得猶如騰雲駕霧一般，與內侍捧著皇上賞給的金銀珠寶回到自己的宮院翠華軒，經過西內凝碧池畔水榭的時候，一個熟悉的聲音叫住了他。

「駟馬公！」

張垍掉頭一看，水榭裡，東河縣君楊珞薇打扮得特別豔麗動人，悠然倚著欄桿，纖纖玉手將一塊餅捏成粉末，投入水中，水中的魚兒紛紛游來爭食。

「駟馬公，您請過來一下。」珞薇滿面春風地迎出來。

張垍自十年前在蜀中當著楊珞薇的面在詩文上敗給李白之後，不願意與珞薇見面。近日來皇上恩寵有加，張垍簡直覺得又可以在任何人面前炫耀了。

「東河縣君，您在這裡！」張垍說。

珞薇臉上帶著迷人的微笑，那是妻子寧親公主臉上不具備的：「你又得到皇上賞賜啦！駟馬公文才不錯呀！」

23.　珞薇步步向張垍逼近：「你拿李白的詩冒名邀寵……」

「過獎過獎，哪裡的話！」

「我也是好久沒有見到這樣的好詩了，真想和您切磋切磋。」

「縣君有何見教？」張垍像一個凱旋而回的大將一樣，示意內侍退下，躊躇滿志地在珞薇對面的石鼓上坐下來。珞薇只是一邊餵魚，並不回頭看他，慢悠悠說：「駙馬公，我想請教一下，你那首詩中『姑蘇臺上見楚王』，出自何典哪？」

駙馬公得寵之後自然也沒有想到有人要與他「反向切磋」。張垍此時才後悔自己為什麼那天不假思索脫口而出，將「吳王」換成了「楚王」，於是有些慌亂地說：「這……讓我想想。」珞薇淡淡一笑：「那楚王本該上『陽臺』，到了你這裡，怎麼就昏了頭，反而去上了『姑蘇臺』呢？」

張垍此時才理會到來者不善，頓時把臉色變得沉靜而謙和說：「對，用典不當，用典不當。」

珞薇卻不願到此為止，又追上一句：「那究竟是誰上了『姑蘇臺』呢？」

「是吳王，吳王。」張垍像一個小學生似的答道。

珞薇瞟了一眼張垍的尷尬樣兒，滿意地說：「這就對了，那給吳王歌舞的，怎麼會是『蜀姬』呢？」

張垍臉上青一股紅一股地勉強笑道：「君夫人，跳舞的是壽王妃呀！我把你的姪女兒叫做『蜀姬』，不錯吧！」

珞薇冷笑一聲：「不倫不類！」

張垍不知道這女人為何這般為難他，八成是為了舊怨來尋釁生事，作為天子女婿的他，體面是最要緊的，最好是馬上結束這場談話，趁沒有任何人看見知道的時候溜之乎也。於是他壓住心頭火氣對珞薇說：「縣君沒有話講了？張某告辭！」說著就要離開。

「等等！」誰知珞薇並不想結束這場談話，反而笑吟吟地說：「駟馬公，我也到過天門山。那裡的風光很美，天門山從中間裂開了，江水從那裡奔流而出，那『天門山有楚江開』的『有』字我看太乏味，值得你駟馬公斟酌一下。」

張垍既急於脫身不假思索地說：「對，換一個字，把『有』字換下來。」

「應該是……」珞薇順著他的話說。

張垍不耐煩地：「換成『斷』，『斷』。」

「對，應該是『天門中斷楚江開』，還有『白帆一片日邊來』第一個字應該是平聲，而且這個『白』字，太俗……」珞薇心平氣和地慢悠悠地說。

張垍立即說：「換成『孤帆』『孤帆一片日邊來』總該對了吧！」此時張垍覺得自己活像一條魚，誤吞了魚餌被釣線牽著，只好任人擺布，那桂葉眉的女人要他說什麼，他就得說什麼。

珞薇意味深長的笑了：「很對，這才是獨步當今的詩作呀！如果沒有我加以指教，你那首隻能算是二流貨色！」

張垍盡了最大努力壓住心中怒火，站起來說道：「沒有事的話，我告辭了！」說著一邊往水榭外面走。珞薇一下子站起來，將手中所有魚食使勁地往魚池裡一扔，嚇得魚兒四散奔逃，大喝一聲：「站住！」

23.　珞薇步步向張珀逼近：「你拿李白的詩冒名邀寵……」

駙馬公臉色鐵青，再也忍無可忍了：「你……放肆！」

珞薇走到水榭前，弦外有音地說：「哼，你以為我真是跟你談詩的嗎？」張珀看著她那雙描得很精緻的桂葉眉，眉下的鳳眼放出狡黠的光，心中一陣發怵不由在臺階下停下來。不知道這惡女人今日到底要幹什麼。

珞薇壓低了聲音盯著他說：「我問你，綿州作詩的人，他在哪裡？」

張珀鬆了一口氣：「啊，原來縣君問的是這個。」他故意不說明白，停了停說：「他自然是在長安。」

「他在長安？什麼時候來的？」現在輪到張珀了，他不緊不慢地說：「倒是來了多時了，他居然沒有來看你？就憑你對他的這份情意，也該時刻銘記在心哪！」

「你把他弄到哪裡去了？」珞薇不管他的挖苦，又問。張珀說：「他一個大活人，我能把他弄到哪兒去？」

「你告訴我，他人在哪裡？你得以領賞的那些詩是從哪兒來的？」珞薇步步緊逼：「你拿他的詩冒名邀寵，欺騙皇上……，我要是找到了他……」

欺騙皇上！張珀聽罷為之一震，自己的榮華富貴、身家性命都系在這幾個字上，眼下皇上正喜歡著她的姪女，天心難測，便道：「如果縣君不在皇上面前提起這幾首詩的事，我就告訴你李白在什麼地方。」

「好，我答應你。如果你騙了我——」

看樣子只好說實話：「他在終南山……玉真公主別館。」「好哇！我馬上去見他！」珞薇說。

「縣君不必親自去找他，我叫他來見你！」張垍做出一副殷勤的樣子，好像又回到了他與珞薇愛戀的當年，內心卻十分恐慌。

「這樣就好。」珞薇說。

張垍走下臺階，突然想到自己在慌亂中失策，回頭悻悻地說：「東河縣君，你是個死了男人的寡婦，千萬別讓人撞見。還有，我可以告訴李白，說你要見他，他願不願意見你，我可沒法打包票！」

24. 李白奮筆疾書：「大道如青天，我獨不得出……」

張垍被珞薇一番折騰，早沒心思去翠華軒陪寧親公主，便來到衛尉寺，脫了錦袍，除去幞頭，坐在案旁，一個人生悶氣。忽然想起前幾日錄事用恭楷給他抄的近來在長安流行的一首《李太白古風·大車揚飛塵》，這首詩是這樣寫的：「大車揚飛塵，亭午暗阡陌。中貴多黃金，連雲開甲宅。路逢鬥雞者，冠蓋何輝赫。鼻息幹虹蜺，行人皆怵惕。世無洗耳翁，誰知堯與蹠。」從內侍罵到鬥雞徒，一直罵到這個世道，實屬大逆不道。張垍叫過一個錄事來，命他去把賈昌叫來敘話。

賈昌自那日在京華酒樓與李白爭執之後，先是那隻神雞王被李白扔下京華酒樓來，已經半死不活，前幾日竟一命嗚呼了！後來又連連幾場雞瘟，鬥雞死了大半，其餘的雞馴起來也不見成效，皇上好一陣子沒有再看鬥雞的意思，賈昌和一夥鬥雞徒也近來威風大減。整個夏天賈昌都派人出去尋找，恨不得將李白殺掉才解恨。找遍長安，也不見李白的半個影子。倒時常聽見百姓罵鬥雞徒，只有自認晦氣。這天見衛尉寺的錄事來叫，忙不迭地到了張垍那裡，賈昌連忙問道：「駙馬有何吩咐？」張垍從懷中取出那張詩稿，交給賈昌，賈昌接過那張紙，看了紙上文字。只認得：「路有鬥雞者」幾個字，便對張垍笑著說：「駙馬爺，你知道小的無才，認不得這許多字啊……」張垍道：「神雞童可認得寫詩的這個李白，他為何寫詩罵你？」

「認得。」賈昌怎麼也忘不了京華酒樓的一幕，但礙著李白是「涼武昭王李暠的九世孫」，一時沒弄清張垍是什麼意思，卻不敢直接說出心中的憤懣。「寫詩罵我？這……」。

「這李白，真是狂妄之極，不僅罵了神雞童，竟敢連內宮也罵了！」

賈昌一下明白了張垍的意思，眼下駙馬爺在皇上面前大紅大紫，還怕什麼？便說：「李白這種人，竟連駙馬都敢得罪，駙馬爺只要吩咐一聲，我帶弟兄們活殺了他！」

張垍一笑，附在賈昌耳朵上說了什麼，賈昌連連點頭稱是如此。

送走了賈昌，張垍心中似覺安然，如今父親病重，集賢院的事已經託他辦，凡向皇上舉薦人才，都要從他手中經過，過了些時日，等不到李白入朝，說不定賈昌已經讓李白在長安消失了。可笑楊珞薇那妖婦，竟拿剽竊的事來要挾，自己身居要職，還怕那妖婦怎的，就算她使出渾身解數，又能把本駙馬奈其何哉！張垍決定親自去見李白，顯示自己的大度。

幾天大雨之後李白來到玉真公主別館門口的羅漢松下，朝山下張望一陣，仍和往常一樣，不見一個人影。李白返身回到後院裡，看丹砂和磉磤兒翻晒被雨水打溼了的書籍。李白想等書晒乾了，自己下山找許輔乾問個究竟，便返身回院。

一會兒王老爹從外面跑進來，大聲叫道：「李公子，外面有人來啦，一定是玉真公主派人來接你！」

李白一聽，立即和丹砂奔到大門前，遠遠地看見幾個黃衣內侍簇擁著一乘軟轎上山來了。

好多天的等待總算有了音訊。李白不知轎裡何人，壓抑不住內心的激動，在大門口的羅漢松下等著，轎子在門口停了下來。

轎簾掀開，出來一個頭戴三梁黑介幘身團花紫袍，腰間紫綬繫著一隻金銀縷革囊，橫金飾劍，掛水蒼玉珮，腳穿朱襪赤舄的人來，那人唇紅齒白，十年不見，更顯粉面糰團。

「張垍。」李白心裡一怔。

「李白老弟，別來無恙哪！」張垍滿臉堆笑地回答，彷彿見到久別的友人。

「衛尉卿光臨，有何見教哇？」李白弄不清張垍來意，一笑問道。

「太白賢弟，玉真公主讓我給你帶訊息來了！」

張垍卻不立即說下去，只倒揹著手，走進玉真公主別館，看看這座廢園，心想這書呆子為了求得一官半職，竟在這裡傻等著，當年在散花樓上那支磅礴於世的大鵬，在這鬼都不來的地方，如何「背負泰山之崔嵬，翼舉長雲之縱橫？」怎做到「怒無所搏，雄無所爭？」不由暗暗好笑。張垍看了看李白，丟下「玉真公主讓我給你帶訊息」不提，用極誠摯友好的語氣對李白說：「李白賢弟，你在這住了好多天吧？真難為你！真是『天將降大任於斯人也，必先苦其心志勞其筋骨，餓其體膚，空乏其身……』張垍用一種悲天憫人的眼光看著李白感慨地說。

李白不言盯住張垍，看他怎樣繼續說下去。

張垍像報告一個好訊息似的對李白說：「玉真公主我姑媽她，近來心情不好，在華山修仙學道去了，她吩咐我告訴你趕快下山，這次準定是沒戲了。」

看到張垍鄙夷的笑容，李白一下子從頭涼到腳，這些天的期待和希望全落空了！他恨不得把這個騙子身上的人皮撕下來。

張垍把眼光從李白的臉上移開，閒聊似的說：「老弟，勝敗乃兵家常事嘛，不要氣餒，不要性急，……」張垍看到李白憤怒的樣子，暗自為自己的「以柔克剛」戰術的勝利感到高興。他得意洋洋地一揮手，內侍將那本李白的詩集扔在泥濘裡。阿丹連忙衝上前拾起那本詩集。

「還不快點滾下山去，趕緊的！」那內侍朝李白吼叫道。

「活見鬼，我怎麼會相信你這個騙子！」李白衝上前，一把抓住張垍那紫袍。

「你……你要幹……幹什麼？」張垍一下子嚇得臉色煞白。

兩個內侍一下子圍了上來。

李白那雙銳利明亮的眼睛死盯著張垍：「張駙馬，你真的向玉真公主提起過我？」

李白罵道：「你用這種卑鄙手段來對付我，你怕皇上一見到我就瞧不起你。你除了會嫉賢妒能造謠誣諂之外，還有什麼本事？我頂看不起你這種拽著女人裙帶往上爬的小白臉！」張垍不敢正視李白的眼睛，一時答不上來。只大叫道：「還不快點滾下山去！」

李白聽出張垍頻頻催促他下山，心下覺得蹊蹺，要叫他下山，只須派一僕從來通知他便可，又何需張垍他親自來？再說光這樣打口水仗不好玩，於是李白一下子推開張垍說，雙手抱在胸前笑道：「此時刻本公子不想下山，我在這山上住慣了。」

「這就奇怪了，這冷壇破廟的地方，你還不想走了？」張垍道。

「襟前林壑斂暝色，袖上雲霞收夕霏。」李白信口吟道：「終南山此情此景，應是寄情吟詩的佳處，怎麼樣？衛尉卿來一首？」

「這……」說起做詩張垍不免尷尬，當下絕不能在下人面前出醜，使道：「天色不早，快收拾一下，跟我下山去吧！」

李白道：「稍安勿躁，這山中今夜月色正好，本公子要賞過今夜的明月，明日再回長安不遲。」說罷又吟道：「暮從碧山下，山月隨人歸，卻顧所來經，蒼蒼橫翠微。這首詩裡大藏玄機，張公子你可知道這詩寫的是什麼？」。李白故作神祕地說。

張垍一聽，這又是一首新詩！且不是民間流傳的，李白在終南山做的詩楊珞薇肯定不知道，正好「拿到」父皇面前討賞，好似一盜賊瞧見了別人家裡藏好的寶貝，不由心中一陣狂喜，畢恭畢敬向李白道：「你這首詩前兩句寫得好，只是這『蒼蒼橫翠微』我卻不甚了了，這人明明是晚上在山中行走，走著走著就上天了呢？」

「張駟馬你這就不知了，這山中的夜晚自有它的妙處，夜幕降臨皓月當空，一個人在山中漫步，回頭看看來時的路，好像一個人在雲端之上，更有神妙者——」李白說到這裡，故意突然打住。

「什麼？」張垍急忙問。

「算了，率性告訴你吧！」離這別館不遠處，有一處絕壁叫『雲來壁』，白天雀鳥翔集，到了月明之夜，這石壁在月光的映照下，熠熠發光，……」

「啊？」

「這還不算奇特，奇特的是有時石壁上會顯現出文字，聽年老的山民說，認得這些文字的人日後會文傳天下飛黃騰達……」

「那麼你——你看見了那石壁上的文字？」張垍叫道，心想，難怪李白詩文這麼厲害，原來他在這裡得了寶貝！這就是他不下山的原因！

「這倒沒有，」李白不緊不慢地說：「我已經去了好幾次了，只見石壁不見文字，有一夜看見石壁上隱隱約約的文字，還沒認出，一下子又隱沒了。」李白說。

「聽說要貴人才看得見——」蹲在門邊的王老爹白了一眼李白，陰陽怪氣地說。

張垍鬆了一口氣，貴人，我不就是貴人？心想上天有眼，總算沒讓這個鄉巴佬撿了便宜！

「今天初幾？」張垍問。「今天十五。」內侍答道。

張垍看了看天色說：「帶路——」。

內侍看了看王老爹旁邊的磉礅說：「帶路」。

磜磡笑著說：「路不好走，各位大人還是別去了吧！」「下賤胚，囉嗦什麼？還不快走！」內侍喝道。

磜磡不再說什麼，帶著張垍一行人往「雲來壁」走去，走了不到半裡地，山路崎嶇，轎子再也無法向前。張垍只好下轎步行，駟馬自是金枝玉葉，哪裡走過山路？走著走著，先是汗流浹背，然後腰酸腳顫，一時間爬坡上坎，左轉右轉，很多時間在荊棘叢中摸索。走幾步又歇下來坐在山石上喘氣。

內侍問磜磡還有多遠，回答說還有二、三裡。

當初張垍把李白弄到的這個玉真公主別館，地點在終南山的深處，目的在於讓李白離開長安越遠越好，對於隱居修道的人來說，的確是一個清幽秀美的去處。越往裡走，風景越佳。這一路奇峰如畫，飛泉喧豗。李白來後，帶上磜磡到這一帶採藥，挖山芋、打獵，有時競樂而忘返。這「來雲壁」便是李白給那深山無名石壁取的名字。從來就有「月亮山」的傳說，說是在這裡吸了明月精髓便可白日飛昇，所以倒不是李白率先編造的。

越是白天景色幽美的地方越艱險，幕色覆蓋了終南山，夜霧從山溪裡冉冉升起。疲憊不堪的行人越來越看不清腳下的道路，只好停下來喘氣。好在月亮從東邊慢慢升起，山間有了些許亮光。行人探著腳下的道路，差不多接近半夜，轉過一座大山，才看見遠遠的山峰上矗立著一面石壁，在月亮的映照下，顯得特別明白。

「就在那裡，白色的巖壁便是。」磜磡指著那灰白色的巖壁說。

「駟馬爺，您看？」內侍扶著一跛一瘸的張垍說。

張垍抬頭仰望前方，看見左前方果然有一面石壁。「看見了，看見了！」內侍和轎伕異口同聲地叫道。

「快快往前去吧！」張垍不免有些激動。

一行人繼續前行，山裡人說：「打個招呼叫聲歡，看到情妹走半天」說的是山路上坡下坎小路曲折，看到情妹妹在對面坡上，給她打聲招呼，待要見人卻要走半天才能到達。走了好一陣，璲璥說：「到了。」

「還沒到石壁下呢，怎麼說到了？」內侍說。

「已經沒有路了，那『來雲壁』只能遠遠地看，你看，我們腳下是萬丈深淵。」

內侍們巴不得璲璥這樣說，扶著張垍在一旁的山石上坐了下來。

眾人抬頭看那「來雲壁」，真是十分壯觀，此時夜色茫茫，周圍山石樹林黑壓壓的一片，唯有這石壁，在月光下熠熠生輝，在一片寂靜中懸崖下溪流潺潺，偶爾有夜鳥的啼吊聲，給月夜增添了幾分驚悚。張垍目不轉睛地看著那石壁，月光照著石壁凹凸不平的地方產生一些暗影，確實有一些類似文字的紋路，張垍瞪大眼睛努力辨認，卻認不出那些紋路究竟是什麼意思。

看了好一陣脖子也酸了，眼睛也花了。還是沒有看出個名堂來。內侍問璲璥：「你以往與李白到此，也是這樣的麼？你看那是什麼？」璲璥說：「我又不識字，如何認得出來？我要認得出來，早就飛黃騰達了，還跟在你後面幹什麼？」內侍聽了，心裡氣不打一處來，又怕張垍發作，只好壓下心中怒火。

忽然一朵雲彩慢慢遮掩了月亮，在那石壁上投下陰影，更顯得石壁上斑駁陸離，像極了書寫的詩行。

張垍看了半天，沒看出個所以然來。心想，這石壁的詩句定是被李白早就看了去，所以他出口成章，字字珠璣，故意使個法兒來耍弄我罷了！一會兒又想，李白那賤民，天老爺豈會眷顧他！我既到此地，還是要有耐心才好，一旦石壁上詩句顯現，大唐詩壇霸主捨我其誰？想到這裡又振作精神去探究那石壁。那雲彩一會兒飄走亮出月光，一會兒飄來投下陰影，就這樣來來回回，又是下半夜了。忽然天色越來越暗，月亮完全被雲層遮擋，天上竟淅淅瀝瀝的下起雨來。四周一片漆黑，對面的石壁也被黑暗籠罩著，像一匹黑黝黝的巨獸。

山中的夜晚很冷，一陣夜風吹來，張垍不由打了幾個寒戰，張垍急切進山，兩個內侍也趁著附馬爺的好興致匆匆前行，並沒有帶什麼禦寒的衣物，兩個內侍急忙把自己身上的衣服脫下來披在附馬的身上，張垍從小哪受過這些苦，喝道：「還不快往回走！」

話出口卻沒有人應聲，伸手黑得不見五指，哪裡看得見道路？

「殺胚！不往回走，給我推下崖去摔死！」內侍尖叫道。

還是沒有人應聲，要是把磉礅推下去，誰又帶他們回去呢？好不容易雨住了，天邊露出一線曙色，磉礅在前面帶路，內侍叫轎伕輪流揹著張垍，一步一捱地回到玉真公主別館，一個個都成了落湯雞。李白在昨天張垍離開時，已經離開玉真公主別館，下了終南山。

張垍想找李白算帳，轉念一想，自己是天潢貴冑，並沒辨識出石壁上的文字，又被老天爺淋了一場雨，傳出去豈不成了笑話，便吩咐隨行人等昨夜的事情不准外傳，而心裡想：下山找到李白，非殺了他不可！

當李白從終南山下來，找到崔成甫在長安城西的老宅，崔宅的管家告訴他，崔成甫下個月將從江南公幹回來，會在長安住一宿便北上太原覆命。李白出了崔宅，打算在城內去住些日子，找到張旭和吳道子，然後與崔成甫向太原去。李白並不想攀附權貴去取得一官半職，他嚮往的投筆從戎，建功邊塞，報效君國。想到此，他便馬上往光祿卿許輔乾府上去取自己的行李。

李白下終南山，和丹砂回到許府，還沒跨進門，門子招呼道：「李公子你回來啦，且等一下，我們家有話要對你說。」李白站在門房裡，門子拿出一個錢袋和一封信說：「許大人不在家，這是安州族裡給你的信，讓許大人轉給你，你看看。這是許大人資助你的盤費，請你收下。」李白一聽「安州族裡」，心裡就很不是滋味，開啟信封看時，那信中寫著：「……官府查明，原許門贅婿李白，無視禮儀勾引良家婦女，行為不軌，經其嶽翁許自正提議，從今以後，李白勿庸回安州。」

李白臉上布滿了陰雲。他應該早就明白，安州的事不是他一走了之就結束的，大權在握的李京之有誣衊、誹謗、陷害他的權力。

門子說：「李公子不瞞你說，你走後，許家族人來過幾次，其中還有族長的兒子，在我家大人面前說了你好多壞話……」

肯定是族長許宗乾和李京之搗的鬼！羞辱和憤怒一齊湧上李白心頭。那善良的安分的岳父，那軟弱文靜的妻子，接受不了他的狂逸，他的尖銳激烈；他們只希望他能夠延續許家的榮華富貴。他們花了很多功夫要把他修剪得循規蹈矩，謹小慎微。對於許家，他永遠是一個外人！他對此早就不耐煩了，不管這事是真的或者假的，又何必向許輔乾去證明自己是無辜的？十年前拒絕了楊珞薇的「盛情」，而今天，被許家拒之於門之外！這有什麼了不起，泱泱大唐天高地廣，何處不可彈長鋏乎？何處不可彈長鋏乎？

李白將門子給他的錢袋扔在桌上，嘴角浮現一絲輕蔑的微笑，說：「許大人的心意我領了。」說完跨上馬昂然而去。

門子將李白拒收的錢交給許輔乾，許輔乾沒想到李白這樣爽快了結，想起李白那些詩文和張說對他的稱讚，倒有些過意不去。

李白和丹砂在西市附近豐邑坊一個小客棧住下，已是傍晚時分，李白叫丹砂打了一壺酒來，李白斟了一杯酒，此時，在冷清的豐邑客棧的孤燈下，對著這一封安州的信，一本沾滿汙泥的《青蓮詩集》，想起這些天的經歷，心情分外沉重，這就是他此次到長安的結果。

丹砂見李白不語，只是一個勁地喝酒和看那封信，心裡有些害怕，不由雙手按住那信哭道：「不要看了，李公子，我求你不要看了！」

「怎麼說不要看了？就是這封信，叫我妻離子散，叫我離鄉背井！就這樣沒有了雅君，沒有了頗黎……」

「磨墨……把我的筆拿來……」李白直著一雙醉眼，用哽咽的聲音叫道。

丹砂立即磨好墨，把半張白麻紙鋪在客棧狹窄的木桌上。

李白提起筆，心中憤慨之情奔湧而出，揮筆疾書道：「大道如青天，我獨不得出！羞逐長安社中兒，赤雞白狗賭梨慄。彈劍作歌奏苦聲，曳裙王門不稱情。淮陰市井笑韓信，漢朝公卿忌賈生。君不見昔時燕家重郭隗，擁篲折節無嫌猜。劇辛樂毅感恩分，輸肝剖膽效英才。昭王白骨縈蔓草，誰人更掃黃金臺。行路難，歸去來！」

三首《行路難》寫完，李白心裡頓覺舒展些，看著筆下奔湧而來的詩行，昔日自信和傲氣復又回到他身上來了。姜太公當年不是一個朝歌的屠牛者麼？他甚至在棘津行乞！他八十歲還在渭水邊釣魚，一連釣了十年，等待施展才能的機遇。他終於做了周朝的開國功臣，推翻了荒淫無道的殷紂王！愚人怎能預見到大賢以後驚人的變化呢？當初高陽酒徒酈食奇不也是一個布衣草民麼？他以他縱橫家的氣魄，協助劉邦將楚漢戰爭指揮得風馳鬥轉！平庸之輩怎能想像到他們日後叱吒風雲的雄姿！他們當年落魄的時候不就是這個樣子嗎？我李白遇到張垍這樣的小人又算得了什麼。以自己獨步當今的才智，有所作為是必然的，明君賢臣總會有遇合之時。他不必像賈誼那樣失望痛哭，也不會像孟浩然那樣望而卻步。李白一邊想，一邊喝酒，不覺睡去。

次日李白一覺醒來已經日上三竿，卻不見了丹砂。

李白大叫：「丹砂！丹砂！」不見有人應聲，看桌上一張白麻紙條上面歪歪斜斜寫著：「我回安州去看個明白。」

李白出了豐邑坊，來到京華酒樓，老闆董糟丘不在，向夥計一打聽說董糟丘得罪了鬥雞小兒，三天兩頭流氓地痞來生事，董糟丘幾天前遷到洛陽去了。李白出了春明門信步來到灞橋，前面一樹古槐，黃葉斑斕，槐樹枝上，一個淺緋的酒幡兒上面用突厥文字和漢字寫著「高昌葡萄酒」。一個年輕的異族女子穿著胡人的衣裳在門前壓酒，李白選了大槐樹下一張乾淨桌子，向胡姬要了一壺葡萄酒、牛肉和果子。那胡姬大大方方走過來，輕舒皓腕，給李白斟上鮮紅鮮紅的高昌葡萄酒。昨夜的大醉，使他的傷感減輕了一些，而今天來此獨自咀品，又是別一番悲涼心境……

此時，酒店旁邊來了五六個不三不四的人，其中一個低聲叫道：「在那兒！」幾個人互相遞個眼色，溜進酒店，在離李白不遠的一張桌子旁坐下。幾雙毒蛇般的眼睛，將李白死死盯住。

李白毫無察覺，原來這五六個都是羽林軍和鬥雞徒，受賈昌差遣，張垍一下山，就派人告訴賈昌，李白已從終南山下來，抓住他往死裡辦！眾惡徒尾隨來到這裡，要抓住李白到賈昌處報功請賞。這幾人見李白腰間佩劍都知李白不好惹，不敢立刻上前抓他，只是虎視眈眈將李白看住，只等他酒醉。

李白百無聊賴，不覺一杯又一杯連飲，少時醉意闌珊，伏倒在老槐樹下的石桌上，一陣秋風吹來，老槐樹斑斕的黃葉紛紛揚揚地落灑了李白一身，李白也不知覺。屋角那幾個人見時機已到，說了一聲：「上！」便一齊向李白撲來。

「慢著！」一聲清朗的喝斥傳來，幾個惡徒回頭看時，在酒店的另一個角落裡，一位眉清目秀的少年，頭戴長角烏紗軟巾，身著翻領淺緋胡服，腰繫嵌玉蹀躞帶，下著香色波斯條紋小口褲，足蹬烏皮軟靴，杏目圓睜，柳眉倒豎，向他們走來。

幾個惡徒見那清秀少年向他們走來，倒一時愣住了，正要上前問個明白時，只見從春明門那邊馳來一輛馬車，駕車的三匹馬毛色光亮，金閃閃的馬籠頭上飾著九個玉珂，那車前插著鮮明的紅色錦旗，旗上繡著金色圖紋，有七隻流蘇裝飾。車廂有綠色車幔嚴密遮蓋，駕車的是一個身穿淡青兩襠衫、白練絝、烏皮軟靴、頭戴玄色角巾的俊僕。那幾個惡徒是老「京油子」，一看這車的氣派裝飾，便知是哪家王公大臣的，斷斷招惹不得。那美少年走出店門一招手，那車在老槐樹下停下來，車上下來三個眉清目秀的俊僕，腳上穿著盤金寶蓮軟錦靴，與那駕車的一樣打扮。那少年指指李白說道：「他就是要請的客人。」幾個俊僕攙起李白，七手八腳地將李白弄上車。那幾個惡徒面面相覷，其中一個鬥雞徒上前問道：「你們是哪裡來的？」其中一個年紀小的剛要回答，那少年向他冷冷使了個眼色，意思是「別理他」。那年紀小的向鬥雞徒撇撇嘴作了一個不屑理睬的樣子，跟隨上了車。那駕車的故意高高揚起鞭子，在那惡徒的眼前一晃，「得兒——駕！」來了一個清脆的響鞭，掉過車頭向春明門內馳去。

那五六隻呆鳥，望著大道上揚起的黃色灰塵，其中一個叫道：「快追！不然怎麼向賈昌大哥交待呀！」幾個惡徒才如夢方醒，急急騎上自己的馬，拚命追趕。馬車進了春明門，過了東市，向南拐入敦化坊，坊裡住的盡是皇親國戚，幾個鬥雞徒只好望而卻步。等喘過氣來才明白，煮熟的鴨子飛了！

這幾個鬥雞徒連忙跑回賈昌那裡去稟報，添油加醋地說在一家豪華酒店門口，他們整整跟蹤了李白一整天，好不容易拚命抓住了李白，來了一輛好像是太子殿下的馬車，上面下來七八個彪形大漢，把李白搶了就走。他們又如何與那幾個彪形大漢英勇搏鬥，那些大漢臉上如何長著嚇人的絡腮鬍，有的好似青面獠牙，凶神惡煞。編得來活靈活現，說得賈昌丈二金剛摸不著頭緒。

25. 金陵子輕舒玉臂，將五色花雨灑向李白

李白在醉意朦朧中，只覺眼前一片黑暗，自己躺在一個軟褥上，四周都有女子扶著，不時聽見暗中女子吃吃的笑聲，不知身在何處，依稀睡在一隻大搖籃裡，倒覺有些舒服，不覺昏昏睡去。

李白醒來已是夜半時分，只覺得陣陣異香撲鼻，錦裳繡被，溫暖如春。李白半睜醉眼，只見幃幔低垂，珠簾高掛，一縷月光透過雕花窗照射進來。他翻了個身，只覺口中乾渴，有人在他嘴裡餵了什麼酸甜甜的東西，嚥了吃下，是梨，接著又喂進一塊，他按住喂他的手，細膩如凝脂，十指尖尖，李白斜

乜著眼一看，依稀一個美貌女子，似曾相識，隱約戴著抹胸，睡在自己身旁。

「我在做夢麼？」李白喃喃道。

「是夢，又不是夢。」那女子輕聲道。

「你是誰？」李白問，支起身子與那女子在黑暗中相對。

「你記不得我了？『正是桃花流，依然錦江色』，真沒記性！」那女子幽然嘆道。話裡透著一絲傷感，那女子伸過豐腴的、光潔如玉的手臂，摟過李白的肩膀，「你不是天上翻飛的大鵬麼？你何必問我是誰。」那女子伏身倒在李白胸前。

李白如墜五裡霧中。

清晨的陽光從窗戶射入房間，李白一覺醒來，下意識地將手從枕邊伸過去卻空無一人，李白睜開眼，見屋內典雅豪華，深紅的羅幃和淺緋紗幔，屋角一個蟠虬雕漆的高幾上置一盆「雪浪菊」，綠葉和白花瀑布似的傾瀉下來，那密集如雲的白花恰似綠波中的簇簇浪花，滿屋子散發出淡淡的幽香。緊靠窗外的一株月桂上，掛著一隻鏤金嵌玉鸚鵡架子，上面銀鏈拴著一隻翠綠鸚鵡。那鸚鵡見李白在看它，便學著人語叫道：「相思無由見，悵望涼風前。」李白正在驚奇：「這鳥兒何以會吟我的詩句？」進來兩個梳著雙髻的如花侍女服侍李白穿上衣裳。李白問：「這是哪裡？」兩個侍女微笑著，並不答話，像鳥兒一樣輕盈地跑進帷幕不見了。李白信步走近帷幕，見一個螺髻紫衣的侍女輕輕啟開帷幕，現出一幅珠簾，一個麗人撩開珠簾走了出來。

「珞薇！」李白驚叫道。

洛薇穿著雙桃式低領淺黃輕容紗衫，曳地長裙，豐腴白皙的肌膚若隱若現，烏雲似的黑髮也不梳髻，只勒了一串明亮的珍珠，腳穿金齒屐，姍姍向李白走來。此時侍女們都不見了。洛薇走近李白，拉著他在繡墩上坐下來，輕聲叫道：「太白。」

「我怎麼會在這裡？」他握住洛薇的手問，李白聞到她頭髮散發出的馨香。

洛薇笑道：「你是我從酒店撿回來的。」洛薇看著李白的眼睛，「你到長安來，為什麼不來看我？」

李白無言，自從在蜀中因為大鵬和雞的爭論，李白說不上為什麼，卻將她淡忘了。

洛薇又說：「你難道不知道這些年來我一直記著你麼？你過得怎麼樣？」

「我在安州已經有了家，有一雙兒女。」「知道」，洛薇說。

洛薇從枕下取出一個錦盒，開啟錦盒，裡面是整齊的淡青花箋，每張都用恭楷抄錄李白的一首詩。李白接過錦盒，洛薇伸出手攀著李白的肩，嘆息似地說道：「『妾似井底桃，花開向誰笑，君如天上月，不肯一回照。』這倒不像你的詩，卻像我寫的。我丈夫已經死了多年了，我每天晚上一遍又一遍地讀你的詩，好像又回到了家鄉，回到了巴山蜀水，看見了秀麗的峨眉山，靜靜的錦江，你穿著白色衣服，佩著長劍，佇立在錦江碼頭……」

李白默默無言。只覺得凝固已久的心，慢慢溶化在洛薇的曼聲低語裡。

「你就沒有一次記起我？」洛薇翻著那些花箋：「我到處收集你的詩，命人抄好收藏，你看，這是蜀中的，這是金陵的，這是長安的，安州的我這裡也有。」李白看著那些詩箋眼裡閃出光芒，一把摟過洛薇軟軟的腰肢：「知音難得，你真記得我？」洛薇紅著臉，嬌嗔道：「人家記不得你？怎會在城外把你撿回來？」李白把珞薇抱在懷中，珞薇將那些詩一首一首吟給他聽。珞薇吟道：「長相思，在長安，絡緯秋啼金井闌，微寒悽悽簟色寒，孤燈不明思欲絕，卷帷望月空長嘆，美人如花隔雲端，上有青冥之高天，下有淥水之波瀾，天長路遠魂飛苦，夢魂不到關山難，長相思，摧心肝！」珞薇吟完，將那蔥管般的指頭，從李白的額頭一直劃下來，一直劃過鼻梁，嘴唇，然後在李白的下巴上停下來：「我不相信你一點兒也記不得我。和你同床共枕的那些女子，哪一個比得上我？」

「不見得，我愛的人，不一定和我同床共枕。我總覺得我們兩個，總有點什麼合不來的地方。」李白調侃地說。

「『美人如花隔雲端』？這可說的是我？」珞薇問。「不是。」李白解釋說。

「在長安還有別的相好？比我對你還親近？讓你想得肝腸寸斷？」

「應該有吧。」李白說。

「你……你不覺得太辜負我嗎？我要見見她究竟長得什麼樣。」

李白見珞薇漲紅了臉問他，懊喪地說：「說不上辜負你。」

「這首詩寫得真切生動，情意感人，難道你不是給你那意中人寫的？」珞薇又說。

「是給皇上寫的。」李白嘆了一口氣。

「哦」楊珞薇恍然大悟：「天長路遠魂飛苦，夢魂不到關山難，長相思，摧心肝……」她瞇著一雙細眼，狡黠地笑了笑：「好像你終於有點開竅了。」

「你應該記得我在蜀中送你的東西呀？鬥雞走馬也好，給許相國做女婿也好，不就是為了榮華富貴麼？」

「啊，我明白了，你不屑『蓬萊之黃鵠，誇金衣與菊裳，』你恥於『蒼梧之玄風，耀彩質與錦章』。」珞薇說。

李白自然記得珞薇曾在蜀中送給她的鬥雞服與八卦衣。

「對，我要『跨躡地絡，周旋天綱』，顛動山海，縱橫八極！』」李白說。

「看起來很有氣勢，就像在描繪夢境。」珞薇反唇相譏。

「告訴你，我要到邊關去，穿鐵衣馳駿馬，出征邊塞灑血流沙，那時候，天子就會見到我，那些穿紫線佩金章的權貴們，自然會來趨奉我。」

「為了見到天子，就這樣玩命呀！」珞薇笑了。珞薇用她那纖纖玉手拍著李白的胸部說。

「珞薇，不是玩命，不是為了榮華富貴！」李白鬆開握住她的手。

「這就怪了，那你為了什麼？」珞薇苦笑著說：「我知道，為了你那大鵬式的夢想！鄉巴佬。」本來珞薇想好這次見了李白再也不說他「鄉巴佬」，不知此時為什麼脫口而出。「人家高談什麼經濟策略呀，濟世之心呀，都是說給皇上聽的，擺擺樣子，圖個好名聲，誰真正地為江山社稷、黎民百姓著想了？有人什麼學問也不懂，只會討皇上歡心，還不是一樣高官厚祿？有誰像你這樣傻，這樣認真？漢高祖對張良、韓信禮賢下士，那是他劉家要打天下的時候呀！現在天下太平，你連奉承話都不肯說，又不肯作平凡的小官，你要作大鵬縱橫馳騁，只能是——作夢！」

「我不願平庸的了此一生，我當然要作大鵬。難道你就真的沒想到？」李白坦然一笑，站起來對著那盆「雪浪」巖菊。

「偉大的詩人，不是我班門弄斧，這京城裡好歹我比你多住幾天吧？現在是雞的世界，永遠是雞多，大鵬少，所以雞永遠好過，大鵬不好過。」珞薇仰在紫檀木椅上，半開玩笑地說。李白走過來坐在珞薇身旁說：「你不就是愛那鶴立雞群的李太白麼？你不就是愛那傲慢不遜的李太白麼？如果李白是一隻雞，哪裡會有情感真摯的詩篇？我給你寫一百篇『吾皇萬歲萬萬歲』，『今天吹風明日下雨』，不痛不癢，不死不活，你要看麼？你還會收藏麼？」

珞薇支起身來不由從李白身後抱住了他，撲嗤一笑：「真有你的！」

「照你那樣說，假如我也是一隻雞，你決不會從世上眾多的雞當中，把我弄到這裡來。」說著把珞薇往自己前面一拉，珞薇趁機倒在他的懷中。

每年八月五日是玄宗的生日，玄宗把這天命名為「千秋節」，整整為此忙了半年的少府、將作、鴻臚、太樂等部門，已經用各種方式把長安打扮得花枝招展。千秋節這天，長安十二條大街頭家家戶戶張燈結綵，朱雀大街東西兩市，興慶宮前熱鬧非凡，一到晚上燈火輝煌。這三天晚上長安不禁夜，皇親國戚、文武百官、各國使節、庶民百姓，都在這三天晚上歡樂達旦作終夜之遊，享受太平盛世的繁榮和安樂。

珞薇早就在東市最繁華地段的一座茶樓上預定了座位，她穿著深紅窄袖衫，八稜間色長裙，淡黃珍珠帔。精心梳制的單刀半翻髻上攏著翠玉瓔珞，兩支精巧的黃玉鳳擁著一朵雪白的牡丹絹花，黛色的桂葉眉中間貼著星月狀的花黃，項上戴著一串赤金嵌藍寶石項鍊，腳穿繡金重臺高履，雍容華貴，美豔動人。薄暮時分陪著李白來到這裡品茶，這裡面對燈市，俯瞰平台，李白首次看到了大唐王朝開元盛世的千秋節之夜。

興慶宮勤政務本樓對面廣場上，搭起了一座十來丈高的七層燈塔，每層都用極薄的絹精巧製成。二龍戲珠、麻姑獻壽、連年有魚等花燈上萬盞，層層點綴。那塔頂置一朵碩大的金蓮花，燈塔之下是一座燈臺，臺有十丈見方，臺的周圍密密麻麻圍滿了百花爭豔的各種綵燈。

夜幕在長安城輕輕落下，皇城和十二街的燈火陸陸續續地亮了，萬家燈火，火樹銀花，把個長安照得亮如白晝。打扮得豔麗動人的舞伎在大街上表演，有表演《涼州》、《綠腰》、《垂手樂》、有戴著假面具跳《蘭陵王》的，有扛桿的，走繩的……說不盡的新奇花樣，看不完的烈焰繁華！

重重疊疊的燈火，熙熙攘攘的人流中走來一行人。有富紳、有童僕、有武士，簇擁著一位頭戴冪籬，身穿淡紫細葛布長袍，面帶笑容的人——不是別人，正是微服的當今皇上！玄宗心中非常得意，是他，一手造就了這太平盛世極樂景象。眼前五彩繽紛的燈火，美麗的女人和強壯的男人，繁華的街市，天空和地面都是屬於他的，這是古往今來的帝王都不曾建立過的啊！秦皇漢武算什麼？大唐聖文神武大皇帝本人，不僅駕馭群才創下了開元盛世，而且玩得風流瀟灑！他興高采烈地望著歡樂的人群，臉笑成一朵花，感嘆道：「美哉呀！壯哉！」

玄宗興致勃勃地走到燈塔之下的時候，平台上放起璀璨奪目的煙花爆竹。在震耳欲聾的鼓樂和爆竹聲中，人們興奮地歡叫著，仰望那燈塔頂端，那燈塔頂的金蓮花一瓣一瓣地慢慢開放了，一個美麗的朱衣女子手執白紬，看著燈下萬頭攢動的人群，她巧笑倩兮，美目盼兮，站在高高的燈塔尖上！

啊，彷彿長安街市上所有的燈都一齊黯然失色了！那閃閃發光的，是她的美麗！她玉臂輕舒，揮著白紬輕盈地在那塔尖旋轉，那白紬悠悠地在被燈火映紅了的紫色天空飄蕩！

「掌教娘子，棒極啦！」玄宗眉飛色舞地叫道。

「金陵子！」李白一眼就認出了在金陵見過的，百戲班那個美麗可愛的姑娘。

「金陵子！她果然沒有失約！」那從朱雀大街方向來的一群著唐裝的回紇人中，英俊剽悍的摩延啜叫道。那群著唐裝的回紇人向燈塔下面奔去！

「是她！」珞薇心中吃驚，她心中最清楚，這就是王維的情人，幾年前那個找遍長安尋李白的女子。珞薇回頭一看，自己身旁已經沒有了李白！珞薇趕到樓下，李白已不知去向。珞薇說不出的懊喪。

下面的平台上，樂工們奏完了《白紬舞》的樂曲，梨園弟子們退到臺邊，燈塔上的金陵子停了舞蹈，盤膝坐在金蓮花中。供奉樂師李龜年站在臺口向觀眾們大聲喊道：「列位看官！今夜千秋節良宵，普天同慶，誰能上臺吟得好詩一首，我們當即為他配樂演奏，塔上的天女就為他灑花，祝吉祥如意！」

原來高力士早就出了這個題目囑內侍讓李龜年安排，李龜年話一落音，觀燈的人齊聲叫好。李龜年朝上臺的階梯處一看，從木梯上走來一大群人，那正是高力士等簇擁著微服的皇上！當今皇上琴棋詩畫樣樣皆通，今夜他要精心安排，定讓皇上玩個開心。

早有長安的年輕官員和士子們湧上前去，你一首我一首地吟開了，有受到歡呼的，也有被喝倒彩的，甚至有走到臺前激動得說不出話來的。高力士心中有數，要等到高潮到來，才把皇上推出。長安不愧是天下人文薈萃的國際大都會，一時間才俊層出不窮，連外國人都躍躍欲試。玄宗越看越心裡癢癢，早已在心中想了好多遍，興奮地走上臺去。

「大人有此雅興？」高力士向玄宗問道。

「正是。」皇帝一邊回答一邊朝臺中央走去。卻見一年青士子，身穿天青紗袍，頭戴青色細葛布幞頭，氣宇軒昂英風瀟灑，已然在輝煌的燈光之中走到燈臺中央。

高力士示意李龜年去阻攔那個青年。

玄宗卻用手勢制止了李龜年，低聲對高力士說：「讓他先吟，我下次再吟，勝過了他，方有意思。」高力士聽了，會意地一笑。

茶樓上的楊珞薇也看到了，那燈臺中央，對著競放華燈趕在皇上前面吟詩的人，正是李白！燈塔上的金陵子也看得明白，那燈臺中央站的人，正是自己尋了多年的，那銘刻在心上的長庚哥哥！此時，李白自己已經對著長安燦爛的燈火和人流，向臺上、臺下拱手微笑，用宏亮的蜀音喊道：「在下西蜀李白，來到帝都，秦川廣袤華山高聳，黃河婉蜒偉哉壯哉！李白為各位獻詩一首，各位客官，請不吝賜教！」說罷從容吟出：西嶽崢嶸何壯哉！黃河如絲天際來。黃河萬里觸山動，盤渦轂轉秦地雷。榮光休氣紛五彩，千年一清聖人在。巨靈咆哮擘兩山，洪波噴流射東海。三峰卻立如欲摧，翠崖丹谷高掌開……

李白還未吟完，臺下響起一片空前熱烈的掌聲。玄宗盯著那年輕人專注地聽著，想在下一首勝過他，但細細咀嚼後，發覺並不能吟出一首什麼來勝過他！臺下觀燈的人中也有不少喜好舞文弄墨的，卻沒有人敢再上來吟一首。掌聲之後，一片寂靜！

「我這就去叫他下來，騰出地方，讓皇上吟詩！」高力士附在玄宗身邊說。

「不用了！」玄宗說。

高力士見皇上改變了先前要勝過李白的打算，生怕皇上不樂，忙小聲對玄宗說：「這都是託皇上您的洪福，這些邊遠地方年輕人，也沾些靈氣。」玄宗聽了眉開眼笑點點頭，那句「千年一清聖人在」，顯然使他覺得很受用，玄宗給李龜年說了些什麼。

李龜年走到李白跟前，將李白的手高高舉起，說道：「諸位，這位西蜀李白，給我們長安做了一首好詩，大家歡迎呀，天上的仙女給西蜀李白散花吧！」李白激動的仰面叫道：「金陵子，月圓妹妹，我是第一！我是第一！」

燈塔頂端的金陵子，一種難以名狀的情感捉攫了她的全身。樂工奏起了樂曲，她見李白仰著頭看她，她對李白嫣然一笑，迎風一招，兩束鮮花出現在她手上，接著向李白拋去。

人們潮水般的湧上臺，將李白簇擁去接那飄落下來的花兒，金陵子靈巧地捧起花兒向李白傾倒。剎那間紅的，黃的，紫的，淺緋色的……如一陣雨點般灑向燈臺。歡呼激動的粉絲們湧上燈臺，無數隻手將李白高高舉起，他們要舉著李白跑遍長安城，顯示長安賦予詩人的榮耀。

回紇人摩延啜將塔尖上的情形看得一清二楚，那臺上吟詩的青年，是不是她心愛的長庚哥？她明明看見自己也站在臺下，難道她早已忘掉了她和他的三年之約？摩延啜的心情一下子沉重起來，他深愛著的金陵子還記不記得他？摩延啜摘下帽子使勁揮舞，大叫道：「金陵子！我在這裡！我在這裡！」站在他一旁的烏蘭看見他焦慮的神色，對他說：「殿下，你儘管放心到燈塔下去會金陵子姑娘，我自有辦法！」

金陵子當然記得摩延啜，她不僅看見了摩延啜，而且還看見了離摩延啜不遠的地方，肥胖的安祿山像一個圓球在人叢中滾動。安祿山張著大嘴，向她歡呼著。

這時李白被數不清的手抬了起來，身不由己，穿著唐裝剽悍的一夥回紇人歡叫著，順利的接替了抬起李白歡呼的人群，歡呼著抬著李白向東市盡頭湧去。

金陵子不斷地變出美麗的鮮花，突然，金陵子的頭向後仰下，從金蓮花瓣中變出一個美麗的花籃來，她提著花籃，盡力往燈臺上原來李白站的地方一送，花兒紛紛揚揚五彩繽紛像雪花似的飄灑下來。金陵子定睛看時，李白已不知被人群擠向何方，倒是站在燈臺中央的是笑容滿面微服的皇上，得到一朵大紅牡丹花，高興得不知如何是好。金陵子看見在皇上不遠處，驃悍英俊的摩延啜正深情地望著她。珞薇在酒樓上清清楚楚看到這一幕，冷冷一笑，再也不願看下去，帶著侍女回府去了。

那幾個穿唐裝的回紇人將李白快速抬到另一條冷僻街道上，才把李白放下來，用生硬的漢語說道：「對不起了，朋友！」便一溜煙鑽小巷中不見了。李白一直沒有弄清楚為什麼會把他抬到這裡，四下望時，離東市的燈火的中心已經隔得很遙遠。他返身奔向那燈塔方向，燈火中心卻被觀燈的人圍了個水洩不通，他只好重新擠進人群盡力向燈塔方向靠近。

此次微服出行，高力士相當緊張，一方面要注意皇上的安全，另一方面又要設法讓皇上玩得開心。好在人們一直注意李白而沒有注意化過裝的皇上，高力士生怕發生意外，趕緊見好就收。此時見燈會上的熱烈氣氛已經達到頂點，便命李龜年宣布燈塔上的節目已經表演完畢，內外教坊各部分散到各街道表演。人流開始鬆動分散，衛士圍上去擁著玄宗走下燈臺。

摩延啜相信金陵子看見了他，他奔上平台，向燈塔底部走去，立即看見好多金吾衛士在燈塔附近巡邏。他暗下決心，絕不放棄等待了好久的機會，只等金陵子從塔底的小門一出來，他立即上前把她搶走。

塔底小門終於開了，金陵子從小門出來，兩個宮中衛士一下子站到她身邊，金陵子一抬頭看見了摩延啜——那個曾經救了她的回紇人！她從他熱切的眼光中看出他要幹什麼，她堅決的向他搖頭，摩延啜的隨從烏蘭順著金陵子驚惶的眼神看去，突然一把抓住了摩延啜在摩延啜耳邊說：「大唐天子在這裡！」使勁將摩延啜死死拖住，金陵子見了，才向摩延啜點頭微笑，上了一輛內宮的馬車去了。

烏蘭是以前隨可汗骨力裴羅來到長安見過大唐天子的，深知大唐天威難犯，萬沒想到在觀燈的人流中竟有天子！他死死地拉住了摩延啜，將四周密集如雲的金吾衛士指給摩延啜看，小聲勸說他等待下次機會，摩延啜只好陰沉著臉，隨著烏蘭走開了。

李白連忙趕到燈塔附近時，燈火已經熄滅，燈塔下的人群已經散去，「金陵子」也不見蹤影，觀燈的人群也隨著內外各教坊的表演流入各條街道，沒有人知道在塔頂灑花的女伶去向何方。

李白從東市走向朱雀大街，走遍內外教坊各部表演的各條街道，也沒有找到「金陵子」的蹤影。李白怏怏回到東市，已是下半夜。油盡的花燈半明半滅，

東市和興慶宮之間顯得空蕩蕩的，地上只有零落的被人踩過的絹花。回憶著幾個時辰以前的事情，美麗的「天女」，天上人間的華豔燈火，空中灑下的繽紛花雨……，彷彿做了一場好夢，只記得金陵子對他秋波頻傳，妙舞翩翩……

「公子，你可是在尋找失落的花兒？……」一個溫柔的聲音。李白抬頭一看，一位戴帷帽的盛裝的少

女站在他的面前。「你……」

那少女向他伸出纖纖玉手，手心中放著兩朵絹制的桃花，女子拈回一朵，把另一朵伸到李白面前。李白茫然地拿起那朵桃花，那少女撩起帷帽的紗幔一角，向李白微微一笑，李白只看見了帷帽下那美麗的紅唇間珍珠般亮白的皓齒。少女轉身上了停在街邊的一乘軟轎，轎伕們抬著轎子遠去。

26. 李白仰天長嘯：「噫吁嚱，危乎高哉！」

李白悵望一陣，天邊已出現曙色，他獨自漫無目的地走過從東市到朱雀門的大街，胡亂進了一家酒店，隨便叫了酒菜，飲了幾杯，感到疲乏，伏在桌上昏昏睡去。

忽然有人將他叫醒，李白揉揉眼看見一個衣著整齊的僕人站在他面前。

「閣下可是昨夜燈會上吟詩的李白李公子麼？」僕人問。

「是的，你是……」李白揉揉眼睛，醉眼惺忪地看著那個僕人。

那僕人恭敬地向後退了半步，言道：「我們主人家聽說你會作詩，想與你飲酒敘談。」

「你家主人是誰？」李白問道。「你去了就知道了。」那僕人答道。

李白隨那僕人上了馬車，馬車一陣疾馳來到長安城北的道觀前，觀前有高大的古松，丹崖壁立，匾額上是汝陽王題的「天臺觀」。

李白在天臺觀前下了車，進觀來到「瓊玉樓」前，奇怪的是這清靜道觀四周站著許多服色整齊的男僕。李白宿醉未醒不免昏昏然，也不思想許多，跟隨那人上了樓。只見一人約四十歲，頭戴淡黃幞頭，穿淡黃紗衣，倒揹著手臨窗而立。那人身後侍立著一位身材高大面目有些浮腫的老奴，樓上明窗淨幾，正中掛著一幅吳道子的《山海圖》。

那僕人讓李白在樓口稍候，前去稟報。臨窗而立的中年男子說：「請進來吧。」轉過身來看見李白正站在門口，便笑盈盈地說道：「李公子請坐。」說著與李白在一張香木漆幾前分兩邊坐下。那香木漆案上放著一套精美舞馬銀壺和鏤銀爵杯，一個僕人上前極恭謹地給他們斟上酒。

李白見這人氣度非凡，排場十分闊綽，便問道：「閣下邀我來此，有何見教？」

那人答道：「我姓唐，叫唐三基，適聞李公子詩名在外，我也愛吟幾句詩，故爾略備薄酌，想與李公子敘談敘談。」

李白一聽喜形於色，向唐三基拱手道：「幸會、幸會！李白在長安許多日子，尚未與人談詩論道，今天唐先生邀我飲酒論詩，正合我心意！」

唐三基與李白舉杯飲了一口，李白只覺那酒異香撲鼻，沁人心脾，心中暗暗稱奇，不知唐三基乃何許人也？

李白只顧喝酒，卻不知唐三基身後侍立的高大老奴，半睜著一雙瞌睡眼仔細瞧他。李白昨夜在長安街上走了整夜，尚未梳洗，依那老奴看來，眼下的這個年輕人竟是衣冠不整、落拓潦倒的樣子，而且在主人面前不拘小節，竟敢說些什麼「正合我意」，豈不是狂悖已極！

「李公子，今日唐先生請你飲酒論詩，你應該感到榮幸才是。」那高大的老奴似笑非笑地說。

李白見老奴居然一開口暗中指責他對主人家不恭敬，不由心中有些不悅。頭一回被陌生人邀來作客，就遇上了這樣討厭的奴才！李白道：「老人家，人有尊卑貴賤，你家主人知道我的詩名請我來論詩，應該不是讓我來捧場吧？」

老奴道：「公子，我家主人乃是一位貴人。」李白本是散漫慣了的人，怎聽得這些話，那狂勁又上來了，便道：「老人家？我若見人就自認卑下，焉能論詩？人有尊卑，官分高下，但論做詩，未見得布衣草民就比不過達官貴人。在下尚未見過你家主人的詩作，更不知你家主人的詩作是否優秀，為何就該在下一定感到榮幸呢？」

「這……」唐三基和老奴不料李白說出這一番話來，面面相覷，一時語塞，而那「老奴」分明臉上很不自在。

李白見那老奴不悅的樣子，心想我今天運氣不好，想必是遇見一個急需吹捧的半吊子了，自己不好說卻讓奴才說出來。想到唐三基對他禮遇，又站起來勉強笑著說：「唐大官人，李白只不過是一個平常文士，閣下若需人專門來為你溜鬚拍馬，那請閣下您另請高明吧，李白恕不奉陪！」說完站起身就要離去。

倒是唐三基豁達，笑吟吟一把拉住李白說：「慢著！我這位老管家不大懂詩賦中事，李公子不必計較。」李白只好又坐下來。

侍立一側的僕人又恭謹地給李白斟上酒。唐三基捋著項下清須與李白說道：「我今日請李公子來，不是談一兩篇詩文，而是談從古到今的文章詩賦。」

「啊？居然談論這樣大的題目。」倒是出乎李白的意料之外。

李白俯身說道：「閣下有何見教，願聽其詳。」

唐三基笑了，對李白娓娓而談：「而今天下大治，國泰民安，想我大唐有無比之國業，無敵之甲兵，無垠之疆土，乃秦漢前朝無與倫比，如今四夷拜服，萬邦來朝，乃太宗高宗武後無可比擬，可謂鼎盛……」

聽到這樣的話題，李白再激動不過了，不等唐三基說完，李白便接著說：「對呀！而今王道恢宏，鎮八荒通九垓，天門敞兮萬國來，豈是前朝可以比擬！」唐三基聽了李白的話眉飛色舞拍案道：「說得好！我今天請你來論文，真是找到知音了！」再次提起銀壺，給李白滿滿斟上。

美酒入腸，李白坦率地說道：「唐大官人，本朝無疑比前朝興盛，但你可知道，這大唐的詩風，是繼承齊梁而來，齊梁的詩雕飾太過，失去詩歌本身天真自然之美，猶如嬌滴滴的婦人濃妝豔抹一樣，往往是矯揉造作才短氣虛的靡靡之音，至於本朝，王駱盧楊四傑，也作過努力，但終因胸懷有限，仍未脫其窠臼，到了陳子昂，揭竿而起，橫制頹波，追求豪雄剛健的建安風骨，翕然之間質文一變。可惜陳子昂正值英年竟陷冤獄，飲恨早逝。而今開元盛世，國威赫赫，江山大好；大唐之詩，正應如揚子黃河之水浩蕩奔騰，如三山五嶽之峰奇瑰而險絕，展現我大唐萬千氣象。一兩首小詩，幾篇豔賦，何足道哉？大唐詩壇若要呼喚那豪雄蓋世的錦繡篇章，何愁無出神入化的文筆！」

唐三基的內心沸騰了，眼前這位年輕人無疑正應該是手握如椽大筆書寫大唐無限風光的人！唐三基不由提起那舞馬銀壺為李白滿滿斟上，雙手遞給李白，興致勃勃地說道。「說得痛快，請飲此杯！」

李白端起酒杯，高吟道：「山高水長，物象萬千，非有老筆，清壯何窮！」吟罷一飲而盡。「原來李公子有此宏志，何不上達於天聽？」唐三基聽李白侃侃而談，心中感到十分快意。李白哈哈一笑：「唐大官人，李白博採諸子，言凌百家，習王霸之術，申管晏之談，名滿江南，今不聞達於天子者，卻非白之過也！」

李白說到興頭上，不覺手之舞之腳之蹈之，只顧說話，卻沒有看到老奴那下垂的嘴角浮現一絲不易察覺的冷笑。

「如今天子求賢若渴，李公子為何說出這等話來？」唐三基詫異地問。

李白揚起頭顱，高聲說道：「昔日燕昭王延聘郭隗，築黃金臺，親自拿著掃帚為他掃塵開路；劉玄德欲用諸葛亮，三顧茅廬，虛心等候，臥龍方肯出山！而今……」

「放肆！」不等李白將自己經歷的種種坎坷說出，那「老奴」一聲喝斥，站到李白面前。

李白正說到要緊之處，聽那「老奴」一聲喝斥，不由情緒激動，站起來直指著那「老奴」喝道：「你有什麼資格來喝斥我？漫道說是你主人就是見了天子，我也不會改口！」

唐三基向老奴擺了擺手，老奴才憤憤然退後。唐三基舉起酒杯，對李白心平氣和地說道：「李公子可知道，昔日燕昭王築黃金臺屈身召賢，想的是報齊國侵燕的國恥；劉玄德三顧茅廬，目的在與孫權、曹操三分鼎足於天下；而今天下治定功成，已是太平盛世，君王怎會屈尊於草民呢？」

李白立即反駁道：「閣下難道不懂，文章可以淳化風俗開啟智慧，可以研究上天與人世的演變規律，於大唐江山社稷的穩固和興盛有莫大的關係麼？」

唐三基聽了反而哈哈大笑起來：「年輕人，你離這個話題還差得遠呢！我只是不明白，你為什麼不去及時行樂，而這樣忿忿不平呢？司馬相如為漢武帝潤色鴻業，官至中郎將，你為什麼不可以效法司馬相如呢？」李白憤憤地說：「我不是司馬相如那樣與帝王做買賣的文人。唐兄，我豈止要潤色鴻業，我還要輔弼天下，為大唐開創更美好的未來！」

聽「輔弼天下」的時候，老奴」一愣，那瞌睡眼睜開向李白一瞪。「皇上開創了太平盛世，當然應該及時行樂！」

李白轉向「唐三基」：「唐大官人也這樣認為？」唐三基洋洋自得地說：「不錯！」

李白激動地喊道：「不、不是那樣的，如果本朝天子是英明之主，一定不這樣！」

「老奴」不陰不陽地說：「如果天子是這樣想呢？」

李白記起楊珞薇和他的爭論，連面前這個通情達理的唐大官人也是這樣說，難道真的是他的思想不合時宜，難道根本就是他錯了？他抑制不住自己內心的憤激，向「唐三基」喊道：「不，不！不是那樣的，如果是本朝天子，他一定不是這樣想！如果天子只顧享樂，不禮賢下士的話，我又何必為他效力？我就會隱居山林散發扁舟！」

「啊？！」「唐三基」和「老奴」聽了李白的話，不由都驚得睜大了眼睛，有生以來，這還是第一次聽說有人不願為天子效力！那些原來站在門口的僕人，此時都神色緊張地看著他。原來此時此刻站在李白面前的「唐三基」正是大唐天子李隆基本人，李隆基排行第三，稱三郎，在這次天子微服出行會見李白時，皇帝就用了「唐三基」這個名字，而侍立在皇帝背後的「老奴」，正是列戟於門權傾朝野的高力士！

此時，急壞了樓下的兩個人，一個是張旭，一個是吳道子。這二人整整一個夏天找不到李白，昨天千秋節的晚上，吳道子與太子賓客賀知章都在興慶宮的城樓上看燈，猛然見李白上臺吟詩，吳道子高興地拉著賀知章的衣袖說：「看！他就是為我題畫的李白！」賀知章說：「這就是你與張癲要我向皇上舉薦的詩人嗎？真是出類拔萃呀！日後老夫一定要見他一見，向皇上推薦的事，包在老夫身上。」轉眼間李白便被觀燈的人群擁走，吳道子怎麼也找不到了。第二天吳道子便找到張旭一起來尋李白，打聽到天臺觀「瓊玉樓」下，忽然聽得樓上朗聲談詩的正是他！吳道子和張旭急忙上樓，卻被兩個僕人模樣的人強攔住了。張旭是金吾長史當然認得那「僕人」正是宮中的內侍，那麼李白與之爭論的那人是什麼人？！聽那熟悉的聲音除了皇上還能是誰？

李白的這些話，卻是開元天子聞所未聞的，他冷冷地看著李白狂放激烈的樣子，先前的興致全然沒有了，他認為不需要容忍一個乳臭未乾的狂傲小子在他面前大放厥詞。天子要的是歌頌昇平的詩，他不要聽到那些怨恨，那些指責。這個衣衫不整、頭髮散亂的小子與詩歌「怨而不怒，哀而不傷」的宗旨相差太遠了，雖然他有才華，但此刻多麼令人不快！

「李公子，你恐怕牢騷太盛了吧？不覺得有傷大雅麼？」開元天子冷冷地說。還有多少皇親國戚，龍子龍孫，想做官還得低聲下氣甚至像狗一樣搖頭擺尾地來求他。

「李公子，皇上享樂也好，禮賢下士也好，都不是你管的事！」高力士見皇上不樂，半睜著瞌睡眼喝道：「你可知道你眼前所站是何人？」

李白猛瞧見那「老奴」沒有鬍子的下巴和說話的姿態，心裡突然明白了：皇上！

「十年之後，心平氣和之時，再到長安來吧！」「唐三基」站起來，一甩袍袖，那眾多的「僕人」立即跟上來，擁著他下樓去了。

吳道子與張旭正在樓下乾著急，抬頭望見一群人擁著皇上下樓來，連忙匍匐在地，口稱「參見吾皇萬歲，萬萬歲！」

李白追下樓，張旭和吳道子示意李白跪下，但李白高高地昂起他的頭顱，好像根本沒有看見他們，李白悲憤地喊道：「唐大官人，你當真棄我而去？」高力士轉身向李白冷笑道：「天子無戲言。」說罷高力士和內侍們擁著玄宗出了天臺觀。李白木然地呆在那裡。吳道子和張旭從地上爬起來，看著李白失神的樣子，不知剛才到底發生了什麼事。

張旭抓住李白使勁搖撼，誰知李白一陣狂笑，好像張旭和吳道子根本不存在，他踉踉蹌蹌向前奔去，進了不遠處的「蘭陵酒家」一個酒店，顫聲叫道：「拿酒來！」那堂倌捧出一個青瓷壺，放上一個大瓷杯，李白也不往杯裡倒酒，竟捧著那一壺酒一口氣喝了個一乾二淨！

「噫吁嚱！危乎高哉！」李白一聲長嘯，從酒店奔了出去。從青城山下山到「瓊玉樓」的種種經歷，一幕一幕浮現在李白的眼前，陳子昂的呼喚，華陽縣的鐵鏈，胡縣令的綵船，李長史的大堂，荒涼的玉真公主別館，飛揚跋扈的鬥雞之徒，那「老奴」的瞌睡眼，從蜀中到長安，有如艱難的蜀道啊！李白再也壓抑不住內心洶湧的狂潮，張開雙臂大聲喊出：「蜀道之難難於上青天！」

張旭從囊中掏出筆墨紙硯，鋪在那棵柳樹下的桌子上，吳道子和張旭將李白扶到桌子前，李白望著那紙，兩行熱淚從臉上無聲流下，提起筆來如旋風狂掃，一氣呵成《蜀道難》及至寫完，已是滿臉涕淚縱橫，李白擲筆於地，身體如玉山崩塌一般，傾倒在地嚎啕大哭。

張旭見了李白這種情景，忙對吳道子說：「你先看住他，我立即去找賀知章大人。」說完騎上一匹快馬，帶了那滿幅宣紙《蜀道難》直奔賀知章府上而來。

年逾古稀的賀知章是太子賓客，祕書少監，掌管本朝圖書經典，為太子講經導學，侍從規諫等。與草聖張旭、詩人張若虛以及包融同稱「吳中四士」，賀知章的詩清新自然，又擅寫草書和隸書，他自號「四明狂客」，常與張旭、吳道子等在一起痛飲。賀知章年逾七十，昨晚千秋節一夜歡娛，此時剛起床不久，方才梳洗完畢，忽想起昨夜在燈塔下吟詩的年輕詩人，忙命人將前些日子張旭送來的《青蓮詩文集》拿過來，一頁頁誦讀。只覺有生以來實為罕見。

張旭來到賀知章府上，忙將今天在「瓊玉樓」所見告訴賀知章，張旭把那首《蜀道難》攤開在賀知章面前，只聽賀知章朗聲念道：「噫吁嚱，危乎高哉！蜀道之難難於上青天，蠶叢及魚鳧，開國何茫然，爾來四萬八千歲，不與秦塞通人煙，西當太白有鳥道，可以橫絕峨嵋巔，地崩山摧壯士死，然後天梯石棧相鉤連……」

賀知章瞇縫著老花眼從頭到尾念，還沒有唸完，連聲讚嘆再四，及念至末尾：「側身西望長諮嗟！」不由驚訝得張大了嘴，半天說不出話來，這首詩大氣磅礴，雄偉壯麗，真是自有詩以來，奇之又奇！

賀知章感到內心轟鳴，合著《蜀道難》的詩句隆隆震響。

細看這首詩，立意不凡，歷寫蜀道山川之雄險，劍閣之崢嶸，行路之難，如巴山蜀水的繪畫長卷，觀之驚心動魄，非有博大汗漫之胸懷，叱吒風雲之氣魄不能吐納。在奇險的蜀道風光畫卷中，寄寓著深刻的人生寓意，使人玩味無窮。再則氣勢磅礴，一氣貫通，開頭的「噫吁嚱，危乎高哉！」如暴風驟雨之前一聲驚天動地的雷霹，隨之而來便是狂風呼嘯，暴雨傾盆，江河奔騰。全詩貫串三呼「蜀道之難難於上青天！」使全詩氣勢浩蕩逶迤，如兵法雲：「善出奇者，無窮如天地，不竭如江河。」這首詩不僅氣勢磅礴，在音韻節奏方面亦前所未有，此詩既有整齊的對句，又有長短錯落富有變化的散句，四次轉韻，極盡靈活變化之能事；在錯綜的變化中又和諧整齊，有時激越，有時憤怒，有時急促，有時舒緩，如黃鐘大呂奏出雄渾壯麗的樂章。這首詩的手法也是聞所未聞，見所未見，李白竟能將他豐富的想像與諸多神話傳說、歷史典故、民間諺謠、山水畫圖熔為一爐。如大匠運斤，將諸多招勢一一施展，生化出神奇浪漫之意象。

張旭見賀知章瞇著眼半張著嘴半晌不言，好似驚呆了一般，不知為了何事。便問道：「怎麼樣！」賀知章被張旭一問，從沉思中驚醒過來，顫抖的雙手捧起那件神奇不朽之作，喟然嘆道：「這真是驚天地、泣鬼神的詩作啊！」

張旭見賀知章對此詩讚嘆之餘乃至尊崇，便含著熱淚將打聽到的李白近況及今日天子微服與之交談的事一一向賀知章講述，賀知章此時心中已明白大半，興奮得一手拉了張旭，點著花白的頭顱說：「快帶我去見他！」

張旭見賀知章急著要去，說：「我叫他們備車吧！」誰知賀知章搖著蒼蒼白髮的頭連連說：「等不及了，等不及了，我們快走吧！」

此時賀知章的心情，好似尋寶人發現了一件稀世奇珍，好似將軍在大戰中發現了一員天兵天將，簡直無法抑制內心的激動。張旭只好扶著他顫抖的手臂，三步並著兩步奔曲江酒店而來。

從賀府到天觀臺，少說也有十來裡，賀知章不由分說，竟等不得備車，與張旭在街上疾走，這穿麻鞋的瘋漢挾著一個癲狂老頭，跌跌撞撞的在大街上放小跑，行人看著直樂。張旭生怕出什麼閃失，好在迎面來了一輛馬車，張旭認得是光祿寺良醞署運酒的空車，便叫住車把式，他將賀知章扶上車安置在酒罈子之間，吩咐把他們捎到天臺觀。

李白直接一手提著一個酒壺，一手執一陶碗，旁若無人，踉踉蹌蹌，邊走邊飲。幾碗下肚，李白不由飄飄然起來，他寵辱皆忘，醉意闌珊，先前與「唐三基」一幕已經在他心中漸漸模糊，酒收斂了涕淚淡化了憤激；他醉眼朦朧，望見立秋之後山中澗潭清澄翠碧，上邊飄著星星點點的黃葉，有深黃的，淺黃的，清晰的，如金黃的星星，模糊的如黃色煙雲……呵，功名人生又如何不是這樣，有時如星月強烈地吸引著你，有時又如浮雲，飄散得無影無蹤……此刻比先前輕鬆多了，還是再喝幾杯，達到逍遙自在的境界吧！

張旭和賀知章趕到曲江，見李白倚著一根樹樁，醉臥江濱，瞇縫著一雙醉眼望著一泓碧流出神，吳道子折了一支柳枝，在地上已經畫了好幾個飲酒的李白，有的仰天長笑，有的醉步蹣跚，有的醉臥江頭，有的舉杯狂飲……賀知章看著，一種憐惜之情油然而生，他撇開張旭的攙扶，逕自向李白走去，他俯身向李白，慈父般握住他執壺的手。「你就是李白吧？你是太白星君的化身吧？你是天上謫仙人為我們大唐來寫詩的呀！」賀知章的聲音有些發顫。

而李白卻沉迷在他不願意離開的醉意中，他喃喃地，含糊不清地說：「……寫……寫什麼詩呀？處世若大夢，胡為……勞其身……所以……終日醉……頹然……頹然……臥前楹……我要喝……喝酒……」說著舉起手中的酒杯，「來！……喝酒……」說著身子往下一滑，倒在一棵大槐樹下，幞頭向前蓋住了眉，下巴擱在胸前。

張旭急忙上前，搖搖李白的肩：「太白，賀知章大人來看你啦！」

「賀……，賀大人，你來……喝一杯！」李白說。張旭和吳道子把李白扶起來，戴好幞頭，張旭說：「賀大人就要去向皇上進言，讓皇上改變他的主意啦！」李白對此置若罔聞，苦笑著搖搖頭，將酒杯對著賀知章。

賀知章接過李白的酒杯說：「你愛喝酒？」

「是，愛喝酒。」那醉意中帶著幾多悲涼。「拿酒來！」賀知章叫道。

酒店的夥計立即在河邊布置了桌子端上酒肉。賀知章拿著酒壺聞了聞：「要好酒！」

張旭和吳道子相視而笑。

賀知章對李白說：「你是天上的謫仙人，來為大唐寫詩的呀！」

少時那夥計抱著一個尚未啟封的罈子，小心翼翼地將罈子放在桌子上。那店老闆面有得色地跟過來，酒店老闆煞有介事地啟開封口，一般濃香瀰散開來。

賀知章、張旭、吳道子、李白不約而同地湊上去，抽抽鼻子：「好酒！」

那矮瘦的老闆卻伸手遮住罈子，好像怕人白把酒香聞了去：「別忙……」

「什麼？」賀知章的老花眼和詩人、畫家、書法家的八隻眼睛瞪得老大。

「錢……」老闆清晰又準確地吐出這個至關重要的字。

「少不了你的錢！」四個人同時掏腰包，結果是面面相覷，相視尷尬而笑。

「拿來。」老闆莊嚴地說。

「我們二人是出來尋找朋友的，一時忘了帶許多錢。」張旭和吳道子笑笑說。

李白聳聳肩膀：「我是天上來的謫仙人，當然不會帶錢。」

「我見了李白的詩，是高興得什麼都忘了，再說，本大人又幾時帶過酒錢？今日這酒，」賀知章舔舔嘴唇：「不可不喝，且……」

「不可不醉！」張旭說。

老闆仍然用雙手捂住壇口，沒有一點讓步的意思。

賀知章瞇縫著眼在身上東摸西摸，一下子摸到腰間一個硬硬的東西，「啪」的一聲，放到桌子上：「有了！」

那是一隻工藝精細的金光閃閃的金龜，賀知章解下系金龜的絲絳，向老闆說：「怎麼樣？夠換酒吃了吧？」

那店老闆鬆開捂住罈子的雙手，臉上笑得連連開了幾朵菊花，忙說道：「夠了，夠了！」伸手去取那金龜，被吳道子一把按住。吳道子拿起金龜，念出上面的字：「仙龜長壽。」

「老賀監，這不是您老七十二歲生日那天，太子賀你與仙龜同壽的麼？」

「不行，這是太子贈的寶物呀！別……」李白說，一把按住那金龜。

賀知章卻笑吟吟地將金龜從李白手中取出，一下子雙手按在老闆手中，對李白笑著說：「老弟！古人云，『朝聞道，夕可以死矣！』我讀了太白君驚天地、泣鬼神的詩作，就是把我高興死了，我也值得，來呀！」

那散發著濃香的琥珀色的液體汩汩流到白瓷杯中。

27. 「李白，你該知道賈爺的厲害了吧！」

張坮從終南山下來就病倒了，聽見李白在千秋節燈臺上吟詩奪魁便一病不起，千秋節之夜賈昌的鬥雞表演觀眾很少，場面冷落，好像皇上徹底把他從記憶中刪除，什麼賞賜也沒得到。賈昌去看望了張坮，回來就一個人生悶氣。

「找到了！找到李白了！」忽然兩個鬥雞徒一邊高叫一邊飛跑進來。

「告訴賈兄一個好訊息，找到李白了！」。

「在哪裡？」賈昌恨不得立時將李白撕成碎片。「他住在吳道子家裡。」

「把他抓起來！」

「好！明天去宮裡再找一些弟兄，在北門酒樓辦事。」賈昌說。

「如何把他騙到北門酒樓？」

賈昌冷笑一聲：「這個好辦，聽我的……」。

這個千秋節玄宗過得特別快樂，接連不斷的大小宴會和歌舞表演持續了好幾天，所有皇親國戚文武百官都巴不得跟著高興。

金陵子雖然得了大宗賞賜，心中卻是怏怏不樂，連日的演出累得她精疲力盡，找不到機會出宮。這一日為皇上演出完畢，一個人沿著龍池的長廊走到盡頭。

「……李白……」一個低低的男聲從竹叢後面傳來。

金陵子吃了一驚，立即起身走到廊下，悄悄繞到竹叢後面，只見一個鬥雞小兒和梨園百戲班表演角力的供奉在說話。

「後天上午，賈大哥，在北門酒樓……」鬥雞小兒說「帶上刀劍……倘若李白那小子不識相……零割了他……誰叫他寫詩罵我們！夠朋友就來吧！」鬥雞小兒說。角力供奉點了點頭：「一定來！」

金陵子大吃一驚。

千秋節過去，李白每天下意識地去東市走走，原來搭燈塔的平台已經拆出，一些江湖藝人在那裡賣藝。這裡再也沒有燈塔，再也見不到塔上的金陵子。

李白擠進看熱鬧的人堆，街角上一個穿黃衫的公子也跟著李白擠了進去，看見一個濃妝豔抹的女醜在舞刀弄棒。李白正想退出來，忽見一個穿深紅繡花衫的貴公子擠進人堆，往穿黃衫的肩上一拍，紅衫公子道：「老兄怎麼在這裡，看這些不堪入目的玩意兒，今天下午永王殿下在北門酒樓宴客，特地請了梨園掌教金陵子作場。聽說還要表現她拿手的《白紵舞》，快跟隨我去捧場吧！」說著拉了黃衫公子擠出人堆。紅衫公子說話的聲音不大，李白卻聽得一清二楚。急忙擠出人堆，尾隨二人而去。

北門酒樓遙對「五陵原」，是這一帶最高的酒樓，不及東西市熱鬧，卻到處是紈褲子弟鬥雞賽狗的場合。

李白見二人進了北門酒樓，立即跟了進去，卻見樓下冷冷清清不像有梨園子弟作場的樣子，李白問道：「堂倌，可看見一位梨園供奉在這裡？」夥計怪模怪樣笑著說：「你自己上去看吧！」李白上了第三層樓，剛上樓就有兩個彪形大漢在他身後截住去路，李白抬頭一看，賈昌和七八個惡少，正在飲酒作樂，見李白出現在樓口，眾惡少哈哈大笑：「這裡沒有大美人！」說著把李白圍了個嚴嚴實實。

「你們？！」李白驚疑地看著不懷好意的一群：「你們要幹什麼？」

賈昌走到李白面前，掏出懷中的詩箋，惡狠狠地說道：「你可認得這個？是你寫的嗎？」

李白一眼就認出了自己的詩《大車揚飛塵》「不錯，是我寫的詩。」

「賈兄是皇上寵愛的雞童，你竟敢寫詩罵他？你說，這件事怎麼了結吧？」鬥雞徒氣勢洶洶地衝李白叫道。

李白見這幫人如此卑鄙無恥，冷冷道：「我只恨這首詩寫得不夠犀利，罵得不夠痛快！」

這群惡少以為李白要被他們人多勢眾嚇住，結果李白不吃他們那一套，一個個拔出雪亮的刀劍，向

27.　「李白，你該知道賈爺的厲害了吧！」

李白圍了過來，狼嚎般地叫道：「哥們手中的吳鉤，可不是吃素的！」李白冷冷一笑：「你們仗勢欺人，我豈能和你們一般見識？閃開，讓我走，不然我就要不客氣了！」說著也「譁」地抽出自己的寶劍來。

「哼，別他媽的說大話了，李白，就算你有將相之才，要出這個門，也得從爺們胯下爬出去！」一個鬥雞徒擋在當中，張開兩腿，用手指著自己胯下說：「等你給爺們一個個鑽了襠，才知道長安到底是誰的！」眾惡少聽了，譁然大笑。

「無恥！」李白大喝一聲，看樣子只有和這幫惡少大幹一場了。

「你不鑽？你們這些人不是講究大丈夫能伸能屈嗎？哥們，上呀！」賈昌叫道，十幾個惡少擺好架勢對準李白。

三個千牛衛叫道：「賈兄，看我們的！」舉刀直撲李白，沒幾個回合被李白的劍逼得連連後退。又上來四個與李白對打，李白劍術雖精，但卻怕在長安鬧出人命，所以只好把他們輪番逼退了事。哪知賈昌報仇心切，見久戰李白不下，大喝一聲，「殺！」號令惡少們排成半圓圈，八九支刀劍齊刷刷指向李白，殺氣騰騰，一片凶焰。

李白一閃，繞到桌子後面，忍無可忍，大叫一聲，飛起一腳，那桌筵席向空中飛起，不偏不倚向正面幾個惡徒扣去，只聽得一片怪叫，幾個惡少滾的滾，爬的爬，潑的滿身湯水，一臉油汙。李白趁勢奔向門邊，哪知後面的惡徒從地上爬起來，將李白團團圍住，李白此時腹背受敵，只得東殺西擋，一下子跳到桌子上，想從桌子上破窗而出，向下一看，腳下的刀劍閃著嗜血的寒光！

「李白，你此時知道賈爺的厲害了吧！」賈昌說。「別怕，我們也不是要殺你，只是——」

「割下你的兩隻耳朵留作紀念，看你以後還敢不敢到長安來撒野！」

「最好是割下他的鼻子破了相，免得那些漂亮女人喜歡他！」

「依我看，最好是把你那話兒割下來，你不是想到皇上身邊去嗎？我們成全你，那你就跟俺乾爹高力士一樣，可以作大官啦！」

桌子周圍，眾惡少你一言我一語，氣得李白咬牙切齒，事到如今，只一條路，不是你死，就是我活！

李白被惡徒圍在桌子上，東殺西擋盡力周旋，鬥雞徒一步也不放鬆。眼見刀劍步步近逼，李白決定殺開一條退路，破窗而逃，他奮力一揮寶劍，眼前三個惡徒的刀劍被齊刷刷削斷，但冷不防被背後一個惡徒刺中左腿，頓時鮮血直流，李白奮力一躍，卻因腿傷沒有躍到窗臺上，反而跌落在窗前角落裡，十幾個惡徒見李白已無退路，更是殺氣騰騰地逼上來。霎時，李白面前一片刀光，情勢萬分危急。

忽然李白聽得一聲響，眼前一股白光一閃，一道白紺將惡徒的兵器卷落地下，眾惡徒大驚，一齊盯著白紺飛來的方向，那邊窗臺上站著的是杏眼圓睜的金陵子供奉！

「金陵子，你敢管我的閒事！」賈昌怒喝道。

「今天這事我非管不可！」金陵子說著跳下窗臺拔出劍來，那劍閃著令人心悸的寒光！金陵子叫道：「你們快滾出去！」

眼見功敗垂成，賈昌急得紅了眼：「快給我上！」惡徒們又一次猛烈進攻，毫不退讓。

27.　「李白，你該知道賈爺的厲害了吧！」

「賈昌，今兒皇上要宴遊凝碧池，命你鬥雞伺候！」金陵子一邊叫喊，一邊拚殺，拉李白跳上窗戶。

「你騙人！」賈昌叫道。舉劍來刺金陵子。

金陵子架住賈昌的劍，急得對李白大叫道：「還不快走！」「要走一起走！」李白此時怎願與金陵子分開？

金陵子眼見賈昌命兩個惡徒已飛跑下樓再去叫人，金陵子只急得滿臉通紅，說罷一掌將李白打下樓去。

「下面是我的馬！快騎上！不要回頭！」金陵子喊道。

賈昌見李白逃走，急忙帶領眾惡徒奔下樓去，金陵子忙喊：「高公公來了！」

賈昌一聽突然愣住了，朝樓口一看並沒有人來，知道上了金陵子的當，馬上對其餘惡徒說：「你們還待著幹什麼？還不快追！」惡徒們一窩蜂似的下樓去追李白。

金陵子正要下樓，丹砂急匆匆地上樓來。丹砂見樓上四處狼藉，空無一人，明明是出了事打鬥過的情形，丹砂叫了聲「李公子」，不見有人應聲，急得幾乎要哭出聲來。金陵子一眼看出他就是李白結婚那晚坐在許家門首的小子，問道：「你找李公子？」

丹砂也認出了金陵子，忙問道：「百戲班的姐姐！你看見我家李公子沒有？」

「剛才還在這裡，你彆著急，沒事的。」金陵子說。

「請你快告訴我他在哪裡，我從安州來，我家少奶奶她……」

「怎麼樣？」

「如果李公子不回去……她是必死無疑了，自從李公子走後，她就病了，你看，這裡還有一封信——」丹砂看金陵子猶豫的樣子，取出那封信來，遞給金陵子。

原來丹砂回到安州，從雙喜和小梅兒那裡打聽到，李白走後，許家族人與李京之勾結起來，用極劣的伎倆，將許家的財產一椿一椿地吞蝕。許員外在去冬得了一場大病，已經去世了。李白走後不久，雅君生下女兒平陽之後，上了北壽山，在北壽山的書房裡雅君發現了李白為她寫的那些充滿了人世間最深情的詩歌。雅君當時大哭一場，回來後便一病不起。她囑託丹砂一定要把李白找回來。那封信是雅君伏在病床上流著淚寫的，抄錄著李白在北壽山曾為她寫的詩。

金陵子接過那淚跡斑斑的信箋，見那箋上寫道：「……橫流涕以長嗟，折芳草之瑤花，送飛鳥以極目，怨夕陽之西斜，願為連根之秋草，不作飛空之落花……」

金陵子神色黯然了。

「百戲班的姐姐，你行行好吧，救人一命，勝造七級浮屠……」丹砂哭著說，「只要李公子回去，少夫人才有活命，李公子還有一雙兒女……」

金陵子的心碎了，為什麼上天偏偏要把人命和李白放在一個天平上讓她選擇？

「好姐姐……」丹砂聲淚俱下。

金陵子把信紙交給丹砂，背過身去，艱難地說出此刻她最不願說的話：「你快出北門……去找李公子。」

金陵子失魂落魄地從樓梯上下來，想抄近路回到宮裡去，剛走進修德坊的小街，突然從僻近處鑽出二三十個人來，個個拿著武器，把她團團圍住。原來賈昌在長安所有的鬥雞坊都尊他為大哥，拉幫結夥，滋事逞強。賈昌走後，北門鬥雞坊的一干人等，早就設下埋伏，要為賈昌出了這口惡氣，適才僥倖走了李白，這個娘們一定不能放過！

金陵子奮力抵抗，鬥雞徒人數眾多，怎殺得出去？鬥雞徒丟擲繩索，眼看金陵子就要被捆住，正在危急時刻，不知從那裡竄出幾個穿唐裝的回紇人，騎著駿馬揮著長刀，一下子衝過來，立時鬥雞徒倒下一大片，為首的一把掠起金陵子，直奔出北門而去。

李白快出北門的時候，回頭望了一眼，好幾個鬥雞徒和羽林軍向他追來。難怪金陵子叫他「不要回頭」，他顧不得想許多，立即縱馬向北然後向東，馳過整個五陵原。鑽進樹林，已是下午，看著後面確實沒有人追來，下意識地走上山坡，勒馬遠眺，長安城和郊區的景象盡收眼底，除了五陵原的松柏仍有青綠外，樹木、街道一片昏黃。蕭瑟秋風吹來，他打了一個寒戰，這時覺得又冷又餓，被鬥雞徒刺傷的地方椎心地疼痛起來……

回紇人的馬隊風馳電掣般出了長安北門，又直奔西邊而去，金陵子被那回紇人緊緊地抱在懷裡，動彈不得，只看見回紇人濃密的鬍鬚，看不見他的臉，覺得耳邊風聲呼呼作響，那馬像長了翅膀。第二天拂曉前已經來到離洛陽不遠的一個三岔路口。路口的北面有一座石碑，依稀看得見石碑用漢文和回紇文字刻的「參天可汗道」。幾個回紇人在路口下馬，回紇漢子放下金陵子把馬牽到不遠處的小溪邊去飲水。金陵子站在三岔路口，望著天邊一抹魚肚白，天快亮了。從昨天到今天早上，很多意料不到的事發生了，此時此刻，只像在一個怪異的夢中。一個巫師模樣的人向她走來，從水袋裡倒了一杯水遞給她，金陵子渴極了幾口就把水喝乾。回紇巫師盯著她，用平和的語氣低聲說：「姑娘，世上有很多路，假如你不知何去何從，你跪在地上，把手放在心上，你頭頂青天，面對升起的太陽，讓我告訴你過去，現在，未來……」

不知為什麼，金陵子感到他的話裡有一種不可抗拒的力量，她不由自主地跪下，瞟了一眼周圍，那飲馬的回紇人走遠了。她向著發白的東方，閉上眼睛，只覺得心中是一片空靈的寂靜。

巫師說話了，那聲音像催眠的音樂，低沉而溫和：「就是我不提醒你，你也知道不能回頭，我現在給你講一個過去的故事，請你要耐心地聽完，命運自然會解開你心中的死結，這對你必有好處。在大唐的最北邊，萬里之外，天山以北有一個美麗的國家，有晴朗的天空，廣闊的草原，藍色的河流，這個國家叫回紇。回紇的可汗叫骨力裴羅，骨力裴羅有好幾個兒女，其中最聰明最英武的要算摩延啜。五年前，摩延啜王子和隨從們到居延海打獵，聽人講了西域的故事，沒有徵得可汗允許，私下裡與幾個隨從喬裝改扮，來西域焉耆，看一個百戲班在演出。百戲班有一個出色的女伶，王子迷戀她的歌舞，緊跟著百戲班。這個女伶演一場，王子看一場，從焉耆到輪臺，從輪臺到交河，王子把所有的金幣給了班主要向班主買下這個女伶，女伶不知道摩延啜是個好男兒，不願跟他走，摩延啜很難過。王子真誠地愛這個女伶，生怕她心中有什麼委屈和誤解，第二天為西州的富商缽羅的演出中，幫助那女伶奪得了李將軍的工布劍。但那女伶堅持要去長安尋找久別的哥哥，摩延啜只好與她在長城腳下分手。這是過去。」巫師說了這一段，喝了一口水。金陵子眼前清楚地浮現出西域的事情，心中不得不承認他知道得一清二楚。

巫師又接著說：「這事一晃五年過去了，我又說現在，這五年中，摩延啜留了人在長安，到處打聽金陵子的下落，可惜一直沒有訊息，骨力裴羅老可汗幾次為王子娶妻，都被王子拒絕了。今年，老可汗提出王子娶妻之後正式將他立為太子，王子最後一次向可汗請求在立為太子之前到長安來再尋找一次，可汗同意了。王子與隨從們喬裝改扮，不遠萬里來到千秋節的燈會上……」巫師不往下說了。

金陵子不想睜開眼，她一直沉浸在西域的那個夢裡，沉浸在五年前「回大哥」和善體貼的眼神裡。另一個年輕的聲音接著說：「在千秋節的燈會上，看見了她美麗非凡，像一輪明月從金蓮花裡升起來……」

金陵子聽到這熟悉的聲音睜開眼，天邊已有一片曙色。她面前站的正是昨夜緊緊把她抱在胸前的回紇人，穿著當年在西州的衣服，那雙眼睛曾多少次闖入她的夢中！

「回大哥！」

「為了今天，我已經等待了很多年，烏德犍山下的草原很寬廣，河水很藍，我要你跟我一道，到大草原上去賽馬，到烏德犍山去射獵。」摩延啜把金陵子摟在自己胸前。

東方的路上，來了一支整齊的回紇馬隊，擁著一輛華麗的馬車。

摩延啜拉著金陵子的手上了車，沿參天可汗道向天山以北的廣闊草原走去。

28. 何處是歸程?長亭連短

太玄應皇上之邀到武當山講經兩年多了。玄宗皇帝登基之後的大事之一，就是請各名山高道，再次譯註《老子》，以證明李唐是道家始祖老聃李耳的後代，是正宗的君王。太玄奉命潛心註釋了《老子道德真經》，並且在興唐觀為皇上講道。太玄將《道德經》第七十五章：「民之輕死，以求生之厚。」就是說常人由於有分外的貪求，造成煩惱妄想，不覺輕易失掉了自己本身所有的珍寶——最寶貴的生命，以致疾病危之。為此作人應該恬淡世情，積精累氣，以求長生。皇上聽了深以為然，欲留他作興唐觀觀主，以便隨時請教。太玄道長是得道高人，久居山林，不慣塵世紛憂，但皇上又不願放他回青城山，挽留再三，終於想出一個折衷的法，請太玄大師作武當山玄君觀觀主。一來武當山離京城不太遠，方便皇上垂詢；二來武當山也是道教名山，合了太玄隱居山林的意思。煙霞子伴孟浩然出了長安，挽留孟浩然在武當山住了些日子，孟浩然的心境平靜下來，在中秋前回了襄陽。

武當山峰巒清秀風景奇幽，蒼松翠柏紅葉紫藤，掩映著丹牆翠瓦的玄君觀。太玄深感皇上對道教的看重，到了武當山之後，一邊潛心研究，一邊進行「內丹」和「外丹」的修煉，將道觀的管理，交給煙霞子去辦。探討天地人世的執行規律，是一件非常高深玄妙的事，沒有相當的學養和功夫，是不能辦到的。太玄雖然身體康健但歲月不饒人，一天老似一天，自己的幾個徒弟雖忠厚馴良，但要從「成道」的角度，卻還有不小的差距。這一天聚珍齋主人長孫朋來觀裡進香，帶給煙霞子一首李白的新作《行路難》。煙霞子看了把它交給太玄。看了李白這首詩，太玄嘆了一口氣。道：「有經天緯地之才世不能容，有超逸物外之志而心又不安。」便對煙霞子說，把後院臨溪的書屋打掃一番，李白就要回來了。煙霞子半信半疑，吩咐人辦了。

深秋的武當山的黃昏顯得特別清冷，秋風吹落枯葉，掉在地上戛然有聲。崎嶇的山道上，李白形容憔悴衣衫單薄破舊，牽著一匹馬，向玄君觀走來。在陣陣歸鴉的嘈雜聲中，小道童關上了山門。

李白來到玄君觀前猶豫了一下，叩響了大門。

「你找誰？」小道童從門縫裡往外瞧，嚇了一大跳，看見一個風塵僕僕衣衫破舊的人站在門外，看樣子八成不是好人。

「我找師兄。」李白說，同時聽見了關門上栓的聲音。「喂，別關門呀，我找煙霞子！」李白大聲喊叫。

「你等著！」門裡的聲音說，過了好一陣，才聽見有腳步聲，煙霞子從門縫裡看了又看，好半天才認了出來。

「煙霞子，是我，是李白呀！」

門開了，煙霞子身後是小道童攙扶著的太玄道長，已然是須發皤白。李白好像被強盜搶掠一空的遇難者，比孟浩然出京的情形更糟糕，卻是太玄和煙霞子始料不及的。

李白望著太玄慈祥的目光，含淚叫了一聲「師父！」跪了下去。

太玄讓李白休息了些日子，就讓李白對自己多年研修的《玄綱》、《坐忘》進行整理，以備皇上養生執政之方面的垂詢。有太玄大師、煙霞子與李白經常對「道」的探討，有天柱峰變幻莫測的風光，這個冬天過得很快，春天也來得很早。

雖李白每日不聲不響地為太玄整理文稿，太玄卻知道他心中所想。他渴望著快點進入仕途，為君王為國家百姓幹一番事業之後功成身退，然後回到山林，回到他熱愛的大自然中去，無拘無束地享受美酒和人生，去追求另一個超越的充滿神祕色彩的魔幻世界，就像在青城山的夢裡一樣，騎著仙鶴，飲著瓊漿，在天地間自由自在地遨遊。太玄是通曉大道的人，於是開渠引流，告誡他眼下只有隱居山林，積蓄聲望，等待時機脫穎而出，就如晉代的山中宰相陶弘景，貞觀之治中的盧藏用一樣，不混跡於權利之爭而達到輔弼天下的目的。太玄想，李白天資過人，雖在長安受挫，但樹毀車成，日後天將降大任於斯人必另有一番光景，也是自然。

昨天太常寺的奉禮郎來到道觀，請太玄大師為皇上講道，太玄大師說他將帶煙霞子與李白一起去，奉禮郎問：「是不是去年在京師來寫過詩的李白?」煙霞子說：「是的。」奉禮郎想了想說：「皇上請的是道長，沒請做詩的文人。」李白知道以後心情一下子很煩亂：原來使他不得伸展大志的原因是他的詩歌！他推開窗戶透透氣，讓房裡的光線好一些，取出那本使他受累的《青蓮詩集》來。這本是自己出京時揣在懷中的唯一一本，上面還沾有自己被鬥雞徒殺傷時的點點血汙，已經變成了暗褐色。

一個稚嫩的聲音從不遠處傳來，吸引李白來到窗前。「回家啦！小船兒回家啦！姐姐，你看，小船兒回家啦！」

李白聽見小孩歡呼，從視窗探出半個身子，看見一個五、六歲的小男孩，把竹葉折成「船」放在溪流中。清清的溪水載著「小船」歡快地漂流下去。遠遠的修竹下，有一個穿著灰色道袍的女子背影，想必就是那男孩的姐姐。

遠處的女子可能根本沒聽見小孩的歡呼，一動也不動地坐在那裡看書。小孩見姐姐不理他，委屈地噘噘嘴，揚起樹枝兒把水裡的船一隻隻打翻。

「回家」這兩個字近來不知在李白心中縈繞了多少遍，想到許家族人的那封「李白勿庸回安州」的信，看到那些在溪流中被樹枝趕「回家」的「船」，心中一陣酸楚不由臉上浮現一絲苦笑。

望著那個樓上倚著窗欄盯著他笑的人，小孩說：「你笑什麼呀？你笑我沒有家呀！」

「我沒有笑你，小弟弟。」李白說。

「告訴你，我們有家！我們家有好多好多房子，有我爸，還有我娘。」

「是嗎？」

「我姐說，等我長大了，有一天，坐上大船，飄呀，飄呀，飄呀，就回家了！」

兩姐弟，原來有家，有很多房子，有爹娘，現在卻清苦地生活在山林裡，這背後說不定有一段不幸的背景，想到此李白和氣地對樓下的小孩說：「小弟弟，我也指望你的小船載你們回家去。」

小孩揹著一隻小手，將另一隻手的食指含在嘴裡吮了吮，想了一下問：「你也在這裡借房子住？」

李白點點頭。

「你也沒有家？」

李白想了一下，點點頭。「下來跟我玩好嗎？」

「好的！」

小孩連蹦帶跳向遠處那個灰衣女子跑去，叫道：「姐呀！你不跟我玩算了，樓上那位先生要跟我玩！」

那女子驀地回頭站起來，快步走向小孩，李白看清楚了，她大約有十七八歲，瑩白的皮膚，細長的鳳眼，長得端莊清麗。

「還不過來！」那女子看了看李白，臉上泛起陰雲。

小孩乖覺地走過去，女子拉起小孩的手。往小溪下遊走去，小孩戀戀不捨地回頭看了李白一眼，跟著姐姐走了。李白記起來了，好像聽煙霞子說過，她是睿宗時宰相宗楚客的孫女宗瑛和孫子宗璟。宗楚客因與韋後勾結謀反而被處死，三年前父母相繼去世後，因宗父生前把大宗財產捐給觀裡，宗瑛在南巖宮借住，偶爾帶弟弟出來玩。她一定知道我在長安碰得焦頭爛額，所以如此瞧不起我，連她家小孩也不讓跟我玩。

李白目送宗瑛姐弟倆走下山坡。再看小溪漂流的「船」，一個一個在溪流中掙扎，然後直到被潮流打沉。

李白重新拿起那本沾著褐色血汗的《青蓮詩文》，不就是這些詩，冒犯了李京之，使他妻離子散嗎？不就是這些詩，讓張垍忌妒得兩眼冒火，讓他在長安碰得頭破血流嗎？不就是這些詩，觸怒了鬥雞徒，把他趕出長安嗎？他現在沒有家，沒有功名，沒有產業，不全是因為這些詩嗎？老子說「堅強者，死之徒」。因為有用而導致戕伐，因為平庸無用反而得以保全。詩是內心的感觸，是性靈的揮灑，奉禮郎說皇上不會請做詩的文人，世人只需要顯赫的外表和權勢，誰要真誠仁德的內心呢？世人需要金錢，誰要性靈呢？李白憤怒了，抓起那本詩集一頁一頁撕下投入水中，直到撕完最後一頁，才喘一口氣，只覺得心中更難受。驀地一抬頭，寒山蒼翠襯著那兩姐弟遠去的背影，李白心中一陣絞痛，提筆寫道：

平林漠漠煙如織，寒山一帶傷心碧。暝色入高樓，有人樓上愁。玉階空佇立，宿鳥歸飛疾。何處是歸程？長亭連短亭。

不管奉禮郎說不需要也好，不管有權勢的人不屑一顧也好，這首譽為「百代詞曲之祖」的長短句《菩薩蠻》，被一個趕「船」回「家」的孩子從李白心中引出，自然而然地來到世間，千百年之後還是如同當年那樣真誠動人。

宗瑛牽著弟弟避開樓上那個陌生男人，來到下游僻靜處，找了個乾淨的草坪坐下來看書，讓弟弟去溪邊放他的「船」。

用樹枝在水中撐「船」的小宗璟，看見一頁頁寫了字的白紙從上游漂流而下。

「姐姐，你看，有什麼東西飄下來了！」宗璟用樹枝撈起一頁，「是書哎！姐姐！上面還有字！」

小弟像得到寶物似的把那頁水淋淋的紙交給姐姐看。宗瑛看那行草寫得風骨清邁特別精神，便把紙上的文字讀出來。「寒灰寂寞憑誰暖，落葉飄零何處歸……」怎麼這人寫的跟我心中想的一模一樣？這是少見的好詩！

「快把它們都撈起來！」宗瑛喊道。

兩姐弟足足忙了一個時辰才把溪流裡所有的詩頁撈起來。冷漠的夕陽已經沒有暖氣，宗瑛在路邊摘下幾片大芭蕉葉，將那些詩一頁頁攤開放得平平整整，再將幾張大芭蕉葉重疊起來，捲成大卷，用藤蘿捆起來，帶回去晾乾。

是夜，宗瑛就著燭光，一頁頁閱讀攤在蕉葉上那些詩句，讀到半夜時分，只聽見一隻知春的鳥兒，在靜靜的空山中，啼叫得分外淒涼。

幾天後的一個下午，李白正在為太玄大師準備給皇上講經用的數據，丹砂突然來了。他去年秋天在北門酒樓照金陵子的指引，出北門一直向北，找遍了五陵原都無法打聽到李白的下落，只得在初冬回到安州。見了雅君撒謊說李白與友人遠遊邊塞，在一位節度使的帳下作幕賓，明春一定回來。這個謊言居然使雅君撐持過了一個嚴寒的冬天。一開春，雅君就打發丹砂，早早地來尋他，務必叫李白回家一次。丹砂這次路過襄陽，找孟浩然打聽，孟浩然才告訴他李白在武當山，丹砂便馬不停蹄地找來了。

「李公子，我可是找到你了，這是少夫人給你的信，許老爺沒有說不讓你回安州……許老爺他……」丹砂一邊哭著一邊說。

「我岳丈怎麼樣了？」

「前年李京之和族長謀奪許家田產，許老爺一病不起，已經過世了！」

「啊！」

「你走後不久的那個夏天，安州來了一個外鄉人，找到李京之的七夫人的墳。在墳頭痛哭一場，他向旁人說，他與杏花青梅竹馬，是他害死了杏花，然後在水西寺出了家，安州人都知道。這件事傳到少夫人耳裡，少夫人知道錯怪了你悔恨得不得了。以後病就更重了。」

李白看了雅君給他的信，字裡行間充滿了悔恨和悲痛，李白看完信眼淚在眼眶裡直打轉。

「我們明天就回去。」李白說。

第二天，李白拜別了太玄大師和煙霞子，啟程回安州。煙霞子一直把他送到山下。遠處的樹林裡，有一雙細長的鳳眼，目送揹著行囊的李白沿著崎嶇的山道一直走到消失。

「你總算回來了！」雅君見了李白清淚長流。李白的歸來，居然讓雅君奇蹟般地恢復了活力，雅君不再在病床上輾轉，幾天之後，就和兒女們在後院晒太陽玩。

因為雅君還在，一雙兒女也活潑可愛，雙喜、小梅兒都好，雖然門庭冷落，家產空空，李白也沒有覺得失望。雅君和李白商量了一下，賣掉了山下所有的田地和房屋，全家移居到北壽山去，一家人清清靜靜過日子，把一雙兒女養大。

春日的北壽山山花似錦，清泉流淌草木芳菲，讀書堂下的桃花巖是孩子最喜歡的天地。李白陪雅君坐在繁花似錦的桃樹下，看丹砂、小梅兒和孩子們玩。

「爸爸，蛐蛐兒，蛐蛐跑了！」頗黎在桃林深處叫道。「爸爸來幫你捉！」李白從桃林深處出來時，興高采烈地給雅君摘來一大把桃花，雅君接過，桃花映紅了她的臉。雅君望著桃花悽然笑笑：「李郎，我沒有到過你的家鄉，綿州很美吧？」

「很美，我家鄉有火紅的杜鵑花，飛啼的子規鳥，還有悠揚的山歌……和濃冽香醇的好酒……」李白讓雅君靠在他胸前。「等你的病好之後，我一定帶你到我家鄉去，那裡可以聽到涪江晝夜不息的濤聲……」

「……」

這一夜，雅君像以往一樣，在燈下繡作陪李白讀書，她為李白繡的書袋上，還有幾朵桃花沒有繡好。

「別繡了，我陪你早早歇息吧！」李白說。

「不，還有最後一點點，很快就繡完了。你以前在北壽山讀書好多年，我……從未陪過你一晚，你……不怪我嗎？」雅君說。

「我從來沒有怪過你，看你說到哪兒去了。」李白說。

春夜一片靜寂，空氣中瀰漫著山花的芬芳，偶爾傳來幾聲杜鵑的啼叫。

「可做好了！」雅君做完最後一朵桃花，只覺天旋地轉，一下子撲倒在書案上。

「娘子，你怎麼啦！」李白大驚，急忙丟下書本將她扶起。

「李郎……」雅君定了定神，將李白的手拉向她的胸前，李白觸控到她內衣裡有一包硬硬的東西，把它取出來，是一個油紙的封兒，雅君的沒有血色的手抖抖地開啟那油紙封兒，裡邊是雅君秀麗工整的小楷抄錄的《長干行》和那張畫著兩個醜娃娃的粗紙。李白驚異她結婚多年竟一直帶在身邊。

「雅君！」李白只覺咽喉哽哽地。

雅君將那兩張紙片，按在李白手掌上，努力說：「李郎……我們……第一夜，也是這樣你抱著我說：這一個是你……這一個……是我……你記不記得……」

「記得。記得……」

雅君把繡著桃花的書袋交到李白手中說：「我要去……了，這上面，有北壽山的……桃花……陪著你……。」雅君的聲音越來越微弱，最後閉上了眼睛。

巨大的悲痛從李白心頭襲來，不管李白怎麼慟哭，雅君的身體在他懷中已經漸漸冷卻。

李白把雅君葬在桃花巖下。其實在李白回安州之前，病魔就掏空了她的身子，在李白回到安州之後，這個溫婉賢淑的女子，用自己生命的最後一息伴送了李白人生旅途中的又一程。

一年之後，李白將雙喜和多壽留在北壽山，自己帶著一雙兒女、丹砂和小梅兒，去東魯任城安了家。

李白 —— 書劍明時：
一段浩氣磅礴的史詩故事，再現詩仙狂傲不羈的一生

作　　者：王慧清
發 行 人：黃振庭
出 版 者：崧燁文化事業有限公司
發 行 者：崧燁文化事業有限公司
E-mail：sonbookservice@gmail.com
粉 絲 頁：https://www.facebook.com/sonbookss/
網　　址：https://sonbook.net/
地　　址：台北市中正區重慶南路一段61號8樓
8F., No.61, Sec. 1, Chongqing S. Rd., Zhongzheng Dist., Taipei City 100, Taiwan
電　　話：(02)2370-3310
傳　　真：(02)2388-1990
印　　刷：京峯數位服務有限公司
律師顧問：廣華律師事務所 張珮琦律師

定　　價：520 元
發行日期：2024 年 06 月第一版
◎本書以 POD 印製
Design Assets from Freepik.com

國家圖書館出版品預行編目資料

李白 —— 書劍明時：一段浩氣磅礴的史詩故事，再現詩仙狂傲不羈的一生 / 王慧清 著 . -- 第一版 . -- 臺北市：崧燁文化事業有限公司，2024.06
面；　公分
POD 版
ISBN 978-626-394-380-3(平裝)
857.7　113007547

電子書購買

爽讀 APP

臉書